MUSÉE LITTÉRAIRE CONTEMPORAIN A 10 CENTIMES LA LIVRAISON

ALEXANDRE DUMAS

LES CONFESSIONS
DE
LA MARQUISE

Prix : 1 fr. 70 centimes.

PARIS
MICHEL LÉVY FRÈRES, LIBRAIRES ÉDITEURS
RUE VIVIENNE, 2 BIS, ET BOULEVARD DES ITALIENS, 15
A LA LIBRAIRIE NOUVELLE

1864

LES CONFESSIONS DE LA MARQUISE

— SUITE ET FIN DES MÉMOIRES D'UNE AVEUGLE —

PUBLIÉES PAR

ALEXANDRE DUMAS

I

J'étais depuis longtemps lasse de ma vie telle que je la menais. Mes étés à Sceaux, que l'on m'enviait, me semblaient durs à passer, je vous assure; et ma maison de la rue de Beaune, qui se remplissait chaque jour, où l'on dînait, où l'on soupait, était réellement trop lourde pour ma bourse.

J'étais entre M. de Formont et le président Hénault. Dans la première partie de mes Mémoires, j'ai conté comment j'avais fait connaissance avec Formont. Depuis lors, il vint souvent, il vint toujours, et je ne me fâchai point de ses visites. Le président m'aimait à l'adoration, ainsi qu'il le dit à la fin d'un portrait qu'il a fait de moi, et que, par modestie, je ne répéterai pas :

« C'est par elle que j'ai été le plus heureux et que j'ai le plus souffert, car elle est ce que j'ai le plus aimé sur la terre. »

Formont m'aimait moins peut-être, mais il m'aimait mieux. J'étais donc assez embarrassée, d'autant plus que l'ennui était toujours en tiers, soit avec l'un, soit avec l'autre. Je voulais me forcer à les écouter, à les supporter, me répétant qu'ils étaient de bons amis, que les amis ne se trouvent pas toujours, et qu'il fallait les ménager.

Malheureusement, ils ne voulaient pas être seulement des amis !

La mort de madame de Vintimille et le dévouement de madame de Mailly m'avaient donné l'idée de la dévotion. Je me mis à penser que le bon Dieu valait mieux que ses créatures, et, en voyant les extases de quelques dévotes, je songeai que peut-être je ne m'ennuierais plus.

J'allai donc trouver madame de Luynes, à laquelle je racontai mes projets, en prenant l'air le plus contrit et le plus béat qui me fut possible. Elle m'en applaudit fort et me recommanda à son protégé, le père Lenfant, un des hommes les plus éclairés de l'Église. Il avait beaucoup d'esprit et de monde même. Je fus bien reçue de lui lorsque je me présentai; il se montra très-flatté de ma confiance, et me fit tout de suite un plan de conduite, en me demandant si je voulais le suivre.

— Je suis franche, monsieur l'abbé, répondis-je : je le suivrai s'il ne me donne pas trop de peine et si je me sens le courage de le faire.

— Madame, il faut prier Dieu de vous l'envoyer, ce courage; il ne vous refusera point.

— Mon Dieu! mon père, il paraît que je suis peu éloquente et que je m'y prends mal : jamais Dieu ne m'a rien accordé de ce que je lui ai demandé.

— Il a ses vues, madame.

— Puisse-t-il les tourner de mon côté, alors!

Me voilà donc avec une foule de choses auxquelles je devais renoncer. J'en avais une longue liste que je montrai à madame de Boufflers, laquelle n'était pas d'avis d'y renoncer pour son compte le moins du monde.

— Quant au rouge et au président, ajoutais-je, je ne leur ferai pas l'honneur de les quitter.

Le président sut le mot, et il en fut au désespoir.

Il le racontait partout et il s'en plaignait hautement. On me le rapporta de plusieurs côtés. Je répondis que j'en étais fâchée, mais [illegible] ne pouvais donner au président plus d'impor[illegible]u'il n'en avait.

J'essayai donc de la dévotion.

Hélas! mon Dieu! pardonnez-le moi. Je trouvai cet état plus ennuyeux que les autres et je ne me sentis point propre à la contemplation. Les vêpres surtout, les vêpres! j'en étais comme idiote. Je demandai au père Lenfant si cela était de première nécessité et s'il croyait qu'il fut très-agréable au Père éternel d'entendre écorcher du latin, trois heures durant, pour sa plus grande gloire.

Il me répondit que Dieu voulait être loué et que l'encens des cœurs lui était le plus précieux.

J'aurais eu beaucoup à lui répondre : je m'en abstins, j'ai toujours fui les discussions religieuses. La conviction est le principe de toute discussion, ce me semble, et, dans cette matière, on n'est jamais convaincu, puisqu'on n'a pas de raison positive ni matérielle à donner. On peut avoir la foi; mais la foi n'est pas une conviction, la foi ne se discute pas, elle s'impose. On croit parce que l'on croit; la foi est une vertu, une des vertus théologales même; c'est un mérite, c'est une obligation dans la religion catholique; alors, encore une fois, on ne peut la discuter.

Je vécus ainsi près de six mois, remplissant mes devoirs et m'ennuyant avec délices. Les occasions de retomber dans mes erreurs étaient trop fréquentes, l'idée me vint de m'en aller en province, d'essayer une autre vie et de me remettre un peu en famille. J'écrivis à mon frère et je lui demandai de me recevoir à Chamrond pendant quelque temps. J'ajoutai que, si je me trouvais bien chez lui, j'y pourrais rester tout à fait et que mes neveux s'en ressentiraient.

Mon frère me répondit une longue lettre, dans laquelle il m'offrait sa maison avec *reconnaissance*, ce fut son mot. Il espérait que je m'accoutumerais chez eux et que je ne les quitterais plus.

J'avais des amis à Genève, la famille Saladin, qui me pressait fort d'y aller; j'avais des amis en Angleterre qui me demandaient; j'en avais même en Danemark; mais, pour ceux-là, ils se contentaient de m'écrire, sachant bien que je n'irais pas les chercher si loin. J'avais partout des amis, il m'en venait en foule. On m'avait mise à la mode, et on se disputait le *plaisir*, voire même l'*honneur* de me voir. J'en avais d'abord été flattée, puis ennuyée après, et j'avais grande envie de fuir tout ce monde.

J'avais aussi promis à Voltaire et à madame du Châtelet de les voir, et c'est un voyage dont je vous rendrai compte un peu plus tard; il ne fut pas des moins curieux de ma vie. On aime à connaître tout ce qui regarde ce grand homme, dont ce siècle-ci a été rempli et que j'ai vu commencer si obscur.

En attendant, nous allons à Chamrond.

Je fis mes adieux à tous mes amis, je louai ma maison, et je mis mes meubles dans un grenier chez le président. On a prétendu qu'il y montait chaque matin, et se mettait en contemplation devant le canapé où nous nous asseyons à côté l'un de l'autre. Je ne puis me représenter un homme grave dans une occupation aussi singulière et aussi en dehors du sens commun. Après cela, il est vrai qu'il m'aimait bêtement.

Ce fut en quittant Paris que j'allai à Cirey. Ce n'était pas le chemin; mais je m'écartai de la route pour voir ces étranges ermites. Je voudrais vous en parler aujourd'hui. Viard a égaré mes notes, et ce n'est pas moi qui les chercherai. Il se meurt de peur que M. Walpole ne les ait emportées par mégarde, car il les lui avait confiées à son dernier voyage. M. Walpole avait promis de les rendre, et il les aura sans doute oubliées. Je ne peux croire qu'il l'ait fait avec intention, puisque tous les papiers que je possède doivent lui revenir et qu'il le sait.

J'étais partie de Paris avec une grande résolution dévote; ma visite à Cirey me dérangea un peu. De là, j'allai à Lunéville, où je trouvai le bon roi Stanislas avec madame de Boufflers. J'eus l'honneur d'être présentée à cet excellent prince, qui me parla beaucoup de Voltaire et me traita comme une amie de ses amis.

Cette cour de Lunéville ressemblait à celle de Sceaux par l'esprit; mais on y était beaucoup plus à son aise, à cause de la bonté du roi, qui se répandait autour de lui et qui ne s'épuisait jamais. Madame de Boufflers [illegible] mieux que la reine, elle commandait et n'avait aucun embarras. Elle trompait le pauvre sire avec son chancelier, M. de la Galissonnière. Le roi le savait, il ne le montra jamais qu'une fois, par ce joli mot qu'on a tant répété.

Un soir, il était comme un bourgeois au coin de son feu, entre sa maîtresse et son rival heureux, ce dont on n'est pas garanti par la puissance. Nous sommes tous égaux devant la mort et la tromperie; Molière dirait un autre mot.

Après avoir causé et ri avec eux, aussi tanquillement que de coutume, Stanislas se leva, embrassa madame de Boufflers sur le front, et, en se retirant dans sa chambre, au moment de fermer sa porte, il se retourna.

— Mon chancelier vous dira le reste, leur jeta-t-il d'une voix toute douce et toute flûtée, avec son charmant sourire.

Je restai huit jours à Lunéville. On a tant parlé de Stanislas, que je n'aurai guère de nouveau à ajouter. Ces notes, à ce que répond Viard sont avec celles du voyage de Cirey. Je vais écrire à M. Walpole de me les rendre, et nous y reviendrons plus tard.

J'arrivai à Chamrond, assez fatiguée de mes différentes courses, et désirant avant tout me reposer. On me reçut en triomphe, on me fit une entrée et tout le pays débarqua pour me voir. Je priai mon frère et ma belle-sœur de trouver bon que je n'eusse point cet honneur, et que je pusse rester un peu tranquille.

— Je ne suis pas venue ici pour faire la révérence et jouer à la madame, mon frère. Accordez-moi d'abord un peu de répit; après, nous verrons.

Il fallut qu'ils se contentassent de cette réponse, et que les voisins reprissent le chemin de leur gentilhommière; ce ne fut pas sans murmurer et sans accuser la belle dame de Paris qui refusait de les recevoir, et qui était assez impertinente pour aimer la solitude de préférence à leur compagnie.

Je trouvai Chamrond très-embelli. Je me promenai avec délices dans les allées paternelles, où le souvenir de ma tante me vint comme une bonne pensée. Je croyais toujours la voir à côté de moi. Elle ne fit jamais qu'une sottise, ce fut mon mariage, et c'était moi qui la payais.

En arrivant chez mon frère, j'y trouvai une personne qui a joué un grand rôle dans ma vie et dont je m'efforcerai de parler avec impartialité, ce qui me sera très-difficile. Elle m'a fait beaucoup de mal, je l'ai beaucoup aimée et elle a été cruellement ingrate, je le crois du moins; j'en conterai les faits impartialement, et le lecteur jugera.

On comprend qu'il s'agit de mademoiselle de Lespinasse. Lorsque je vins à Chamrond, elle y était depuis quatre ans, comme gouvernante des enfants de mon frère. Elle s'y trouvait très-malheureuse, et elle l'était en effet, car ma belle-sœur lui faisait payer bien cher sa position précaire et dépendante.

Je veux, avant toutes choses, transcrire ici un portrait de cette demoiselle, fait par le président Hénault, afin qu'on ne m'accuse pas de partialité, si je le faisais moi-même; ensuite je raconterai l'histoire de sa naissance et celle de ses premières années, jusqu'à son entrée dans la maison de mon frère, où je la trouvai pour mon malheur. Voici le portrait tracé par le président Hénault, dans une lettre qu'il m'écrivait et où il s'adressait à elle :

« Mademoiselle, je m'en vais vous dire comme je vous trouve : ceux qui croiront que vous n'êtes que *parasite* ne vous reconnaîtront guère; vous êtes cosmopolite, vous vous assortissez à toutes les situations. Le monde vous plaît, vous aimez la solitude; les agréments vous amusent, mais ils ne vous séduisent point. Votre cœur ne se donne pas à bon marché. Il lui faut des passions fortes, et c'est tout au mieux, car elles ne reviennent pas souvent. La nature, en vous mettant dans un état ordinaire, vous a donné de quoi le relever. Votre âme est noble et élevée, et vous ne resterez jamais dans la foule. Il en est de même de votre personne; elle est distinguée, et vous attirez l'attention sans être belle. Il y a en vous quelque chose de piquant; on mettrait de l'obstination à vous tourner la tête, mais on en serait pour ses frais. Il faut vous attendre, car on ne vous ferait pas venir. Votre coquetterie est impérieuse; vous êtes sur la rêvasserie comme notre maîtresse; vous n'y entendez pas plus qu'à la musique, et c'est en quoi vous êtes différente; mais vous avez deux choses qui ne vont guère ensemble : vous êtes douce et forte; votre gaieté vous embellit et relâche vos nerfs, qui sont trop tendus. Votre avis est à vous et vous laissez aux autres le leur; vous voyez tout à vue d'oiseau; vous êtes extrêmement polie, vous avez deviné le monde; on aurait beau vous transplanter, vous prendriez racine partout; vous regarderiez à Madrid à travers une jalousie; vous mettriez votre fichu de travers à Londres; à Constantinople, vous diriez au Grand Seigneur que vous n'avez pas les pieds poudreux; pour l'Italie, je ne vous conseillerais pas trop d'y aller, à moins que ce ne fût pour attraper quelque père de l'Église. En tout, vous n'êtes pas une personne comme une autre; et, pour finir comme Arlequin par un coup de sangle, vous me plaisez beaucoup. »

Il y avait du vrai dans tout cela, j'en conviens, et en ôtant la partialité d'un homme qui proposa à mademoiselle de Lespinasse de l'épouser, lorsqu'elle me quitta.

Maintenant, voici l'histoire de cette demoiselle et celle de ses parents. Cela vaut la peine de se reposer un peu.

II

Mademoiselle de Lespinasse était fille naturelle de madame la marquise d'Albon, dont mon frère avait épousé la fille légitime. Elle était donc, par conséquent, la sœur naturelle de ma belle-sœur.

Madame la marquise d'Albon habitait Lyon; elle était alors fort jeune et fort belle, et l'une des femmes les mieux placées et les plus agréables de la province. Elle n'aimait pas son mari, elle avait même pour lui une sorte d'éloignement, dont elle eut beaucoup de peine à triompher tout à fait, lorsqu'elle le dut, par reconnaissance, après ce qui se passa lors de la naissance de sa fille.

Madame de Vichy, ma belle-sœur, était déjà née lorsque sa mère fit un voyage à Paris pour y rencontrer quelques personnes de sa famille qui se rendaient à la cour. Elle y vit très-bonne compagnie, s'amusa fort et ne laissa rien en arrière de ce qui était curieux.

C'était justement l'époque des miracles de M. le diacre Pâris au cimetière Saint-Médard, et elle avait fait le projet de s'y rendre avec deux ou trois amies et quelques chevaliers; on ne pouvait aller là sans cet accompagnement; seulement, il fallait avant tout garder son sérieux; car, en se moquant des convulsionnaires, on était à peu près sûr de se faire assommer.

Ils partirent gaiement, joyeusement, se promettant un grand plaisir de cette visite, et bien déguisés en grisettes et en commis. Madame d'Albon était charmante sous ce costume. Elle avait une grâce distinguée à faire tourner la tête de tous ceux qui la voyaient ainsi.

Arrivés sur le tombeau du saint diacre, ils aperçurent la congrégation pieusement agenouillée autour d'une vieille femme exécutant des sauts de carpe avec une agilité merveilleuse. C'était véritablement un miracle; elle ne touchait la terre que pour reprendre son élan, comme sur un tremplin de bateleur.

Ce cimetière Saint-Médard était l'endroit de tout Paris où il se nouait le plus d'intrigues, ces béates personnes ayant l'imagination très-vive et la chair fort tendre. Aussi les jeunes seigneurs se déguisaient assidûment et allaient par là chercher fortune.

Ce jour-là, justement, quelques-uns d'entre eux étaient de maraude et ne manquèrent pas de remarquer la belle d'Albon, agenouillée comme les autres et prenant un air confit, afin de ne pas éclater de rire.

Ils se la montrèrent et s'engagèrent à l'attaquer. Le duc de Richelieu, doyen en chef de cette folle bande, prétendit qu'elle avait les mains bien blanches pour une fille de saint Pâris, qui ne se les lavait jamais.

— Je vous en parle en connaissance de cause: je l'ai vu maintes fois chez ma belle-mère, qu'il avait entrepris de convertir, et qui ne souffrait pas qu'il entrât chez elle avant d'avoir passé par le baquet.

— C'est peut-être une dame déguisée; il y en a beaucoup ici. C'est comme un bal masqué.

— Faites attention à ce que vous allez faire, messieurs, dit un autre.

— Bah! ces dames aiment beaucoup qu'on leur manque de respect.

De propos en propos, ils se rapprochèrent de la marquise, qui les voyait venir, et qui ne comprenait pas ce qu'ils lui voulaient. Elle ne songea pas au déguisement, tout en faisant la réflexion que ces jeunes courtauds de boutique avaient l'air fort distingué et étaient vêtus d'étoffes très-fines.

Un d'eux, jeune et beau, avait un air tout candide et tout honnête, dont elle ne put s'empêcher de remarquer la bonne grâce; il s'agenouilla à côté d'elle, et commença la conversation par un grand éloge de saint Pâris.

La marquise répondit, par amusement. Il reprit ensuite la litanie et la conversation.

— Vous êtes...?

— Ravaudeuse, monsieur, répliqua-t-elle. Et vous, monsieur?

— Confiseur, mademoiselle.

— Oh! le joli métier! On mange des dragées toute la journée.

— Les aimez-vous, les dragées, mademoiselle?

— Si je les aime, monsieur!

— Si j'osais vous en offrir, mademoiselle.

— Vous êtes donc le maître de votre marchandise, vous n'avez pas de patron?

— Non, mademoiselle, je suis maître.

— Où est votre boutique, j'irai vous acheter des avelines.

— Ah! mademoiselle, elle n'est pas ici, elle est à Verdun.

— Vous vendez donc des anis?

— Je vends tout ce que vous voudrez m'acheter, mademoiselle, ou plutôt tout ce que vous voudrez bien me permettre de vous offrir. Où demeurez-vous?

Madame d'Albon, embarrassée, jeta l'adresse de sa femme de chambre. On l'appelait, ses compagnes voulaient s'en aller; le jeune homme les suivit de loin, la marquise en était troublée. On la plaisanta sur sa conquête; elle répondit en jouant, et l'on n'y pensa plus.

Le lendemain, mademoiselle Augustine, femme de chambre de la marquise reçut une manne de dragées, de fruits confits, de toute sorte de friandises, déposées chez le portier par un beau garçon qui devait en venir prendre la réponse.

Mademoiselle Augustine était aussi jeune que sa maîtresse et presque aussi belle; elle prit le présent à son adresse et n'en parla pas, en recommandant néanmoins que, si le beau jeune homme reparaissait, on la prévînt.

Il revint, en effet, dès le lendemain; on alla chercher la belle; elle descendit et se trouva en face d'un charmant inconnu, auquel elle fit sa mine la plus agréable.

— Voilà mademoiselle Augustine, monsieur, dit la complaisante portière.

— Mademoiselle Augustine? mademoiselle Augustine, ravaudeuse?

— Mademoiselle Augustine, femme de chambre de madame la marquise d'Albon, s'il vous plaît, monsieur, reprit l'autre d'un ton pincé; qui vous parle de ravaudeuse?

— Ah! pardon, mademoiselle, ce n'est pas vous, alors.

Il s'en allait très-confus et très-penaud, lorsqu'elle le rappela.

— Un instant, monsieur, un instant, entendons-nous.

Un aussi beau garçon, qui donnait tant de douceurs, devait savoir en contenir.

— Vous connaissez donc une demoiselle Augustine, ravaudeuse?

— Hélas! oui.

— Et vous croyiez qu'elle demeurait céans?

— Elle m'avait donné son adresse.

— Où donc l'avez-vous vue, sans indiscrétion?

— Au cimetière Saint-Médard.

— Quand cela?

— Avant-hier.

— Avant-hier?... comment! avant-hier? N'avait-elle pas un bonnet à papillon, un tablier bleu de ciel et une robe d'indienne fond blanc?

— Oui, mademoiselle; vous la connaissez?

— Si je la connais! mais ce n'est pas ici le lieu de causer. Revenez ce soir, montez l'escalier jusqu'au haut, vous verrez une porte en face, la clef y sera; si je n'y suis pas, attendez-moi, vous en saurez davantage.

Le jeune homme partit, avec force remercîments, et promit de revenir à l'heure indiquée. Il trouva mademoiselle Augustine au gîte. Elle commença par lui faire mille questions sans répondre à aucune des siennes, l'examinant pendant ce temps d'un œil de connaisseuse, et, lorsqu'elle se fût assurée de ce qu'elle soupçonnait, elle le regarda bien en face, entre les deux yeux, et lui dit:

— Eh bien, monsieur, d'après les renseignements que vous me donnez, je vais vous bailler un conseil d'ami : renoncez à votre poursuite.

— Moi! et pourquoi?

— Parce que celle que vous croyez votre égale est une grande dame, et que vous en seriez quitte pour être jeté à la porte par ses valets.

— Vous croyez?

Ce *vous croyez* était bien impertinent ou bien présomptueux : la fine soubrette ne s'y trompa point.

— A moins que vous ne soyez aussi un grand seigneur; auquel cas...

— Et qui peut te faire penser une chose aussi absurde, ma belle enfant?

— Cette réponse-là même, d'abord; ce tutoiement dont vous m'honorez, et qui vous vaudrait un bon soufflet si vous étiez réellement le confiseur de Verdun; vos mains si fines et votre linge de Hollande, et puis la manne de dragées, attachée de faveurs roses, avec de beaux cornets en satin : un garçon confiseur n'a pas de ces idées-là; elle m'avait déjà semblé suspecte avant de vous avoir vu.

— Et si j'étais un grand seigneur en effet, aurais-je moins de chances d'être mis à la porte?

— Dame! monsieur, c'est à vous d'en juger. Voici la carte du pays : nous sommes de province, nous avons vingt-cinq ans, nous sommes de qualité, nous abhorrons notre mari, nous aimons à rire, nous adorons les romans, nous sommes coquette et nous ne détestons pas les jolis seigneurs lorsqu'ils sont aimables.

— Eh! eh! qu'en dis-tu toi-même, Augustine? As-tu envie de te marier?

— J'ai cinq ou six amoureux.

— Veux-tu une dot?

Est-ce que cela se refuse?

— Aide-moi alors, et je te promets la dot et le mari.

— Vous serait-il égal de donner l'un sans l'autre?

— Tu ne veux pas du mari?

— Non.

— L'exemple de ta maîtresse ne t'encourage pas?

— Oh! non.

— Eh bien, laissons le mari en route et ne parlons que de la dot.

— Votre nom, monsieur?

— Pourquoi faire?

— C'est mon répondant.

— Ah! oui; je n'avais pas prévu celui-là. Tudieu! quelle fille de tête!

— Enfin, qui êtes-vous?

— Le chevalier de Pontcarré, ma mie. J'ai quelque bien, je suis libre et fort généreux.

— Très-bien. Où demeurez-vous?

— Rue de Richelieu.

— Parfait.

— Et ta maîtresse?

— Pardi! je ne puis vous le cacher, il vous sera très-facile de le savoir : c'est la marquise d'Albon.

— Elle ne va pas à la cour?

— Non. Elle n'est ici qu'en passant, et le mari n'a pas voulu se mettre en dépense.

— Où peut-on la voir?

— Partout où se montre une jolie femme.

Après cette conversation, dans laquelle le chevalier donna des arrhes de plus d'une façon peut-être, un plan fut dressé entre eux, et, dès le soir même, l'exécution commença par l'envoi d'une seconde manne de dragées, autrement élégante et riche que la première.

En déshabillant sa maîtresse, Augustine lui dit, avec un coup d'œil observateur :

— En vérité, madame, il m'arrive une chose bien étrange.

— Quoi donc?

— On a apporté pour moi une manne de dragées magnifiques, à l'adresse de mademoiselle Augustine, ravaudeuse, de la part de Louis Giraud, marchand d'anis à Verdun.

— Ah! vous l'avez reçue?

— Oui, madame; et pourquoi pas?

— Parce que... Vous connaissez ce Louis Giraud?

— Non, madame, pas du tout.

— Mais alors...

— Alors?

— Comment avez-vous reçu son présent! il n'est pas pour vous.

— Ma foi! madame, ce qui est bon à prendre...

— Est bon à rendre, mademoiselle.

— Cependant je ne le rendrai pas.

— Vraiment?

— Vraiment.

— Vous m'en donnerez un peu, pourtant?

— Oh! tant que madame voudra.

— J'y ai bien quelques droits, je ne vous le cache pas.

— Vous, madame?

— Oui, moi. Je suis mademoiselle Augustine, ravaudeuse.

Elle lui raconta son aventure, en riant comme une folle et en faisant néanmoins l'éloge de Louis Giraud, qui lui avait paru un fort beau garçon, de beaucoup d'esprit et de fort bonnes manières.

Augustine écouta, rit avec sa maîtresse, se mit au mieux dans ses bonnes grâces, lui apporta ses dragées; et, pour ce jour-là, il n'en fut pas dit davantage.

L'intrigue commença et se fila merveilleusement. La soubrette parlait sans cesse de ce pauvre Louis Giraud, qui se mourait d'amour, qui avait découvert le rang de la marquise, et qui, malgré cela, sans conserver la moindre espérance, s'obstinait à l'adorer.

— Madame, il en perdra l'esprit, disait-elle un matin.

— C'est bien malheureux!

— Madame, il est au désespoir, reprenait-elle un autre jour.

— Que voulez-vous que j'y fasse?

— Madame, il est là, dans la rue, sous la fenêtre, depuis plus de trois heures.

— Qu'il y reste.

Chaque jour, il y avait un nouvel incident; chaque jour, on parlait du confiseur et de sa flamme. Madame d'Albon ne s'y arrêtait point, elle traitait légèrement cette aventure; mais elle y pensait, néanmoins, et, lorsqu'elle ne croyait pas être vue, elle regardait dans la rue le beau jeune homme, à travers les rideaux; elle le trouvait toujours plus distingué, plus charmant, et elle disait, en soupirant tout bas :

— Quel dommage!

Tout à coup elle ne le vit plus. Augustine, à qui elle avait sévèrement défendu de l'ennuyer davantage de cette histoire, n'en ouvrait plus la bouche. Madame d'Albon n'avait garde de la provoquer; mais, enfin, elle s'impatienta, elle amena la chose de loin, et s'informa du pauvre amoureux au milieu d'une plaisanterie.

— Ne riez pas, madame, il n'y a pas de quoi rire.

— Comment cela?

— C'est que le pauvre garçon n'est peut-être plus au monde à présent..

— Il est malade?

— Madame, il est peut-être plus que malade, il est peut-être mort, je le crains.

— Mort! Et de quoi?

— Mort pour vous, madame, mort noyé; il s'est jeté à la rivière.

— Ce n'est pas possible! s'écria madame d'Albon en pâlissant.

— Madame, cela est possible, puisque cela est vrai.

La bonne pièce fit semblant de s'essuyer les yeux.

— Conte-moi cela, conte-moi cela, Augustine! qu'est-il arrivé?

— Il est arrivé, madame, que vous m'avez défendu de vous parler de lui, que je lui ai dit cela pour qu'il me laissât tranquille, et qu'en me quittant, il est allé se jeter à l'eau.

— Mon Dieu!

— Oui, c'était si peu de chose pour vous, et il était si heureux de savoir que son nom arrivait par moi à vos oreilles! Vous lui avez ôté son seul bonheur, le désespoir l'a pris.

— Est-il mort?

— Il n'en vaut guère mieux. On l'a repêché, mais il n'a pas repris connaissance depuis avant-hier...

— Augustine, il faut y aller sur-le-champ. Où est-il?

— A l'hôpital, madame, jusqu'à ce qu'on puisse le transporter chez lui. On l'a mis dans un lit de pauvre, lui, si soigneux, si élégant!... et c'est pourtant pour vous, madame. Je ne voudrais pas avoir cela sur la conscience.

Madame d'Albon ne répondit pas. Elle resta seule toute la journée, attendant impatiemment. Augustine, était allée savoir des nouvelles du jeune homme; elle revint annoncer qu'il était toujours dans le même état.

— On en désespère?

— Pas tout à fait, madame; mais il faudrait un miracle pour le sauver.

— Dieu le fera.

— Ou bien vous, madame.

— Moi! Comment?

— Un mot de vous, un seul mot, et il vivra.

— Quoi! vous voulez que j'aille voir cet homme? Vous êtes folle, ma mie!

— Non pas le voir; écrivez, ou autorisez-moi à lui dire de votre part que vous voulez qu'il vive.

— Vous me jetez là dans un grand embarras.

— Madame, c'est de l'humanité.

— Mademoiselle, ce n'en est pas moins fort désagréable.

— Hélas! madame, ce n'est pas ma faute; ce n'est pas moi qui ai été au cimetière Saint-Médard en ravaudeuse.

III

Augustine obtint la bonne parole, et, huit jours après, madame d'Albon, en se mettant à son balcon, aperçut le convalescent dans la rue, pâle et se soutenant à peine. Il la salua jusqu'à terre; elle lui répondit par un sourire plus avenant que de coutume, mais elle se retira assez promptement.

Le lendemain, il y était encore, et, chaque jour, elle se montrait un peu plus longtemps à sa fenêtre.

— Madame, dit Augustine, voici une autre invitation : il voudrait vous parler.

— Cela ne se peut pas.

— Madame, il se tuera encore.

— J'en suis désolée; mais il faut en rester là.

— Savez-vous que c'est bien difficile à arranger, et que je ne voudrais pas être à votre place?

— Ni moi.

Ce mot naïf lui échappa, mais il peignait bien ce qu'elle éprouvait en ce moment.

Un attrait invincible l'entraînait vers ce jeune homme; elle se surprenait à le regarder des heures entières, bien cachée, croyait-elle, et à bâtir des châteaux, des chimères qui la transportaient très-loin. Il avait l'air si distingué, des façons si charmantes! ce devait être au moins un prince déguisé; jamais un confiseur n'avait eu pareille tournure.

La nouvelle prétention qu'il affichait, cependant, ne pouvait être admise; la voir chez elle! lui parler! Pour qui la prendrait-on? Quelle idée sa femme de chambre en aurait-elle? où cela la conduirait-il. Elle passa la nuit à réfléchir; elle sonda son cœur et y trouva un sentiment devenu le tyran de sa vie, il l'entraînait, il la perdrait, il la déshonorerait. Elle était encore maîtresse d'elle-même, elle sentit qu'il fallait fuir, et que la fuite seule pouvait la mettre à l'abri.

Le lendemain, à son réveil, elle donna des ordres, et mademoiselle Augustine resta confondue en apprenant qu'on partait pour Lyon le jour même. Elle essaya quelques observations, on lui imposa silence, et, deux heures après, toute la maison monta en carrosse; à peine la fille de chambre eût-elle le temps de prévenir le chevalier par un petit mot.

Madame d'Albon s'en alla tristement, elle parla à peine à ses gens, et arriva à Lyon au moment où on l'attendait le moins. Elle chercha un prétexte d'inquiétude, de malaise, l'envie de revoir sa fille. Cela fit bien un peu causer, mais on l'oublia.

Trois mois après, M. d'Albon quitta Lyon pour un voyage d'affaires où il devait rester fort longtemps. Madame d'Albon était triste depuis son retour, elle fuyait le monde, elle se renfermait seule, et, toutes les fois qu'Augustine prononçait le nom de Louis Giraud, elle la faisait taire.

— Mon Dieu! madame, il est peut-être mort à présent, lui dit-elle un jour.

— Ou consolé, répondit la marquise.

M. le gouverneur de la province était à Lyon en ce moment; il y donnait des fêtes et il priait vainement madame d'Albon d'y paraître. Elle refusait obstinément. Cependant on parlait d'une journée de plaisirs dans un beau château, tout près de la ville, et qui devait être suivie d'un bal de nuit et d'un souper merveilleux. Plusieurs émissaires lui avaient été envoyés; elle avait persisté dans son refus; enfin, la veille, un de ses gens lui annonça M. le duc de Pecquigny, envoyé par M. le gouverneur, et qui demandait instamment la faveur d'être reçu.

Le refuser eût été malhonnête; elle donna ordre de l'introduire, en maudissant les nécessités du monde qui l'arrachaient à ses rêveries.

Le duc entra; elle leva les yeux sur lui et devint pâle comme un spectre. C'était la vivante image de Louis Giraud.

Il parla. C'était sa voix.

Il la regarda. C'était son regard.

Elle mit la main sur son cœur, qui battait bien vite, et, sans pouvoir prononcer un mot, elle lui montra un siége.

Le duc s'assit et commença quelques phrases entrecoupées; il était aussi ému qu'elle.

M. de Pecquigny était venu avec M. le duc de Villeroi, ami de son père le duc de Chaulnes, pour visiter cette province qu'il ne connaissait pas; il assistait à toutes les fêtes et y cherchait vainement la marquise d'Albon, la fleur de beauté, la divinité de ces lieux; elle s'obstinait à vivre dans une retraite impénétrable, elle fuyait ceux qui la cherchaient et la désiraient avec tant de passion. Il avait pris la liberté de venir de la part du gouverneur, de la part de tout le monde, la conjurer de paraître le lendemain à cette fête, et il espérait bien qu'elle ne voudrait pas lui donner la honte et la douleur d'un refus.

Madame d'Albon répondit simplement:

— J'irai, monsieur.

Le jeune duc comprit que c'était un congé et se retira.

La pauvre femme ne se connaissait plus elle-même, sa tête et son cœur étaient un chaos; elle se demandait si elle ne rêvait point.

Était-ce lui? était-ce une ressemblance invraisemblable, inouïe? Comment le savoir? Elle ne le lui demanderait pas; mais le dirait-il?

— Ah! si c'est lui, pensa-t-elle, il se trahira!

Le lendemain, elle se fit aussi belle que trois heures de toilette et l'art de trois filles de chambre pouvaient y contribuer. Elle regardait Augustine, qui demeurait imperturbable; elle eut cent fois sur le bout des lèvres une question qui l'aurait compromise; elle eut la force de se contenir.

La première personne qu'elle aperçut à la fête, ce fut le duc de Pecquigny; il semblait l'attendre, et se précipita vers elle pour lui offrir la main. Il ne la quitta plus: tendre, empressé, charmant, il mit tous ses soins à lui plaire, il lui adressa les compliments les mieux tournés et les regards les plus amoureux qu'il put risquer sans attirer l'attention des curieux.

Il cherchait à l'emmener dans les bosquets, où la compagnie était dispersée suivant sa fantaisie. Elle s'était munie d'une amie laide et tenace, qui ne la quittait pas et qu'elle maudissait elle-même, lorsque sa grande vertu cédait devant son cœur.

On n'a de ces vertus-là qu'en province.

Le doute subsistait toujours; deux jumeaux, deux fleurs nées sur la même branche n'étaient pas plus semblables; cependant était-ce lui? Elle essaya de sortir de peine par une imprudence; elle parla du cimetière Saint-Médard. N'était-ce pas lui donner une ouverture pour se déclarer, d'autant plus que l'amie n'y comprenait rien?

— J'ai vu ces malheureux, dit-elle après avoir amené de loin la conversation; je les ai vus avec peine, avec pitié; ce sont des fanatiques, non pas dangereux, je le crois, mais misérables.

— Je les ai vus aussi, répondit simplement le duc. J'y suis allé comme tout le monde, comme vous sans doute, madame la marquise, sous un déguisement; il eût été imprudent d'approcher d'eux sans cette précaution.

Elle rougit jusqu'aux cheveux; ce devait être lui! L'amie l'acheva.

— On disait ici que le cimetière Saint-Médard était un lieu de perdition, où se nouaient une foule d'intrigues galantes, où une honnête femme ne pouvait guère aller sans se faire prendre pour ce qu'elle n'était pas.

— Vous pouvez avoir raison, madame. Bien des intrigues vulgaires ont pu prendre naissance dans cet endroit; mais je sais au moins un sentiment né d'une folle plaisanterie et qui est devenu pour celui qui l'éprouve une chose sérieuse et sacrée, le but de sa vie, sa seule espérance de bonheur.

— C'est vous sûrement, monsieur le duc?

— Oui, madame, c'est moi.

— Auriez-vous rencontré, parmi les convulsionnaires, une future duchesse de Pecquigny?

— Permettez-moi de ne pas répondre à cette question, madame.

C'en était fait, il avait tout dit. Madame d'Albon se troubla assez visiblement pour que son *ombre* s'en aperçût.

— Qu'avez-vous, madame? lui demanda-t-elle. Vous pâlissez! Voulez-vous mon eau de Luce ou mes gouttes de la reine de Hongrie?

— Je vous remercie, madame; je suis fatiguée seulement. Je n'ai pas l'habitude de ce bruit, de ce monde; il me tarde de rentrer chez moi.

— Pas avant le souper et le bal, au moins, madame.

— Je ne sais monsieur le duc; j'aurais beaucoup mieux fait de ne pas venir.

Ce trouble, ces mots, ces regrets, ces craintes, étaient autant d'aveux qu'elle ne pouvait retenir. L'heureux jeune homme le comprit bien. Il craignit de l'effrayer en lui montrant ce bonheur, et tâcha d'en contenir l'expression. Il ne se permit pas un regard dont elle pût prendre prétexte pour s'éloigner de lui.

En la reconduisant à son carrosse, lorsqu'elle voulut se retirer, il ne lui serra même pas la main.

En rentrant, elle trouva Augustine et baissa les yeux devant elle; elle tremblait pour son secret. Le lendemain, M. le gouverneur et le duc de Pecquigny vinrent ensemble; il fallut les recevoir. Le duc de Villeroi engagea la marquise à dîner au gouvernement; elle y alla.

Le moyen de refuser!

Partout elle rencontrait le duc de Pecquigny, et partout elle recueillait de nouvelles preuves de sa passion profonde, de son respect inaltérable; quant à elle, elle l'aimait de toute son âme, elle se sentait incapable de le lui cacher plus longtemps. Elle eut recours une seconde fois à la fuite, le meilleur palliatif, quand il est employé à temps.

Elle se sauva dans le fond d'une campagne bien sauvage; elle n'emmena pas Augustine, elle la craignait! elle emmena sa sœur de lait, femme d'un petit bourgeois nommé Lespinasse; tous les deux lui étaient dévoués à la vie et à la mort.

Huit jours se passèrent qui lui parurent huit siècles; le neuvième, elle était seule et rêveuse dans un pavillon au bout du parc, loin de ses gens, loin du château; elle pleurait son funeste courage, elle s'accusait elle-même de ses souffrances et de celles du plus parfait amant qui fût jamais. La porte s'ouvrit, il entra.

En une seconde il fut à ses pieds, tremblant, pâle, implorant son pardon par son silence, avec une éloquence plus persuasive que les plus longs discours. Il la trouvait dans un moment de faiblesse et de regrets, elle lui tendit la main, elle lui pardonna; un quart d'heure après, ils n'avaient plus de secrets l'un pour l'autre, et, lorsque, le lendemain, la petite Lespinasse voulut entrer chez sa sœur de lait, il lui sembla entendre deux voix qui s'entretenaient.

Quant à ce qui se passa entre les amoureux, si vous avez aimé, vous le devinerez bien vite et je n'aurai pas besoin de vous le dire.

IV

Cet amour fut comme un beau roman. Le duc et la marquise s'aimèrent avec passion, avec ivresse. Mademoiselle de Lespinasse, on le voit, avait de qui tenir et n'a pas dérogé. Pour être plus à l'aise, ils restèrent dans cette même retraite, sans autre confidente ni société que la sœur de lait, complaisante et sûre amie qui ne les trahirait pas.

Mais les amours passionnées ont toujours une fin douloureuse; il semble qu'ils appellent les catastrophes et qu'ils portent en eux-mêmes le germe de leur destruction.

M. d'Albon avait un cousin germain qui, depuis longtemps, guignait la marquise et attendait le moment favorable pour arriver jusqu'à son cœur. Il apprit, — tout se sait, en province surtout! — il apprit dans sa retraite la disparition du beau Pecquigny, et, avec un peu d'adresse, quelques pistoles données à Augustine, furieuse d'avoir été remplacée dans ses fonctions, il sut ce qu'il voulait savoir. C'était un homme de résolution et de volonté, un de ces hommes qui, nés dans le bas de l'échelle sociale, font ordinairement les criminels et les assassins.

Il alla rôder autour du château, où personne n'entrait; il s'assura que personne n'en sortait non plus; que la marquise était seule avec sa sœur de lait et quelques domestiques; du beau duc, pas question! On le cachait évidemment. Il décida qu'il le saurait.

En effet, le voilà arrivant à grands fracas, demandant qu'on ouvre les grilles, criant qu'il est le vicomte de Sainte-Luce, le cousin germain de M. d'Albon et qu'il vient de sa part.

On le refusa d'abord, on lui jura que madame la marquise n'y était pas; et, comme il insistait, en jurant qu'il ne partirait pas sans la voir, il vint un ordre de le laisser pénétrer.

Madame d'Albon le reçut du haut de sa grandeur, lui demanda pourquoi il osait ainsi forcer sa porte et de quel droit il entrait chez elle d'autorité.

— D'abord, parce que je viens de la part de mon cousin, et ensuite parce que je vous aime.

— Vous m'aimez?

— Oh! ne préparez pas vos rigueurs, ma cousine; je vous aime, non plus comme autrefois, c'est en ami seulement; et, en ami, je viens vous avertir de ce qui se passe et de ce qui se dit contre vous, afin d'essayer d'y mettre un terme.

— Je ne vous comprends pas, monsieur.

— Il est inutile de dissimuler, ma cousine, je sais tout.

— Et que savez-vous, monsieur?

— Mon Dieu! je sais que M. de Pecquigny est ici avec vous, que vous vous aimez comme dans les romans, que vous vous êtes connus à Paris, au cimetière Saint-Médard, sous un double déguisement: d'abord Louis Giraud, puis le chevalier de Pontcarré, et tout cela cachant le fils du duc de Chaulnes.

Il savait tout! Madame d'Albon eut le courage de mentir effrontément, elle cria que c'était une calomnie, elle le soutint, elle le jura, elle alla jusqu'à offrir à son cousin de rester au château pour se convaincre qu'elle y était seule, se fiant sur Julie Navarre, qui lui avait promis de tout arranger.

Le vicomte la prit au mot et resta. Il s'installa dans la chambre du marquis, qui lui fut offerte, et de là, il se mit à examiner, en feignant la plus grande confiance.

Il comprit qu'on avait caché le duc, il comprit aussi qu'il n'y aurait rien à voir ni à examiner tant que durerait le jour, mais que, la nuit, on se réunirait, ne fût-ce que pour se concerter sur le parti à prendre. En conséquence, une seule chose restait à faire: surveiller les abords de la chambre de la marquise, et montrer une confiance absolue.

Passé maître en dissimulation, le vicomte n'eut pas de peine à tromper deux femmes franches et loyales, qui se croyaient très-sûres de leurs moyens de défense, et qui n'avaient aucune connaissance positive de ce caractère infernal.

M. de Sainte-Luce se montra ami dévoué, sincère, conseiller affectueux, il plaignit sa cousine d'être exposée à des propos qu'elle ne méritait point, et lui offrit son assistance pour la défendre aussi bien vis-à-vis de son mari que vis-à-vis du public.

— Car, ajoutait-il, je puis mieux que personne certifier que vous êtes ici bien seule et bien innocente; je le vois; on me croira, n'en doutez pas; tranquillisez-vous donc.

Lorsqu'il eut endormi les soupçons, au bout de quelques jours, il commença à agir.

Il s'enferma ostensiblement dans sa chambre en rentrant le soir; mais il se ménagea une sortie, par un petit degré assez éloigné de son appartement, et auquel il communiquait par des cabinets. Les issues étaient condamnées; mais, à force de patience et de travail secret, il les rétablit.

Un soir alors, très-sûr de son fait, il alla s'embusquer dans un réduit à mettre le bois, situé en face de l'appartement de la marquise. Il se munit d'un fusil, arme légère et sûre, on ne savait pas ce qui pouvait arriver.

Il vit très-bien le duc entrer, conduit par Julie; il compta les heures du tête-à-tête, et, lorsque l'amant sortit de chez madame d'Albon, toujours avec la fidèle amie, il les suivit de loin pour connaître le lieu où on le cachait.

Muni de semelles de feutre, il ne menait aucun bruit.

M. de Pecquigny quitta le château et fut reconduit jusqu'à un pavillon, le même où il avait surpris la marquise.

On y avait pratiqué adroitement une cachette, non pour cette intention, mais pour y entasser des armes au temps de la Ligue, ou peut-être même pour y retenir quelque prisonnier d'importance. La marquise connaissait cette cachette; elle était loin de se douter qu'elle s'en servirait un jour.

Le plan du vicomte fut bientôt dressé. L'amoureux, passait justement sous sa fenêtre, au rez-de-chaussée, pour arriver chez sa maîtresse; rien de plus facile que de la tenir ouverte, de se mettre en embuscade, et d'envoyer une balle au visiteur nocturne. Le prétexte n'était pas difficile non plus : à cette heure, les voleurs seuls errent autour des habitations, lorsqu'il ne se trouve au logis que d'honnêtes femmes, et la vertu de la marquise lui était trop connue pour qu'il pût douter d'elle.

Julie ne conduisait le duc que jusqu'à la porte du château, qu'elle refermait doucement sur lui. Il venait également seul, par une longue allée, juste en face de la croisée traîtresse; tout était donc bien combiné. Le vicomte se vengeait, il vengeait son cousin et il ne compromettait pas trop la réputation de sa cousine, puisqu'en cas de découverte, on pouvait nier sa complicité.

Il fut charmant toute cette journée; il annonça son départ prochain; il montra des regrets, une amitié vive et désintéressée, une confiance surtout absolue. La marquise était heureuse de l'avoir mal jugé et se félicitait du changement opéré en lui. Ils ne se quittèrent presque pas, et, en se séparant après le souper, le vicomte lui dit bonsoir et lui baisa la main plus tendrement qu'à l'ordinaire.

Il tint ses persiennes fermées ou du moins rapprochées l'une de l'autre, sa fenêtre ouverte, arma son fusil et attendit; il n'attendit pas longtemps. Le duc parut au bout de l'allée, marchant avec précaution, pour éviter de faire crier le sable sous ses pieds, regardant autour de lui et semblant redouter une surprise; son chapeau rabattu sur ses yeux, un grand manteau, le rendaient méconnaissable; cependant son ennemi ne s'y tromoa pas.

Lorsqu'il le vit à sa portée, il écarta légèrement ses persiennes. Ce bruit, si léger qu'il fût, inquiéta l'amoureux; il s'arrêta et donna ainsi plus de facilité à son assassin. Celui-ci l'ajusta comme un lièvre, tira et le vit tomber sous le coup. Cela fait, il sauta par la croisée, cria : « Au voleur ! » appela toute la maison et courut vers sa victime avec toutes les apparences d'un empressement bien justifié.

Les domestiques s'éveillèrent; mais, avant eux, la marquise et Julie avaient paru : la marquise, à moitié folle de douleur, courant dans l'allée, les cheveux au vent, en manteau de lit et poussant des cris déchirants, pendant que Julie s'efforçait en vain de lui imposer silence et de lui rappeler le soin de sa dignité et de sa réputation.

— Mon Dieu ! s'écria la pauvre femme, mon Dieu ! il est mort ! Qui l'a tué?

— J'ai blessé un voleur que j'ai aperçu la nuit dans une allée de votre parc, ma cousine; j'ai crié : « Qui vive? » il a cherché à s'enfuir, j'ai tiré sur lui, et il est tombé; voilà tout ce qui s'est passé. La frayeur vous égare; rentrez chez vous avec Julie, il ne faut pas qu'on vous voie ainsi. Elle ne l'écoutait pas, elle s'était jetée sur le corps de son amant, elle cherchait à le ranimer, elle mettait la main sur son cœur.

— Il bat encore ! dit-elle; on peut le sauver peut-être.

— Sauver ce voleur, madame ! y pensez-vous?

— Eh ! ne voyez-vous pas que ce n'est point un voleur? C'est lui, c'est le duc de Pecquigny, celui que j'aime, celui qui seul me fait vivre !

— Mon Dieu ! madame, quel malheur ! Pourquoi m'avoir trompé? Éloignons les gens maintenant et secourons-le.

Le vicomte alla de lui-même au-devant des domestiques, qui s'éveillaient à grand'peine et qui faisaient beaucoup de bruit pour peu de besogne.

— J'ai été effrayé à tort, leur dit-il ; j'ai tiré sur un arbre que j'ai pris pour un voleur : retirez-vous, ce n'est rien.

Il avait auparavant aidé la marquise et Julie à transporter le duc derrière une charmille, de sorte qu'il ne se voyait rien du tout. A l'aide d'eau fraîche, elles l'avaient fait revenir; mais il fallait panser la plaie, qui pouvait être dangereuse, mortelle; elles n'en savaient rien. Elles attendaient le vicomte avec anxiété, dupes encore de son stratagème. Le blessé avait sa connaissance, mais il ne pouvait parler. Son sang coulait à flots; elles l'étanchaient avec leurs mouchoirs, avec le sien, avec leurs collets. Enfin, M. de Sainte-Luce parut.

— Mon Dieu ! madame, quel épouvantable malheur ! pourquoi m'avez-vous refusé votre confiance? Très-sûr de vous, j'ai vu un homme dans cette allée, je l'ai appelé, il n'a pas répondu, j'ai fait feu. Je suis coupable et je voudrais donner mon sang pour racheter sa vie. Ah ! pardonnez-moi, pardonnez-moi !

— Ce n'est pas de cela qu'il s'agit, monsieur; transportons-le, je vous en conjure, dans mon appartement. Maintenant, si vous vous repentez, si vous êtes sincère, allez me chercher un chirurgien, amenez-le, qu'il le guérisse.

— Mais, madame, on le verra, on saura...

— Que m'importe ! Qu'on le sache, que je sois perdue et qu'il vive ! Allez, allez, monsieur, je vous en conjure !

Ils prirent le pauvre jeune homme dans leurs bras et le transportèrent dans le cabinet de la marquise, où se trouvait un lit occupé par Julie. Ils le couchèrent, ils lui firent respirer du vinaigre, ils bandèrent la plaie de leur mieux, et, cédant enfin aux supplications de la marquise, M. de Sainte-Luce se décida à aller chercher un chirurgien.

Le hasard ne pouvait mieux les servir. A la petite ville distante d'une lieue, se trouvait un homme fort savant, retiré après sa fortune faite; il ne refusait jamais son secours. La marquise se le rappela, elle l'indiqua à son cousin, et celui-ci alla lui-même seller un cheval, puis il partit au galop.

Le médecin ne se fit pas prier. Il restait encore assez de nuit pour qu'on pût l'introduire par le parc, sans être vu des domestiques, tous gens de campagne, d'ailleurs, assez épais et incapables de soupçonner ce qu'on leur cachait.

Introduit auprès du jeune duc, le docteur eut bientôt deviné le secret. Il sonda la plaie, la déclara dangereuse; mais il refusa de se prononcer absolument avant la levée de l'appareil.

La marquise se jeta à ses genoux et lui offrit toute sa fortune s'il le sauvait.

— Offrez-la donc à Dieu, madame; car Dieu seul peut faire ce miracle, si telle est sa volonté... Dieu et moi, nous ne faisons pas payer nos services; mais, quant à mon petit pouvoir, il est bien tout à votre disposition, ne craignez pas d'en abuser.

Et, avec une intelligence remarquable, il alla retrouver sa carriole, ordonna à son valet de confiance qui la conduisait de retourner au logis, de ne pas dire où il l'avait laissé, d'annoncer à sa femme et à tout le monde qu'il était à Lyon pour quelques jours, auprès d'un malade; qu'il ne fallait pas être inquiet de lui, qu'il n'écrirait pas, et qu'il reviendrait aussitôt que cela serait possible. Puis il rentra dans la chambre de la marquise en se frottant les mains.

— Maintenant, madame, si vous pouvez me cacher avec le blessé, je ne le quitterai plus.

— Ah ! monsieur, vous êtes mon dieu sauveur ! Que le ciel vous récompense !

A dater de ce moment, le chirurgien, la marquise, Julie et le vicomte restèrent nuit et jour près de M. de Pecquigny. Le vicomte montra un tel désespoir, il s'accusa avec tant de bonne foi, que la marquise n'osa concevoir un soupçon. D'ailleurs, son amant n'était pas mort, peut-être même parviendrait-on à le sauver; le pardon, ou plutôt l'indulgence, lui était plus facile.

Cinq semaines se passèrent ainsi, en des alternatives

de crainte et d'espoir. Le duc resta presque tout ce temps dans le délire, il ne reconnaissait personne, la fièvre le dévorait, et, bien que la balle eût été extraite avec une adresse remarquable par le chirurgien, cette fièvre ne cédait pas. Elle ne tomba qu'après des peines infinies, et l'abattement, la faiblesse lui succédèrent. Cependant il se manifesta un mieux sensible, et le docteur dit un jour au vicomte, qui l'interrogeait :

— Il vivra quelques mois encore, peut-être ; mais c'est un homme perdu.

La marquise, en voyant son amant hors de danger, ou du moins en le supposant tel, se livra à une joie folle. Lorsqu'il la reconnut, lorsqu'il prononça son nom, lorsqu'il lui sourit, elle se crut au ciel.

Elle se promit de lui cacher la vérité, de ne pas lui nommer son assassin, puisque celui-ci montrait un repentir et un dévouement si profonds. Elle lui raconta vaguement l'histoire, accusant un domestique maladroit ou un braconnier, qui s'était donné de garde de se dénoncer. Il le crut.

Il alla de mieux en mieux, les forces lui revinrent, et, aussitôt qu'il se sentit en état de causer un peu longuement, il demanda au chirurgien un entretien particulier, en suppliant la marquise de ne pas en prendre d'inquiétude.

V

— Monsieur, dit-il, au médecin, les soins que vous me prodiguez depuis ma blessure, le caractère loyal et généreux que vous m'avez montré, me donnent en vous toute confiance ; je sais que je m'adresse à un homme de cœur et d'honneur, et je ne crains pas de m'expliquer franchement.

— Vous m'honorez et vous me comblez, monsieur.

— Je vais d'abord vous apprendre mon nom ; quant aux raisons qui m'ont forcé à me cacher dans ce château, dans cette chambre, les paroles échappées à la tendresse de la marquise vous les ont suffisamment révélées.

— Cela est vrai, monsieur ; mais je ne m'en souviens plus, vous pouvez en être sûr.

— J'y compte. Je suis le duc de Pecquigny, fils du duc de Chaulnes, et j'ai besoin de savoir la vérité sur mon état, afin d'aviser au moyen de sortir d'ici secrètement pour le bien de la réputation de mon amie.

— Je vous dirai tout ce que je dois vous dire, monsieur le duc, d'après la conscience d'un honnête homme et le dévouement d'un cœur qui n'a jamais trompé personne.

— C'est bien, monsieur. Je sais qu'on a prévenu mes gens, de ma part, de ne pas m'attendre ; je sais qu'on a paré le plus possible au danger de mon absence, et que mon père, tous les miens ne sont point inquiets ; ils me croient simplement engagé dans quelque entreprise amoureuse, ainsi que cela arrive souvent à mon âge.

— Vous êtes très-jeune, monsieur le duc.

— Je n'ai pas vingt-quatre ans, et il me serait cruel de mourir, avec tout ce qui peut faire aimer la vie. Cependant, docteur, je veux savoir la vérité, je la veux positive. En réchapperai-je ?

— Faut-il tout vous dire, monsieur le duc ? l'exigez-vous ?

— Oui, monsieur, absolument ; et cette question même est une préparation suffisante. J'attends.

— Monsieur le duc, vous pouvez vivre quelques mois, avec beaucoup de ménagements, mais vous n'avez rien à prétendre de plus.

Le jeune homme pâlit encore et mit sa main sur sa poitrine. Le médecin craignit de l'avoir frappé douloureusement et s'empressa de le soulager.

— Ne redoutez rien, docteur ; je suis plus fort que vous ne pensez ; mais je songe à elle. Je ne veux pas mourir ici, je ne veux pas qu'elle soit perdue. J'aurai besoin de votre aide, vous ne me la refuserez pas.

— Tout à vos ordres, monsieur le duc.

— Il faut que je parte, n'est-ce pas ?

— Oui, monsieur.

— Il faut que vous ayez la bonté de m'accompagner et que vous prépariez toutes choses pour me ramener à ma famille. Je dois m'éteindre chez moi.

— Donnez vos instructions, monsieur, et comptez sur mon dévouement absolu, je vous le répète.

Le jeune homme disposa tout avec beaucoup de sang-froid et de lucidité ; il déclara qu'il partirait le surlendemain, et que le docteur le conduirait jusqu'au château de Pecquigny, où il se reposerait, et d'où il préviendrait sa famille. De cette manière, la marquise ne serait pas compromise, et tout se passerait pour le mieux.

Le bon chirurgien se chargea des préparatifs ; il loua une bonne chaise de voyage, qu'il fit venir à la porte de sa petite ville, et que le duc et lui devaient prendre ; jusque-là, le carrosse de la marquise, mené par le vicomte, les conduirait la nuit. De cette façon, personne au château ne s'apercevrait de rien.

La marquise passait pour malade depuis le coup de fusil ; le docteur était censé rester pour elle ; maintenant, qu'elle était guérie, il partirait, et tout serait dit.

La séparation fut affreuse. On est tellement lié par des événements de ce genre ! Le vicomte soutint son rôle parfaitement. Instruit par le docteur et par le duc lui-même de l'arrêt porté, il sentit que le moment était venu de recueillir le fruit de son crime, et s'y prépara par un redoublement d'hypocrisie. La pauvre femme y fut prise !

M. de Pecquigny arriva heureusement chez lui ; on fit une histoire de voleurs dans les Cévennes, pour expliquer sa blessure. Le médecin fut largement récompensé, chargé de mille tendresses pour la marquise, et chargé surtout de lui laisser toutes ses espérances, afin qu'elle pût au moins vivre quelques mois en tranquillité ; la pauvre femme était grosse, et ce n'était pas un petit souci.

Le vicomte déploya les ressources de son esprit et de son caractère double. Il fut soigneux, il fut bon, il fut aimable, il obtint de la confiance de sa cousine le récit de tout ce qui s'était passé, de sa position, de ses embarras, de ses craintes ; il s'offrit à l'aider, à cacher sa faute et ses suites ; enfin, tout ce qu'un ami dévoué peut faire de plus désintéressé et de plus affectueux, il le fit.

La marquise convint avec Julie et son mari que ceux-ci prendraient en leur nom l'enfant qu'elle mettrait au monde, qu'elle le ferait venir chez elle comme un protégé et qu'elle l'élèverait à ses frais. De cette façon, elle aurait le bonheur de la maternité, sans en courir les dangers.

Julie feignit une grossesse ; elle se montra à Lyon à ses connaissances, puis retourna près de son amie et y resta jusqu'à la délivrance de celle-ci.

Mademoiselle de Lespinasse vint au monde dans ce château, et, le jour même de sa naissance, son père mourut à Pecquigny. On baptisa la petite fille à Lyon ; j'ai eu l'extrait de baptême, et je l'ai encore.

On cacha à madame d'Albon le malheur qui l'avait frappée, jusqu'à ce qu'elle fût capable de le supporter sans en mourir. Quand on jugea le temps venu de le lui annoncer, le vicomte se chargea de cette triste commission, avec Julie et le docteur. Il se jeta à ses pieds, joua une scène de repentir et de sentiment, et lui jura qu'il consacrerait sa vie à réparer une erreur fatale.

La malheureuse mère fut près d'un mois entre la vie et la mort, elle jetait des cris épouvantables, et la présence de sa fille pouvait seule la calmer. La bonne Julie aimait la petite comme si elle eût été réellement à elle ; cette première enfance de mademoiselle de Lespinasse se passa assez tranquillement entre les deux mères.

Le vicomte attendit que les premiers moments de la douleur fussent passés, et dès lors il changea de tactique. La passion qu'il avait cachée se montra de nouveau ; elle se montra plus violente peut-être, mais aussi plus soumise, plus active, plus dévouée. Madame d'Albon n'en fut pas plus touchée que la première fois. Elle pouvait à peine supporter sa présence, il lui faisait horreur, le sang de son amant s'élevait entre eux, et tout ce qu'elle pouvait faire, c'était de l'endurer quelques instants sans lui jeter au visage le fiel qui remplissait son cœur.

Mais, lorsqu'il eut la hardiesse de parler encore de son odieux amour, lorsqu'il la supplia avec larmes de l'écouter, de l'aimer aussi, elle ne fut plus maîtresse d'elle-même, elle lui dit sa pensée, elle le bannit de sa présence, et lui jura qu'elle préférait mille morts au malheur de l'entendre davantage.

M. de Sainte-Luce, furieux, ne se contraignit plus ; il lui laissa voir la haine qu'il dissimulait ; sans avouer son crime, il s'applaudit du coup involontaire qui l'avait vengé. Il la menaça des plus grands malheurs, et lui donna vingt-quatre heures pour révoquer sa décision.

— Songez-y, si vous persistez dans votre refus, si vous me chassez de votre présence, vous et votre fille deviendrez mes victimes ; je vous poursuivrai jusqu'à ce que je vous aie perdues, et ma vengeance ne s'arrêtera devant rien !

Avant l'expiration des vingt-quatre heures, la marquise lui écrivit ces mots :

« Je vous défends de rentrer chez moi davantage, et, quant à vos menaces, si vous êtes assez lâche pour les exécuter, Dieu ne permettra pas que l'innocence succombe ; je mets toute ma confiance en lui. »

M. de Sainte-Luce ne répondit pas. Il quitta le château sur-le-champ.

Pendant deux mois, la petite famille y vécut sans entendre parler de rien. Les pauvres femmes commençaient à respirer, elles espéraient que Dieu, invoqué par elles, touchait le cœur de leur ennemi, et elles l'en remerciaient de toutes leurs forces, lorsqu'au moment où elles s'y attendaient le moins, un bruit inaccoutumé leur annonça quelque nouvel événement.

L'appartement de la marquise ouvrait sur le parc, et il était loin de la cour d'honneur, loin des communs et du mouvement de la maison. La porte s'ouvrit violemment, le marquis d'Albon entra, le visage soucieux, l'air en colère ; il salua sa femme, et, se retournant vers Julie :

— Madame Lespinasse, emportez *votre* enfant, j'ai besoin de parler à la marquise ; dans deux heures, je repars.

Restée seule, la marquise, tremblante, n'osait pas lever les yeux. Les premiers mots de son mari l'effrayèrent bien davantage encore.

— Je sais tout, madame, dit-il.

— Mon Dieu !

Elle fondit en larmes et tomba à ses genoux.

— Relevez-vous et écoutez-moi. Je ne viens pas ici dans les dispositions que vous me supposez. Vous m'avez toujours haï, vous m'avez toujours méconnu. On a cherché à nous irriter l'un contre l'autre, et dans cette circonstance on a voulu me rendre l'instrument d'une vengeance que, fort heureusement, j'ai devinée et que je ne seconderai point, rassurez-vous.

— Monsieur, vous êtes bon !

— Je ne suis pas bon, je suis juste. Je sais ce que je vaux et ce que vous valez ; je sais que, si vous ne m'avez pas aimé, au moins vous avez résisté longtemps aux séductions qui vous entouraient. Vous avez succombé, on me l'a dit ; je viens d'en voir la preuve.

— Monsieur !

— Ne craignez rien pour votre enfant, madame : il ne lui sera pas fait de mal ; j'ignorerai son existence, mais à des conditions que vous me jurerez de remplir.

— Ordonnez, monsieur, j'obéirai.

— Votre fille peut vivre, votre fille peut rester près de vous, mais je ne veux pas qu'elle empiète sur les droits de la mienne et de son frère ; je veux que mon nom soit porté seulement par mes enfants, je veux que mes biens et les vôtres leur appartiennent.

— Quoi ! monsieur, les miens aussi ?

— Oui, madame. Les biens de la marquise d'Albon doivent appartenir au vicomte et à mademoiselle d'Albon ; autrement, cela donnerait lieu à des suppositions injurieuses, suppositions dont nous ne serons pas garantis, mais qu'au moins nous éviterons autant qu'il sera en nous, en agissant ainsi.

— C'est cruel.

— Non pas. Madame la marquise d'Albon peut avoir une protégée et lui faire du bien ; elle peut lui donner ce qu'elle voudra, nul n'y trouvera à redire ; vous me comprenez ?

— Oui, monsieur.

— Ce n'est pas tout. Vous allez signer avec moi l'acte ci-joint, attestant que nous n'avons d'autre enfant que notre fils et mademoiselle d'Albon, et que tout autre qui viendrait réclamer en cette qualité est déclaré par nous illégitime et imposteur. Il faut songer à l'avenir.

— Je signerai.

— C'est bien, madame. A présent, soyez tranquille, vivez où vous voudrez, faites ce qu'il vous plaira, vous n'entendrez plus parler de moi, je ne vous reverrai jamais. Je vous laisse la libre disposition de ce qui vous appartient, c'est-à-dire des revenus. Quant aux fonds, je m'en réserve le maniement, et vous n'y toucherez pas, s'il vous plaît. Vivez heureuse, si cela vous est possible, et convenez avec vous-même, si ce n'est avec moi, que je ne suis pas aussi méchant que votre haine affectait de le croire. Adieu.

Il partit comme il était venu, sans attendre de réponse, sans attendre surtout de remercîments. La marquise resta interdite, abattue ; elle n'eut pas même la force de répondre à madame Lespinasse, qui accourut vers elle aussitôt qu'elle eut entendu partir son mari.

— Ah ! s'écria-t-elle enfin, j'ai dépouillé ma fille pour lui sauver la vie, pour la garder près de moi ; j'aurais dû la défendre, j'aurais dû refuser ; il ne me l'aurait pas arrachée. Je suis lâche !

— Vous ne le pouviez pas, chère sœur ; il m'eût chassée d'ici, il nous eût séparées, il vous eût emmenée bien loin peut-être, et vous n'auriez jamais revu votre enfant, qu'on nous eût facilement enlevée sans que nous pussions nous plaindre. Jugez donc, un procès dans de telles circonstances ! Non, tout est pour le mieux ; trop heureuse d'en être quitte par ces sacrifices. Le vicomte nous a dénoncées sans doute et il s'attendait à une autre vengeance. Tenons-nous en garde, il n'en restera pas là.

— M. d'Albon s'est montré généreux, je le sais, j'en conviens ; cependant ma pauvre enfant est une mendiante à présent. Je ne souffrirai pas que, pour elle, tu fasses tort à tes deux fils ; que lui restera-t-il alors ?

L'orpheline fut donc ainsi frappée par le malheur dès sa naissance, et le malheur l'a toujours suivie, je suis forcée de l'avouer.

Madame d'Albon revint à Lyon quelques années après, afin de faire élever sa protégée, dont elle était idolâtre. Elle vécut d'abord dans la retraite, puis elle se répandit un peu et finit par voir du monde et par reprendre à peu près sa place dans la société.

Mademoiselle de Lespinasse grandit auprès d'elle. Jamais la santé de la marquise ne revint comme avant son malheur. Jeune encore, elle sentit qu'elle allait mourir ; l'avenir de sa fille la tourmentait fort. M. d'Albon avait si bien arrangé les choses, qu'elle ne put lui constituer que trois cents francs de rente. Il lui fut même interdit de lui laissser ses diamants, ainsi qu'elle en avait l'intention. Mademoiselle d'Albon avait déjà épousé mon frère depuis plusieurs années, lorsque madame sa mère arriva au moment de sa mort. Celle-ci lui écrivit d'arriver ; elles se voyaient fort peu. Ma belle-sœur était fort sévère, fort hautaine ; elle avait le cœur très-sec ; les fautes ne trouvaient en elle ni pitié ni indulgence, et la marquise ne l'ignorait pas.

Cependant elle voulut la voir et lui parler, elle voulut lui recommander cet enfant de son amour et remettre entre ses mains sa destinée, en se fiant à sa générosité, puisqu'il n'y avait pas moyen de faire autrement.

Madame de Vichy se rendit à l'appel de la mourante, et, lorsqu'elle entra chez elle, elle trouva mademoiselle de Lespinasse seule auprès de son lit.

VI

Madame d'Albon tendit les bras à sa fille, qui s'y jeta sans grande émotion ; elle n'était point femme à en ressentir beaucoup.

— Ma fille ! ma fille ! s'écria la mère, vous êtes venue, merci. Que Dieu vous bénisse pour cette bonne action !

— C'est mon devoir, madame.

Cette réponse sèche brisa le cœur de la pauvre femme et lui eût ôté l'espérance, si une mère pouvait la perdre ainsi.

— J'ai voulu vous parler, j'ai voulu vous remettre moi-même entre les mains l'enfant que j'ai élevée et qui m'est si chère. Vous me promettez de la recevoir, n'est-ce pas ?

— Je dois vous obéir, madame.

Toujours le devoir, jamais l'affection.

— C'est un cœur d'élite, ma fille, c'est une intelligence élevée ; vous serez contente d'elle, vous l'aimerez.

— Quand je la connaîtrai, madame, pour vous obéir, certainement.

La mourante comprit que sa pauvre fille marchait tout droit à son malheur, si elle ne parvenait pas à toucher le cœur de celle-ci. Elle l'attira vers elle et l'embrassa.

— Mon enfant, lui dit-elle, écoutez-moi. Je vais vous faire un aveu, en vous demandant votre pardon, en vous suppliant de ne pas accuser votre mère d'une faute si cruellement expiée.

— Ce n'est pas à moi, ma mère, de vous accuser jamais ; je n'en ai ni le droit ni l'envie, et j'écouterai avec le respect que je vous dois.

Madame d'Albon soupira. C'était une glace qu'elle ne pouvait briser.

— Cette enfant, ma Julie, Julie de Lespinasse est ma fille, votre sœur...

— Madame...

— Il ne m'appartient pas de me justifier en accusant votre père ; sa bonté vis-à-vis de moi et vis-à-vis d'elle depuis sa naissance m'en ôterait le désir, alors même que j'en aurais le droit. J'ai souffert, depuis vingt ans et plus, tout ce que l'on peut souffrir, j'ai versé toutes mes larmes, j'ai élevé ma fille dans le respect de notre famille et dans les principes les plus honorables ; encore une fois, vous serez contente d'elle. Voulez-vous me promettre de la prendre chez vous ?

— Je vous le promets, ma mère ; cependant, je ne veux pas vous tromper, mademoiselle n'y sera pas sur le pied de l'égalité, elle n'y sera ni comme une sœur, ni comme une amie.

— Songez donc, madame, reprit la marquise, blessée de cette dureté, songez que, si elle le voulait, elle pourrait être comme tout cela ; elle n'a qu'un mot à dire et moi aussi.

— J'ai l'acte signé par mon père et par vous, madame.

— Julie en a la rétractation, signée à mon lit de mort, madame ; elle a les lettres du vicomte de Sainte-Luce, qui lui offre de lui faire restituer son nom ; elle a l'acte passé entre les Lespinasse et moi, qui atteste la fraude commise, dans le temps, pour cacher sa naissance. Tout cela est parfaitement en règle, déposé chez un notaire très-honnête homme, fort loin d'ici ; elle et moi savons seules dans quel endroit. Je vais emporter ce secret dans la tombe, et je la laisse libre d'en disposer selon qu'elle en aura besoin.

Madame de Vichy n'avait pas prévu celui-là ; elle changea de note.

— Mon Dieu ! ma mère, vous ne me comprenez pas.

— Je voudrais ne pas vous comprendre, ma fille ; l'essentiel est que vous me compreniez en ce moment, et que vous sachiez la nature de ma demande. Ma fille, *votre sœur*, va rester seule au monde ; je vous la lègue, je vous la confie ; rendez-la heureuse, remplacez-moi auprès d'elle, faites-lui un sort, si vous le pouvez, et je vous bénirai de l'autre monde, où je vais vous attendre toutes deux.

— Ma mère !

— Oui, courbez la tête sous mes paroles, et retenez-les. Mon enfant chérie n'a reçu de moi que trois cents francs de rente viagère, je n'ai pas pu lui faire davantage, dans l'espérance, je l'avoue, que vous répareriez envers elle mes torts apparents. Maintenant, je le lui dis ici, devant vous, si vous oubliez votre promesse et mes recommandations, je l'adjure de ne pas oublier ce qu'elle va entendre, et ce que vous entendrez comme elle.

Mademoiselle de Lespinasse s'agenouilla près de sa mère.

— Ordonnez, ma mère, j'obéirai.

— Si votre sœur ne vous traite pas ainsi qu'elle doit vous traiter, si vous n'êtes pas chez elle comme chez vous, comme chez moi, réclamez vos droits, mon enfant ! ne tenez compte de rien, ne tenez pas compte de moi surtout ; que le soin de ma réputation ne vous arrête pas ; je voudrais la sacrifier mille fois à votre bonheur, car vous êtes ce que j'ai de plus cher au monde.

— Madame est votre fille comme moi, ma mère, répondit maladroitement mademoiselle de Lespinasse.

— Oui, elle est ma fille, et je l'aime et je l'aimerai autant que vous, si elle veut m'aimer, si elle veut que je meure tranquille et que je la bénisse en mourant. Un mot d'elle, un embrassement à vous, ma chère enfant ; qu'elle me dise : « Ma mère, cette jeune fille est ma sœur, elle est votre fille, et je vous serre toutes deux sur mon cœur, et je suis heureuse. » Le voulez-vous, ma chère comtesse ?

Madame de Vichy eut un bon mouvement. Quel en fut le mobile ? Je ne sais, mais elle l'eut. Peut-être le notaire, le testament, la relation et tout ce qui s'ensuit se dressèrent-ils comme des spectres pour la conduire dans les bras de sa mère et de sa sœur ; ce qu'il y a de sûr, c'est qu'elle fit de belles promesses, c'est que madame d'Albon mourut contente et enchantée de l'union qui régnait entre ses deux filles, et qu'elle crut au bonheur à venir de l'orpheline qu'elle laissait derrière elle.

Aussitôt après sa mort, madame de Vichy s'empressa d'emmener mademoiselle de Lespinasse à Chamrond. Elle la mit dans de fort bons termes avec mon frère, et cela alla au mieux pendant huit jours. Les voisins furent un peu intrigués de cette nouvelle venue, et les propos commencèrent. On ne manqua pas de les rapporter à M. et madame de Vichy, et dès lors la peur les prit.

On avait déjà beaucoup parlé à Lyon ; ils craignaient les mauvais conseils et les suites terribles d'un procès, dont le gain ne pouvait pas être douteux un instant.

Ils décidèrent que mademoiselle de Lespinasse ne les quitterait point, qu'elle ne se marierait jamais, qu'elle resterait sous leur dépendance et qu'ils emploiraient les moyens de douceur et de rigueur aussi pour lui faire anéantir les maudits papiers.

En conséquence, ils allèrent tous deux chez elle un beau matin, et lui firent part de ce qui se passait, en lui demandant quel biais elle comptait prendre pour arrêter les suppositions offensantes à la mémoire de madame d'Albon.

— Je vais partir, madame, me retirer dans un couvent, et l'on n'entendra plus parler de moi.

— Ce n'est pas cela, mademoiselle; au contraire, il ne faut pas que vous nous quittiez, il ne faut pas que vous laissiez aux méchants le droit de gloser sur une réputation qui doit être pour vous chère et honorée. Il faut seulement un prétexte à votre séjour chez moi, et ce prétexte, je vous l'apporte, si vous voulez l'accepter.

— Lequel, madame?

— Nous avons trois enfants; ils commencent à être en âge qu'on les instruise; consentez-vous à être leur gouvernante?

Mademoiselle de Lespinasse devint rouge; elle n'osait pas refuser et ne voulait pas accepter non plus. Cette proposition l'indignait, après les promesses faites à sa mère, après les caresses dont on l'avait accablée. La placer dans un état de domesticité, elle, la sœur de la comtesse! elle qui tenait dans ses mains la réputation de sa mère et sa fortune!

— Soyez tranquille, mademoiselle, on s'occupera de votre sort, vous recevrez des gages convenables...

— Ah! madame! interrompit-elle indignée.

— Mais, mademoiselle, j'ai promis à ma mère de vous assurer un avenir; celui-ci me paraît le meilleur. Vous élèverez nos enfants, et il sera tout simple ensuite que vous restiez près de nous.

Après bien des hésitations et des difficultés, mademoiselle de Lespinasse se décida. Que pouvait-elle faire? Comment résister, à moins de lever le bouclier contre eux, de déshonorer sa mère et de revendiquer ses droits?

Elle commença donc l'éducation de ses neveux, et ce ne fut pas une petite tâche: ils étaient fort gâtés, fort volontaires, et d'une méchanceté à faire damner les saints. Leurs parents se mirent en travers de ses bonnes intentions pour eux, défaisant au fur et à mesure ce qu'elle faisait.

Cependant ils persistèrent dans leur amabilité à son égard personnellement; ils affectèrent de lui prodiguer tous les soins possibles, de lui faire de petits cadeaux, de la placer aux yeux de leurs amis comme une personne qu'ils estimaient fort. Elle les laissa faire et leur rendit autant d'affection qu'elle leur en pouvait donner.

Le bout de l'an de madame d'Albon arriva; on célébra une messe dans la chapelle du château, toute la maison en deuil y assista; mademoiselle de Lespinasse, abîmée dans sa douleur, ne voyait rien; elle pleura tant que dura la cérémonie; et les propos d'aller leur train, et la colère et l'inquiétude de mon frère de redoubler, bien entendu.

En rentrant, madame de Vichy l'emmena avec elle dans sa chambre; elles s'embrassèrent en pleurant, mademoiselle de Lespinasse avec sincérité; quant à l'autre, c'étaient des pleurs de crocodile.

— Ma chère Julie, lui dit-elle.

— Madame...

— Il y a aujourd'hui un an, à pareille heure, que nous avons mis notre bonne mère au tombeau; je lui ai promis de vous rendre heureuse, je crois avoir rempli ma promesse, n'est-ce pas?

Lespinasse n'osa pas nier, elle fit un signe de tête.

— Mademoiselle, ma sœur, si j'ai tenu ma promesse, ne songez-vous pas à tenir la vôtre?

— Laquelle, madame?

— Celle que vous avez faite à ma vénérée mère et qui lui a procuré une mort tranquille, après le départ de son confesseur.

— Je ne sais ce que vous voulez dire, madame.

— Comment! ne vous souvenez-vous plus qu'elle voulut me parler seule, qu'elle resta avec moi pendant plus d'une demi-heure, et qu'en nous séparant elle vous dit devant moi : « Dans un an, à pareil jour, votre sœur vous racontera notre entretien, ma fille. »

— Cela est vrai; mais j'en connais le sujet; elle me le confia tout de suite, et je ne sais comment il est question en tout ceci d'une promesse de ma part.

— Vous avez juré à ma mère, si je vous rendais heureuse, de détruire ces misérables papiers, qui prouvent son déshonneur et celui de mon père, et c'est cette promesse que je réclame de vous.

— Moi?

— Oui; ne vous en souvenez-vous plus?

— Je ne saurais m'en souvenir, madame, puisque cela n'est pas vrai.

— Vous niez? vous niez les paroles de ma mère, de votre bienfaitrice?

— Je reconnais pour véritables les paroles de votre mère, *de la mienne;* mais voici pourquoi elles furent prononcées. Madame d'Albon me recommanda à vous en particulier, sa sollicitude maternelle lui faisant redouter l'avenir, en le comparant au passé. Elle ajouta que, si vous teniez votre parole, lorsque nous nous représenterions ensemble auprès de son tombeau au bout de l'année, elle serait entre nous deux, et nous bénirait; voilà tout, madame.

— Ainsi, mademoiselle, vous avez le projet de troubler ces cendres chéries, de revendiquer des droits imaginaires, et de mettre le désordre dans une famille que vous devez respecter?

— Qui a pu vous faire penser cela, madame?

— Votre réponse apparemment. Si vous ne voulez rien faire de ces papiers, à quoi bon les laisser subsister? A quoi servent-ils? Si ce n'est à votre bien, ce doit être au mal de notre maison, à sa perte.

— Comment pouvez-vous m'en supposer capable?

— Je suppose tout en face de votre entêtement. Déjà bien des fois nous vous avons demandé indirectement le sacrifice de ces armes que vous gardez contre nous; vous feigniez de ne pas nous comprendre. Aujourd'hui, je vous parle clairement, vous refusez.

— Je ne puis en effet vous comprendre, madame. Je ne sais ce que ma mère vous a dit, lorsque vous avez été seule avec elle; mais je sais qu'à moi, devant vous, elle m'a recommandé de bien conserver ces papiers, de ne jamais m'en dessaisir et d'en faire des armes contre vous, si vous le méritiez jamais.

— Ah! mademoiselle, déshonorer votre mère!

— Ce n'est pas moi qui en parlerai jamais, madame; ce n'est pas moi qui vous ferai l'ombre d'un chagrin. Qu'il n'en soit plus question entre nous; aimez-moi comme je suis disposée à vous aimer, en vivant ainsi que notre bonne mère nous l'a recommandé. Le voulez-vous?

— Sans doute. Mais cette épée de Damoclès suspendue sur ma tête et sur celle de mes enfants!

— Je ne la laisserai pas tomber; oubliez-la, je l'ai si bien oubliée moi-même!

Cette attaque se renouvela souvent, et sous toutes les formes. Mon frère, sa femme, une petite fille fort adroite pour son âge et dressée à ce manége essayèrent chacun à leur tour et à plusieurs reprises. Lorsqu'on vit que tout était inutile, on changea de batteries. Mademoiselle de Lespinasse fut traitée avec la plus grande rigueur.

On la tint à distance, comme une gouvernante de

bas étage; on eut pour elle des procédés affreux, on l'humilia, on la tourmenta; puis on lui fit entendre qu'elle retrouverait la tranquillité le jour où elle céderait à leurs désirs.

Elle était faible et forte en même temps, cette étrange fille. Elle leur résista et tint bon. Ils s'acharnèrent elle s'acharna aussi; ce fut une lutte dans laquelle personne ne voulait céder, et qui allait se terminer par le départ de Julie, lorsque j'arrivai à Chamrond. Elle était fort décidée à entrer au couvent avec ses trois cents francs de rente, plutôt que de continuer une existence pareille à celle-là.

VII

Quand j'arrivai à Chamrond, ainsi que je viens de le dire, la corde était si tendue, qu'elle devait nécessairement se rompre. On me présenta mademoiselle de Lespinasse, après m'avoir raconté son histoire en particulier et m'avoir fait promettre d'employer mon savoir-faire à la décider.

Sa vue me frappa : elle n'était pas jolie, la petite vérole l'avait fort défigurée; mais il y avait en elle je ne sais quel charme dont on ne pouvait se défendre et qui fascinait.

Maintenant que je m'occupe d'elle et que j'écris son histoire impartiale, je suis forcée de reconnaître avec moi-même qu'elle avait beaucoup de bon, que son commerce était délicieux et que peut-être j'ai eu beaucoup de torts envers elle. Ces torts vinrent de ma jalousie; j'étais jalouse de mes amis, qui me semblaient la préférer à moi, et d'elle qui semblait aussi m'abandonner pour eux. Telle fut la cause unique de ce qui est arrivé. J'ai toujours été haute et dominatrice; mon infirmité a doublé mes défauts et rendu l'habitude de mon intérieur très-difficile, j'en conviens. Je vois mieux de loin comment les choses se sont passées, je dépouille mes prétentions, et je comprends les autres. Près de mourir, j'ai besoin de m'éclairer, de pardonner peut-être, à coup sûr, de voir clair dans mon cœur et dans mon passé.

Si quelque autre que moi devait lire ceci, je n'en conviendrais pas, je n'en conviendrais jamais, moi vivante; après ma mort, on apprendra à me connaître. Encore, peut-être changerai-je d'ici-là! A présent que j'ai fait cette profession de foi, je suis plus à mon aise, et je puis achever l'histoire de mademoiselle de Lespinasse; je la continuerai sans interruption jusqu'à la fin, sans m'occuper de moi que lorsque je paraîtrai en scène. Mes propres aventures sont peu de chose; j'ai mené la vie de toutes les femmes de mon temps; ce qui est curieux, ce sont mes amis, ce sont les gens que j'ai fréquentés et les événements arrivés autour de moi.

J'ai été et je suis encore un centre de société. On vient chez moi, parce que cela est à la mode; il faut voir *l'Aveugle*, l'amie de Voltaire, chez laquelle se réunissent des beaux esprits et des philosophes, une vieille femme qui ne finit point, qui reçoit la cour et la ville, qui a vu Louis XIV, qui a connu M. le régent et tout ce que vous voudrez. Ce siècle est si frivole, qu'il n'en demande pas davantage. Les moutons de Panurge n'ont jamais été plus de saison.

Pour complaire à M. et madame de Vichy, avec lesquels je désirais rester bien, d'autant plus que j'étais chez eux, et par l'attrait qui m'entraînait vers elle, je m'occupai beaucoup de mademoiselle de Lespinasse. Elle venait chaque matin dans ma chambre m'offrir ses services; elle me faisait la lecture, elle écrivait sous ma dictée; ma cécité commençait alors à devenir très-grave et à m'empêcher de faire moi-même ce dont j'avais besoin. Elle était pour moi aux soins et aux attentions les plus minutieux; elle m'embrassait, me caressait comme un enfant.

— Ah! madame, laissez-moi vous aimer, disait-elle, je n'ai personne à aimer au monde.

— Mais madame de Vichy?... les enfants?...

— Madame de Vichy me hait, et les enfants me haïssent également, parce qu'ils sont poussés par elle. Ah! madame, ma pauvre mère eût bien mieux fait de me laisser entrer au couvent comme je le voulais.

— Vraiment, mademoiselle, c'eût été dommage.

— Madame, j'aurais été bien plus heureuse, n'en doutez pas. Je ne suis point faite pour la vie du monde, je n'y trouverai que des chagrins.

— Mademoiselle, il ne faut pas parler ainsi ouvertement de votre mère, vous indisposeriez davantage madame de Vichy. C'est là ce qu'elle craint.

— A vous, madame, je parle de ma mère, car il me semble que je parle encore à elle; vous me la rappelez.

Toutes les fois que nous étions seules, nous tenions les mêmes conversations, si bien que petit à petit elle en vint à me confier son projet de départ, suspendu seulement par le plaisir qu'elle avait à me voir.

— Aussitôt que vous serez partie, madame, je m'en vais aux Ursulines de Lyon. On consent à m'y recevoir, voici les lettres. Je ne prendrai peut-être pas le voile de longtemps; mais je resterai là, à l'abri des soucis, des persécutions; on ne me craindra plus, je serai comme morte.

— Pauvre fille! c'est une grande résolution. Ne pourriez-vous faire mieux?

— Où voulez-vous que j'aille?

— Avec vos talents, vous trouveriez quelque dame riche qui vous prendrait près d'elle.

— On ne me laisserait pas aller. Il n'est qu'une seule personne à qui on me confierait peut-être.

— Qui cela?

— Vous.

— Moi, ma chère demoiselle, moi, pauvre aveugle, vous consentiriez à vivre près de moi?

— Si j'y consentirais! ce serait avec une joie sans pareille. Vous êtes si bonne, vous avez tant d'esprit, vous êtes si facile à vivre, si disposée à tout comprendre!

— Vraiment, vous voudriez me suivre? Comme cela se trouve! moi qui désirais tant vous emmener!

— Est-il possible?

— Certainement.

— Ah! que je suis heureuse!

—Je parlerai à madame de Vichy aujourd'hui même.

— Hélas! le voudra-t-elle?

— Espérons.

— Madame, vous êtes mon ange sauveur.

Cette jeune personne m'intéressait réellement beaucoup, et l'attachement qu'elle me montrait me touchait le cœur. Avant de rien dire à mon frère, je voulus cependant poser avec elle les conditions de notre arrangement.

— Mademoiselle, lui dis-je, je ne suis pas riche, je ne puis faire de grands sacrifices pécuniaires. Si je ne vous avais pas rencontrée, mon intention était de prendre une fille de chambre, un peu éduquée, qui pût me faire la lecture et me conduire. Viard (je l'avais déjà), Viard écrit assez suffisamment pour être mon secrétaire, et l'habitude que j'ai, fait que je puis quelquefois écrire moi-même.

— Madame, je ne vous demande rien; mes trois cents livres me suffisent.

— Vous serez chez moi comme moi, je vous conduirai partout. Vous recevrez mon monde avec moi. Je ne vous donnerai pas comme une demoiselle de compagnie, mais comme une amie de province qui vient passer quelque temps à Paris. De cette façon, si nous ne nous convenions pas, si vous vous déplaisiez près de moi, vous pourriez me quitter sans éclat, en disant que votre visite est finie. Si, au contraire, vous désirez vous établir tout à fait dans ma maison, nous dirons que vous vous y trouvez bien et que vous y prolongez indéfiniment votre séjour. Nous sommes libres, et vous conservez votre indépendance aux yeux des personnes qui vous auront rencontrée et qui auront appris à vous connaître.

Elle se montra ravie, je l'étais aussi. J'allai donc avec confiance faire ma proposition à M. et à madame de Vichy, et mon étonnement fut extrême lorsqu'ils me répondirent qu'ils n'y consentiraient jamais.

— Comment! m'écriai-je, vous me refusez?

— Vous ne connaissez pas cette fille adroite, me répondit ma belle-sœur; elle n'aspire qu'à se faire des amis parmi les gens puissants, pour pouvoir ensuite nous écraser plus facilement. Elle veut vous suivre parce qu'elle croit trouver chez vous un moyen d'arriver à son but; ce n'est ni par affection ni par entraînement. Défiez-vous d'elle, c'est une comédienne et un serpent que vous nourririez dans votre sein.

— Je crois que vous vous trompez.

— Nous ne nous trompons pas, nous sommes sûrs de notre fait.

— M'autorisez-vous à lui faire connaître les motifs de votre refus?

— Certainement. Dites-lui que notre volonté positive est d'avoir toujours les yeux sur elle et de surveiller ses manœuvres. Dites-lui que nous savons ce qu'elle est, et qu'elle ne nous trompera plus, comme elle l'a fait au moment de la mort de ma mère.

Je m'acquittai strictement du message, curieuse de savoir comment mademoiselle de Lespinasse prendrait ces soupçons, ou plutôt ces injures.

Elle m'écouta sans changer de visage, réfléchit quelques instants; puis, levant ses yeux sur moi, elle me demanda, du ton le plus naturel et le plus touchant, si je croyais à ces accusations.

— Non, répliquai-je sans hésiter.

— Merci, madame, et je vous prouverai que vous avez raison. Répondez-moi seulement à une question, qui va tout décider : Vous êtes résolue à m'emmener et à me garder près de vous, n'est-ce pas?

— Oui, mademoiselle, plus que jamais.

— Encore merci, et, croyez-moi, vous ne vous en repentirez pas. Veuillez me permettre à mon tour de répondre à M. et madame de Vichy, et soyez mon interprète, comme vous avez été le leur. Ils n'ont d'autres droits sur moi que ceux que je leur ai donnés, que le testament de ma mère qui m'a léguée à ma sœur. Si je ne suis point sa sœur, ils n'ont rien à me demander, rien à prétendre, je suis libre. S'ils cherchent à me retenir, j'aurai recours à l'autorité, et ce qu'ils désirent éviter arrivera, non pas par moi, mais par eux.

— Vous avez raison; ils n'y songent pas.

Mon frère et ma belle-sœur me dirent fort tranquillement que jamais hommes de justice n'étaient entrés et n'entreraient dans le château de Chamrond; qu'ils en étaient seigneurs et qu'ils n'entendaient pas laisser violer leurs prérogatives par une péronnelle.

— Je ne vous comprends pas, ma sœur, ajouta le comte, de vous mêler de tout cela; vous êtes une femme d'esprit, une dame de haute compagnie, et vous faites des tripotages comme les filles de chambre!

Ce fut à mon tour de me fâcher; je ne souffrais point qu'on me traitât de la sorte, et monsieur mon frère en fut pour son sot discours. Je n'en devins que plus ardente à soutenir ma protégée, et je lui déclarai nettement que je la prendrais envers et contre tous, me réservant seulement de prévenir d'avance madame de Luynes, afin qu'on ne lui racontât pas l'histoire à mon désavantage. Cette chère tante venait d'être nommée dame d'honneur de la reine; elle tenait un rang à m'écraser, si elle se mettait contre moi, et c'était ce que je ne voulais pas.

La chose faite, je fus plus tranquille. Je sentis seulement qu'il ne fallait pas demeurer longtemps où j'étais pour éviter que les cartes ne se brouillassent tout à fait.

Mademoiselle de Lespinasse ne quittait sa chambre que pour venir dans la mienne; elle ne descendait plus au salon ni dans la salle à manger, et ne s'occupait nullement de ses élèves.

— Ah! me dit en riant mon frère, elle cédera, votre belle entêtée. Les fossés sont profonds, les portes solides et les murailles épaisses à Chamrond; il n'en sort pas une paille à mon insu, et elle criera bien fort si elle parvient à se faire entendre hors de cette enceinte de tours. Vous ne l'emporterez pas sans qu'on la voie, apparemment.

— Mon frère, vous commettez une injustice, vous faites une mauvaise action. Si j'étais à la place de cette fille, je m'échapperais bien, et j'irais droit à Lyon demander justice contre vous, faire reconnaître mes droits et vous dépouiller de votre fortune. Il faut être un ange pour y manquer.

Ils se moquèrent de moi et nous mirent au défi toutes deux de braver leur surveillance; j'en fis part à mademoiselle de Lespinasse, qui se contenta de sourire, en haussant légèrement les épaules.

— Ne craignez rien, madame, ils ne feront pas de scène et ils ne nous empêcheront pas de nous en aller. M. de Vichy se croit bien habile; il croit qu'il sait tout, et, depuis un mois, j'ai une correspondance suivie dont il ne se doute pas. Encore une quinzaine de jours tout au plus, et ils nous ouvriront les portes toutes grandes, vous le verrez.

J'étais assez impatiente du dénoûment de l'histoire; je voulais m'en aller, car je m'ennuyais bien plus à Chamrond qu'à Paris. Enfin, ce dénoûment arriva, et tout autrement que je ne croyais.

Un soir, il faisait un temps horrible, et j'allais descendre pour souper, lorsque j'entendis frapper à ma porte. A cette heure, Julie ne venait jamais; je crus que c'était quelque domestique, et je criai d'entrer assez brusquement.

— C'est moi, madame, me dit mademoiselle de Lespinasse.

— Vous, à cette heure, ma reine! repris-je.

— Oui, madame, et le moment que je vous ai annoncé est arrivé.

— Comment cela?

— M. de Vichy, si sûr de son fait, n'a pas intercepté par ce temps horrible le courrier que je viens de recevoir. Voici les papiers que j'attendais. Je suis certaine de me venger de lui ou de lui montrer quelle âme il a insultée; dans tous les cas, j'ai dans mes mains ma liberté. Un mot de moi, et cette fille qu'il méprise tant, qu'il menace de ses tourelles et de ses murailles, va faire venir ici, en dépit de lui, ceux que la loi arme de son glaive, ou bien, si vous consentez toujours à vous charger de moi, ma chère protectrice, je vous prouverai que je ne suis point ingrate et qu'on peut m'aimer.

— Venez donc avec moi, c'est le parti le plus digne et le plus sage; songez à votre mère.

— J'y ai songé, madame, et vous le verrez bien. Attendez-moi après souper, tout à l'heure; j'espère que vous serez contente de moi.

VIII

Je parus au souper, assez préoccupée; on me questionna plusieurs fois à cet égard, je répondis que je n'avais rien. C'est une de ces sottises qui viennent aux lèvres avant la réflexion. On n'insista pas.

Nous étions seuls, à souper; le temps n'avait permis

aucune visite, pas même celle du curé; il ne se trouvait aucun étranger à demeure; les enfants ne venaient jamais à ce repas du soir, de sorte que nous causions à notre aise.

Ce soir-là, nous rentrâmes dans le salon assez promptement; mon frère me proposa un piquet contre ma belle sœur, j'acceptai. Je ne voyais pas très-distinctement, il me conseillait. Nous avions commencé à peine lorsque la porte s'ouvrit, et que mademoiselle de Lespinasse parut.

J'entendis un double cri de surprise, auquel je m'attendais; elle tenait un rouleau de papiers à la main; elle s'avança calme et digne, salua le comte et la comtesse, et resta debout à côté de la table.

— Qui vous amène, mademoiselle? dit mon frère.

— Je viens vous demander, monsieur, ainsi qu'à madame de Vichy, une dernière explication.

— Asseyez-vous donc, mademoiselle, alors, répliqua-t-il; nous sommes tout disposés à vous entendre. Pensez seulement à qui et devant qui vous parlez.

Mademoiselle de Lespinasse prit un siége, et, regardant madame de Vichy, d'un air à la fois décidé et plein de douceur :

— Je désire quitter cette maison, madame, dit-elle.

— Cela est impossible, mademoiselle.

— Je compte suivre madame la marquise du Deffand, qui veut bien m'accorder chez elle un asile.

— Je ne dis pas le contraire, mademoiselle; mais, je suis fâchée de vous contrarier, vous ne partirez pas.

— Je vous demande pardon, madame, je partirai. De quel droit me retenez-vous ici?

Ils se regardèrent, assez embarrassés. Cependant madame de Vichy, plus violente que son mari, se leva vivement et répliqua :

— Du droit d'une fille qui ne veut pas voir déshonorer sa mère; du droit d'une mère qui ne veut pas voir dépouiller ses enfants.

— Veuillez prendre la peine de lire ceci, monsieur, je vous prie, continua Julie sans répondre à sa sœur; vous verrez que tous ces droits-là sont nuls devant la justice, et que, sur un mot de moi, votre château sera envahi par les agents de M. le procureur pour le roi au parlement de Dijon, et l'orpheline réclamée au nom de la loi.

Mon frère prit le papier, il lut et devint pâle de colère.

— Comment avez-vous eu cela, mademoiselle?

— C'est mon secret, monsieur.

— Je chasserai tous mes gens ce soir même.

— Ne les chassez pas, monsieur; ils en sont aussi innocents que vous.

— Je saurai...

— Vous saurez ce que je voudrai bien vous apprendre. Écoutez-moi jusqu'à la fin. Me voilà libre, vous le voyez.

Il ne le voyait que trop.

— Eh bien, cette liberté, je n'en userai pas; je veux que vous me la rendiez vous-même, et, pour cela, je veux détruire la cause de votre inquiétude.

— Ah! s'écria sa sœur, vous nous rendrez ces actes maudits!

— Non, madame, non, je ne vous les rendrai pas. Jamais personne ne recevra de ma main les preuves de la faute de ma mère, et, si je les retire du lieu où elle les avait déposés, ce ne sera que pour les garder moi-même, ou pour en faire, moi-même aussi, tel usage qu'il me conviendra.

Ils baissèrent la tête, fort penauds; ils ne s'attendaient pas à tout cela de la part de cette petite fille.

— Maintenant, madame, encore un instant de patience, et j'ai fini. Vous me reniez pour votre sœur, vous n'avez pas voulu m'aimer comme telle, je ne vous demandais que cela. Vous n'êtes donc et ne serez jamais ma sœur. Je méprise la fortune, je ne voudrais pas du plus beau nom de la monarchie, s'il me fallait l'acheter du déshonneur de ma mère; qu'ai-je donc à faire des preuves qui vous inquiètent tant? Ma mère m'a aimée jusqu'à la mort, elle m'a élevée et gardée sur son sein avec une tendresse que rien ne me fera jamais oublier. Je suis sa fille, rien ne peut empêcher que je ne le sois à mes yeux et aux siens, il ne m'en faut pas davantage. Consentez à mon départ avec madame du Deffand, et à l'instant, sous vos yeux, j'anéantis les papiers que voilà; vous n'aurez plus rien à craindre.

— Le ferez-vous? s'écrièrent-ils dans un transport de joie et d'étonnement.

— A l'instant même, je le répète; consentez seulement.

— Ah! de grand cœur! vous êtes un ange!

Elle sourit tristement, et déroula les actes.

— Regardez, examinez bien, vous verrez que tout y est.

Ils se jetèrent dessus comme deux vautours et lurent avidement jusqu'à la dernière ligne. Quand ils eurent fini, elle reprit les papiers à leur grande frayeur.

— Il est entendu, n'est-ce pas? que je serai désormais libre, que je puis quitter ce château et faire de moi-même ce qui me plaira?

— Parfaitement.

— Madame la marquise du Deffand est témoin de cette promesse, monsieur et madame; moi, j'exécute la mienne, tenez!

Elle se leva, approcha les papiers de la bougie et bientôt le feu les consuma. Nous les regardions brûler tous les quatre en silence. Lorsqu'il n'en resta plus que des cendres, ma belle-sœur poussa un cri d'allégement qui me fit tressaillir. Mademoiselle de Lespinasse pleurait.

— Vous pleurez votre fortune, mademoiselle?

— Moi, monsieur? Je pleure la lettre de ma mère, où elle avait mis tout son cœur, toute sa tendresse. Je pleure sur sa volonté méconnue, sur la solitude qui m'attend désormais; me voilà seule sur la terre.

— Et moi? lui dis-je, profondément touchée de sa noble action.

— Ah! madame, s'écria-t-elle en se jetant dans mes bras, aimez-moi bien, car j'ai grand besoin d'être aimée.

Ma belle-sœur n'eut pas un instant d'émotion. Il n'y a rien de sec comme un cœur de dévote, quand il n'est pas trop tendre; rien de dur comme les honnêtes femmes de profession. Elles dégoûteraient de la vertu, si l'on était vertueuse par calcul.

Madame de Vichy essaya d'être bonne en réfléchissant qu'elle ne l'était point, et que cela avait mauvaise grâce. Elle alla jusqu'à proposer à Julie de rester au château si elle le voulait, ou, tout au moins, d'y revenir chaque année leur faire une visite.

— Non, madame, je vous remercie, répliqua-t-elle; je ne reverrai jamais cette maison, et je ne vous reverrai jamais à dater de cet instant, que pour vous dire adieu devant tous vos gens, si madame la marquise juge à propos de fixer son départ à une heure où vous y devrez assister.

— Ah!... Comme il vous plaira, mademoiselle; je ne force personne, et vous moins que tout autre.

On se sépara plus froidement qu'on ne s'était réuni. Mademoiselle de Lespinasse quitta le salon avant moi; elle salua profondément le comte et la comtesse, et leur souhaita tout le bonheur possible; puis elle s'en alla droite, fière et contente d'elle-même, comme une personne qui a rempli un grand devoir, ou plutôt comme une personne qui a fait plus que son devoir.

Nous nous regardâmes tous les trois.

— Eh bien, dit mon frère, que pensez-vous de cette demoiselle? Elle a des façons de reine, ce me semble.

— Oui, répliquai-je, elle en a les façons et les sentiments. Ce qu'elle a fait là est très-généreux.

— Qui sait! reprit la comtesse, toute pensive, ce n'est peut-être pas encore si beau; elle a peut-être pris des copies notariées de ces actes.

Ce vilain mot, soufflé par une vilaine pensée, m'a presque brouillée avec ma famille par les suites qu'il amena. Je me défiai de madame de Vichy, en l'entendant, et je pris d'elle une opinion qu'elle justifia pleinement.

Trois jours après, nous partîmes, ma compagne et moi; je m'arrangeai pour que ce fût de grand matin; de cette manière, Julie ne revit pas sa sœur. On n'osa pas la retenir; mais on en avait grande envie, toujours dans la crainte de cette copie notariée, qui pouvait leur nuire. Ils écrivirent à madame de Luynes et tâchèrent de la prévenir et contre moi et contre ma protégée.

Nous étions partis pour Lyon; j'y voulus rester un peu. Mademoiselle de Lespinasse, pour apaiser l'orage, me proposa de se mettre dans un couvent, et de négocier pendant ce temps. M. d'Albon, son frère et celui de ma belle-sœur, habitait cette ville; il ne s'était jamais montré aucunement hostile contre elle, au contraire; elle comptait sur lui pour tout arranger.

J'avais là également le cardinal de Tencin, de même que j'avais le président, auprès de madame de Luynes, avec qui il avait l'honneur d'être extrêmement lié. Je trouvai la proposition à propos et je consentis à ce que demandait Julie. M. d'Albon vint me voir; il m'apprit un trait d'elle, qu'elle m'avait laissé ignorer, et que madame de Vichy ne m'avait pas fait connaître non plus.

M. d'Albon n'était pas présent à la mort de leur mère; il était très-en froid avec elle et elle en parlait rarement. Elle l'avait cependant demandé, mais il était absent.

Il vint le lendemain.

Mademoiselle de Lespinasse ne le connaissait que fort peu, et ses procédés envers elle étaient bienveillants néanmoins. Aussitôt qu'il arriva, elle le pria de la suivre et le conduisit auprès d'un petit secrétaire, dont elle avait la clef dans sa poche.

— Monsieur, lui dit-elle en lui remettant cette clef, voici un meuble qui m'appartient; ma bienfaitrice me l'a donné et vous me permettrez bien de le conserver, n'est-ce pas?

— Sans aucun doute, mademoiselle, et tous vos effets personnels vous seront remis. Est-ce là ce que vous aviez à me dire?

— Non monsieur. Veuiller ouvrir ce secrétaire, vous y trouverez une somme d'argent assez considérable. Madame d'Albon m'a ordonné de la garder pour moi; mais je ne le veux pas, je ne veux pas être accusée par vous et madame votre sœur d'avoir soustrait la moindre part de votre héritage. Prenez donc cet argent, monsieur, vous me rendrez un grand service, car j'en suis fort inquiète.

— Cependant, mademoiselle, si votre mère vous l'avait donné?

— En voici la preuve, de son écriture, monsieur; lisez.

Elle lui montra le sac portant pour étiquette ces mots: « Pour ma chère Julie de Lespinasse, pour elle seule, et donné par moi. »

— Alors, mademoiselle, c'est un legs, et je ne puis me permettre...

— Je n'accepte pas, monsieur, je n'accepterai rien de ce qui est à vous. Prenez ceci.

Il finit par prendre, en effet, et sans trop de difficultés encore. On se fait bien peu prier pour prendre de l'argent!

Il me raconta ce trait et ajouta qu'elle méritait tous les égards, mais qu'il ne se souciait pas de la perdre de vue. Je lui répondis par le brûlement des papiers.

— C'est possible, poursuivit-il; c'est très-bien et très-beau; mais elle en a peut-être une copie.

Ma belle-sœur avait passé par là.

J'allai donc trouver le cardinal de Tencin, archevêque de Lyon alors, et mon ancien ami, comme on sait. Il me conseilla de partir, de laisser Julie dans son couvent, et qu'ensuite il s'arrangerait pour me l'envoyer.

— Personne n'a réellement de droits sur elle, et, nous viendrons bien à bout de la faire partir. En vous en allant la première, vous donnez satisfaction à votre famille, et c'est ce que vous désirez, n'est-ce pas?

— Sans doute.

— Allez, marquise, soyez tranquille, les vieux amis sont toujours les mêmes. Nous avons passé de beaux moments avec ma pauvre sœur; je ne puis les oublier, et vous ne les oublierez pas non plus, j'en suis certain. Vous rappelez-vous la forêt de Sénart et notre nuit dans la masure?

Oui, je me la rappelais, et que s'en est-il suivi, hélas!

Je partis en effet. J'allais tout préparer au couvent de Saint-Joseph, où je m'étais décidée à me retirer, pour nous recevoir toutes deux.

Cette communauté de Saint-Joseph fondée par madame de Montespan dans la rue Saint-Dominique, m'offrait des commodités particulières. L'appartement qu'on me donna était celui de la fondatrice. Elle s'y retirait lorsqu'elle voulait rompre ses liens ou donner un peu d'inquiétude au roi. Après leur séparation définitive, elle s'y jeta et y mourut, à ce que dirent les religieuses; en vérité, je n'en suis pas sûre, car d'autres m'ont assuré qu'elle était morte à Paris, chez elle; d'autres, chez le duc d'Antin.

Cet appartement est dans l'intérieur de la maison; il a vue sur les jardins, mais il a aussi une entrée particulière, de sorte que je suis, à volonté, ou dans le monde ou avec les sœurs. Ce n'est pas que je les aime beaucoup et que leurs pratiques ne me paraissent être des absurdités; mais le public est satisfait de me savoir dans cette maison, et je suis tranquille derrière ce bouclier invincible.

IX

Mademoiselle de Lespinasse partit de Lyon avec le procureur et la procureuse générale, qui venaient par la diligence. M. de Tencin la leur avait confiée et elle fut fort bien avec eux pendant toute la route.

J'étais alors entre deux ou trois amis bien chers: le président Hénault, Formont et d'Alembert, que j'aimais au moins autant qu'eux, bien que la connaissance fût plus nouvelle. D'Alembert, passait pour le fils de madame de Tencin et de Destouches-Canon; elle m'a toujours juré que cela n'était pas vrai, et tout en m'avouant bien autre chose; ce qui m'engageait à la croire. D'un autre côté, d'Alembert soutient qu'il en a la preuve, qu'il est certain du fait, et que, si elle le nie c'est parce qu'elle est honteuse de son abandon.

Le fait est qu'elle n'a jamais voulu le voir, et qu'il a été élevé chez une vitrière, qu'il aimait d'une affection incroyable. Je vous raconterai cela plus tard.

Il venait chez moi tous les jours. Lui et ses amis n'en étaient encore qu'à l'embryon de leur Encyclopédie, de leurs idées philosophiques et de ces fagots dont ils ont amusé la dernière moitié de ce siècle. D'Alembert n'était pas beau; mais il était souverainement bon, d'un esprit charmant, ce qu'on n'aurait pas soupçonné chez un philosophe mathématicien, du commerce le plus agréable et le plus doux. Je n'ai jamais connu d'homme avec lequel j'eusse été plus heureuse de vivre; aussi, ma grande colère contre mademoiselle de Lespinasse est-elle venue à cause de lui.

Je ne leur annonçai pas l'arrivée de ma jeune amie ; j'en étais convenue avec elle, et nous devions rester dans les termes que j'avais annoncés.

Depuis que j'y voyais à peine, tout le monde louait mon courage. Je faisais la brave devant mes amis, et, lorsque j'étais seule, je me désespérais ; c'était pour moi la plus affreuse position et le supplice le plus cruel. Cependant j'étais fort entourée, ma maison ne désemplissait pas, et les personnes les plus distinguées de la cour et de la ville commençaient à en prendre le chemin.

Quelques années auparavant, nous avions joué souvent de petites comédies, faites exprès pour nous par le président Hénault et par Pont-de-Veyle. Les acteurs étaient ces deux messieurs d'Argental, et Formont et quelques autres ; les actrices, madame de Rochefort et moi. Cette société ne s'était jamais dissoute. Nous avions continué à vivre dans une intimité de tous les jours, et souvent nous lisions entre nous ces pièces qui nous avaient tant amusés à représenter autrefois.

D'Alembert méprisait cet amusement.

La première soirée que mademoiselle de Lespinasse passa à Paris, on parla de notre théâtre ; on rappela cette pièce de *Zoïde*, écrite exprès pour nous par M. du Châtel, qui avait tant d'esprit, et où feu madame de Luxembourg était si charmante ; puis, *l'Homme du bel air*, de M. de Forcalquier, ensuite, *le Jaloux de lui-même*, *la Petite Maison* du président ; et le reste.

On demanda naturellement à la nouvelle venue si elle aimait la comédie, et s'il lui plaisait de la jouer.

— La voir, oui ; la jouer, non, répondit-elle.

— A la bonne heure ! s'écria d'Alembert, voilà une personne de sens. Vous êtes raisonnable, mademoiselle ; vous êtes plus raisonnable à votre âge que tous ces messieurs et ces dames, qui devraient l'être plus que vous.

Et tout de suite il se mit à soutenir sa thèse, qu'il soutint tout seul, et où mademoiselle de Lespinasse fut son unique partisan. De ce jour, ils se lièrent, ils se comprirent, ils se convinrent, et, si j'y avais regardé, c'est-à-dire si j'avais pu les voir, je crois que j'aurais deviné leur avenir et celui qu'ils me réservaient.

D'Alembert était justement appelé, à peu près à cette époque-là, par le roi de Prusse, qu'il s'en alla voir à Wezel. Il n'en revint pas plus fier, mais avec une passion et la promesse d'une amitié éternelle de ce grand homme, qui posait toujours comme devant un peintre pour la postérité, quoi qu'en aient dit MM. de l'Encyclopédie, qui en voulaient faire un dieu. Voltaire en est bien revenu, lui qui a tant d'esprit, lui qui sait si bien son monde, et à qui tous les autres n'arrivent pas à la cheville. Il a déshabillé l'homme en conservant le héros, comme roi et comme guerrier.

Frédéric et Catherine ont passé leur vie à se moquer des philosophes en les accablant de leurs faveurs. Ce qu'il y a de beau, c'est que les philosophes s'y sont tous pris, malgré leur mépris des richesses et des honneurs. En tendant un piège à l'orgueil, on est sûr qu'ils s'y prendront. Ils se sont pris à bien d'autres ainsi que vous le verrez.

Nous avions aussi à cette époque, dans notre compagnie de tous les jours, le chevalier d'Aydie, dont la fille avait épousé le comte de Nanthie. Hélas ! qu'elle était loin de sa mère, de cette belle Aïssé, tout en lui ressemblant ! Nous avions aussi M. de Berkly, un Anglais charmant, que M. Walpole ne peut souffrir ; le baron Ficher, un Suédois de beaucoup d'esprit ; la duchesse de Mirepoix, si pleine de grâce et de bonté toutes les fois qu'on ne lui montrait pas une carte ou un dé à jouer, car alors c'était une folle, elle perdait tout son prestige ; je l'aurais voulu battre ; la duchesse de Boufflers, devenue, par un second mariage, maréchale, duchesse de Luxembourg ; et quelle adorable créature que celle-là ! Elle jouissait largement de sa jeunesse, et comme elle n'était pas avare, elle en faisait jouir les autres. On le lui reprochait lorsqu'on ne la connaissait pas, mais, lorsqu'on l'avait vue seulement deux fois, on n'avait plus le courage de lui en vouloir. Je ne parle pas de moi, bien entendu, qui n'avais ni le droit ni l'envie d'être sévère ; je parle de la reine, des prudes de la cour et de la ville, qui couraient après elle, en sachant bien qu'elle courait après autre chose, à son tour.

Je n'en finirais pas si je vous citais tous nos habitués.

Il faut cependant distinguer le président de Montesquieu et Fontenelle. Ces deux-là valent la peine qu'on parle d'eux ; aussi le ferai-je. Pour aujourd'hui, je reviens à mademoiselle de Lespinasse et à son étonnement, son bonheur, de passer tout à coup de sa province au milieu d'un cercle ainsi composé. Elle m'en remerciait sans cesse, baisait mes mains, me comblait de soins et de tendresse; elle m'aimait, disait-elle, et je le lui rendais, en vérité, bien qu'on en ait pu dire.

Nos jours s'écoulaient très-heureux ainsi ; je me consolais de mon infirmité par les distractions qu'on me donnait; je n'étais jamais seule. Mademoiselle de Lespinasse me quittait quelquefois, après les premiers mois, mais elle ne me quittait qu'aux heures où mes autres amis la remplaçaient. C'était un prétexte, et puis un autre; elle allait voir celui-ci, celle-là ; elle avait des lettres à écrire, une lecture à préparer ; elle avait un travail, elle avait tout ce qu'elle pouvait imaginer, à chaque instant, d'amabilité pour moi et pour me plaire. J'en étais ravie.

Or, vous allez voir ce qui se passait, et ce dont je ne me doutais guère. J'ai appris cela, depuis, par les confidences de d'Alembert au président et à Pont-de-Veyle, qui allaient souvent le visiter, surtout au moment de sa douleur. Il leur raconta le commencement et la fin, et ils ne manquèrent pas de me le rapporter.

L'idée ne leur vint pas tout de suite qu'ils pouvaient s'aimer. Ils se recherchèrent parce qu'ils se convenaient, uniquement par leur esprit; mais l'amour était loin de leur pensée. Il vint ensuite singulièrement, par ce qui devait le moins l'amener, par la science.

Mademoiselle de Lespinasse avait des sens et une âme ardente ; elle était romanesque, elle était tendre, elle était passionnée, elle avait des aspirations d'amour dont je m'apercevais moi-même, et dont je la plaisantais quelquefois. D'Alembert lui enseignait bien des choses qu'elle ne savait pas et qui n'étaient point du genre de son esprit. Elle se donnait beaucoup de peine pour les retenir et ne les retenait guère ; aussi son maître en prenait prétexte de les lui répéter chaque jour et longtemps.

Un matin, il s'agissait de botanique, car d'Alembert savait tout, des origines de je ne sais quoi; il y en avait une kyrielle. Quant à moi qui ai toujours détesté les savants, et surtout les savantes, je me bouchais les oreilles pour ne pas les entendre. Ils firent donc la partie d'aller ensemble chercher une plante que d'Alembert avait observée aux environs de Montmorency, alors qu'il y allait voir madame d'Épinay, dont nous causerons plus tard.

Ils prirent une chaise que d'Alembert voulut payer, ce dont Julie se montra très-désolée, et ils profitèrent d'un jour où la marquise de Forcalquier venait me faire une lecture; ils étaient sûrs que je ne m'ennuierais pas, ou que, du moins, leur présence ne m'eût pas empêchée de m'ennuyer.

Il faisait, ce jour-là, un temps à souhait, — c'était au mois de juin, — pas trop chaud, juste assez de soleil pour éclairer le paysage et pas assez pour rendre la chaleur insupportable. De jolis nuages blancs comme des boules de neige, un horizon enchanté et l'amour entre eux ! N'était-ce pas assez, même pour un philosophe et une fille aspirant à le devenir ?

Ils allèrent d'abord assez gaiement; puis ils se mirent à réfléchir et à rêver. D'Alembert connaissait mieux qu'elle la cause de leur rêverie. Il s'était déjà rendu compte du penchant qui les entraînait et se demandait s'il fallait éclairer sa compagne ou la laisser dans l'ignorance de son innocente candeur.

Une question de mademoiselle de Lespinasse le décida.

— Mon Dieu! monsieur, le joli ruisseau, la charmante prairie, les beaux arbres! Dites-moi pourquoi j'ai une envie si irrésistible de quitter cette chaise et d'aller me promener là-bas? J'ai pourtant vu bien des ruisseaux, bien des arbres et bien des prairies aussi agréables que ceux-là, quelque agréables qu'ils soient.

— Je vous le dirai, mademoiselle, lorsque nous aurons satisfait votre désir; rien n'est plus facile. Le postillon nous attendra: il est à la journée et absolument à nos ordres. Ne serait-ce point le moment de déployer nos provisions et de manger notre déjeuner là-bas?

— Vous avez raison, monsieur. Je n'ai pas faim, cependant, et je suis bien aise. Oh! je n'ai jamais été si aise de ma vie!

Formont et le président, deux vieux mauvais sujets, avaient beaucoup blâmé cette partie tête à tête, où, ces dames et moi, nous n'avions pas vu de mal. D'Alembert nous faisait l'effet de Scipion, de Robert d'Arbrissel, et nous ne nous figurions pas qu'il pût y avoir le moindre danger.

Ainsi pensait la duchesse de Chaulnes, entre autres, qui l'avait empêché longtemps d'être reçu à l'Académie, non qu'elle l'aimât point, mais parce qu'elle criait tout haut qu'elle lui donnerait un sérail à garder. On la savait femme à approfondir la question, et Fontenelle disait gravement à cet égard :

— Sur tout ce qui concerne ces renseignements là, madame la duchesse de Chaulnes est le Barême de l'amour.

Vous comprenez si le mot fit fortune! Elle avait coté d'Alembert à zéro et travailla si bien, qu'elle fit recevoir La Peyrouse à sa place, à l'Académie, ou M. le comte de Clermont, je ne sais plus lequel, sous prétexte que, pour faire un académicien, il fallait un homme. Elle en étourdit tellement la tête de ces quarante, qu'ils eurent peur du ridicule, et que cette injustice fut faite. On la répara plus tard. Les fous, et surtout les folles, sont certains d'être écoutés en ce pays-ci.

Tant il y a que nous étions fort tranquilles sur le maître et sur l'élève, que nous écoutions madame de Forqualqier et sa lecture pendant qu'ils couraient les champs et suivaient le bord des ruisseaux, en mangeant un excellent pâté apprêté pour cette équipée.

D'abord on ne s'occupa que de ce pâté; on a faim à la campagne, lorsqu'on est jeune et qu'on n'y va pas souvent. La belle avait bien assuré qu'elle ne mangerait point; pourtant elle se laissa tenter, et la gaieté lui revint. D'Alembert fut très-aimable; il raconta tout autre chose que des règles d'arithmétique et de géométrie. Puis il demanda à la pauvre fille si elle désirait toujours savoir la raison de son enthousiasme pour le ruisseau, pour la prairie et pour les arbres.

— Oh! oui, répliqua-t-elle, le cœur tout palpitant.

Il s'approcha d'elle, lui prit la main, qu'elle lui laissa prendre, et commença un discours sur les sympathies, sur les affinités, sur les attractions et je ne sais quels mots plus ou moins sonores, afin de ne pas faire l'amour comme les autres et de ne pas déshonorer la science en la ravalant aux phrases vulgaires.

Mademoiselle de Lespinasse comprit plutôt d'instinct que d'intelligence; elle rougit, elle baissa les yeux, elle sourit même, et ce sourire déconcerta les définitions du pauvre homme; il ne sut que se jeter à ses pieds, en lui disant:

— Je vous aime; m'aimez-vous?

J'ignore si elle répondit; je sais qu'il la devina, qu'il l'avait déjà devinée, et qu'ils restèrent un bon quart d'heure sans rien dire, recueillis dans leur sentiment. Diderot prétendait qu'on ne pouvait pardonner à d'Alembert ce quart d'heure-là, bon tout au plus pour un poëte; à quoi Pont-de-Veyle, méchant à l'ordinaire, répliquait:

— Ne cherchait-il pas un problème?

Julie était de ces femmes qui aiment tout de suite autant qu'elles aimeront jamais. Elle fit en ce quart d'heure autant de progrès que j'en aurais fait en dix ans, et encore n'aurais-je jamais pu atteindre à ce degré-là. Grâce à Dieu! je ne suis ni romanesque ni passionnée.

Ils retrouvèrent la parole et aperçurent de loin une noce de village et deux jeunes mariés très-amoureux. Là-dessus, d'Alembert pérora. Il lui demanda si elle songeait au mariage, il lui démontra, par A plus B, qu'il était le tombeau de l'amour. Julie répondit qu'elle n'était pas fille à s'inquiéter d'une cérémonie; qu'elle donnait son cœur sans s'informer de l'avis des autres.

— Je suis libre, vous l'êtes aussi; que nous feraient de plus quelques paroles prononcées par un homme pareil à nous? Nous nous unissons devant l'Être des êtres; il nous a créés pour nous aimer, il nous voit, il nous entend; cela suffit à notre bonheur et à notre conscience.

Ce raisonnement du philosophe, montrant le bout de l'oreille, parut à sa maîtresse d'une logique merveilleuse. Ils étaient donc parfaitement d'accord.

Cette journée fut un enchantement. De temps en temps, le vrai prenait le dessus; le bon d'Alembert oubliait la philosophie et devenait charmant, il laissait parler son cœur et son envie de plaire. Il plaisait, il envahissait cette âme sans défense, cette âme qui voulait aimer et qui n'avait aimé jusque-là que sa mère. Elle a *terriblement* aimé depuis, comme dit Mascarille.

La première convention fut le mystère. On convint de me cacher ces beaux feux; d'Alembert connaissait ma jalousie. Il se douta que j'en serais alarmée. Il engagea aussi sa belle à se taire vis-à-vis de nos amis; ils pourraient être indiscrets.

— Soyons heureux pour nous, non pas pour les autres. Quant à moi, ma vie vous appartient uniquement. Ma bonne mère la vitrière, pourvu qu'elle me voie un peu chaque jour, pourvu qu'elle sache si je suis content, ou bien que je lui confie mes peines, la pauvre femme n'en veut pas davantage. Madame du Deffand n'est pas ainsi.

Non, je ne ressemblais pas tout à fait à la vitrière, j'étais plus exigeante, et, si je m'étais doutée de cette union, elle m'eût courroucée au dernier point. Ce n'est pas que je fusse amoureuse de d'Alembert au moins; mais je n'aimais pas qu'on me chassât de ma place chez mes amis, et, partout où l'amour entre, il fait place nette.

X

Voltaire avait perdu madame du Châtelet depuis plusieurs années; il avait découvert qu'elle le trompait pour ce cher Saint-Lambert, ce philosophe-poëte, militaire, gentilhomme, tout ce qu'il vous plaira, et il en était tombé dans un mépris profond de l'amour. Il écrivit à d'Argental une lettre qui nous intrigua fort, sur une autre que d'Alembert lui avait adressée, toute confite en sophistications.

— Est-ce qu'il serait amoureux? demandait-il; de qui donc?

Pont-de-Veyle prétendit, avec sa charité ordinaire, que c'était de moi.

— C'est plutôt de votre jeune secrétaire, reprit le président; depuis la fameuse journée des plantes à Montmorency, il y a entre eux quelque chose que je ne comprends pas.

— Seriez vous par hasard aussi fort que d'Alembert pour le comprendre ? dit M. du Châtel, présent à ce discours.

Le chevalier d'Aydie, se rappelant ses jeunes années, cherchait à retrouver ses impressions dans les yeux du philosophe et de mon amie.

— Ce n'est point cela, disait-il.

— Non, reprenait le président, ce n'est point cela pour vous, chevalier ; c'est cela pour eux.

On convint de n'en plus causer devant moi et de détourner mes soupçons ; j'en avais paru inquiète. Montesquieu me fit une manière de lettre persane à perte de vue sur les plaisanteries du matin, j'observais, personne ne s'occupa plus de cette conversation. Je priai qu'on ne me cachât pas la vérité ; madame de Mirepoix me jura qu'il n'y avait rien du tout, je la crus et j'oubliai.

Des mois s'écoulèrent ainsi. Tous, ils savaient ou du moins, ils flairaient la vérité, excepté moi, qui ne m'en inquiétais guère. Pour être juste, je dois ajouter que jamais on n'eut plus de soins, plus d'amitié pour une femme infirme et souvent triste qu'ils n'en avaient alors pour moi. Ils semblaient se réunir pour me faire oublier mon malheur... Je les trouvais toujours là quand j'avais besoin d'eux ; je les aimais autant l'un que l'autre.

Formont, qui s'était marié, était moins assidu ; le président se plaignait de sa santé. Pont-de-Veyle, bien qu'il n'eût plus quinze ans, courait assez volontiers les coulisses et les boudoirs ; ils étaient donc l'un et l'autre les plus fidèles et les plus chéris.

Souvent, le matin, quand l'air était pur, d'Alembert me venait chercher ; ils me conduisaient aux Tuileries ou au Luxembourg. J'étais heureuse d'y être avec eux, et je m'applaudissais chaque jour d'avoir recueilli cette orpheline si persécutée.

On l'estimait fort autour de moi. La maréchale de Luxembourg la comblait de présents ; elle lui en avait fait de si jolis, que je ne voulus pas être en reste ; je lui en fis à mon tour. Mes amis y mirent de l'émulation, ce fut à qui lui apporterait la plus précieuse bagatelle ; d'Alembert seul ne lui donna rien, et, comme on le remarquait, il répondit qu'il ne voulait point faire comme les autres.

Ce mot me frappa : je le relevai assez haut, mon cercle s'en occupa, on flairait la vérité, et la conjuration était que je l'ignorasse. Julie ne se croyait pas devinée, elle était de la nature des autruches : toute recueillie en son amour, elle ne s'occupait pas des autres, elle s'imaginait qu'ils en faisaient autant. On l'eût beaucoup étonnée si on lui eût dit :

— Votre commerce avec d'Alembert est le secret de la comédie ; excepté votre protectrice, chacun le sait autour de nous.

L'amour ne voit que lui !

Mademoiselle de Lespinasse prit dès lors l'habitude d'être adorée, adulée, de ne s'occuper de rien. Au lieu d'être chez moi pour moi, elle finit par y être simplement *pour elle*, sans s'occuper le moins du monde de ce qui m'était ou ne m'était pas agréable ou commode. Je m'en apercevais peu et je passais là-dessus lorsque je m'en apercevais, car j'aimais réellement cette fille. Elle fut bientôt aussi bien que moi avec mes amis, elle leur plut comme elle m'avait plu. Elle en fut aimée, elle en fut recherchée, et on en vint à la compter comme moi, plus que moi quelquefois.

J'en souffrais souvent, j'en avais de l'humeur, je ne dissimule pas mes défaites, ma jalousie se montrait dans tout son lustre, et on m'en épargnait alors les sujets. Les signes étaient faciles entre eux, non pas les conversations : quelque bas qu'on parlât près de moi, je l'entendais, et je devinais ce que je n'entendais pas. Ils en étaient ennuyés, et moi autant qu'eux.

Cet état de choses dura des années, sans que rien changeât autour de nous. Je voyais quantité de personnes ; la mort ou l'absence éclaircissait les rangs, on comblait aussitôt les vides. La presse était grande, et toujours mademoiselle de Lespinasse était fêtée autant que moi.

Je me couche fort tard, je ne dors pas. On me fait la lecture une partie de la nuit : il en résulte que ma lectrice et moi, nous dormons tout le jour. Julie en avait pris l'habitude ; nous ne comptions que le soir. Pour mon éternelle obscurité, c'était absolument la même chose, pour elle, le soleil lui manquait quelquefois, elle s'en plaignait amèrement lorsque je n'étais pas là ; on me fit des observations pour sa santé. Je la fis donc souvent remplacer par Viard ou par Desvreux (ma fidèle femme de chambre). Seulement, ce n'était pas la même chose : ils ne comprenaient pas tout, comme elle, et je ne pouvais analyser et discuter avec eux ce que je lisais.

Quand vint l'hiver, elle reprit son office, il lui coûtait moins. Notre cercle s'était augmenté de deux ou trois intimes, dont était le petit Marmontel, que je n'ai jamais pu souffrir et que d'Alembert m'amena. Nous l'avions connu chez une madame Harenc, son amie, où nous soupions quelquefois, et aussi chez madame de Tencin, dont la maison était le rendez-vous des gens de lettres. Ce fut là que madame Geoffrin les pêcha presque tous. Madame de Tencin ne s'y trompa pas, et elle me dit un jour en me la montrant :

— Cette vieille femme croit que je ne la devine point; elle vient ici pour me *les* prendre et pour savoir comment on les gouverne ; elle s'en lassera bientôt.

Elle ne s'en lassa pas, et jamais une maison ne fut à comparer à celle-là pour la façon dont elle était conduite. Madame Geoffrin, qui n'était rien, qu'une vieille bourgeoise sans entourage, devint une autorité par son seul esprit et son adresse à choisir son cercle. Elle avait, le lundi, le dîner des artistes et, le mercredi, celui des littérateurs. Marmontel logeait chez elle, il était son favori.

Cet homme, d'un esprit tatillon et frondeur, se faufila chez moi et devint un de ceux qui occupaient les chaises, (je ne dis pas mon ami). Je ne m'éveillais qu'à sept heures, on entrait chez moi à huit. Il leur mit dans la tête, et cela pour plaire à d'Alembert, d'arriver à six heures et de s'établir dans la chambre de mademoiselle de Lespinasse, où ils formaient un petit cénacle fort intéressant, assurait-on. Je n'en sus rien. Cela dura des mois entiers. Plusieurs fois même, Julie se fit excuser auprès de moi, sous prétexte de maladie, et la soirée entière se passa chez elle ; on me laissait seule, on allait dans un petit coin, où l'on se trouvait à l'abri de ma langue et de mes exigences, disait Marmontel.

Mademoiselle de Lespinasse cessa de se contraindre, et je ne fus plus rien pour elle qu'une couverture et une enseigne. Je m'en plaignis d'abord doucement, on n'en tint pas compte, puis je parlai plus haut sans obtenir davantage. Je ne pouvais deviner d'où venait ce changement, et, lasse enfin de mes conjectures, j'interrogeai Desvreux, ce que je n'avais point encore fait. Je déteste interroger les domestiques, on les autorise ainsi à la délation envers les autres lorsqu'on en use soi-même; néanmoins je n'avais pas le choix, il fallait sortir de là.

Je pris donc Desvreux par son attachement et je la sommai de ne me rien cacher, puisque ma vie n'était plus tenable, et qu'assurément il devait y avoir un motif. Elle fit beaucoup de façons ; cependant, comme je lui dis que je ne voulais plus la voir, ni croire à son dévouement si elle me refusait, elle se laissa tout arracher : le commerce avec d'Alembert, durant depuis huit ou neuf ans, à mon insu ! les apartés, les sociétés et les conjurations, tout enfin !

J'en fus atterrée. Il était justement sept heures, et, en cet instant même, le cercle était au grand complet.

— Eh bien, lui dis-je, habillez-moi et conduisez-moi chez elle ; c'est le seul moyen de terminer ce schisme. Sans cela, ils nieront.

Desvreux savait qu'une observation n'était pas de mise avec moi, elle obéit. J'envoyai appeler Viard, ne voulant pas mettre Desvreux en jeu vis-à-vis de Julie, et j'eus l'air de tout ignorer.

— Viard, mademoiselle de Lespinasse est malade, à ce qu'il paraît. Avant qu'on arrive, conduis-moi chez elle ; je veux aller la consoler un peu, la pauvre fille ! Il me semble qu'elle a beaucoup toussé hier, cela m'inquiète.

— Mais, madame... je crois qu'elle repose.

— Nous irons doucement ; d'ailleurs, je suis certaine qu'elle sera charmée, cela lui fera du bien. Allons, donne-moi le bras, mon chien, et ne te tourmente pas, je sais mieux que toi ce que je fais.

Viard ne répliqua plus, mes gens me connaissent. Comme nous approchions de cette chambre soi-disant solitaire, un bruit de voix arriva jusqu'à moi, je m'arrêtai.

— Ah ! dis-je, qui donc parle là dedans ? Il me semble que c'est d'Alembert. Il sera venu comme moi près de la malade. Mais en voilà un autre, c'est Marmontel ! puis un autre, c'est Diderot ! et un autre, c'est le président ! Ah çà ! il y a donc cercle ici ?

Je ne pouvais plus douter. J'entrai, en poussant la porte, sans donner le temps à Viard de l'ouvrir. Mon arrivée fit l'effet de la tête de Méduse ; on se tut subitement, ils restèrent stupéfaits. Je prévis qu'on chercherait à s'échapper. Sans faire semblant de rien, je repoussai le battant ouvert et je restai devant, de façon à intercepter le passage. C'était assez bien préparé.

— Eh bien, ma reine, dis-je de mon ton le plus calme, vous êtes donc au lit ? Comment cela va-t-il ?

— Cela va un peu mieux, madame ; vous êtes mille fois bonne ? Mais, Viard, conduisez donc la marquise auprès de moi ; apprêtez un siége, elle se tient debout et se fatigue.

— C'est inutile, je ne veux pas rester. Je vois que j'ai bien fait de venir ; car ces messieurs, dans leur zèle et leur amitié indiscrète, vous obsèdent. Une malade a besoin de repos et je compte qu'ils vont me suivre.

— Mais, madame..., balbutia-t-elle.

— Mademoiselle, je ne vois pas, j'entends ; vous savez que j'ai les oreilles excellentes et que je ne suis pas tout à fait un Cassandre. On s'est assez moqué de moi.

J'étais en colère, et bien en colère, je vous en réponds. Je m'étais contenue et je ne me contenais plus. Ils le comprirent.

— Mon Dieu ! madame, dit d'Alembert en riant, ne nous fâchons pas, je vous en prie. Vous prenez au sérieux une bagatelle. Mademoiselle de Lespinasse a envie de rester dans sa chambre ; nous sommes venus passer une heure avec elle avant d'aller chez vous. Il n'y a pas de quoi fouetter un chat.

— Vous trouvez, monsieur d'Alembert ?

— Vous si bonne, vous qui avez tant d'esprit !

— Être bonne, en ce cas, ce serait être bête, et c'est justement parce que j'ai de l'esprit que je ne veux pas être dupe plus longtemps. C'est assez.

— Dupe ! Et de qui donc ?

— De mademoiselle, de vous, d'Alembert, de vous tous, messieurs, qui abusez de mon infirmité, qui insultez à mon malheur. C'est une indignité !

— Calmez-vous, marquise, reprit le président ; tout cela ne vaut pas la peine de vous occuper. Si vos amis sont auprès de mademoiselle, c'est en attendant que vous soyez visible, et tous comptaient, comme moi, aller tout à l'heure retrouver cette charmante conversation dont ils ne sauraient se passer.

J'étouffais de colère ; cependant, j'eus la force de me contenir et de répondre au président des paroles moins aigres, auxquelles il ne se trompa pas néanmoins ; il me connaissait assez pour deviner l'orage et pour chercher à l'éloigner de lui, ce qui n'était pas facile.

— Puisque mademoiselle de Lespinasse est souffrante, messieurs, je le répète, je vous prie de me suivre. Vous allez augmenter sa maladie, vous allez lui causer une fatigue dont elle aura de la peine à se relever, et vous en seriez bien malheureux, vous qui l'aimez tant ! Monsieur d'Alembert, votre main.

— De tout mon cœur, madame.

Il n'osa pas me refuser ; mais ils se regardèrent avec des yeux pleins de promesses, je *le sentis*. Une chose dont on ne se doute pas sans y avoir passé, c'est que les aveugles *sentent* les regards des autres, dans les circonstances graves, comme les femmes sentent les regards de leurs amants. Ceci, il n'est pas une femme qui ne le sache.

D'Alembert et les autres me suivirent, excepté Marmontel, qui resta près de la donzelle. Lorsque nous fûmes dans mon appartement, ma résolution était déjà prise. Tous les torts de Julie, ses négligences, ses manques de soins, ses abandons, me revinrent comme en un faisceau ; je me sentis détachée d'elle, je compris aussi qu'elle ne m'aimait pas et qu'elle ne restait près de moi que parce qu'elle y trouvait son compte et ses habitudes ; je fus bientôt décidée.

— Messieurs, dis-je, puisque vous tenez tant à mademoiselle de Lespinasse, vous irez désormais la voir ailleurs.

— Comment, madame ! est-il bien possible ? s'écria le président.

— Oui, monsieur ; et, si vous étiez au moins mon ami, vous seriez le premier à me donner ce conseil.

— Au nom du ciel ! madame, réfléchissez à ce que vous allez faire ; je vous connais, je sais que vous êtes inflexible et que vous vous laissez entraîner à votre premier mouvement sans jamais revenir. Mais, ici, il s'agit d'une amie de dix ans, d'une personne intéressante, aimée, que vous allez jeter dans la dernière des nécessités en l'éloignant de vous. Que votre cœur réfléchisse, madame, et qu'il arrête la disposition de votre esprit, ardent à s'emporter.

— Je n'ai pas besoin de conseils, président ; je me conduis selon mes impressions, et non selon celles des autres. Mademoiselle de Lespinasse sortira d'ici demain matin ; je le veux, je l'entends ainsi ; je lui défends de reparaître devant moi. Vous pouvez le lui annoncer de ma part.

— Nous ne prenons point cet arrêt au sérieux, madame.

— Vous avez tort, monsieur d'Alembert, et je vais ajouter une chose dont je ne me départirai pas non plus : les amis de mademoiselle de Lespinasse deviendront mes ennemis, je l'ai résolu. Il faut choisir, et choisir sur-le-champ. Ceux qui continueront de la voir ne me verront plus.

— Mais c'est une tyrannie sans exemple ! s'écria d'Alembert exaspéré. Si vous voulez, pour des chimères, chasser de chez vous une orpheline, si vous êtes assez barbare pour la renvoyer alors qu'elle n'a pas d'autre asile que votre maison...

— Allons donc ! monsieur... elle a la vôtre !

Il prononça entre ses dents quelques paroles énergiques et peu polies ; je pouvais ne pas les entendre, et je ne les entendis pas, ou, du moins, je n'en eus pas l'air. Je n'échappai pas pour cela à l'explosion.

— Eh ! madame, il est vrai, vous ne vous trompez pas. Mademoiselle de Lespinasse a la maison de la vitrière, comme d'Alembert l'a trouvée avant elle ; mademoiselle de Lespinasse, enfant abandonnée de la marquise d'Albon et du duc de Pecquigny, comme d'Alembert, enfant abandonné de la comtesse de Tencin et de Destouches-Canon. Les pauvres gens recueillent les victimes de vos désordres, à vous autres, grandes dames ; il en est toujours ainsi, et personne ne l'ignore.

J'écoutai ces mots en pâlissant, et je compris que je perdais cet homme-là. Dès l'instant où il se décidait à me parler ainsi, c'est qu'il ne voulait plus me revoir.

— Monsieur, répondis-je, vous manquez à ma maison, vous manquez à moi et aux miens.

— Soyez tranquille, madame, je ne reviendrai plus ; mais, en vous quittant, je ne dois pas laisser insulter une femme qui m'est chère, qui, depuis dix ans, a toutes les affections de mon cœur ; c'est un adieu que nous vous disons, et, dans un adieu suprême, on ne cache pas sa pensée.

Nous étions seuls, tous s'étaient éclipsés en voyant l'explication prendre une tournure sérieuse ; je m'en étais aperçue, je ne cherchai pas à les retenir. Le président resta dans l'antichambre ; il ne m'aurait pas quittée ainsi, il n'aurait osé.

Je pouvais donc donner un libre cours à ce que j'éprouvais, et je ne m'en privai pas. Il entendit avec sang-froid mes plaintes, il me répondit en homme décidé, mais respectueux. Son premier moment d'emportement passé, lorsque je lui reprochai son commerce avec mademoiselle de Lespinasse, il me fit comprendre que je n'avais pas le droit de me montrer sévère.

— Et, d'ailleurs, ajouta-t-il, mademoiselle de Lespinasse n'est pas ma maîtresse, elle est mon amie. Je l'aime tendrement, c'est vrai ; cependant, notre sentiment est aussi pur qu'il est profond, ne l'accusez pas.

Je pensai à madame de Chaulnes ; mais je pensai aussi au ruisseau, à la prairie, à tout ce que je savais, et je compris qu'on se cachait de moi jusque-là. Je dois ajouter que, depuis lors, la prétention du philosophe a toujours été de présenter à l'admiration de l'univers cette liaison, comme le parangon de la vertu et de l'innocence ; ils l'ont crié sur leurs toits ; heureusement, personne ne les a crus.

— Vous êtes bien décidé, d'Alembert ? Réfléchissez-y, nous ne nous verrons plus.

— Nous ne nous verrons plus, madame ; permettez-moi de vous présenter l'hommage de mon respect et de vous remercier de vos bontés. Pour moi, je ne vous oublierai jamais.

Et, sans ajouter un mot, il sortit.

XI

Cette scène fit la nouvelle de la ville, et l'on en causa partout. Mademoiselle de Lespinasse, ainsi que cela se comprend, se repentit promptement de m'avoir mise dans la nécessité de la chasser ; elle me fit demander à me voir ; j'étais bien résolue de n'en rien faire. Elle insista, je fis répondre que je la verrais plus tard.

Elle m'écrivit le billet suivant :

« Vous m'avez fixé un terme, madame, pour avoir l'honneur de vous voir ; ce terme me paraît bien long, et je serais bien heureuse si vous vouliez l'abréger. Je n'ai rien de plus à cœur que de mériter vos bontés ; daignez me les accorder et m'en donner la preuve la plus chère, en m'accordant la permission de m'en aller renouveler moi-même l'assurance d'un respect et d'un attachement qui ne finiront qu'avec ma vie, et avec lesquels j'ai l'honneur d'être, etc... »

Si j'avais eu tous les torts qu'on m'a prêtés, il me semble qu'on ne m'aurait pas écrit ainsi. Je répondis :

« Je ne puis consentir à vous revoir si tôt, mademoiselle ; la conversation que j'ai eue avec vous, et qui a déterminé notre séparation, m'est, dans ce moment, encore trop présente ; je ne saurais croire que ce soient des sentiments d'amitié qui vous font désirer de me voir ; il est impossible d'aimer ceux dont on se sait détesté, abhorré, par qui l'amour-propre est sans cesse humilié, écrasé ; ce sont vos propres expressions et la suite des impressions que vous receviez depuis longtemps de ceux que vous dites être vos véritables amis. Ils peuvent l'être en effet, et je souhaite de tout mon cœur qu'ils vous procurent tous les avantages que vous en attendez : agrément, fortune, considération, etc. — Que feriez-vous de moi aujourd'hui ? De quelle utilité pourrais-je vous être ? Ma présence ne vous serait pas agréable, elle ne servirait qu'à vous rappeler les premiers temps de notre connaissance, les années qui l'ont suivie, et tout cela n'est bon qu'à oublier. Cependant, si, par suite, vous veniez à vous en souvenir avec plaisir, et que ce souvenir produisît en vous quelques remords, quelques regrets, je ne me pique point d'une fermeté austère et sauvage, je ne suis point insensible, je démêle assez bien la vérité ; un retour sincère pourrait me toucher et réveiller en moi le goût et la tendresse que j'ai eus pour vous. Mais, en attendant, mademoiselle, restons comme nous sommes, et contentez-vous des souhaits que je fais pour votre bonheur. »

Mademoiselle de Lespinasse et ses défenseurs n'avaient pas manqué de répandre que je me plaignais d'elle, que je la détestais et que je l'humiliais sans cesse. Ces propos m'avaient été répétés et j'y faisais allusion dans ma réponse. Les philosophes se soutenaient fort, excepté Voltaire, qui, tout en leur faisant de grands compliments, s'en moquait par derrière et les appelait des cuistres. Ils prirent donc fait et cause pour leur confrère et son étoile, ils me déchirèrent à belles dents, et les choses s'envenimèrent à un tel point, que nous devînmes tout à fait ennemies, Julie et moi, grâce à ceux qui nous excitaient.

Madame de Luxembourg souffle assez volontiers, suivant sa fantaisie, le chaud ou le froid. Elle ne me donna pas tort ; mais, pour accorder tout le monde, elle envoya à mademoiselle de Lespinasse un très-joli meuble de salon. On lui avait loué un petit appartement rue de Bellechasse ; ils s'étaient tous tant et si bien remués, qu'ils obtinrent de M. de Choiseul une pension pour elle, et qu'on la mit à l'abri du besoin.

J'ai su, depuis la mort du président, et d'une manière certaine, qu'il avait imaginé, un beau matin, d'aller avec son manteau de cérémonie demander la main de la dulcinée. Heureusement, il tomba dans un moment où d'Alembert était présent ; sans quoi, elle l'eût certainement pris au mot, elle, dont la marotte était le mariage. Il se recueillit et chercha dans sa mémoire les bouches en cœur et les doigts en pigeon-vole de sa jeunesse.

— Mademoiselle, dit-il, vous avez subi une grande injustice de la part d'une personne qui m'est bien chère ; je vous prie de croire que je ne m'y associe point.

— Nous le savons, président, et la preuve, c'est que vous êtes ici, et que, si madame du Deffand s'en doutait, elle ne vous reverrait de sa vie.

— Je vous demande pardon, elle me reverrait. Madame du Deffand ne peut pas plus se passer de me tourmenter que je ne puis me passer, moi, d'être tourmenté par elle. Aussi, je viens vous proposer un moyen de tout raccommoder.

— Un moyen de tout raccommoder, président ; nous n'y tenons plus.

— Il est impossible que mademoiselle de Lespinasse n'y tienne pas ; elle aimait madame du Deffand ; et, si mademoiselle de Lespinasse consentait à devenir ma femme, la marquise la recevrait de ma main, et...

— Il est inutile d'aller plus loin, monsieur ; cela ne se peut pas.

— Alors, mon cher d'Alembert, épousez mademoiselle, et cela est juste, puisque vous l'aimez depuis dix ans.

— Mademoiselle ne demande pas à être épousée, répliqua le philosophe, et je ne sais d'où vous vient cette idée-là.

Je ne le sais en vérité pas moi-même. Un homme de

cet esprit, de ce tact! un homme qui tenait son monde sur le bout de son doigt! Il a dit à Pont-de-Veyle qu'il n'avait nulle envie d'être accepté et qu'il n'avait été si loin que pour engager d'Alembert à en faire autant. C'est là une sotte raison; j'aime mieux croire qu'il était fou.

Enfin il fut éconduit avec des éloges et des témoignages de reconnaissance, dont la secte se souvint toujours.

D'Alembert demeurait rue Michel-le-Comte, chez sa vitrière; vous jugez quel chemin à faire chaque soir, depuis la rue de Bellechasse. Il le faisait, et souvent deux fois par jour. Julie était très-fière de ce sentiment, très-fière de la compagnie qui se rassemblait chez elle, et qui y tint jusqu'à sa mort, sans qu'elle fît rien pour la retenir, puisque sa position était des plus précaires.

Elle devint l'intime de madame Geoffrin, et le charme de ses soupers du mercredi, où l'on n'admettait qu'elle seule de femme. Son esprit méritait bien cette distinction, et puis d'Alembert le désirait; elle eut donc une cour chez elle et chez les autres. Ceci allait tant bien que mal lorsque son protecteur tomba malade d'une fièvre putride, dont Bouvart, son médecin, se déclara d'abord fort inquiet. Son logement chez la vitrière était une petite chambre fort malsaine; M. Watelet lui offrit sur-le-champ un lit et un appartement dans son hôtel, sur le boulevard du Temple, et, dès qu'on l'y eut transporté, Julie s'établit au chevet de son lit, en garde-malade, sans s'inquiéter du qu'en dira-t-on.

Ce qu'on en dit, on le trouva superbe. Ce qui eût perdu toute autre fit exalter son mérite au-dessus des maisons. Les philosophes embouchèrent la trompette sur tous les sons, pour la louer. On la compara aux vertus les plus éclatantes, on cria qu'elle foulait aux pieds les préjugés et qu'elle obéissait à la nature en soignant son ami à la face du monde.

— C'est une fille sublime! criaient partout La Harpe et Marmontel.

Voltaire écrivit à d'Argental que cela était fort touchant et que d'Alembert était bien heureux, qu'il allait maintenant se prendre sérieusement pour le fils de madame de Tencin, avec la demoiselle de compagnie de madame du Deffand pour gouvernante. Lui seul avait du sens dans tout le troupeau.

Enfin il guérit; mais de se séparer, de retourner chez la vitrière, il n'y avait plus d'apparence; on prit donc un autre logement où ils pouvaient habiter tous les deux, et ils annoncèrent *urbi et orbi*, qu'ils ne se quitteraient plus.

Ceci fut encore accepté sans contestation. Ils reçurent; ils allèrent partout ensemble. Chaque fois qu'ils paraissaient, les philosophes tombaient en syncope; on les eût volontiers adorés pour leurs vertus et pour leur naturel.

Mais cela ne suffisait pas à Julie; il lui fallait davantage encore. Son âme ardente, son imagination de feu, ne trouvaient pas une pâture suffisante dans les entretiens philosophiques, ni même dans le charmant esprit de d'Alembert; sa gaieté l'amusait sans doute; elle riait de ses saillies, si drôles et si doublement drôles dans la bouche d'un homme tel que celui-là. Pourtant elle ne se trouvait pas heureuse, et l'amour véritable manquait à sa vie.

Un jour, le hasard lui fit connaître, chez madame de Boufflers, un des plus charmants hommes, un des plus accomplis qu'il y eût au monde, M. de Mora, fils de M. Fuentès, ambassadeur d'Espagne. Toutes les femmes l'adoraient et couraient après lui; il avait un visage et une taille d'Apollon, avec un esprit, un mérite, des talents supérieurs.

Elle ne manqua pas d'en devenir folle, et de le lui laisser voir quant à lui, il ne l'avait d'abord pas remarquée, sa beauté n'ayant rien de frappant, au contraire. Elle s'arrangea pour être écoutée, et, de ce moment, son triomphe fut certain. Le jeune Espagnol n'avait jamais rencontré un charme plus réel que celui de cette étrange fille; en une soirée, il en devint amoureux à perdre la tête, et, lorsqu'elle rentra chez elle le soir, il la reconduisit dans son carrosse, puis la laissa à sa porte, en la suppliant de permettre qu'il vînt la voir.

— Il faut en parler à M. d'Alembert, répliqua-t-elle; je ne reçois personne, monsieur, sans le lui avoir demandé, non qu'il me gêne, mais je lui dois cela.

— Qu'est-il donc pour vous, mademoiselle? N'est-il pas indiscret de s'en informer?

— Nullement, monsieur, et tous ceux qui nous connaissent vous le diront : il est mon ami.

— Et pour un ami, vous prenez de ces précautions singulières?

— Nous nous retrouverons chez madame de Boufflers, monsieur, et alors nous causerons plus longuement; permettez maintenant que je vous quitte.

Le jeune marquis de Mora, depuis ce jour, fut de plus en plus passionné pour elle. Il avait beaucoup d'années de moins que Julie, qui entrait alors dans sa trente-quatrième année. Ce furent des amours de roman, ainsi que cela ne pouvait manquer entre eux.

Le pauvre d'Alembert ne s'en douta pas. En voyant l'humeur de la belle changer de ton et de gamme, en acceptant humblement ses humeurs, ses colères même, il se demandait et il demandait aux autres ce qu'il avait fait pour mériter cela.

— Moi qui l'aime tant! criait-il à tous les échos.

Elle le rendit véritablement malheureux. Il se soumit, comme à l'ordinaire; la vitrière seule se révolta, elle en voulait raison pour son fils de lait.

— Mon Dieu! que trouve-t-il de si beau dans cette araignée, pour qui il m'a laissée là et qui maintenant le tourmente? Je vais lui parler, à cette belle, et il faudra bien qu'elle m'entende.

Elle alla, en effet, tout droit chez mademoiselle de Lespinasse et la reprit de la belle manière, jusqu'à lui dire qu'elle avait enlevé son enfant à l'étude, et que, depuis qu'il la connaissait, il ne faisait plus rien de bon; ce qui n'était pas vrai.

Julie s'excusa comme elle put, en donnant toute sorte de raisons, excepté la vraie. Pendant ce temps, M. de Mora continuait sa recherche et il faisait son chemin, c'est facile à croire. Elle s'attacha à lui follement, selon son caractère. Le plus curieux fut qu'il s'attacha encore plus follement à elle, il en était stupide et alla jusqu'à lui promettre de l'épouser. C'est dans la nature humaine de tenir beaucoup moins aux choses lorsqu'on est assuré de les avoir; aussi, mademoiselle de Lespinasse, une fois qu'elle vit M. de Mora dans cet état de soumission s'en para davantage aux yeux des autres et en fut bien moins éprise au fond. Il y aurait une étude de mille pages à faire sur ces amours-là; malheureusement, je n'ai pas le temps, et il faut abréger bien des choses; sans quoi, ces Mémoires seraient aussi longs que l'Encyclopédie.

La famille de M. de Mora apprit cette liaison et, comme elle avait dessein de le marier tout autrement, elle le rappela. Ce furent, de sa part et de celle de Julie, des cris qui retentirent partout, excepté chez d'Alembert; on eut la charité de les lui épargner, ce qui m'étonne.

— Je reviendrai, ma belle amie, et rien ne me séparera de vous, dit le marquis. Je vais parler de moi-même à mes parents, leur dire combien je vous aime, leur dire ce que vous êtes, et ils ne s'opposeront plus à mon bonheur. D'abord, il est très-certain que je mourrais loin de vous, et ils ne veulent pas ma mort.

En effet, la santé de ce jeune homme accompli était bien mauvaise, la nature ne lui avait refusé que cela. Il était attaqué de cette funeste maladie de poitrine, qui ne pardonne pas, surtout lorsqu'elle se complique d'un grand chagrin.

Les derniers moments qu'il passa près de son idole furent employés à une contemplation perpétuelle. Il restait devant elle des heures entières; et, comme elle lui en demandait quelquefois la raison:

— Je veux graver dans ma mémoire jusqu'au plus petit trait de votre visage, afin de vous voir sans cesse et que votre image soit parfaite, quand je ne serai plus là.

Enfin il partit! Alors nécessairement la passion de Julie reprit sa violence. Elle fit venir d'Alembert dès le soir même et lui confia, au milieu d'un grand pathos, qu'elle aimait beaucoup M. de Mora, et que M. de Mora se mourait d'amour pour elle.

— Mon Dieu! dit le pauvre philosophe tout effrayé, vous allez l'aimer bien mieux que moi, n'est-ce pas?

— Non, pas de la même manière, vous le savez; mais j'ai grande pitié de ce jeune homme, car je le tue. Il doit m'écrire chaque jour; veillez, je vous en prie, à ce que je n'éprouve pas de retard, lorsque viendra la poste du Midi. Ces lettres me sont trop précieuses. Vous me le promettez, n'est-ce pas?

— Je vous le promets.

Et le pauvre homme, plein de confiance dans une vertu et dans une tendresse qu'il n'eût pas osé soupçonner, allait lui-même au-devant du facteur. S'il y avait une lettre, et jamais elle ne manquait, il montait tout joyeux chez mademoiselle de Lespinasse et la lui remettait, sans se permettre de jeter un coup d'œil même sur le cachet. Il attendait qu'elle l'eût lue, et il lui demandait alors :

— Êtes-vous contente?

Quelquefois elle daignait répondre : « Oui; » quelquefois il recevait une grosse rebuffade.

Tout cela dura plus d'un an.

L'amour du marquis ne se rebutait pas; mais sa santé devenait chaque jour plus mauvaise; il dépérissait loin de sa chère Julie. Celle-ci souffrait presque du même mal. et c'est chez elle, d'ailleurs, que la lame usait le fourreau. Cette âme de feu ne pouvait durer dans son corps si elle n'y brûlait pas.

Un jour, le marquis écrivit que ses parents voulaient le marier et que, si on ne l'arrachait à cette tyrannie, il se ferait sauter la cervelle. Julie, en recevant cette déclaration, se mit l'esprit à la torture pour trouver le moyen demandé. Ce n'était pas facile. On connaissait son empire et on le combattait de toutes les manières. Elle découvrit néanmoins le stratagème, et ce fut encore d'Alembert qui joua le principal rôle en ceci.

— Mon ami, lui dit-elle, M. de Mora se meurt. Sa famille, entêtée dans ses préjugés, ne veut pas s'en apercevoir. Un seul moyen reste de le sauver, c'est de le faire revenir; vous seul pouvez nous rendre ce service. Allez trouver Lorry, il est votre ami et ne vous refuse rien. Madame de Fuentès va lui écrire pour le consulter sur la santé de son fils. Priez-le, en grâce, d'ordonner qu'on lui ramène le malade, auquel le climat d'Espagne est tout à fait contraire et sur lequel il ne peut, d'ailleurs, s'expliquer de si loin. Lorry ne vous refusera pas cela.

— Je ne sais, mon amie; c'est une responsabilité grave.

— Elle serait plus grave encore si vous laissiez périr ce malheureux; vous vous reprocheriez sa mort, et moi, je ne vous la pardonnerais pas.

— Eh bien, j'irai.

Il y alla. Lorry l'écouta en silence; puis il lui demanda, après un peu d'hésitation, si c'était mademoiselle de Lespinasse qui l'envoyait.

— Elle-même.

— Et vous tenez à ce que je donne cette consultation?

— J'y tiens absolument.

— Alors, mon pauvre d'Alembert, je la donnerai.

Il la donna; la lettre arriva en Espagne, appuyée par les supplications du malade; il déclara lui-même à ses parents que c'était son existence qu'ils allaient décider, et que, s'il ne revoyait pas mademoiselle de Lespinasse, il ne serait plus en vie dans un mois.

On le laissa partir; il était à l'agonie, il voulut se mettre en route néanmoins; on lui donna une suite nombreuse, un barbier-médecin comme il y en a en Espagne, et qui tuent si joliment leurs pratiques. M. de Mora marcha à très-petites journées, s'arrêtant lorsqu'il était fatigué, et il l'était souvent.

Arrivé à Bordeaux, — c'était toucher au port, — il se trouva hors d'état d'aller plus loin, et il écrivit à son infante qu'il se reposerait quelques semaines. Il ne se peut rien imaginer, à ce qu'il paraît de plus brûlant que ces lettres d'un jeune homme qui s'éteignait chaque jour, si ce n'est les lettres de Julie elle-même. Cette correspondance allumait le papier. Encore, la demoiselle en devait-elle écrire de bien plus incendiaires, un peu plus tard.

M. de Mora, malgré les soins qu'on lui donna, malgré la certitude de revoir sa chère déesse au bout du voyage, succomba à Bordeaux. Il ne s'attendait guère à la façon dont il fut pleuré, ni à ce qui se passait à Paris pendant ce temps-là.

XII

Il y avait alors dans le monde un certain marquis de Guibert, homme encore jeune, d'une bonne naissance, assez bien répandu, avec cela fort belâtre, extrêmement fat, enchanté de lui-même, se croyant parfait, se le faisant dire par ses flatteurs et le disant volontiers lui-même, lorsque l'occasion s'en présentait.

Il s'était faufilé dans la société des philosophes, dont il professait les doctrines et qui, ne craignant pas ses talents médiocres, le prenaient volontiers pour enseigne et échantillon, à cause du nom qu'il portait.

Ce monsieur faisait en même temps des tragédies et des traités sur la tactique militaire; il était à la fois guerrier et poëte. Il disait à tout propos des vers et parlait fort de ses exploits. Cet homme était un pédant, un bravache, un fat, trois qualités, qui, séparées, rendent un homme insupportable. Julie ne le jugea pas comme moi.

Elle le rencontra chez madame de Choiseul, au moment où M. de Mora se mourait, et où elle affichait une douleur qu'on attribuait dans le monde à ses remords. On avait si bien le parti pris de tout excuser de sa part, qu'on lui faisait même honneur de cela, et la phrase habituelle était celle-ci :

— Cette pauvre mademoiselle de Lespinasse est au désespoir: M. de Mora se meurt des rigueurs qu'elle a eues pour lui. Elle ne peut se les pardonner et elle se désespère. Que c'est délicat et beau!

Remarquez que c'étaient les bégueules qui parlaient ainsi.

Quant aux philosophes, ils se taisaient, par ménagement pour d'Alembert, leur Dieu, et pour ne pas avouer à toute la France qu'il était berné.

M. de Guibert s'extasia comme les autres sur cette douleur sublime et fit là-dessus des phrases à perte de vue, dont l'héroïne fut éblouie. Elle se mit à le louer outre mesure; car il la fascina, pour tout dire en un mot, il la fascina au point de lui faire oublier cette parfaite créature, dont elle causait la mort.

A dater de ce moment, son cœur se partagea en deux, ses remords et ses espérances. Guibert partait pour un voyage militaire et littéraire en Prusse; il devait même aller jusqu'en Russie; mais il ne partit pas sans avoir échangé avec cette volage personne des serments et des aveux, et sans avoir obtenu d'elle la promesse qu'elle lui écrirait souvent.

Elle lui avait confié sa douleur, il en connaissait la véritable cause, ainsi que son commerce avec M. de Mora. Elle lui avait dit :

— Il se meurt, et, lorsqu'il ne sera plus, je mourrai.

Il voulut la faire vivre, il lui jura qu'il l'aimerait autant qu'elle avait été aimée, et qu'il lui rendrait tout ce qu'elle avait perdu.

— Oui, répondit-elle, j'aime pour vivre, et je vis pour aimer.

— Vivez donc alors, et aimez-moi.

Elle se laissa convaincre, elle accepta cette tendresse nouvelle, et la correspondance commença. Elle tenait donc ainsi son cœur en partie triple, ainsi que disent les commerçants :

D'Alembert, qu'il fallait abuser, et qui s'y prêtait le mieux du monde ;

Le pauvre Mora, qui trépassait, et auquel on écrivait qu'on voulait le suivre, s'il mourait, ou qu'on vivrait pour lui seul, s'il prenait le dessus de ses maux ;

Enfin le superbe Guibert, qui, comme le *Deus ex machinâ* de cette comédie, demandait d'abord des compliments et des adulations, et puis la certitude qu'il avait ressuscité cette désolée.

Cela fut fait avec le talent et l'adresse que peut y mettre une femme qui file des romans depuis qu'elle est au monde.

M. de Mora mourut, et Guibert revint. Ce vainqueur, pour la consoler tout à fait, prit complétement la place du défunt, et devint l'amant de la belle par condescendance.

Elle se donna, au contraire, avec un entraînement et une passion qui dépassaient de beaucoup ses affections passées. Elle aima ce nouvel amant d'une passion bien plus vive, bien plus extravagante que ses prédécesseurs.

Quant à lui, il s'en joua de toutes les manières. Il commença par lui recommander un secret absolu et par se déclarer hautement l'ami intime de d'Alembert et son disciple. Les bonnes grâces de cet esprit d'élite lui plaisaient infiniment; il ne se décidait pas à les perdre. Il la voulait bien par amour-propre, vis-à-vis de lui-même, non pas vis-à-vis du monde.

En conséquence, il lui consacrait un quart d'heure tous les deux ou trois jours ; mais il lui fallait, chaque matin, une lettre où elle lui répétât qu'il était le premier génie du temps, et que *le Connétable*, mauvaise tragédie de sa façon, était un chef-d'œuvre.

D'Alembert servait encore beaucoup en ceci : il allait prônant les mérites de son rival, le déclarant pour le moins l'égal de Voltaire, assurant, d'après son amie, qu'il était le plus savant, le plus brave, le plus haut, le plus poëte de tous les gentilshommes du royaume.

Mais, cela pris, Guibert se livrait peu à cet amour insensé qu'il inspirait à la pauvre fille.

Il eut, en même temps qu'elle, deux ou trois maîtresses qu'il ne lui cacha point, et finit par se marier avec une jeune demoiselle qu'il aima autant qu'il lui était possible d'aimer. Julie le haït d'abord, ensuite elle lui pardonna et l'adora avec plus de rage. Il se fit dans son cœur un combat de regrets, de remords, de désespoir, de désirs combattus, qui enfin tua la malheureuse; la nature humaine n'avait pas la force d'en supporter davantage.

Une fois qu'il l'eut tuée, Guibert se para de cette mort. Il fit, dans son style boufli et ampoulé, un éloge de mademoiselle de Lespinasse, sous le nom d'*Élisa*, racontant à ce propos tout ce qu'on ne lui demandait pas. Il afficha une douleur rappelant celle de M. de Lauzun pour Mademoiselle ; seulement, ce n'était pas le même cas.

L'infortuné d'Alembert fut éclairé et désolé par cette mort. Julie avait fait un testament que personne ne comprit. D'Alembert était son exécuteur testamentaire; il devait remettre tous les legs, donner à celui-ci et à celui-là ce qui leur revenait. Elle ne cacheta pas ses papiers et lui ordonna d'en faire la revue et la distribution. Hélas ! elle n'avait pas brûlé ses correspondances, et il apprit ainsi que, depuis dix ans, elle le trompait; qu'elle avait eu, sous ses yeux, deux amants l'un après l'autre, et qu'il n'en avait rien vu.

Jamais il n'exista un philosophe si penaud !

Il ne le cacha pas. Dans cette secte, on ne cache rien. Il l'écrivit, pour qu'on n'en conservât pas de doutes. Il se retira dans son logement du Louvre, et son caractère changea du tout au tout. Il ne pensait qu'à elle, sa gaieté s'était envolée, et il n'était plus que l'ombre de lui-même. Lorsqu'on lui rappelait les torts de Julie, les moments de chagrin qu'elle lui avait fait passer :

— Oui, répondait-il, elle était changée, mais je ne l'étais pas ; elle ne vivait plus pour moi, mais je vivais toujours pour elle. Depuis qu'elle n'est plus, je ne sais plus pourquoi je vis. Ah ! que n'ai-je à souffrir encore un moment d'amertume, qu'elle savait si bien faire oublier ! A présent, que me reste-t-il ? En rentrant chez moi, au lieu d'elle, je ne vais plus trouver que son ombre. Ce logement du Louvre est lui-même un tombeau où je n'entre qu'avec effroi.

Voilà ce que l'amour avait fait d'un homme éminent, d'un philosophe de haute volée. On m'a apporté un portrait de d'Alembert, donné par lui à cette inhumaine, et au bas duquel se trouvaient ces deux vers :

> Et, dites quelquefois, en voyant cette image :
> « De tous ceux que j'aimai, qui m'aima comme lui ! »

— Hélas ! s'écriait-il encore, personne ne m'entend et ne m'entendra plus !

On peut dire que, depuis cette époque, il ne fait que végéter, et ne sera jamais ce qu'il était autrefois.

J'ai remarqué, — et bien d'autres l'ont remarqué comme moi sans doute, — que les amours marchent à rebours de ce qui devrait être. Ainsi, voyez la chaîne :

Voici ce charmant M. de Mora adorant mademoiselle de Lespinasse, qui ne s'en souciait qu'à moitié, ou plutôt le trompait bel et bien pour Guibert, lequel ne s'en souciait pas du tout, lui !

Voici d'Alembert perdant la gaieté, la santé, l'esprit, pour cette fille qui l'avait trompé et rendu le jouet de tout le monde ! Je gage que, si elle eût été honnête, il l'aurait peut-être pleurée pendant trois mois, et s'en serait consolé bien vite.

Le meilleur moyen d'être aimé, c'est de tourmenter les gens, c'est de les rendre malheureux. Vous les occupez alors de vous, sans cesse et malgré eux ; ils ne savent plus que mettre à la place lorsqu'ils vous ont perdu.

En ce monde, tout est habitude, l'affection, la joie, la douleur, le bien-être, même la misère; sans cela, comment ceux qui souffrent toujours pourraient-ils supporter leurs souffrances ?

Il s'agit donc de donner ou de prendre de bonnes habitudes, tout est là.

Lors de la mort de mademoiselle de Lespinasse, on m'a beaucoup reproché un mot que j'ai dit et dont je ne me repens pas ; il est l'expression de ma pensée.

— Ah ! me suis-je écriée, elle aurait bien dû mourir dix ans plus tôt; je n'aurais pas perdu d'Alembert !

Il est certain que je regrettais d'Alembert, auquel je n'avais pas de reproches à faire, et que je ne regrettais pas une ingrate qui m'avait donné toute sorte de preuves qu'elle ne m'aimait pas. Si d'Alembert m'avait quittée, c'était pour elle et à cause d'elle, ce n'est donc pas à lui que j'en devais vouloir, c'était à elle.

On m'a fait une grande réputation d'égoïsme et d'indifférence, en me comparant à cette demoiselle, si passionnée et si répandue. Il est certain que nous ne nous ressemblions pas. Je m'aperçois, en relisant cette histoire, que je suis devenue plus sévère pour elle à la fin. Cela est tout simple, puisque je me rappelais ses offenses. Au commencement, je ne voyais que les beaux côtés de son caractère, dans ses relations avec les autres. Il faut aussi convenir que le début promettait mieux.

XIII

Il me prend fantaisie, pour changer un peu de discours, d'aborder en passant quelques personnages secondaires de ce temps-ci, qui ont paru dans cette lanterne magique et qui se sont éclipsés ensuite, mais sur lesquels on n'a pas tout dit. Je les ai connus et j'ai entendu parler le monde ; mais je ne juge point d'après les discours de celui-ci : je juge souvent le contraire de ce qu'il dit. Il est si plein de mensonges et de méchancetés !

Nous avions quelquefois des soupers chez la Popelinière. J'y allais peu, je n'aime pas ces gens-là, et cela sentait le bourgeois d'une lieue, malgré l'or et les diamants.

La femme était la fille de la Daucourt, actrice assez médiocre. Il s'en était fait aimer et en avait tout obtenu, sans intention d'aller plus loin, bien qu'il le lui eût promis. La belle alla trouver madame de Tencin, qui se mêlait de tout, et lui conta sa douleur. Celle-ci lui promit d'en faire son affaire et l'assura qu'il l'épouserait.

En effet, le renouvellement du bail des fermes approchait. Madame de Tencin endoctrina le cardinal de Fleury, et celui-ci déclara à la Popelinière qu'il ne lui renouvellerait pas son bail s'il n'épousait pas mademoiselle Daucourt. Il fallut bien s'y résoudre, et le traitant n'eut pas à s'en louer, on le sait. Ses soupers acquirent une célébrité méritée ; non-seulement il avait le meilleur cuisinier du temps, mais il réunissait les artistes les plus renommés aux personnes de la cour qui voulaient bien aller chez lui. Nous y voyions Rameau, le grand musicien; Latour, le peintre de pastel, si habile, et qui n'avait de prétentions qu'à la politique; Vaucanson, le grand mécanicien; Carle Vanloo et sa femme, une des plus merveilleuses musiciennes que j'aie entendues ; Marivaux, qui courait toujours après l'esprit, et qui ne l'attrapait qu'avec sa plume ; Helvétius encore inconnu. On causait bien; mais, tout à coup, une scène de ménage arrivait à la traverse, et l'on ne savait plus ce qu'on disait.

La Popelinière était jaloux ; sa femme était charmante, coquette, et mieux que cela. Parmi ses amants, il en est un qui la perdit, et ce fut celui qui s'en souciait le moins : le duc de Richelieu. Tout le monde sait l'aventure de sa cheminée tournante, qui fit découvrir le pot aux roses. Le maréchal de Lowendahl, le maréchal de Saxe, toutes les grosses têtes possibles, les voulurent raccommoder (j'entends le mari et la femme), ils n'y parvinrent pas. La Popelinière tint bon, sa femme fut chassée avec vingt mille livres de pension, et, depuis ce moment, elle ne retrouva pas un ami. Le monde, qui l'avait tant flattée, l'accabla ; elle tomba dans un malheur et une mélancolie sans pareils. M. de Richelieu la voyait de loin en loin, ce qui n'empêchait pas d'exalter sa délicatesse. Le hasard me conduisit un jour près d'elle sans la reconnaître.

Madame de Rochefort et moi, nous cherchions une maison de campagne, à Chaillot, pour une vieille parente de la comtesse, et nous allions visiter toutes celles qu'on voulait louer. On nous en indiqua une dont la locataire allait mourir, nous dit-on, mais que l'on pouvait voir néanmoins.

Nous entrâmes, nous visitâmes tout; c'était modeste. On nous introduisit dans la chambre à coucher ; nous nous retirions par discrétion, lorsqu'une voix m'appela par mon nom, du fond de l'alcôve. Je me retournai.

— Ne vous en allez pas sans me rien dire, madame! je n'ai pas longtemps à vivre, et je suis heureuse de revoir une ancienne connaissance, moi qui n'en vois plus, hélas !

J'approchai.

— Mille pardons, madame, dis-je, vous vous trompez. Je n'ai pas l'honneur de vous connaître.

Elle sourit tristement.

— Je suis madame de la Popelinière, madame ; vous ne vous en doutez pas.

En effet, cette femme, autrefois si jolie, était horrible. Une humeur corrosive lui dévorait le visage, elle souffrait des tortures atroces, elle exhalait une odeur insupportable; je reculai malgré moi. Madame de Rochefort se sauva.

— C'est une grande leçon, madame, ajouta-t-elle; vos amis les philosophes ne vous en donneront pas de meilleure.

Je voulus m'asseoir un peu pour ne pas l'affliger, elle m'en sut un gré infini, et, lorsque je lui dis adieu :

— Si vous voulez cette maison, vous ne l'attendrez pas longtemps, je serai bientôt délivrée. Elle est agréable et commode, le jardin est charmant; j'y suis *seule* depuis près de deux ans que je suis malade, toute seule, entendez-vous? J'aurais voulu revoir M. de la Popelinière avant de mourir, il s'y est refusé. Dieu seul pardonne au repentir ; les hommes, jamais!

Je la quittai, toute pénétrée de ce que j'avais vu, et je ne pus ensuite aller chez son mari, à ses soupers, à ses fêtes si brillantes, sans avoir devant les yeux le tableau des souffrances de cette malheureuse et de son abandon.

La maison de la Popelinière était pleine, du matin au soir, de gens de toute sorte. Il s'y donnait des spectacles; il y avait un théâtre, on y chantait des opéras, on y jouait des comédies de la façon du maître. Je me souviens d'un jour où l'on en représenta une, si leste, qu'elle faillit faire déserter la salle à beaucoup de femmes.

C'était à Passy. J'étais à côté du baron de Kaunitz, ambassadeur de l'impératrice-reine. Nous en rîmes bien ensemble, — non pas de l'impératrice, mais de la pièce.

— Madame, me dit-il, vous ne vous en irez pas apparemment?

— Non, monsieur ; je ne suis pas de celles qui ont peur de leur ombre, je la regarde fort bien passer.

Le mot le fit rire : il aimait l'esprit ; c'était un original agréable que cet Allemand, et il vaut bien quelques lignes de souvenir.

Il avait les façons et les habitudes d'un abbé poupin, excepté dans la politique. Il passait sa vie à son miroir, à se regarder, à se *frotter le museau,* à la façon de Catheau et de Madelon. Il se coiffait, il se parait, il avait une collection de pommades, de graisses, d'huiles de toutes les espèces. On entrait chez lui pour s'entretenir des affaires les plus graves de l'Europe ; il vous recevait avec un jaune d'œuf étendu sur le visage, pour se garantir du hâle, et cela si sérieusement, qu'il n'y avait pas moyen d'en rire, et qu'on se demandait si c'était bien réel.

Sa maison était citée pour son luxe, sa table, ses vins, ses fêtes. Il n'allait presque jamais à la cour, et jamais dans les grandes compagnies; il ne voyait que des bourgeoises et des filles de théâtre. Lorsqu'on lui en faisait l'observation, il répondait fort gaillardement :

— Je suis ici pour deux choses : pour faire les affaires de ma souveraine, et pour mes plaisirs. Les affaires de l'impératrice, je les fais de manière à la contenter, ce me semble. Quant à mes plaisirs, je n'ai personne à consulter pour cela. Je vois qui je veux; les grandes dames m'ennuient, elles ne savent que jouer au tri ou au carvagnol. J'ai seulement deux personnes à ménager : le roi et sa maîtresse; je suis bien avec eux, le reste ne m'importe pas et ne m'inquiète guère.

Nous voyions là aussi lord Albemarle, ambassadeur d'Angleterre, et sa maîtresse, la belle Lolotte, que nous avons connue depuis comtesse d'Hérouville. C'est encore une drôle d'histoire que celle-là.

Lolotte était mademoiselle Gaucher; elle connut lord Albemarle, et ils s'aimèrent. C'est lui qui lui disait ce mot qu'on a tant répété depuis; elle regardait une étoile :

— Ne la regardez pas tant, ma chère, car je ne puis vous la donner.

Lolotte était belle d'une beauté distinguée et charmante; elle plaisait partout, et on la remarquait même dans les théâtres, où sa beauté faisait sensation.

Lord Albemarle mourut en la laissant dans une position convenable; elle fut au désespoir de l'avoir perdu, mais elle prit du courage dans l'affection de ses amis, qui tous lui restèrent fidèles. Sa santé, cependant, se ressentit de ce choc si violent. On l'envoya à Barèges, et, en passant à Montauban, elle y fut reçue par le comte d'Hérouville, commandant de la ville. Il avait pour elle une considération, une affection inimaginables.

A peine était-elle arrivée à Paris, qu'elle reçut de lui une lettre, où il lui disait qu'il était empoisonné ainsi que tous ses gens, qu'il n'avait confiance qu'en elle, qu'il la conjurait de partir tout de suite et d'amener un médecin.

Elle n'hésita pas, elle le fit. Il en fut le plus heureux des hommes et son enthousiasme en augmenta, il en devint fou. Elle lui sauvait la vie, et il ne savait plus qu'en faire, si elle ne lui permettait pas de la lui consacrer. Lolotte eut le bon esprit de refuser longtemps; enfin il la pria avec tant d'instance, qu'elle finit par céder, à la condition que le mariage serait secret.

Il le fut en effet, jusqu'à ce qu'elle devînt mère; alors la joie du père se trahit et l'on découvrit tout.

Ce pauvre comte d'Hérouville eut ensuite une singulière manie, qu'il fit partager par sa femme : ce fut de vouloir l'introduire de force dans le monde, de la faire recevoir par toutes les personnes de sa famille ou de sa connaissance. Toutes les fois qu'on l'invitait à dîner, il la conduisait avec lui, et elle reçut ainsi nombre de soufflets, une fois entre autres chez Pont-de-Veyle, dans une scène dont j'ai été témoin et non pas complice.

Ils arrivèrent tous les deux; il y avait là cinq ou six femmes, avec leur mari ou leur amant. Cette Lolotte était belle à les désespérer. Dès qu'elles la virent, elles commencèrent des mines tout à fait curieuses. Pont de-Veyle fut très-poli, mais froid; il pressentait quelque algarade. Je vis ces dames chuchoter entre elles et puis se lever tout à coup et sortir en procession. Une d'elles me demanda si je n'étais pas des leurs.

— Non pas, répondis-je; je n'ai point la peste et je n'ai peur ni de la donner ni de la prendre.

Elles firent signe à leurs esclaves; quelques-uns les suivirent, d'autres restèrent; cependant sur quinze que nous étions, nous nous trouvâmes sept, et pas d'autres femmes que moi. Madame d'Hérouville me parut pleine de sens et de mesure. Elle ne montra aucun ressentiment, elle ne parla même pas de ce qui venait d'arriver; pourtant je remarquai qu'elle ne mangeait pas et qu'elle était fort pâle. Comme je lui en fis l'observation :

— Je mange fort peu, madame, répondit elle, et ma santé n'est pas bonne. Je ne sors que pour faire plaisir à M. d'Hérouville; s'il voulait me faire plaisir, il me laisserait chez moi.

— Lorsqu'on a l'honneur, madame, d'être l'époux d'une femme telle que vous, on est heureux et fier de la montrer à tout le monde.

Hélas! le pauvre homme! il la montra si bien, qu'il la perdit. Elle n'eut pas la force de supporter ces humiliations perpétuelles; elle en prit un chagrin affreux et elle mourut. Ce fut une nouvelle dans toute la ville et chez les philosophes, dont elle était l'amie.

Ils écrivirent des oraisons funèbres, des éloges en vers et en prose. Le mari s'en entoura, ainsi que de ses portraits. Quant à moi qui n'étais ni philosophe ni bégueule, j'aurais conçu la vie de Lolotte d'une autre manière. Elle devait rester chez elle, y recevoir des hommes, et tous y auraient couru. Quelques femmes sans préjugés s'y seraient risquées; elles en auraient ensuit amené d'autres, et peu à peu le monde serait revenu, pourvu qu'elle n'eût pas l'air de courir après lui; c'est la première condition pour l'attirer.

XIV

Un autre personnage dont je veux parler un peu, puisque je m'occupe de presque tous ceux qui ont marqué et que j'ai connus, c'est le cardinal de Bernis. Il tint assez de place dans le monde pour ne pas passer inaperçu. Voltaire me l'amena comme il sortait de Saint-Sulpice, où il avait mal réussi; ce qui l'avait un peu dégoûté de son état et tourné vers la poésie.

Il était lié avec Gentil Bernard, lequel n'était pas gentil du tout, et qui donnait ce qu'il appelait *la fête des roses*, dont il faisait les honneurs avec une figure de croque-mort. Il ne se vit jamais rien de plus étrange. Ces fêtes avaient lieu dans un pavillon, je ne sais plus où, à la campagne, au mois de juin. Il y fourrait autant de roses qu'il en pouvait tenir, il en couvrait les cheveux des femmes, c'était un parfum à s'évanouir.

Ensuite il débitait froidement des fadeurs, comparait chacune de ces dames à une déesse, et puis on en restait là.

Donc, Gentil Bernard était le maître et l'ami du sulpicien; il lui apprit à faire des bouquets à Chloris et il eut en lui un élève si distingué, qu'on l'appela *la bouquetière du Parnasse*. Les profanes y joignirent même le nom de *Babet*, qui était celui d'une marchande de fleurs de ce temps-là.

Il débuta par solliciter Boyer, l'évêque de Mirepoix, chargé de la feuille des bénéfices. Celui-ci lui répondit par un refus, en ajoutant qu'il n'aurait jamais rien, tant que lui, Boyer, serait en place.

— Monseigneur, j'attendrai, répondit très-respectueusement de Bernis.

Le mot courut le monde et resta.

Quant à l'abbé, il avait pour toutes ressources un canonicat à Brioude, et un petit bénéfice à Boulogne-sur-Mer; le tout réuni lui donnait juste de quoi boire de l'eau claire.

En ce moment, un ami commun le présenta à madame d'Étioles, dont le roi commençait à s'occuper beaucoup. Il fut invité à aller chez elle, à Étioles, et le futur ambassadeur, le futur cardinal, y arriva avec son petit paquet sous le bras, par le coche d'eau. Madame d'Étioles aimait l'esprit gai, l'esprit drôle, les flatteries, les petits vers; il lui plut, et c'était l'essentiel avec une femme telle que celle-là.

Il devint le confident des amours du roi et de cette nouvelle favorite et se mit à merveille avec tous les deux.

Aussi, lorsque madame d'Étioles fut intallée au château, une des premières choses qu'elle obtint, ce fut une pension de cent louis sur la cassette et un logement aux Tuileries pour son protégé. Elle fit meubler le logement à ses frais; ce qui rendit l'abbé le plus content du monde. Ensuite, comme il était bon gentilhomme, elle le fit passer de son petit chapitre de Brioude à celui de Lyon, qui ne fut plus pour lui une sinécure sans profit.

L'abbé de Bernis se trouva donc en bonne posture. Il était bien fait, son visage était fort distingué et son œil plein de finesse. Il entra à la cour sous les auspices de la divinité nouvelle, et il y fut tout de suite bien placé.

La princesse de Rohan était une des plus belles personnes de ce temps-là; elle acceptait les hommages délicats, et l'abbé, qui se croyait en fonds pour lui plaire, eut l'audace d'y essayer. Il fallait avoir de lui-même une opinion bien hardie; mais les femmes sont si bizarres! Quant à moi, tous les abbés de l'univers, eussent ils l'esprit de Voltaire et la beauté d'Apollon, ne me feraient pas lever le doigt en l'air pour leur faire signe. Je préférerais mourir comme les martyrs, brûlée de mille feux, que de les éteindre sous une mitre ou un bonnet carré. Chacun son goût.

La princesse de Rohan reçut, un matin, un fort beau bouquet, avec des vers sur chaque fleur qui faisaient d'elle Vénus, Minerve, Flore, Hébé, cette défroque mythologique, dont certains poëtes de ce temps ont fait un abus misérable. Les vers furent lus à tous les survenants, on les trouva délicieux, et l'abbé fut loué sur tous les tons de la gamme des courtisans. Madame de Rohan se rappela ces éloges, elle y songea; l'amoureux prit à ses yeux une importance qu'il n'avait point. Elle lui permit de lui faire la cour; c'était beaucoup déjà.

Que se passa-t-il ensuite? Je ne sais. Par quels moyens arriva-t-il à la persuader, à lui inspirer un sentiment véritable qui alla jusqu'à la folie? Je ne puis le dire. Ce qui est certain, c'est que, trois semaines après, il était son amant en titre et déclaré, qu'ils ne se quittaient plus, qu'elle le conduisait partout avec elle, sans aucun mystère et le front levé.

L'ambassade de Venise vint à vaquer. La princesse alla trouver le roi et la lui demanda pour l'abbé de Bernis; madame de Pompadour arriva sur ces entrefaites; c'était convenu entre elles. Louis XV fut si bien circonvenu, qu'il ne put dire non. Cependant, lorsqu'il se trouva seule avec sa maîtresse, il la plaisanta beaucoup et plaisanta madame de Rohan, à cause de leur goût pour ce *prestolet*.

— Ce sera un bel ambassadeur, sire, un ambassadeur à faire tourner la tête de toutes les femmes, et, à Venise, c'est de grande importance.

M. de Bernis avait eu, dans sa première jeunesse, une aventure fort grave, dont il se tira à son honneur, ce qui n'était pas facile, et dont il se souvint lorsqu'il fut puissant, ce qui est plus rare encore. Il faut reprendre les choses de plus loin; l'aventure est curieuse.

La duchesse de Bouillon était une de ces femmes qui ne peuvent être peintes que par le fameux vers :

C'est Vénus tout entière à sa proie attachée.

Elle avait des amants par rage et ne s'en privait d'aucuns, quels qu'ils fussent. Elle ne leur demandait guère que la beauté et la force; quant au reste, elle ne s'en inquiétait point, et les beautés morales des gens ne pouvaient entrer en ligne de compte dans leurs séductions.

Le plus bel esprit du monde, s'il n'était jeune et vigoureux, ne valait pas pour elle un goujat à larges épaules.

Le comte de Saxe avait, dans ce genre, une réputation colossale. La duchesse eut envie de savoir à quoi s'en tenir et le fit dire au comte, avec la facilité qu'elle mettait dans ses relations. M. le comte de Clermont avait été amoureux d'elle et reformé, au bout de fort peu, pour *incapacité*, disait Pont-de-Veyle.

Les deux frères alors, d'Argental surtout, voyaient beaucoup les filles de théâtre et se mêlaient fort de leurs querelles. Ainsi les rivalités de la Lemaure et de la Pélissier les empêchaient de dormir; les aventures de la Autier, quittée et reprise par ses amants, et adorée du beau Lamothe-Houdancourt, que toutes les femmes s'arrachaient, les occupaient bien plus que les douleurs de madame de Parabère, abandonnée par M. le Premier, se rejetant sur M. d'Alincourt, et, délaissée par celui-ci, reprenant alors un autre Lamothe, parfaitement laid et désagréable.

Ils avaient alors pour compagnons de plaisir un jeune M. de Bellegarde, l'abbé de Bernis, qui s'échappait du séminaire, et un petit abbé Bouret, que ce dernier qu'il traînait partout avec lui et qui était fort bon peintre. D'Argental l'appelait plaisamment le caissier de la compagnie, parce que, quand ils étaient à sec, il payait les filles, pour lui et pour les autres, en faisant leur portrait.

M. de Bellegarde eut aussi ses aventures. Il devint amoureux d'une dame dont j'ai oublié le nom et fit tout au monde pour lui plaire; c'était un cadet de famille, n'ayant pas le sou et très-désireux de parvenir. Elle l'écouta sans lui répondre, et, un beau jour, elle lui déclara que ces propos ne lui convenaient pas, qu'un homme tel que lui devait penser à autre chose qu'à cet amour qui court les rues.

— Partez, lui dit-elle, allez dans les pays étrangers chercher la fortune que vous ne trouvez pas dans le vôtre. Faites la guerre, arrivez à quelque beau commandement, et vous parviendrez ainsi au bonheur. Vous trouverez quelque femme qui vous épousera. On ne peut rien faire sans argent, votre famille ne vous en donnera pas; voici dix mille écus, vous me les rendrez quand vous serez riche. Emportez tous mes vœux, mon amitié, mon estime, et comptez-moi comme sur la plus dévouée de vos servantes.

Il accepta le congé, les dix mille écus, et fit bien. Il s'en alla guerroyer en Pologne, fit des siennes et fut remarqué de tout le monde par sa hardiesse et par sa bonne mine. La fille de la comtesse Aurore de Kœnigsmarck, la sœur du comte de Saxe, en devint folle; elle l'épousa et le poussa aux plus grands honneurs dans ces pays barbares. Il est mort ambassadeur extraordinaire du roi de Pologne, à Paris. On assure qu'il fait souche de grands seigneurs, et que ses descendants, s'ils continuent, tiendront une grande place. Il se sont donnés à l'empire; d'Argental en parlait l'autre jour.

L'abbé de Bernis était donc des amis de celui-ci, comme les deux fils de madame de Fériol et l'abbé Bouret. D'Argental s'était épris de la Lecouvreur, maîtresse en titre du maréchal de Saxe, qui lui avait donné mille preuves d'attachement, telles que de vendre ses diamants pour lui acheter le duché de Courlande, et je ne sais quoi encore. Cela n'empêchait d'Argental et d'autres petits jeunes gens de tourbillonner, comme une nuée de mirmidons, autour d'elle. Les deux abbés en étaient.

Ce fut ainsi qu'ils apprirent les entreprises à la Putiphar, tentées par madame de Bouillon sur le jeune guerrier, qui, on ne peut dire pourquoi, s'était montré cruel.

— Madame de Bouillon me fait l'honneur de croire que j'en suis la cause, disait la tragédienne; mais je sais à quoi m'en tenir là-dessus. Le comte de Saxe me fait des infidélités de tous les côtés; je ne m'en tourmente point, je sais qu'il me reviendra. Je ne me serais pas plus inquiétée d'elle que des autres, et moins encore. Il n'aime pas ces sortes de femmes-là.

Excusez du peu, s'il vous plaît!... *Ces sortes de femmes-là!* une princesse de Lorraine, une duchesse de Bouillon! Les princesses de théâtre sont d'une insolence! Elles prennent leurs rôles et leurs amours au sérieux et traitent avec nous de puissance à puissance, bien heureuses quand elles daignent nous admettre sur le pied de l'égalité. On prétend qu'aujourd'hui elles sont plus insolentes encore. Le fait est que tout marche de travers dans la politique et la galanterie. Je remercie

Dieu de m'en aller bientôt et de ne plus être jeune.

Ce n'est pas que je veuille, par tout ce qui précède, exalter madame de Bouillon aux dépens de sa rivale. Je ne suis point injuste, et je déclare qu'en cette circonstance, la comédienne eut le beau rôle. Madame de Bouillon était une fort vilaine femme, aux passions emportées, qui ne s'arrêtait à rien pour les satisfaire et pour se venger; on ne le vit que trop dans cette occasion. C'était une vraie furie, lorsqu'on attaquait ses amours. Je la rencontrais quelquefois; entre autres, chez la duchesse de Luynes. On ne l'aimait guère et on la recevait par bienséance. Je la fuyais ; elle me faisait peur.

La pauvre Lecouvreur, au contraire, était belle et bonne. Elle était superbe dans presque tous ses rôles. Elle valait mieux que la Clairon.

XV

Quelques mois se passèrent. La duchesse devenait plus passionnée, à mesure que le comte de Saxe devenait plus féroce; elle avait avec lui des explications dont il se tirait en se mourant de rire, et il venait conter tout cela chez sa maîtresse, où ces jeunes fous en plaisantaient à qui mieux mieux.

Je ne sais quelle billevesée avait commise l'abbé de Bernis ; il fut reçu froidement par ses compagnons et surtout par leurs infantes; il n'avait plus d'argent, plus de crédit, il rentra au séminaire pour y faire pénitence, attendrir ses supérieurs et tâcher d'accrocher un bénéfice. L'abbé Bouret, son satellite, n'osa plus se montrer sans lui ; et, comme il n'avait point de nom, point de protection, point d'autres amis que ses compagnons de plaisir, lorsque ceux-ci le délaissèrent, il se trouva fort abandonné et dans une misère complète. Il peignait de temps en temps quelque boulanger, pour avoir du pain, et quelque fruitière, pour avoir de quoi mettre dessus. Ses habits râpés ne lui permettaient pas de se présenter nulle part. Il végétait et regardait quelquefois la Seine d'un œil d'amour, pensant qu'il ne dormirait à l'aise que dans ses bras.

La duchesse, je lui en demande bien pardon, en outre quelle était un monstre, était de plus une sotte. Elle se mit dans une rage à passer les bornes et s'écria, après un dernier outrage à ses charmes étalés, qu'elle en aurait raison, que cette fille de théâtre ne triompherait pas davantage, et qu'elle s'en déferait bien.

La voilà qui, sans mystère, comme aux temps de la barbarie, envoie chercher deux coupe-jarrets et leur annonce sa résolution. Il lui faut le sang de cette créature.

— Mais, madame la duchesse, comment faire? On n'assassine pas une personne comme celle-là sans que cela paraisse, et nous serons pendus.

— Je vous payerai ce que vous voudrez.

— Et si nous sommes pendus?

— Vous ne le serez point : je demanderai votre grâce.

— Par ma foi ! madame, vous n'aurez peut-être pas assez de votre crédit pour vous-même. Le Parlement ne plaisante pas. Ce n'est pas ainsi qu'il faut s'y prendre.

— Comment?

— Le poison vaut bien mieux.

— Qui le versera?

— Ce ne sera pas nous, nous n'entrons pas chez elle; mais on pourrait essayer quelque moyen...

— Cherchez, et revenez me dire quand vous aurez trouvé.

— Il doit y avoir autour d'elle, ne fût-ce que dans ses cuisines, un être quelconque qui, pour de l'argent, consentira à faire notre besogne. Nous allons voir.

Ils s'informèrent. Les voleurs et les brigands ont le nez fin ; ils dénichèrent l'abbé Bouret, et le signalèrent à la duchesse ; elle leur répondit que c'était leur affaire, qu'ils n'avaient qu'à marcher sur cette voie.

L'abbé se promenait presque tous les jours aux Tuileries; il y cherchait fortune, avec sa boîte à pastel, essayant s'il ne trouverait pas quelque honnête bourgeois ou quelque jolie fille qui consentît à se faire peindre. Cela arrivait quelquefois, mais rarement, et, profitant de sa misère, on le payait si bon marché, qu'il ne trouvait pas de l'eau à boire.

Un jour, il vit venir à lui deux hommes à figure sinistre. Il n'avait pas mangé depuis la veille, et il songeait très-sérieusement à la rivière. Ces deux hommes s'approchèrent de lui et commencèrent la conversation sur le temps, sur ce qu'il faisait, sur les malheurs des pauvres gens, sur tout ce qui pouvait conduire à leur but, enfin.

— Vous nous semblez bien malheureux, dirent-ils, et peut-être auriez-vous envie de gagner une somme ronde.

— Ah ! si j'en ai envie!

— Que feriez-vous pour cela?

— Tout! demandez.

— Tout? sans préjugés?

— Qu'appelez-vous sans préjugés?

— Vous ne nous comprenez pas?

— Non.

— Il faut donc s'expliquer. Vous connaissez la Lecouvreur?

— Je l'ai connue, hélas!

— Vous pourriez, vous, vous présenter chez elle?

— Elle est bonne fille; elle se souviendrait peut-être de m'avoir vu autrefois.

Et il fit un grand soupir.

— Elle s'en souviendrait; d'ailleurs, on vous donnerait ce qu'il faut pour vous y présenter décemment.

— Que faudra-t-il lui dire?

— Un garçon d'esprit comme vous n'est pas embarrassé pour causer avec une comédienne. Vous lui direz ce que vous voudrez. Seulement, vous lui ferez manger des pastilles qu'on vous remettra.

— Quelles sont ces pastilles?

— Peu vous importe... Chacune d'elles vous sera payée mille écus.

— Ce n'est pas du poison?

— Croyez-vous qu'on vous payerait mille écus des pilules de mie de pain?

— Alors, messieurs, ne comptez pas sur moi ; je ne suis pas votre homme pour une pareille entreprise.

— Oui-da !... Vous êtes bien jeune, mon cher ami, si vous supposez qu'on vous laisse aller avec un secret semblable. Vous nous avez paru propre à être des nôtres, et vous en serez, bon gré mal gré ; si vous n'acceptez pas, vous ne serez pas en vie ce soir. C'est à prendre ou à laisser...

Le pauvre abbé tremblait à faire pitié ; l'alternative était dangereuse, il fallait choisir entre le crime ou la mort. L'abbé choisit provisoirement le premier, quitte à se retourner autrement lorsqu'il n'aurait plus en face les terribles embaucheurs.

— Eh bien, puisqu'il n'y a pas moyen de faire autrement, j'accepte. Donnez-moi vos pastilles.

— C'est bien. Souvenez-vous seulement que vous ne nous échapperez pas et qu'il ne s'agit point ici de vaines paroles. Vous n'aurez pas un sou avant d'avoir rempli votre mission, je vous prie d'en être sûr; et, si vous parlez, vous ne parlerez pas deux fois. Maintenant, suivez-nous.

Et voilà mes coquins emmenant leur capture, en plein jour, à l'hôtel de Bouillon, sans se cacher le moins du monde, montant dans la chambre de la première femme de la duchesse, où ils devaient se rendre, selon les conventions faites.

Madame de Bouillon vint les trouver, approuva tout, remit *de sa main* à l'abbé les pastilles, et lui dit :

— Elles sont comptées ; lorsqu'elle sera morte, rapportez la boîte, on vous payera celles qui manqueront.

Il n'y avait pas à craindre qu'il y goûtât ; mais, s'il n'était pas un criminel imbécile, il devait jeter les pastilles dans la Seine et rapporter la boîte vide, en réclamant quatre-vingts ou cent mille livres. Tout cela n'avait pas de sens.

— Quand dois-je avoir accompli cette œuvre? demanda l'abbé.

— D'ici à huit jours.

— Ce n'est pas assez, madame; je demande trois semaines. Je ne puis me présenter ainsi vêtu chez la Lecouvreur ; on me jetterait à la porte.

— Tiens, répliqua la duchesse en lui jetant une bourse. Habille-toi et dépêche-toi.

Le pauvre garçon sortit de là plus mort que vif; mais aussi on ne vit jamais une intrigue plus bêtement ourdie, et la duchesse devait avoir perdu la tête. L'abbé ne fut pas même suivi, une fois le consentement donné; il conserva sa liberté entière, il ne revit pas ses complices, qui probablement s'en allèrent boire dans un cabaret les arrhes donnés par la duchesse de Bouillon, et proclamer son nom aux échos de ces lieux enchantés.

L'abbé, livré à ses réflexions, pouvait changer d'avis, pouvait prévenir la victime, pouvait... ce qu'il fit, enfin.

Il n'était pas permis de s'y plus mal prendre pour se perdre, en ne réussissant pas. La duchesse semblait avoir juré, non pas de tuer la Lecouvreur, mais de se faire jeter dans quelque cachot, soit par le roi, soit par sa famille, peut-être par tous les deux.

Bouret resta deux jours sans boire ni manger, ni dormir, n'ayant qu'une idée, celle de se débarrasser de ce crime, mais tremblant de peur d'en devenir victime à son tour.

L'idée lui vint, dans sa désolation, de consulter son ancien ami, le séminariste, qu'il voyait quelquefois ; il alla le trouver, et lui proposa une promenade dans la campagne; il avait à lui dire un de ces secrets trop grands pour qu'aucune chambre puisse les contenir. Bernis hésita : il était en chartre privée ; défense de sortir, de voir personne, aucune femme surtout; expiation des folies passées! à ces conditions, un bénéfice, après six mois de pénitence. Cependant, une course dans les champs, tête à tête avec un abbé aussi honnête que Bouret, ne pouvait être taxée de distraction. Il osa en faire la demande; elle lui fut accordée, après maintes questions et des observations sans fin.

Les voilà partis. Bernis ne pouvait retenir sa curiosité et interrogeait toujours.

— Non pas, non pas, nous ne sommes pas assez seuls!

Ils s'en allèrent au beau milieu de la plaine des Sablons, par une pluie abominable, et, là, sous un parapluie rouge, — je l'ai souvent entendu conter au cardinal, — ils commencèrent la conversation.

Bouret fit son aveu; son ami devint pâle comme un mort.

— Ah ! miséricorde! mon pauvre Bouret, tu ne vas pas faire cela! Mais que deviendras-tu?

— Je n'en sais rien, et je te demande conseil.

— Ce n'est pas facile... Nous sommes des jeunes gens sans le sou ; mais nous ne sommes pas des scélérats, et je suis sûr que tu n'as pas touché à la bourse de la coquine, pas plus qu'à sa boîte de pastilles.

— Aussi sacrées l'une que l'autre, tu n'en doutes pas! Seulement, il faut prendre un parti.

— Mon ami, il n'y en a qu'un : prévenir la Lecouvreur.

— Si je me présente chez elle dans cette tenue, ses laquais me prendront pour un voleur, et me jetteront à la porte.

— Aussi ce n'est pas chez elle qu'il faut aller. Je ne puis me mêler de cela; dans la situation où je me trouve, malheureusement, le moindre rapport avec un cotillon, et un cotillon de théâtre surtout, me recule de dix ans, si cela ne m'arrête pas tout à fait. Je ne puis que te donner des avis, et ces avis, tu dois les suivre. Écris dès ce soir une lettre anonyme à la Lecouvreur, donne-lui rendez-vous... au Luxembourg... auprès... du cinquième arbre, dans la grande allée.

— Elle n'y viendra pas.

— Elle y viendra. Ajoute que c'est pour une chose de la dernière conséquence pour elle, et qu'elle y vienne seule, ou accompagnée de son ami le plus sûr.

— Qui écrira cela?

— Le premier gratte-papier dans son échoppe. Fais mettre l'adresse d'une autre main.

— Je la mettrai moi-même, d'une écriture contrefaite; une indiscrétion peut me coûter le cou !

— As-tu remarqué si on te suivait ?

— Tu as bien vu que non.

— Ces gens-là sont donc bien niais ! si je me mêlais de crimes, je m'y prendrais mieux que cela. Rentrons; mes deux heures vont expirer. Fais ce que je te dis et reviens me voir après l'entrevue.

Bouret se conforma en tout aux instructions de son ami; la lettre fut écrite et envoyée par la poste. Lecouvreur la reçut, en rentrant chez elle avec d'Argental et une comédienne nommée Lamothe. Ils tinrent conseil tous les trois ; Lamothe était d'avis de ne pas aller au rendez-vous; d'Argental, au contraire, trouvait la chose indispensable ; la curiosité aidant, ils se décidèrent à suivre cet avis. C'était justement l'heure, ils s'y rendirent tous les trois.

L'abbé les attendait, caché derrière son arbre, tremblant qu'on ne l'aperçût, et tremblant aussi que la comédienne ne vînt pas; quand elle arriva, il eut un éblouissement, il fut obligé de s'appuyer contre son arbre. En le reconnaissant, ils poussèrent tous une exclamation de surprise.

— L'abbé Bouret! dit la comédienne. Il est dans la misère, le jeune homme ! il a besoin de quelque secours, il faut lui en donner, d'Argental ; c'est un ancien ami.

D'Argental préparait déjà sa bourse ; quel ne fut pas son étonnement en voyant le prétendu pauvre s'avancer vers elle, la main ouverte et pleine d'or! Sa première pensée fut qu'il était fou.

— Ah! mademoiselle, mademoiselle, dit-il, quelle joie de vous voir !

— Eh ! mon pauvre abbé, il fallait venir me trouver chez moi ; pourquoi ce mystère? pourquoi ressemblez-vous à un mendiant, tandis que vous avez des lingots en votre possession?

— Mademoiselle, je ne toucherai pas à cet or abominable ; il me brûle les doigts! on me l'a donné pour vous empoisonner.

— Moi ! et qui cela?

— La duchesse de Bouillon.

— Ah ! la misérable! Elle ne peut me pardonner Phèdre.

J'ai oublié de vous raconter que, quelque temps auparavant, au plus fort de leur querelle, il y avait, eu à la Comédie-Française, un petit scandale. Lecouvreur jouait Phèdre ; madame de Bouillon était dans sa loge sur le théâtre. Lorsque la tragédienne dit ces vers :

> . . . . Je sais mes perfidies,
> Œnone, et ne suis point de ces femmes hardies,
> Qui, goûtant dans le crime une profonde paix,
> Ont su se faire un front qui ne rougit jamais.

Lecouvreur se tourna vers madame de Bouillon et la regarda fixement.

Toute la salle s'en aperçut.

La duchesse, furieuse, voulut la faire mettre au fort l'Évêque. On arrangea la chose; mais elle en conserva un ressentiment égal à ses jalousies, et peut-être cette circonstance la décida-t-elle au crime.

L'abbé raconta en détail ce qui s'était passé, montra les pastilles et la bourse comme pièce de conviction, et jura ses grands dieux qu'il aimait mieux mourir de faim, qu'il aimait mieux recevoir un coup de couteau que de garder le silence sur une pareille infamie.

Les autres restaient confondus.

— Cette femme est folle! dit Lamothe; il faut la faire enfermer.

— Sérieusement, d'Argental, que faire?

— Une seule chose, pour vous sauver tous les deux: conduire immédiatement l'abbé chez le lieutenant de police.

— Il a raison; l'abbé, suivez-moi, je vous y mène.

— Mademoiselle, c'est ma vie que vous me demandez là. Je vais me faire des ennemis trop puissants pour que, moi, pauvre hère, je puisse leur résister. Mais vous croyez sauver ainsi votre existence menacée, je n'hésite pas, je vous suis.

— Vous vous trompez, l'abbé: la protection s'étendra sur vous, on n'osera rien vous faire.

— Allons, allons, mademoiselle, et que Dieu vous entende!

Ils montèrent dans le carrosse de Phèdre et allèrent chez M. Hénault, qui les reçut au seul nom de la belle actrice. On lui raconta de nouveau les faits, et il les écouta tout pâle et presque atterré.

— Donnez les pastilles, l'abbé.

— Les voilà, monsieur, et voilà aussi cette bourse; jetez-la aux pauvres.

— Je le veux bien, et je commence par vous; vous me semblez en avoir plus besoin que personne.

— Oh! non, monsieur, je n'y toucherais pas quand il s'agirait de ma vie.

On fit venir un malheureux chien, qui n'en pouvait mais; on lui donna une des pastilles, il tourna sur lui-même et mourut un quart d'heure après.

— Ah! voilà ce qui m'attendait! s'écria la comédienne près de perdre connaissance; c'est horrible!

— Laquelle des deux dames de Bouillon vous a donné cette commission, l'abbé?

— C'est la duchesse, monsieur.

— Cela ne m'étonne point.

La princesse de Bouillon était une fille du grand Sobiesky, une belle-sœur du prince Charles-Édouard Stuart, incapable de cette abomination-là.

— Et maintenant, l'abbé, soutiendriez-vous cette accusation?

— Devant toute la terre, devant la duchesse elle-même. Quant à ses deux envoyés, je vous ai donné leur signalement, et, si on les retrouve, je les reconnaîtrai bien.

— Je vais instruire le roi et Son Éminence de tout ceci; en attendant, on veillera sur vous, mademoiselle, et sur vous aussi, l'abbé, n'ayez pas d'inquiétudes. Je saurai où vous reprendre, si j'ai besoin de vous.

Il les renvoya. La Lecouvreur n'appela plus Bouret que son sauveur et déclara qu'elle ne l'abandonnerait jamais. Elle le logea dans sa maison, à un petit entresol, où rien ne lui manquait, et où l'abbé de Bernis alla plusieurs fois le voir en cachette. Ce qui est plus extraordinaire, c'est qu'il ne fut ni recherché ni inquiété par personne; la duchesse de Bouillon sembla avoir oublié en même temps ses projets et l'instrument qu'elle avait choisi. S'il n'y eût pas eu des indiscrets, tout en fût resté là. On ne sait comment la chose se répandit et devint publique plusieurs mois après.

Lorsque le lieutenant de police avait dénoncé la chose au cardinal, celui-ci s'était mis dans une terrible colère et avait annoncé qu'il ferait poursuivre la duchesse selon toute la rigueur des lois. Les amis des Bouillon, leurs parents, le supplièrent de n'en rien faire, de ne pas ébruiter un événement si contraire au respect que les classes inférieures commençaient déjà à perdre vis-à-vis de la noblesse. Ils le tourmentèrent tant, qu'ils obtinrent son silence; mais, lorsque l'histoire se répandit, il envoya chercher le prince de Bouillon et lui déclara que, si la duchesse ne se lavait pas de l'accusation, il serait obligé de la faire arrêter.

Celui-ci eut la triste commission de prévenir son frère, et le duc alla avec lui chez sa femme, qui, après maintes réprimandes et corrections, fut sommée de démentir le fait, sous peine d'être abandonnée par les siens et jetée dans quelque couvent de dure observance, d'où elle ne sortirait plus, pour l'honneur de leur nom.

La duchesse se récria, prétendit qu'elle n'était pas coupable, et demanda une lettre de cachet contre Bouret, afin qu'il prouvât son accusation, contre laquelle elle se récriait de toutes ses forces.

Le pauvre abbé fut mis en prison; il ne fit aucune difficulté de s'y rendre, et jura qu'il n'en sortirait pas avec sa courte honte.

Le duc et le prince de Bouillon vinrent l'y trouver, et voulurent commencer un entretien de conciliation.

— Je n'entendrai rien, dit-il, que de la bouche de madame la duchesse, et en votre présence, messeigneurs.

On lui représenta que la duchesse ne pouvait venir le voir et qu'il fallait renoncer à cette espérance.

— Comme il vous plaira, messieurs; mais alors je ne répondrai plus qu'à mes juges, et tous les tourments du monde ne me feront pas parler à d'autres qu'eux.

Il fallut en passer par là et aller chercher la duchesse. Malgré *son front qui ne rougit jamais*, elle ne sut quelle contenance tenir, et se troubla. L'abbé ne se troubla pas, lui, et la regarda bien en face.

— Eh bien, madame la duchesse, que faut-il que je dise maintenant?

— Vous direz tout ce que vous voudrez, monsieur, répliqua-t-elle en se remettant un peu; mais vous ne me mêlerez point dans vos propos, s'il vous plaît, et vous vous tairez sur ce qui me concerne; autrement, vous pourriez vous en repentir.

L'abbé ne perdit point courage, au contraire; et, comme elle lui faisait d'autres menaces, il raconta devant son mari et son beau-frère tout ce qui s'était passé entre eux, ajoutant qu'il le répéterait devant la France entière, et qu'il lui importait peu de se faire des ennemis, si dangereux qu'ils pouvaient être, pourvu qu'il fît connaître la vérité. MM. de Bouillon se consultèrent du regard; l'aîné ne pouvait parler, tant il était atterré; son frère le fit pour lui et offrit à l'abbé Bouret tout ce qu'il voudrait pour une rétractation.

— Je ne veux rien.

— Mais une fortune, l'abbé, une fortune! Nous sommes assez riches pour faire la vôtre.

— Quoi! dire au monde entier que je suis un faussaire, un calomniateur? Non, jamais! cela est impossible, mon père me maudirait!

— Vous pouvez donner des excuses plausibles et point déshonorantes: un amour pour la demoiselle Lecouvreur, qui vous a engagé à forger ce conte, afin de vous présenter comme son sauveur et de vous faire aimer d'elle.

— Non.

— Alors soutenez que vous étiez fou.

— Pas davantage.

— Choisissez: votre fortune ou la Bastille pour l'éternité.

— Monseigneur, vous êtes un bien grand seigneur; mais j'ai des amis qui ne me laisseront pas pourrir ici. Le roi est juste et bon; il les entendra.

Ils eurent beau dire, beau faire; il fut inflexible.

— Vous avez entendu madame; vous m'avez entendu, continua-t-il pour terminer. Vous savez aussi bien que moi qu'elle est coupable et que je suis innocent; punissez-la à votre fantaisie, cela ne me regarde nullement; mais ne me punissez pas, moi. Si vous me faites relâcher, je vais vous jurer, sur le Christ, de quitter Paris, de retourner dans ma province et de ne jamais prononcer un mot relatif à cette affaire, pas même le nom de madame la duchesse. Le voulez-vous?

Ils ne lui répondirent point, et leur projet était bien certainement de le tenir enfermé jusqu'à sa mort; mais la Lecouvreur veillait. Ne le voyant pas revenir, elle écrivit à son père d'arriver, et qu'ils iraient ensemble assiéger toutes les portes pour lui faire ouvrir celles de la Bastille.

Le bonhomme vint; le cardinal se piquait de sévérité contre les grands; on le savait. Bouret père alla droit à lui et lui demanda tout haut justice, à la sortie de la messe du roi, dans la galerie, devant tous ceux qui voulurent l'entendre.

Le coup était hardi; il réussit pleinement. Le même jour, l'Éminence fit dire à MM. de Bouillon que, s'ils ne comptaient pas donner suite au procès, il allait faire relâcher le quidam, parce qu'on ne pouvait le garder plus longtemps sans cela.

Donner suite au procès, ils n'avaient garde! l'opinion publique, celle des grands comme des petits, leur était contraire. D'ailleurs, la résolution si bien arrêtée de l'abbé ne leur promettait pas poires molles : il dirait tout, et il fallut bien permettre qu'on lui rendît la liberté.

Madame de Bouillon avait son arrière-pensée; elle savait où trouver ses petits assassins, elle comptait bien en faire usage pour imposer silence à ce malheureux. Pendant deux mois que son père resta à Paris, personne ne lui dit rien; mais il commit la faute de ne pas s'en aller avec lui, et, quinze jours après, il disparut, sans qu'il fût possible de le retrouver, malgré toutes les recherches.

XVI

Mademoiselle Lecouvreur en fut inconsolable, et le comte de Saxe aussi. Celui-ci ne se gênait pas pour traiter hautement la duchesse d'empoisonneuse et d'assassin; il cherchait à ce que MM. de Bouillon en fussent instruits, espérant qu'ils l'appelleraient en duel. Ils n'en firent rien, et cela se conçoit : quelle cause à soutenir que celle-là, pour les neveux et les héritiers de M. de Turenne!

Le temps se passait; on ne retrouvait pas Bouret. Lecouvreur se tenait sur ses gardes, très-convaincue que, tôt ou tard, la tentative se renouvellerait; en quoi elle se trompait cependant. Ces leçons-là sont trop bonnes pour qu'on s'y expose de nouveau après les avoir reçues, et madame de Bouillon avait été prévenue par monsieur son beau-frère que, si elle recommençait, cela ne se passerait point ainsi, et qu'ils feraient d'elle une justice sommaire pour épargner à leur nom celle du bourreau.

La duchesse, que l'on craignait, n'en fut pas moins bien reçue partout. On fit des plaisanteries sur l'aventure; on plaisante de tout en France! On appela certaines dragées *anis à la Bouillon;* on fit des petits bonshommes en surprise, au jour de l'an, qui tiraient la langue et tenaient des fioles : *jouets à la Bouillon.*

Et, lorsque le lieutenant de police fit appeler les marchands pour les gourmander là-dessus, ils répondirent, avec beaucoup de respect et d'innocence, que, madame la duchesse étant fort à la mode, ils avaient pensé que son nom porterait bonheur à leur industrie. Que faire à cela?

Quelques mois après, Lecouvreur jouait Roxane : elle y était fort belle. Madame de Bouillon, dans sa loge sur le théâtre, applaudit avec affectation. A la fin, pendant la petite pièce, l'actrice se déshabillait; sa rivale avouée lui envoya dire qu'elle désirait la voir et la complimenter.

— Qu'est-ce que cela signifie? s'écria Roxane. La loge de madame la duchesse vaut-elle son pesant d'arsenic, comme la chambre de la Voisin?

— N'y allez pas, continua le comte de Saxe, qui était présent.

— Présentez mes très-humbles respects à madame la duchesse, reprit Adrienne, et priez-la d'agréer mes excuses; je ne suis pas ajustée et je ne puis me présenter ainsi.

L'envoyé s'en alla avec ces paroles, honnête refus. Madame de Bouillon ne se tint pas pour battue. Arriva un second ambassadeur chargé d'annoncer que madame la duchesse recevrait Lecouvreur dans son négligé et ne voulait pas qu'elle fît de toilette.

Nouvel embarras; on s'en tira encore.

— Remerciez, je vous prie, madame la duchesse, et veuillez lui dire que, si elle est assez indulgente pour me pardonner de venir ainsi près d'elle, le public ne me le pardonnerait pas. Pour lui obéir, cependant, j'aurai l'honneur de me trouver sur son passage et de la saluer lorsqu'elle partira.

Bien qu'elle ne pût s'expliquer cette fantaisie, la comédienne se rendit à la place convenue et attendit cette ennemie superbe, qui avait voulu la tuer. Cette entrevue était curieuse. Les amis de Lecouvreur se tenaient un peu en arrière, tout disposés à la secourir, si c'était nécessaire. D'Argental y était avec le comte de Saxe et bien d'autres.

— Ah! mon cœur, que je vous félicite! dit la duchesse s'avançant d'un air tout aimable; vous avez été sublime, on ne peut rien voir de plus beau. Comme vous exprimez bien la jalousie!

— C'est une vilaine passion, madame, et qui mène souvent plus loin qu'on ne veut, répliqua Adrienne d'un air enjoué; convenez-en, comme j'en conviens moi-même, après avoir fait tout à l'heure étrangler Atalide.

Le trait porta certainement; la duchesse n'en laissa rien voir toutefois, et son visage n'en fut pas moins ouvert.

— Vous êtes la première dans votre genre, mademoiselle; on n'a jamais exprimé aussi bien la passion. Continuez, pour nos plaisirs et pour votre gloire, et comptez sur ma protection.

Elle passa; il ne fut plus question de rien entre elles. Toutes les fois que Lecouvreur jouait, madame de Bouillon prenait sa loge et s'affichait en applaudissant. D'Argental nous racontait qu'on en riait fort chez l'actrice et qu'on ne l'appelait que l'officière de Satan, à cause des pastilles qu'elle avait préparés à l'intention du diable.

A quelque temps de là, Adrienne devait jouer Jocaste dans l'*Œdipe* de Voltaire. D'Argental et Pont-de-Veyle vinrent me demander si j'y voulais aller avec eux, madame de Parabère et mademoiselle Aïssé. J'y consentis, bien entendu; j'aime fort la comédie.

C'est un rôle long et difficile que celui de Jocaste. D'Argental nous affirma, en entrant, qu'il venait de quitter Lecouvreur sur le théâtre, qu'elle avait été un peu incommodée le matin, mais qu'elle se sentait en force et en verve, et que nous en serions contentes.

En effet, elle débuta à merveille, elle eut des accents magnifiques, elle fut très-applaudie, madame de Bouillon, toujours à son poste, et applaudissant plus que personne.

Vers le milieu du second acte, elle commença à faiblir. Elle pâlissait de temps en temps, ses traits se contractaient.

— Ah ! dis-je à madame de Parabère, elle a l'air de souffrir.

— C'est vrai, elle me fait grande pitié, continua mademoiselle Aïssé.

A mesure qu'on approchait de la fin, le mal paraissait augmenter ; nous envoyâmes d'Argental aux nouvelles.

Il ne revint plus.

— Décidément, elle est malade, dit Pont-de-Veyle quand la pièce fut finie.

Quel ne fut pas notre étonnement quand nous la vîmes reparaître dans la petite pièce *le Florentin*, où elle fut charmante, jolie, vive, spirituelle, comme une fille heureuse et bien portante ; cela nous rassura tout à fait.

Il faut savoir que Lecouvreur était une héroïne dans Paris, depuis sa lutte avec madame de Bouillon, et que tout le monde s'intéressait à elle.

D'Argental nous fit dire de ne pas l'attendre ; son amie avait été prise, pendant la tragédie, d'une dyssenterie épouvantable ; elle rendait le sang pur, elle n'en pouvait plus; mais elle avait voulu reparaître dans la petite pièce, pour qu'on ne dit pas, comme l'autre fois, qu'elle était empoisonnée.

— Maintenant, ajouta le laquais de d'Argental, elle est comme morte, tant elle est épuisée, et monsieur l'a reconduite chez elle, avec M. le comte de Saxe et M. de Voltaire ; ils y passeront probablement la nuit, et elle ne sera peut-être pas en vie demain matin.

Dès que l'on sut cette nouvelle, le mot poison fut dans toutes les bouches. On envoyait de tous les côtés à la porte de l'actrice favorite savoir de ses nouvelles, madame de Bouillon plus souvent que les autres. A la fin, ses valets refusèrent d'y aller; la foule les voulait assommer sans rémission, et leur maîtresse fut obligée de se tenir cachée ; sans quoi, on lui eût fait un mauvais parti. Elle est restée longtemps sans reparaître à la comédie, elle eût été chassée.

La Lecouvreur eut des convulsions, ce qui n'arrive point d'ordinaire dans cette maladie-là. Ensuite elle alla mieux, et on la crut sauvée. D'Argental vint nous le dire en hâte et tout joyeux.

— La chère créature a fait son testament, il y a quatre mois, s'attendant à ce qui lui est arrivé. Je suis son exécuteur testamentaire, et, si Dieu nous l'avait enlevée, j'aurais passé le qu'en dira-t-on, j'aurais accepté.

— Vous auriez bien fait, monsieur : les volontés des morts sont sacrées. A-t-elle été empoisonnée, enfin?

— Les médecins assurent que non. Sylva et Bierac sont d'accord. Sylva, je m'en défie un peu, il est courtisan, mais Bierac, vous connaissez sa franchise, il prétend que tout est dans son mal.

— On répand qu'elle a été empoisonnée dans un lavement, avant d'entrer en scène.

— Cela est faux ; quant au reste, Dieu seul le sait. Le comte de Saxe faisait pitié; il ne l'a pas quittée d'un seul instant; Voltaire et moi non plus, et je retourne auprès d'elle. La voilà sauvée, Dieu merci ! sans cela, je ne sais ce que nous aurions fait du comte.

Elle n'était pas sauvée du tout ! elle mourut le même soir, au moment où on s'y attendait le moins; elle s'éteignit comme une chandelle, si bien qu'ils crurent qu'elle dormait et ne s'en aperçurent point. Elle avait la tête sur l'épaule de Voltaire. Son amant lui toucha la main et la trouva glacée ; il poussa un cri affreux.

— Elle est morte ! elle est morte !

Il fallut l'arracher de ce corps, et il fut plus de six semaines comme un fou.

On ouvrit cette belle fille, on lui trouva les entrailles gangrenées. Voltaire était présent. Il assure et jure dans toutes les langues qu'elle n'a pas été empoisonnée, que ce sont des calomnies, et que la maison de Bouillon était prête à le soutenir. On ne le lui demanda pas; mais la duchesse s'abstint prudemment de paraître, et elle fit bien.

D'Argental fut, ainsi qu'il me l'avait annoncé, l'exécuteur testamentaire ; il distribua les legs, et eut pour son compte une magnifique *Melpomène* antique que je ne sais quel Anglais avait rapportée des fouilles d'Athènes, et qui était un morceau capital.

Tout en resta là. L'abbé de Bernis, je l'ai dit, était alors au séminaire, et presque enfant ; ses écoles buissonnières l'avaient conduit chez les prêtresses de Vénus, jusqu'à ce qu'on le renfermât de nouveau, et enfin il sortit, comme on l'a vu, abbé crotté et faiseur de petits vers.

On n'avait plus entendu parler de Bouret. L'abbé de Bernis en conservait le souvenir, et, dès qu'il fut puissant, il se mit en quête de ce jeune homme. Madame de Bouillon était morte, on ne songeait plus à tout cela. Ce malheureux avait-il été assassiné? Avait-il fini en prison? L'abbé raconta l'histoire au roi et à madame de Pompadour ; il les intéressa, et l'ordre fut donné de chercher Bouret dans toutes les prisons de France.

On commença par la Bastille, comme la plus rapprochée, et l'on trouva, dans l'une des chambres de la tour la plus sombre, un homme devenu *numéro*, qui était là depuis près de vingt ans, et dont le signalement, l'époque de l'incarcération, répondaient tout à fait à ceux de l'abbé Bouret ; seulement, ce n'était pas ce nom-là.

On alla l'interroger, ce que l'on n'avait jamais fait : il était oublié et personne ne voulait entendre les réclamations qu'il faisait. A la première question, on lui demanda qui il était.

— L'abbé Bouret, le pauvre abbé Bouret, le plus innocent des hommes, et condamné sans avoir été entendu!

On lui fit raconter son histoire. L'identité fut reconnue ; on prit des renseignements, et on découvrit que la lettre de cachet avait été donnée sous un autre nom, et le pauvre abbé appréhendé au corps et jeté dans cette prison. Cependant l'ordre était de le ménager, de ne le point tourmenter, de lui accorder ce qui lui était nécessaire. On le mit dans une chambre, et non pas dans un cachot ; on lui porta une bonne nourriture, on lui permit de lire et de prendre des livres dans la bibliothèque, à la condition qu'il montrerait tout ce qu'il écrirait et que les livres demandés passeraient sous les yeux du gouverneur.

Excepté la liberté, il avait tout; il ne causait avec qui que ce soit. Le pauvre homme demandait à chaque instant qu'on l'interrogeât, qu'on ne le laissât pas mourir là sans lui dire pourquoi. On ne l'écoutait point : il était recommandé pour le secret et passé à l'état de tradition.

On rendit compte au roi et à madame de Pompadour de cet interrogatoire ; ils le contèrent à l'abbé de Bernis, qui reconnut son ancien ami et conjura qu'on le rendît libre.

Le roi en donna l'ordre sur-le-champ. L'abbé Bouret fut élargi, on le mit hors de la Bastille ; en se trouvant à la porte, il resta stupéfié, ne sachant ce qu'il allait devenir. Sa surprise fut extrême en apercevant le carrosse d'un prince de l'Église, dont le marchepied était baissé, et un laquais qui s'approcha de lui, chapeau bas, lui demandant respectueusement s'il voulait prendre la peine de monter, que Son Eminence l'attendait.

— Moi? répondit Bouret. Ce n'est pas moi... Vous vous trompez.

— Pardon, monsieur l'abbé, Son Éminence vous attend, je vous assure ; voyez-la qui vous fait signe et qui s'impatiente.

L'abbé s'en alla, traînant ses pieds, ployé en deux, se confondant en révérences, jusqu'auprès du splendide carrosse.

— Eh ! arrive donc, l'abbé ! on a bien de la peine à t'avoir ; tu courais plus vite autrefois, dans la plaine des Sablons, lorsque tu croyais les assassins à tes trousses.

Bouret leva la tête, et, malgré les vingt années et la soutane rouge, il reconnut l'abbé de Bernis.

— Miséricorde! s'écria-t-il laissant tomber son chapeau.

— C'est moi-même, mon ami, et, grâce à Dieu! c'est moi qui t'ai déniché dans ton trou... Nous ne nous quitterons plus. Je t'emmènerai à Venise, où je vais en ambassade, et, auparavant, je te présenterai à Sa Majesté, qui ne se doutait guère de l'injustice commise en son nom.

— Tu me protégeras contre la Bouillon?... Ah! pardon, Votre Éminence, pardon...

— Nous sommes de bons amis, de vieux amis, Bouret, et pas d'*éminence* quand nous serons seuls.

Il le prit avec lui, et l'a encore.

C'est certainement un beau trait de l'abbé de Bernis, et j'ai voulu le citer, afin de le faire bien connaître.

XVII

Un de mes amis littéraires et curieux de l'abbé de Bernis, avant ses grandeurs, était le bonhomme Panard, dont on ne s'est pas occupé autant qu'il le méritait. C'était une drôle de créature, que je voulus voir, en ayant entendu parler, ainsi que son Pylade Gallet: les deux plus singuliers ivrognes poëtes de tout Paris.

Gallet était un épicier hydropique, dont la vie entière se passait à boire et à chanter, à faire des jeux de mots et des lazzi.

Il ne se souciait pas plus de la mort que d'une bouteille vide, et, presque à l'agonie, il ne cessait de rire et de plaisanter.

Le vicaire ayant été lui donner l'extrême-onction :

— Vous venez me graisser mes bottes, dit-il; c'est inutile, monsieur, je m'en vais par eau.

Il composait en même temps ces vers, que tout le monde chanta à cette époque, sur l'air *Accompagné de plusieurs autres :*

De ces couplets soyez content;
Je vous en ferais bien autant,
Et plus qu'on ne compte d'apôtres;
Mais, cher Collé, voici l'instant
Où certain fossoyeur m'attend,
Accompagné de plusieurs autres.

Et cet homme mourut un quart d'heure après avoir écrit le dernier vers de ce couplet, en riant au nez de la camarde.

Cela me rappelle le vieux vicomte de Celles, tout près de trépasser, et que j'allai voir, une heure auparavant, ainsi qu'il m'en avait priée. C'était un galantin et un diseur de drôleries. Il avait l'air d'un fantôme dans son lit, je sentais bien qu'il n'en reviendrait pas, mais je voulus lui donner de l'espoir.

— Allons, allons, monsieur, ce ne sera rien que cela, vous prendrez le dessus.

— Oui, pourvu que le dessous soit joli.

Ce furent ses dernières paroles.

Quant à Panard, c'était autre chose encore; il ne songeait absolument à rien en ce monde. Le passé, l'avenir, la nourriture, le logement, tout cela ne l'occupait point.

— Cela regarde mes amis, disait-il.

En effet, ses amis s'en chargeaient.

Marmontel m'a raconté qu'au temps où il avait *le Mercure*, lorsqu'il lui fallait quelques vers, il allait trouver Panard pour lui en demander.

— Fouillez, disait celui-ci, dans la boîte à perruques.

— C'était là qu'il les jetait, après les avoir composés au cabaret, et souvent ils étaient tachés de vin. Comme on lui en faisait l'observation, il répondait :

— C'est le cachet du génie.

Quelques-unes de ses chansons sont charmantes. Toutes étaient improvisées à table et il les oubliait ensuite ; on les a recueillies depuis sa mort.

Après avoir perdu son ami Gallet, il fut très-longtemps fort triste, et, lorsqu'on lui parlait de sa douleur :

— Ah! répondait-il, elle est bien vive et bien profonde! un ami de trente ans, avec qui je passais ma vie! à la promenade, au spectacle, au cabaret, toujours ensemble! Je l'ai perdu, je ne chanterai plus, je ne boirai plus avec lui. Il est mort, je suis seul au monde, je ne sais plus que devenir. Vous savez qu'il est mort au Temple?

Et, là-dessus, il fondait en larmes.

— Je suis allé pleurer et gémir sur sa tombe. Quelle tombe! ils me l'ont mis sous une gouttière, lui qui, depuis l'âge de raison, n'avait pas bu un verre d'eau;

On faisait quelquefois venir ce bonhomme Panard chez de grandes dames, où on le conviait à souper en le trompant, pour le plaisir de l'entendre. Cette pauvre madame de Mailly, qui aimait assez à boire, du temps de sa faveur, gagea avec le roi qu'elle tiendrait tête à Panard, et qu'elle l'inviterait à sa table. Le roi fut très-curieux de savoir comment elle s'y prendrait. Rien qu'au nom de la comtesse il se serait sauvé, lui qui fuyait les belles manières comme l'eau.

Elle se déguisa un jour, avec madame de Vintimille, je le tiens de cette dernière, et les voilà parties pour aller chercher Panard dans un cabaret de la barrière du Maine, où il tenait ses états.

Elles avaient avec elles M. de Richelieu, en fort de la halle endimanché, et Pâris-Duverney, en charbonnier.

Quant à elles, on les eût prises pour deux bonnes poissardes, avec leurs robustes appas.

Les faubouriens se moquèrent beaucoup du mièvre duc qui, frêle et grêle comme un petit-maître, se pavanait sous son chapeau blanc. Ils lui demandèrent combien de sacs il levait à la fois, et, comme il ne lui allait pas de se fâcher, il prit fort bien la plaisanterie.

— Je ne suis qu'adjoint, répliqua-t-il; je me formerai.

— Mon garçon, avec des outils comme cela, dit un de ces braves gens en prenant entre ses doigts une des mains du duc, on ne peut être que perruquier, ou coiffeur de dames.

— Eh bien, je me ferai perruquier.

— Tope là! si tu n'as pas de maître, je vais t'en donner un. J'ai mon brave frère qui fait les barbes à l'enseigne du *Poulet couronné*; il cherche un garçon, ça te va-t-il?

— Je le crois bien, que ça me va! Et où est-il, ce *Poulet couronné ?*

— Ici près, mordieu! Buvons un verre de vin, nous irons ensuite.

— C'est que... j'ai là ma cousine, qui n'est venue que pour une chose... Ce n'est pas notre quartier; nous cherchons quelqu'un.

— Qui cela? Je connais tout le monde ici.

— C'est Panard, le chansonnier Panard.

— Je vas vous mener auprès de lui; c'est mon meilleur ami, nous buvons tous les jours ensemble, le brave homme!

Il les prit par la main et les conduisit à l'autre bout de la salle. Panard buvait et chantait. Le faubourien lui cria :

— Panard, on te demande.

— Qui cela?

— Ces dames et ces seigneurs, ajouta l'autre avec emphase, et ne croyant pas si bien dire.

— Que me veulent-ils?

— Monsieur Panard, dit madame de Mailly, qui s'avança, nous avons lu vos chansons, nous les avons chantées, et nous venons de Versailles exprès pour vous voir et dîner avec vous.

— Vrai ?

— Oui, bien vrai.

— Vous n'êtes pas dégoûtées, mes petites, et vous vous y connaissez. Et vous voulez que nous dînions, quand cela ? où cela ?

— Aujourd'hui même, où vous voudrez.

— Ici donc. Laissez moi faire, il y a du vin digne de a cave du roi. Vous payerez ?

— Cela va sans dire.

— Et vous ne serez pas regardants, cela va sans dire encore ; vous en aurez pour votre argent, soyez tranquilles.

Les voilà partis, à la suite de Panard, qui les mène dans une espèce de cabinet, ouvrant sur un jardin agréable. Là se trouvent des escabeaux boiteux, une table percée, le tout taché raisonnablement du vin du cru, c'est-à-dire du vin fabriqué par ces honnêtes gens, avec des cerises et mille ingrédients. L'odeur était à ne pas soutenir. Madame de Mailly fit bonne contenance ; mais madame de Vintimille passa dans le jardin ; elle n'y tenait plus.

M. de Richelieu tremblait de se laisser aller à la même faiblesse ; il proposa de dîner à l'air, ce qui fut accepté par acclamations. Le bonhomme était là comme chez lui, tous les gens le connaissaient ; il commanda le festin en habitué du logis, et les vins en commensal de la cave. L'introducteur était de la fête, bien entendu.

Panard fut charmant ; il but à faire honte à un gendarme ; il improvisa des couplets, des madrigaux ; il répéta des refrains que le cabaret tout entier reprit en chœur ; ce fut un vacarme dont ces dames furent enchantées, et qu'elles eussent volontiers préféré aux soupers de la cour. Je n'aurais point été de ces parties-là : je déteste ces sortes de plaisirs et je n'aime que l'esprit délicat.

La gageure fut gagnée. Le roi la paya galamment et en roi. M. de Richelieu était l'homme du monde le plus propre à ces escapades. Apres lui, ou plutôt en même temps que lui, madame sa fille les a continuées. On a raconté d'elle bien des choses qui ne sont pas vraies, peut-être. Ce que je sais de vrai, c'est son amour pour le comte de Gisors, fils du maréchal de Belle-Isle, le plus aimable et le plus beau seigneur de la cour.

Cet amour eut une triste fin, le comte fut tué à l'armée. Madame d'Egmont ne s'en consola point et on n'a pu lui donner depuis lors aucune galanterie sérieuse.

Je ne m'amuserai pas à vous parler du maréchal de Richelieu en détail ; il n'est pas un *ana* de ce temps-ci qui ne soit plein de ses faits et gestes. Il a été soixante ans l'indispensable partout. Je l'ai connu, comme tout le monde, et je ne l'ai jamais aimé ni estimé. Il n'avait que de l'esprit, de l'ambition, de l'intrigue, beaucoup d'audace et de bravoure naturelle. Quant au cœur, aux sentiments, à la générosité, il n'est pas besoin d'en rien dire, c'était lettres closes. J'en parle comme du passé, et cependant il vit encore, il vivra longtemps. Il a un an de plus que moi, et je suis sûre qu'il m'enterrera. Il vient de se remarier, ou il va le faire ; je ne sais pas au juste si la chose est terminée, on m'en a parlé.

Un homme dont j'ai dit peu de chose et dont je veux parler cependant, c'est Fontenelle. Je le voyais souvent et je l'aimais parce qu'il était de fort bonne compagnie. On prétendait qu'il était égoïste, qu'il ne faisait rien pour personne et qu'il ne s'était conservé qu'en prenant aux autres tout ce qu'il avait pu.

Fils d'une sœur des deux Corneille, il professait une vénération et une admiration complètes pour son oncle, le grand tragique, et un mépris souverain pour ses rivaux. Ainsi Racine surtout était l'objet de sa haine, ce n'est pas trop dire, il le haïssait.

Fontenelle avait beaucoup d'esprit, et du meilleur. Sa philosophie ne ressemblait point à celle de nos chers philosophes de profession ; il blâmait peu et voulait la perfection des autres, à la condition qu'elle ne coûterait pas trop à obtenir.

S'il ne faisait pas grand'chose pour ses amis, il ne faisait rien contre eux ; c'est déjà beaucoup par le temps qui court. La fameuse histoire des asperges, dont on a tant parlé, est parfaitement vraie. Il l'expliquait en soutenant qu'il ne croyait pas la maladie si grave ; je ne sais trop si c'est une excuse.

Il était à dîner chez lui avec un de ses amis, aussi gourmand que lui, ce qui n'était pas peu dire ; car Fontenelle était un des gourmands les plus érudits que j'aie connus : nous avons souvent discuté ensemble des menus de dîner. C'était dans la primeur des asperges, on en avait difficilement, et les deux convives devaient s'en régaler à leur aise. Il existait entre eux une petite distinction de goût : Fontenelle voulait les asperges à la sauce, l'ami les voulait à l'huile Pour se mettre d'accord, on convint d'en accommoder la moitié d'une façon et la moitié de l'autre.

Au moment de se mettre à table, l'ami de Fontenelle (notez que je sais son nom, je ne sais que cela, je l'ai au bout de la langue), enfin cet ami de Fontenelle devient rouge, puis pâle, puis jaune, et tombe comme un plomb ; on s'empresse, on s'écrie, on appelle du secours, on assure qu'il est mort, qu'il n'en reviendra pas ; pendant ce temps, Fontenelle se précipite à la cuisine et dit à sa cuisinière :

— Toutes les asperges à la sauce !

Voilà tout ce qu'il vit dans cet événement, dont il devait être si frappé.

Fontenelle eut cependant des amours très-sérieuses, et que peu de gens connaissent ; c'est presque un roman, auquel j'ai été mêlée, bien des années après qu'il fut fini. J'ai connu sa fille, religieuse à Chaillot, dans le même couvent que celle de madame la duchesse de Berry et de M. de Riom. Elles se chérissaient et ne se quittaient pas. La fille de Fontenelle, mademoiselle de S***, avait dix ans de plus que l'autre, et cependant celle-ci la protégeait : on en avait grand soin. M. le duc d'Orléans lui avait assuré une assez bonne dot, à la condition qu'elle serait simple religieuse et qu'on ne la mettrait jamais de rien. C'était une belle personne, alors que je la vis, très-fière de sa naissance, pas du tout pieuse, et qui enrageait d'être renfermée. Avant d'en venir à elle et à cette anecdote intéressante, finissons-en avec Fontenelle et ses amours, dont on ne l'aurait pas cru capable.

La marquise de S*** était une belle femme, romanesque, folle, habitant la province, un beau château où elle demeurait seule avec son mari, excessivement jaloux. Elle lisait tout ce qui s'imprimait d'un bout de l'année à l'autre, et particulièrement les ouvrages de Fontelle, encore jeune à cette époque et qui semblait l'être beaucoup plus encore.

Cette femme laisse travailler sa tête, elle se monte le cerveau ; et la voilà amoureuse de Fontenelle, qu'elle n'avait jamais vu. Il faut bien habiter seule la campagne pour avoir de ces imaginations-là !

Elle ne trouva rien de mieux à faire que de lui écrire, sans signer, en le suppliant de répondre ; elle lui donna l'adresse de sa nourrice, dont elle était sûre. Il répondit, enchanté de la lettre, qui était fort bien tournée, et demanda la suite de cette correspondance, ce qui ne manqua pas. Le commerce devint très suivi, très-actif ; le marquis ne s'en douta pas, malgré sa jalousie. Qui aurait pu imaginer celui-là ?

Après deux ou trois mois, les lettres ne suffisaient plus ; l'amour était avoué, bien reçu des deux côtés, on voulait se voir.

Comment faire? Fontenelle n'hésita pas; il se déguisa en colporteur et arriva, un soir, au château, où il demanda l'hospitalité. Elle était grande pour les gens de cette sorte, dont le maître ne se défiait pas; autrement, on ne recevait personne. Le colporteur sollicita la faveur d'être présenté à madame et de lui offrir des marchandises; il va sans dire qu'on l'accorda. Le marquis était absent; c'était une belle aubaine.

La nourrice confidente va chercher l'amoureux, l'introduit; il jette la balle, se précipite aux genoux de la marquise, lui parle avec bien plus d'éloquence encore que dans ses billets, et obtient de vive voix les aveux, les promesses qu'il avait déjà reçues.

Ce furent des élans, des transports et tout ce qui s'ensuit; mais voilà que, tout à coup, on entend des chevaux; c'est le mari qui revient! Que faire de l'amoureux? On veut le mettre dehors; au lieu de cela, on l'enferme dans un cabinet de resserre, sans fenêtre et sans autre issue que la chambre de son objet; encore oublie-t-on la balle!

Le mari arrive; il jette son coup d'œil de soupçons ordinaire autour de lui et voit sa femme troublée, la nourrice aussi; il éclate. La marquise avait si bien perdu la tête, qu'elle ne trouvait pas un mot à dire, bien qu'il la secouât rudement. La nourrice eut plus de présence d'esprit et les tira d'affaire.

La voilà à genoux, et criant qu'elle est seule coupable, que la colère de son maître doit tomber sur elle et non sur sa chère enfant. Et puis, avec beaucoup de sanglots et de larmes, elle avoue qu'elle a fait monter un colporteur, malgré la défense expresse de M. le marquis, qu'elles allaient choisir des colifichets quand il était entré, et que la peur de sa colère les avait mises toutes deux dans l'état où il les voyait.

Cette explication, sans satisfaire pleinement le jaloux, le calma un peu; il fit des questions qui donnèrent aux deux femmes le temps de se remettre. Où était le colporteur? Que voulait-il? Comment était-il? On répondit à tout, et l'on finit par risquer de le faire paraître.

— Pour qui passerai-je aux yeux de cet homme, madame? Vous jouez avec ma réputation. D'ailleurs, je suis bien aise de savoir ce qu'il y a dans cette balle. Appelez-le.

On *décoqua* Fontenelle de l'armoire. Heureusement, il avait tout entendu; heureusement, il avait beaucoup d'esprit et jouait admirablement la comédie; heureusement, surtout, sa balle n'était pas une balle pour rire. Il entra d'un air délibéré, annonça qu'il était Normand (ce qui était vrai et ce que son accent confirmait) débita tout un chapelet d'inventions étourdissantes et finit par étaler ses marchandises, en les faisant valoir à la façon des marchands dans les boutiques du Palais. Il joua parfaitement son rôle; le mari y fut trompé et lui acheta des fanfreluches; il les lui fit payer, qui pis est! On en a bien ri.

Il vit ainsi cette dame, pendant deux ou trois années, vingt fois par an tout au plus, au milieu des périls et avec des déguisements de toutes les espèces. Une fois, il resta deux jours dans ce même cabinet, et on l'en retira à moitié mort de froid. Une autre fois, il ne put que lui baiser la main dans une charmille, pendant que le mari lui parlait au travers. Ils ne s'en aimaient que davantage.

De tout cela, il résulta une fille qu'il fallut cacher; ils en vinrent à bout, avec un médecin complaisant, en simulant une maladie, qui fit garder le lit à la dame quatre ou cinq mois. Elle était sans cesse sous le coup de la mort. Si le mari avait découvert la chose, positivement il l'aurait tuée; c'était un de ces gentilshommes de la vieille roche, qui ne badinent pas sur le chapitre de l'honneur et qui ne temporisent jamais.

L'enfant fut mise au couvent dès sa naissance; une sœur, amie de sa mère, se chargea d'elle et l'éleva. Elle n'est jamais sortie de cette maison, où je l'ai connue. Fontenelle allait la voir souvent, il ne lui cachait pas qu'il était son père; mais ni elle, ni qui que ce soit, n'a jamais su le nom de la marquise. Il ne la désignait que par cette S***, en ajoutant que ce n'était pas là son initiale. Le secret fut bien gardé. La dame est morte jeune et n'a point vu son enfant.

La fille s'appelait sœur Joséphine, elle n'était pas jolie, mais elle avait tout l'esprit de son père, et j'ai rarement connu une conversation plus intéressante. L'abbesse et les religieuses la considéraient fort. Elle acquit plus de pouvoir par sa liaison avec la jeune princesse dont nous allons parler maintenant, si vous le voulez bien, et qui était un autre personnage.

XVIII

Madame la duchesse de Berry avait eu cette fille de son *vrai* mariage avec le comte de Riom, comme on le sait. Elle pria fort monsieur son père de lui permettre de la légitimer, à quoi il ne voulut jamais entendre, lui qui ne lui refusait rien cependant.

Elle fut emportée du Luxembourg à Meudon, où on lui acheta une maison, pour elle, pour sa nourrice et pour tout un domestique qu'on lui donna, sous les ordres de sa gouvernante, madame Dumesnil. Elle avait été baptisée Marie-Philippine de Riom, et parfaitement déclarée telle. Ceci, personne n'en pouvait empêcher; seulement, il n'était pas question de la mère.

Le duc de Saint-Simon et d'autres courtisans sérieux firent comprendre à M. le Régent que c'était un scandale, et qu'il ne devait pas souffrir l'établissement de cette quasi-princesse, au vu de tout le monde, sous le nom de son père; qu'il fallait l'éloigner et la faire perdre, afin d'empêcher de parler, si cela se pouvait toutefois. Le Régent le dit à madame sa fille, qui s'emporta et ne voulut entendre à rien.

Un beau matin, la fille fut enlevée, la nourrice avec elle, et l'on ne sut ce que tout cela était devenu. Madame la duchesse de Berry avait un médiocre cœur de mère; elle alla bien crier près de son père; mais, au fond, elle ne s'en inquiétait pas autrement, et, lorsqu'il lui eut dit :

— Je m'en suis chargé, soyez tranquille, elle ne manquera de rien!

Elle fut tranquille en effet. Il n'en était pas de même de M. de Riom. Cette enfant était sa fortune, la preuve vivante de son alliance avec la maison royale. Il la voulait. Il tourmenta la princesse, et celle-ci revint à la charge. Elle ne sut point ce qu'on avait fait de Marie-Philippine, et, comme elle poussa son père à bout, il lui signifia sa résolution.

La petite était dans un couvent, et très-éloignée; il lui avait constitué une dot; mais, si elle cherchait à la retirer, si elle s'en occupait le moins du monde, il l'enverrait plus loin encore et ne s'occuperait plus de la soutenir.

— Il en sera de même, ajouta-t-il, de tous les enfants que vous mettrez au monde. Tenez-vous-le pour annoncé.

Cette déclaration amena une scène dans laquelle la fille dit à son père :

— Je ne sais pourquoi vous poursuivez mes enfants; ils sont plus certainement du sang de Bourbon que l'abbé de Saint-Phar ou le chevalier d'Orléans.

C'étaient deux bâtards de monsieur son père, dont le dernier était reconnu.

La princesse mourut peu de temps après. M. le régent, au désespoir, voulut embrasser sa petite-fille; il la fit venir au Palais-Royal, la confia à madame de Chelles, qui la garda quelque temps et qui voulait la garder tout à fait, en souvenir de madame sa sœur. On la lui retira à l'âge de cinq ans.

Il était trop tard, Philippine de Riom connaissait sa naissance, et l'orgueil germait dans son cœur. Elle fut conduite à Chaillot, où on lui déclara qu'elle prendrait le voile. M. le duc d'Orléans l'avait vue le jour de sa mort, au matin; il la voyait souvent.

Enfant, elle avait l'habitude de l'obéissance, et n'osa pas résister; mais, en grandissant, elle prit plus de hardiesse. Elle devint belle, elle devint spirituelle comme sa mère, elle devint coquette, et se mit à arranger son voile en diadème.

— J'appartiens à la maison de France, disait-elle souvent, je suis parente du roi, et c'est une grande injustice que de me tenir renfermée ainsi; les princesses mes cousines ne le sont pas.

Toutes ces idées germaient dans sa tête. Elle avait pris en grande amitié, ainsi que je l'ai dit, la fille de Fontenelle, et toutes deux bâtissaient des romans, créaient des aventures qui se cassaient le nez à la grille du cloître.

Il n'en devait pas toujours être ainsi.

On n'était point sévère avec Philippine, surtout depuis qu'elle avait prononcé ses vœux; on la laissait venir au parloir, où des dames la demandaient. J'y allai avec madame de Parabère, c'est ainsi que je la connus. Son père ne s'inquiétait point d'elle depuis qu'elle ne pouvait lui servir à rien; pourtant il venait quelquefois. En outre des visites, elle avait la dispense de beaucoup d'offices; elle n'allait au chœur que suivant sa fantaisie et pouvait librement se promener dans l'enceinte des murs de clôture du jardin.

Un jour, elle s'amusa à grimper un petit degré, au-dessus de la buanderie, et découvrit qu'il conduisait à un grenier dont le croisillon non grillé avait vue sur le jardin d'à côté, où elle admira une superbe maison. Ce fut pour elle une joie sans pareille, et chaque jour, profitant de sa liberté, elle vint passer des heures à respirer l'air libre au travers de la petite fenêtre.

La maison était habitée par un jeune seigneur, fort bien fait orphelin, riche, mais élevé d'une singulière façon. Son père était mort de bonne heure; sa mère, inconsolable, avait vécu des années dans cette retraite sans voir personne au monde. Elle passait pour morte, elle n'écrivait pas à ses parents les plus proches. et, lorsqu'elle mourut, son fils, sans autre éducation que celle qu'il avait puisée dans la tendresse de sa mère, se trouva entièrement seul, hors d'état de gérer ses biens et ne connaissant du monde que l'enclos où il avait vécu.

Il était timide, mélancolique; il devint misanthrope. Il repoussa le peu de gens qui s'intéressaient à lui et vécut comme un ermite, sans rien connaître, sans rien voir; il était puissamment riche cependant.

Lui aussi, il lisait des romans; lui aussi, il songeait à l'amour, au bonheur, à la liberté, sans trouver, sans chercher même le moyen d'obtenir tout cela.

Philippine l'avait déjà vu depuis bien des jours avant qu'il eût levé la tête de son côté. Enfin leurs yeux se rencontrèrent; il resta ébloui.

La pauvre fille, fort émue, craintive, charmée, se sauva.

Toute la nuit se passa à songer au beau jeune homme, qui, de son côté, ne songea pas moins. Le lendemain, dès que la cloche sonna matines, il était au jardin, le nez en l'air, et, dès que Philippine put s'échapper, elle courut à son croisillon sur la pointe du pied, allongea la tête et aperçut le voisin en sentinelle.

C'était une grande affaire que cette entrevue à distance, pour des gens qui ne savaient point où elle les conduirait et que leur instinct avertissait seul. Ils commencèrent donc un manége qui dura bien longtemps encore, et qui consistait à se voir sans vouloir être vu. Chacun à son tour se risquait à regarder et se retirait avec précipitation, aussitôt qu'il apercevait l'autre.

Philippine eut une jouissance refusée au jeune vicomte de la Salette: elle confia sa découverte à sœur Joséphine, en la conduisant avec elle, afin d'avoir son avis sur le mérite de la conquête. L'avis fut tout à fait favorable; mais la fille de Fontenelle crut devoir hasarder quelques remontrances sur le danger de ces entrevues ou sur la nécessité de les faire cesser.

Philippine ne manqua pas de motifs pour renverser cette mercuriale. Elle assura qu'elle n'y redeviendrait plus, puisque son amie y trouvait à redire, mais qu'assurément il n'y avait pas de mal, attendu qu'on l'avait faite religieuse malgré elle, que ses vœux n'avaient été prononcés que des lèvres, et que son cœur ni sa volonté ne les ratifieraient jamais.

Diderot a pris dans cette histoire la première idée de sa *Religieuse;* il l'a considérablement augmentée, la pauvre Philippine n'ayant point de ces pensées incongrues, bien qu'elle eût de qui tenir.

Elle se cacha désormais de son amie, qui peut-être se doutait de la vérité, mais qui ferma les yeux, du moins elle l'a presque avoué. La jeune fille alla tous les jours à ce grenier; elle s'enhardit jusqu'à sourire, jusqu'à accepter des fleurs que lui jetait le vicomte, jusqu'à prendre une lettre, jusqu'à y répondre, jusqu'à lui parler en fin; elle apprit son nom, elle lui dit le sien, elle lui conta son malheur, son désir de quitter le couvent, et même un peu l'amour qu'elle avait pour lui. Les transports du jeune homme furent extrêmes; il vint à bout de grimper à cette fenêtre; le soir, elle s'échappait de sa cellule pour l'y rejoindre. Ils causaient des nuits entières, lui sur une échelle, elle dans le grenier; quant à se rejoindre, il n'y fallait pas penser: la fenêtre était trop étroite et ne permettait absolument que la conversation.

Comment faire? Les amoureux ne pouvaient s'arrêter là, l'amour ne s'arrête point avant d'être satisfait; ils imaginèrent tous les plans insensés que leur dictait leur jeunesse.

Philippine trouva le bon; il était hardi, mais il devait réussir, il réussit.

M. de Riom venait quelquefois, rarement, je l'ai dit, mais il venait, et, chaque fois, il déplorait avec sa fille la rigueur dont on avait usé envers elle et maniifestait le désir de la voir dans le monde.

Elle songea à se faire aider par lui. Bien loin d'être dévôt, M. de Riom afficha un des premiers les principes d'*affranchissement,* devenus depuis si fort à la mode. La rupture des vœux était donc pour lui une bagatelle, et Philippine le savait bien, il l'avait quelque peu imbue de ses idées. Elle se décida à tout lui dire, à lui demander son assistance, et à lui déclarer que, s'il la trahissait, elle n'y survivrait pas.

Cette résolution prouvait en même temps son inexpérience et sa finesse. Elle risquait tout; car, si son père n'était pas son complice, il deviendrait son ennemi. Elle l'attendait impatiemment. Dès qu'elle le vit, elle l'entraîna dans un coin du parloir, et lui raconta tout d'un trait son aventure.

M. de Riom, malgré son cynisme et son assurance, en devint pâle,

— Vous ne songez pas à ce que vous dites, ma fille. Quoi! quitter le couvent? vous en aller avec ce jeune homme? Cela ne se peut, ou vous êtes perdue!

— Cependant, monsieur, cela sera, et vous m'aiderez même! car vous ne voulez pas ma mort, et, si je reste ici, je le sens, j'y mourrai! Je serai donc bien plus sûrement perdue encore.

Le diable de sang de cette enragée princesse bouillait dans ses jeunes veines.

M. de Riom réfléchissait; il regardait cette beauté dans sa fleur, il écoutait ses paroles. et il connaissait ce caractère indomptable qu'elle tenait de sa mère; il admirait et il tremblait en même temps.

L'extrémité du moment lui suggéra une idée.

— Je ne refuse pas de vous servir, ma fille; seulement, il faut que je puisse le faire utilement, et, pour cela, je vous demande un mois au moins de réflexions; vous me l'accorderez bien, n'est-ce pas?

— Un mois! c'est long, monsieur; je meurs d'impatience.

— C'est bien peu, lorsqu'on doit réussir, et je réussirai : accordez-moi ce temps.

Elle se fit beaucoup prier; enfin elle consentit, à une condition : c'est que son père viendrait souvent la voir, causer avec elle et lui rendre compte des progrès de ses efforts. Là-dessus, le comte la quitta et alla trouver tout droit le président Hénault, secrétaire des commandements de la reine, pour qui Sa Majesté avait beaucoup de considération et qu'elle écoutait volontiers. Il lui raconta toute l'histoire, le pria de la transmettre à Sa Majesté et de tâcher d'obtenir d'elle sa protection en tout ceci.

Il lui fit comprendre que cette enfant était à lui, à lui seul, qu'elle ne pouvait amener aucun trouble dans la maison royale, et qu'étant bien mariée à un gentilhomme riche, de très-grande qualité, elle ne ferait point déshonneur au sang qui coulait dans ses veines.

Le président alla exprès à Versailles pour entretenir la reine et lui porter la demande de M. de Riom. La bonne et pieuse princesse l'écouta en poussant des exclamations.

— Religieuse malgré elle! Pour cela non, et nous ne souffrirons pas cela. On prendra des renseignements sur ce gentilhomme; s'ils sont convenables, on obtiendra facilement la dispense des vœux et on fera le mariage. Mon Dieu! cette enfant a commis un sacrilége et peu s'en faut qu'elle ne soit damnée sans retour. Je parlerai au roi tout à l'heure.

Elle le fit. Louis XV savait l'existence de cette jeune fille, il ne s'en était pas inquiété ; mais, en apprenant tout ceci, il entra dans les vues de la reine et les approuva complétement. Il voulut, de plus, se donner une petite comédie, et les ordres furent envoyés en conséquence. Le comte de Riom les reçut par l'intermédiaire du président, et sur-le-champ il alla chez sa fille.

Il lui annonça que tout était prêt et que, le lendemain au soir, ou plutôt la nuit, une échelle serait dressée le long du mur de clôture, que le vicomte l'attendrait de l'autre côté et qu'ils partiraient ensemble. La joie fut immense. Elle courut à son croisillon et jeta un billet, ramassé bien vite ; les transports étaient pareils.

Tout se passa comme on l'avait dit; seulement, lorsque Philippine eut descendu le dernier échelon, au lieu du vicomte, elle trouva un exempt, armé d'une lettre de cachet, qui l'arrêta, la fit monter dans un carrosse et l'emmena sans lui donner d'explication. Le carrosse roula longtemps; il s'arrêta à une petite porte; on la fit descendre, on la conduisit à un degré assez roide, et enfin dans une chambre où l'attendait une dame âgée, qui semblait très-bonne. La petite n'avait qu'un cri pour demander ce qu'on lui voulait, pour demander surtout le vicomte. On ne lui répondait point, elle entrait dans des transports furieux ; un peu plus, elle devenait folle. Il fallut la garder toute la nuit.

Le matin, on la pria de se laisser mettre une robe blanche et un voile, qui n'était pas celui de son ordre, ajoutant qu'elle allait voir un grand personnage de qui son sort dépendait. Elle eut beaucoup de peine à y consentir; on lui assura que c'était la seule façon de se rapprocher du vicomte, elle obéit alors. Elle était vraiment belle ainsi vêtue, et ressemblait, trait pour trait, à M. le régent.

Lorsqu'elle fut prête, on vint la chercher, on la fit passer par une infinité de corridors, les uns sombres, les autres éclairés, jusqu'à ce qu'elle arrivât à une très-grande chambre toute dorée, puis à une autre qui l'était encore davantage, et où elle trouva un homme jeune encore, très-beau, simplement vêtu, sans ordres, qui fit un mouvement de surprise lorsqu'il l'aperçut.

— Ah! quelle ressemblance! dit-il.

Philippine regardait tout étonnée.

— Mademoiselle, dit l'inconnu, vous venez de vous rendre coupable d'un vrai crime ; une religieuse qui rompt ses vœux et qui s'enfuit n'a point de pardon à espérer, et le reste de sa vie doit se passer dans la pénitence.

— Ma vie ne sera pas longue, s'il en est ainsi, monsieur.

— On aura soin d'y veiller, mademoiselle.

— Je ne sais qui vous êtes, monsieur; mais vous n'êtes pas un prêtre, et je ne dois avoir affaire en ceci qu'à mes supérieurs ecclésiastiques. Qu'on me conduise donc devant eux. Bonjour.

— Un instant, mademoiselle. Vous êtes bien la fille du comte de Riom?

— Je suis la fille de madame la duchesse de Berry, la petite-fille du régent, la cousine du roi.

— Vous ne le diriez pas, qu'on vous reconnaîtrait bien vite, lorsqu'on a seulement vu madame votre mère.

— Alors, monsieur, si vous en êtes bien convaincu, vous ne devez pas me traiter comme les autres. Je sais, je sens qui je suis. Par de vaines raisons d'État, qui n'en sont pas, on m'a enfermée depuis ma naissance; on ne m'a pas laissé voir, même par un coin du rideau soulevé, ce monde auquel j'appartiens, et je veux le voir, moi, ou mourir.

— C'est bien là l'esprit de votre mère, mademoiselle; vous l'avez aussi dans les yeux. Vous aimeriez donc celui qui vous rendrait votre liberté, qui vous remettrait dans les bras du vicomte, qui vous laisserait être heureuse à votre façon?

— Ah! monsieur, celui-là serait plus véritablem nt mon père que celui qui m'a trahie.

L'étranger sourit et allongea sa main vers une sonnette; il s'arrêta.

— Et dites-moi où vous désirez vivre, si vous aimeriez la cour?

— Non, monsieur. La fille de madame la duchesse de Berry ne pourrait y être à sa place, elle ne veut pas y aller, elle n'ira jamais. Le vicomte et moi, nous habiterons en province et à l'étranger.

— Bien, très-bien!

— Il va donc venir? s'écria-t-elle.

L'inconnu fit un signe de la tête en souriant.

— Et nous ne nous quitterons plus?

— Êtes vous donc assez punie?

— Ah! monsieur, j'étais si malheureuse!

Ce mot fut toute une justification ; à un signal donné, la porte s'ouvrit, et le vicomte entra par une porte, pendant qu'une dame fort parée et à l'air très-doux entrait par l'autre. Le monsieur bienveillant s'avança vers elle, lui donna la main de l'air le plus respectueux, et la conduisit à un fauteuil où elle s'assit; les amants n'avaient d'yeux que pour se regarder.

— Madame, vous avez désiré voir notre jeune couple, vous avez bien voulu vous occuper de son bonheur; permettez-moi de vous présenter vos protégés avant de les envoyer à leur destination. Mademoiselle de Riom, M. de la Salette, saluez la reine.

Les enfants, fort interdits, firent une révérence assez gauche ; dans celle de Philippine, il restait encore une nuance de hauteur.

— Le roi est trop bon, répondit Marie Leczinska, de s'occuper ainsi de mes désirs, et je suis très-heureuse de me trouver d'accord avec lui pour accomplir une bonne action.

— Le roi! s'écrièrent en même temps les deux amoureux.

— Lui-même.

— Ah! sire, ajouta la jeune fille, pardonnez-moi! mais...

— Mais vous êtes la fille de la duchesse de Berry, et vous ne voulez pas qu'on en doute. Vous mériticz une correction, vous l'avez eue par la peur qu'on vous a faite; maintenant, vous allez être mariée avec le vicomte, tout à l'heure, non pas en notre présence, non pas dans la chapelle du château : comme vous l'avez bien compris, cela ne se peut point; mais madame la comtesse de Brionne va vous emmener tous les deux à Paris, et l'on bénira votre union dans la chapelle de son hôtel.

— Et voici la dispense de vos vœux, mademoiselle, continua la reine; vous êtes libre! bénissez le Seigneur, qui vous a épargné un sacrilége.

— Vous irez ensuite dans vos terres, où il vous plaira; mes bienfaits vous suivront, à une condition, toutefois : c'est que le nom de votre mère ne sera plus prononcé par vous. Il est des choses qui doivent être oubliées, et les mésalliances des personnes royales sont forcément de ce nombre. Je ne veux pas vous blesser, entendez-vous, je veux seulement vous éclairer.

Il adressa quelques mots bienveillants au vicomte, lui offrit du service qu'il refusa; puis, au moment de se retirer, il tendit à la jeune fille un joli portefeuille brodé, en lui demandant la permission de l'embrasser, et en lui disant, de cet air adorable qui n'appartenait qu'à lui :

— Ma cousine, voici votre dot.

Philippine, que la dernière recommandation avait fort irritée, et dont l'orgueil était celui de cette princesse que nous avons connue, vraie fille de Satan, posa le portefeuille sur la cheminée et se recula.

— Sire, dit-elle, vous m'avez défendu d'être votre cousine, je n'ai donc point de dot à accepter de vous; d'ailleurs, M. de la Salette ne me prend pas pour de l'argent. Je vous remercie.

Louis XV en resta presque interdit. La bonne reine prit la main de Philippine et lui présentant, avec ses dispenses, une paire de bracelets magnifiques. elle lui dit :

— Vous ne refuserez pas, du moins, les portraits de votre père et de votre mère, lorsque c'est moi qui vous les offre.

C'étaient celui du roi et le sien, entouré de diamants magnifiques.

Le cœur de Philippine se fondit devant tant de grâce et une bonté si touchante; elle baisa la main de Marie Leczinska en pleurant.

— Je suis donc le seul excepté? reprit le roi; on me refusera tout?

— Non, sire, je prends et je donne à *mon père.*

Elle lui tendit sa joue et prit d'elle-même le portefeuille qu'elle avait dédaigné.

Madame de Brionne fut appelée après cette petite scène; les amants lui furent confiés et recommandés par le roi et la reine comme leurs enfants. Elle les emmena; on les maria comme il avait été convenu, et ils s'en allèrent en Bretagne, dans les terres du vicomte, d'où ils ne revinrent plus. La vicomtesse mourut en couches de son premier enfant, qui ne vécut pas non plus; son mari disparut de la scène, et je ne puis rien vous en dire.

Louis XV avait de ces choses charmantes dans son caractère, qu'on a beaucoup calomnié. D'ailleurs, il aimait fort M. le régent, lequel avait toujours été parfait pour lui, et il devait être heureux de prouver sa reconnaissance à sa petite-fille.

XIX

Je vous ai promis de vous montrer tous les philosophes, même les comparses, ou, du moins, de choisir parmi ceux-ci les plus remarquables et les plus intéressants; il en est dont je vous ferai grâce; ils n'eurent pas grand crédit, pas grande influence, et nous n'en dirons rien. Je m'en vais en prendre un qui a fort occupé la renommée, parce qu'il a connu tout le monde et parce que je vous l'ai déjà nommé : c'est Marmontel.

Il était souverainement pédant et ennuyé, c'est-à-dire ennuyeux; car, pour ennuyé, on ne peut l'être lorsqu'on est aussi content de soi-même. Il venait chez moi, tous les jours, du temps de mademoiselle de Lespinasse, ainsi que je l'ai raconté; mais je ne l'ai jamais reçu que par complaisance pour les autres. A moi, il ne me convenait pas; nos esprits n'avaient rien de commun.

Marmontel était un homme médiocre, un bourgeois de province, qui ne put jamais se décrasser; il avait des tournures de phrase incroyables, dont on se moquait sans qu'il s'en doutât. Il avait pris pied chez les gens les mieux et les plus haut placés, par certaines flatteries qu'il distribuait adroitement, par la protection de madame de Pompadour et par des persécutions qu'il avait su se faire intenter à propos.

Il devint donc l'ami de toutes les coteries. Voltaire l'appelait son enfant et en riait en arrière. Marmontel était exclusivement moral; à l'heure qu'il est, il prend plus que jamais cette couverture, à l'aide d'une femme, nièce de l'abbé Morellet, autre philosophe, et de beaucoup d'enfants, malades de la poitrine.

Il était né je ne sais où, en Limousin; on ne se disputera pas pour cet honneur, ainsi qu'on le fit pour Homère; après cela, les hommes sont si sots! C'était un homme du commun, fils de quelque commerçant, qu'on destina à la prêtrise pour avoir un abbé dans la famille. Il en conserva toujours quelque chose. Cette tonsure est un caractère indélébile, et un prêtre défroqué ne pourra jamais nier son premier état.

Il débuta dans les lettres par le concours des Jeux-Floraux et des autres académies du Midi, où il remporta les prix, et cela le dégoûta de la soutane. Pour mieux s'achever, il vint à Paris et se mit sous la protection de Voltaire, qui ne manqua pas l'occasion d'arracher un jeune homme au fanatisme, et qui le prôna dans toutes les chaires philosophiques. On le fourra comme précepteur chez madame Harenc, où je le connus. Cette madame Harenc était une vieille femme, fort riche et fort du monde, dont le mari avait été armateur ou quelque chose d'approchant. Elle recevait bonne compagnie, beaucoup de gens de lettres, et Marmontel s'y trouva tout casé.

Il finissait alors son ennuyeuse tragédie de *Denys;* elle fut reçue par la protection de Voltaire, qui était alors à Cirey, mais qui écrivit pour qu'on lui donnât un tour de faveur, et Marmontel eut le bonheur d'amener une dispute, entre la Gaussin, qui commençait à finir, et la Clairon, qui débutait, pour son rôle d'Artie dans cette pièce glaciale. Clairon l'emporta; elle en fut si heureuse, qu'elle devint sa maîtresse, non pas précisément tout haut, mais à demi-voix, et qu'elle resta son amie, ce qui est plus rare, chez ces demoiselles-là surtout

Marmontel se fit dès l'abord, et je ne sais trop pourquoi, car les raisons qu'on en a données ne me semblent point bonnes; il se fit, dis-je, un ennemi de d'Argental, qui le desservit de tout son pouvoir, surtout près de Voltaire, voire même au théâtre, où il était fort puissant par ses liaisons avec les comédiens Il passait sa vie chez eux; nous ne le voyions que par instants. Pont-de-Veyle, qui ne me quittait guère, déplorait cette manie, à laquelle madame d'Argental resta toujours indifférente.

Marmontel s'en vengea par des vers qui coururent tout Paris, et qui commençaient ainsi :

> Quelle est cette grotesque ébauche?
> Est-ce un homme? est-ce un sapajou?

Il est de fait que d'Argental n'était pas beau et que la petite vérole l'avait furieusement maltraité.

Il fit rage contre *Denys le Tyran*, jusqu'à en dégoûter presque la Clairon, qui, sans son amour pour l'auteur, eût certainement rendu le rôle; ce qui n'empêcha pas la pièce d'aller aux nues. J'étais à la première représentation; on applaudit avec frénésie, ce furent des cris et des trépignements. Enfin, on redemanda Marmontel, après la chute du rideau; ce qui ne s'était encore fait que pour Voltaire, après *Mérope*. Il en fut bouffi d'orgueil; nous n'en trouvâmes pas moins *Denys* assommant.

La Clairon ne se piquait pas de fidélité; son caprice passa; mais, je l'ai dit, elle resta l'amie de Marmontel et elle lui prépara une consolation. On se rend ces sortes de services dans ce monde-là.

Il y avait à Bruxelles une demoiselle Navarre; c'était certainement une des plus belles et des plus spirituelles filles de ce siècle. Elle avait cent amants, dont le maréchal de Saxe avait été un des principaux. Elle se trouva à Paris au moment du triomphe de *Denys le Tyran*, et s'engoua de l'auteur. Elle le dit assez haut; Clairon l'apprit et le fit savoir à son ancien ami; c'était une façon de payer sa dette.

Le voilà donc invité à dîner chez la Navarre; celle-ci allait vite en besogne. Elle avait du monde et du plus choisi; mais, ayant la fantaisie de rester seule avec Marmontel, elle congédia ses convives, ainsi que savent le faire ces princesses d'occasion.

La conversation fut tendre, à ce qu'il paraît; elle le fut à ce point, qu'on partit ensemble, le lendemain, pour un petit village de Champagne, afin de mettre en action une idylle poétique dont nos mœurs offrent peu d'exemple. Nous aimons beaucoup la pastorale dans nos opéras, dans nos livres et dans nos tableaux, mais nous ne nous en soucions guère dans la réalité; nous sommes peu champêtres. Mademoiselle Navarre demanda la plus grande discrétion et l'obtint.

Jusqu'à la fin d'une aventure, les gens d'esprit savent se taire, de peur de la perdre; mais ils s'en vengent après.

Marmontel allait assidûment alors chez madame Harenc (voilà pourquoi je suis si bien instruite de tout cela), chez la Clairon et chez madame Denis, la nièce de Voltaire. Celle-ci avait pour lui une pointe de sentiment qu'il ne partageait pas, je le crois sans peine; entre elle et la Navarre, le choix n'était pas douteux. Il leur fit à toutes un mystère de cette fugue, et nul ne savait où trouver ce volage.

Il filait un amour enchanteur dans un tête-à-tête où il trouva mille épines, à ce qu'il a raconté depuis. Cette fille, qui l'avait pris comme passe-temps et distraction, s'ennuyait à leurrer avec ce piètre personnage; elle en fit son jouet et se mit à lui donner des comédies de toute sorte; c'étaient des vapeurs, des maux de nerfs; c'étaient des caprices continuels; c'étaient des escalades de murs, malgré les gardes, où ils manquaient de se rompre le cou et où ils se faisaient mettre en joue, c'étaient des lettres de jaloux supposés; c'étaient des épreuves de toutes les façons, des maladies inconnues, dont elle allait mourir; enfin un roman complet, dont elle imaginait les incidents et qu'elle mettait en action de son mieux pour se faire passer, et son amant avec elle, par les impressions les plus diverses. Le pauvre poëte en perdait l'esprit et la santé.

Elle inventa quelque chose de mieux. Son père était marchand à Bruxelles, et, depuis longtemps, il avait pris son parti sur les façons cavalières de mademoiselle sa fille et s'en occupait si peu, qu'il l'avait envoyée en Champagne, pour régler des intérêts dont il ne pouvait s'occuper de loin.

Elle lui fit écrire une lettre furieuse, par laquelle il menaçait cette belle et son compagnon de toute sa furie, de toutes les réparations, s'ils ne prenaient leur parti d'eux-mêmes et ne donnaient à son nom la seule qu'il voulût et pût exiger d'eux.

Voilà Marmontel très-embarrassé. L'idée d'épouser mademoiselle Navarre ne pouvait venir à personne, et à son amant moins qu'à un autre, puisqu'il n'avait pas même à y gagner sa possession.

Il refusa catégoriquement, avec les motifs et les considérants les plus honorables, comme les juges lorsqu'ils rendent une sentence qui les inquiète. Mademoiselle Navarre n'avait joué qu'une scène, elle n'avait nulle envie d'épouser un poëte crotté et sans le sou, de borner là son ambition et de finir son odyssée de si bonne heure. Cependant elle en fut piquée, et se donna le plaisir de la vengeance.

Dans un moment où, d'ordinaire, on ne songe qu'à ce que l'on fait et à celui que l'on voit, elle se mit à crier, comme transportée de passion :

— Ah! mon cher Bethezy!

C'était l'amant jaloux dont les lettres avaient tant inquiété Marmontel. Vous jugez du compliment!

Le poëte en devint comme un fou, et, se précipitant hors de la chambre, il appela les laquais, commanda des chevaux et annonça qu'il voulait partir sur-le-champ; puis il s'enferma chez lui. La princesse arriva, au désespoir, échevelée, se roulant à terre, jurant que, s'il n'ouvrait pas, elle se briserait le crâne, frappant de sa tête contre la porte; il aimait, il ouvrit. Il y eut alors la plus magnifique représentation de désespoir que jamais le théâtre puisse offrir. Elle se jeta à ses genoux, lui demanda pardon, lui jura que la langue lui avait fourché, la belle raison! On le fit ainsi passer par les émotions les plus vives et les plus diverses, jusqu'à ce qu'on le comblât du bonheur le plus immense, en lui fournissant l'occasion de pardonner.

Elle était au bout de son rouleau, ce fut l'apogée, et, peu de jours après, elle le congédia en repartant pour Bruxelles. Il revint à Paris; ils devaient se revoir et se revoir bientôt, d'ici là, on devait s'écrire et l'on commença par là. Les lettres se succédèrent, très-tendres d'abord, très-froides ensuite, de la part de la demoiselle, et puis elle n'écrivit plus.

Marmontel tomba dans la désolation, il se forgea mille chimères, la crut malade, enfermée, persécutée, tout, excepté infidèle. Comment accuser une personne si parfaite? Un soir, au foyer de la Comédie-Française, le marquis de Brancas-Cereste raconta qu'il revenait de Bruxelles. Mademoiselle Clairon aussitôt de lui demander s'il avait vu mademoiselle Navarre.

— Oui, certainement, je l'ai vue, et plus brillante que jamais. Elle a maintenant enchaîné à son char le chevalier de Mirabeau, il en est idolâtre et ne vit que pour elle.

Mademoiselle Clairon, bien qu'elle ne voulût plus de ce délaissé, ne fut pas fâchée de son malheur; les femmes sont charmées qu'on les venge, surtout des torts qu'elles ont.

En entendant ces terribles paroles, Marmontel n'eut que la force de se sauver et de courir chez lui, où il se jeta sur son lit, à moitié mort et avec une fièvre épouvantable.

Il y resta plus d'un mois, sans appeler aucun de ses amis; il fit dire, au contraire, qu'il était absent, afin de ne pas être dérangé dans sa douleur. Ses amours avaient fait du bruit dans Paris, on en avait beaucoup parlé, et l'abbé de Latteignant avait fait une épître à mademoiselle Navarre, qu'on récitait dans les bureaux d'esprit. On était donc fort impatient de connaître le dénoûment de tout cela.

XX

Pendant qu'il souffrait ainsi enfermé seul chez lui, son portier monta un matin, et lui dit qu'un jeune homme arrivant de Bruxelles ne voulait absolument pas s'en aller sans le voir. Ce mot magique de Bruxelles lui fit ouvrir les yeux, et il donna l'ordre qu'on introduisît le visiteur.

C'était un beau jeune homme tout à fait inconnu, avec une tournure de gentilhomme, qui, après l'avoir salué poliment le poëte, et, sans attendre ses questions, commença le discours ainsi :

— Monsieur, je suis le chevalier de Mirabeau.

L'autre manqua tomber à la renverse dans sa ruelle. Son rival chez lui, et si effrontément ! Il en perdit la parole, et c'était d'ordinaire ce qu'il perdait le moins.

— Je suis chez vous, monsieur, d'une façon toute singulière, je ne me le dissimule pas; mais j'étais l'ami de votre ami, feu le marquis de Vauvenargues, et je suis l'amant de mademoiselle Navarre.

— Monsieur!

Il prenait cette déclaration pour une insulte.

— Un peu de patience, monsieur!... Mademoiselle Navarre a pour vous une estime et une amitié telles, qu'elle m'en a rendu jaloux quelquefois. A mon départ de Bruxelles, elle m'a fait jurer que je viendrais vous voir et que j'obtiendrais de vous l'honneur d'être de vos amis.

Marmontel avait eu le temps de se remettre ; il calcula qu'il passerait pour un sot en faisant le renchéri, et s'humanisa, sinon complétement, du moins en partie ; il fit les honneurs de chez lui à son rival et lui adressa une foule de compliments qui conduisirent à une conversation un peu longue et fort agréable des deux côtés.

Enfin le chevalier se leva et sortit un paquet de sa poche, un paquet noué d'une nompareille rose, rien n'y manquait.

— Monsieur, dit-il, voici ce que je suis chargé de vous remettre; ce sont vos lettres, je les ai lues, elles vous font honneur, mais, comme mademoiselle Navarre désire ravoir les siennes, elle n'ose conserver les vôtres, malgré la bonne envie qu'elle en a, et m'a chargé de vous les remettre.

Marmontel demanda au chevalier sa lettre de créance, et, comme celui-ci répondit qu'il n'en avait point :

— Alors, monsieur, répondit le malade, bien que j'aie toute confiance en vous, je ne puis vous les donner; cependant il est une manière de tout arranger, vous allez voir.

Il prit le paquet à la nompareille rose, il prit les feuilles parfumées, serrées précieusement dans un secrétaire, et, montrant l'écriture à son successeur, pour qu'il en reconnût l'identité, il jeta le tout dans le feu, en le regardant consumer d'un air de désespoir.

Le chevalier trouva la chose superbe, en fit de grandes louanges et s'en alla.

Marmontel, bien décidément abandonné, ne pouvait prendre son parti ; il ne se guérissait pas et ne travaillait plus, et il s'en allait rendant l'âme pour une coquine (il n'y a guère d'exemples qu'on l'ait rendue pour une honnête femme). Ses amis s'en alarmaient et cherchaient inutilement à le distraire. Madame Harenc maudissait cette sirène, et madame Denis jurait haine éternelle à l'amour, qui lui enlevait son oncle et qui allait aussi lui enlever son ami, sans retour.

Un matin, il dormait, il était de fort bonne heure; le Savoyard qui le servait n'était point arrivé encore ; il entendit ouvrir la porte et, tout de suite après, il se sentit serré dans les bras d'une femme qui l'inondait de larmes ; il se retourna et vit mademoiselle Navarre, en déshabillé, plus belle que jamais.

— Ah! mademoiselle, s'écria-t-il , voici l'état où vous m'avez réduit. Je vais mourir en vous retrouvant, j'espère.

Derrière lui était le chevalier de Mirabeau. Ceci l'acheva. Navarre pleurait toujours; elle commença une oraison funèbre des plus touchantes sur ses amours avec le poëte, s'accusa de l'avoir mis aux portes du tombeau, et, prenant l'attitude la plus tragique qu'elle pût imaginer, elle se retourna vers son amant *en exercice*, et lui dit qu'il ne pourrait jamais lui rendre ce qu'elle avait perdu pour lui, et que, s'il était ingrat, il mériterait tous les supplices.

Ensuite, essuyant ses larmes, elle demanda sans façon à déjeuner au malade, qui fut obligé de la faire servir.

Lorsque le Savoyard fut parti, elle se monta cette fois sur un ton solennel et prit la main de l'amphitryon, qui ne savait où elle en allait venir.

— Mon ami, lui dit-elle, — car vous serez toujours mon ami, — vous devez être instruit de ce qui m'arrive. M. le chevalier et moi, nous partons pour la Hollande, où nous allons faire consacrer notre union par un prêtre Nous trouverions en France trop de difficultés, d'autant plus que M. le maréchal de Saxe est furieux et m'a menacée de sa vengeance ; de vous, je ne crains rien, au contraire, vous êtes trop délicat pour me désobliger, et je me reprocherais de vous cacher quelque chose.

— Quoi ! s'écria-il au comble de l'étonnement, M. le chevalier vous épouse?

— Il n'est pas si difficile que vous, il m'aime assez pour cela.

— Et que comptez-vous faire ensuite?

— Le chevalier prendra du service chez quelque puissance, heureuse de l'employer ; il deviendra général d'armée, il se mesurera avec le maréchal de Saxe, il le battra, et je serai vengée.

Marmontel fut obligé de convenir avec lui-même qu'en effet le chevalier l'aimait plus que lui, et cela l'aida à se guérir.

La fin de l'histoire arriva au tragique.

Le chevalier et la donzelle se marièrent en effet en Hollande; mais, soit qu'il ait dédaigné de devenir général d'armée, ou que les puissances ne se soient pas empressées de lui offrir cet honneur, il alla se retirer à Avignon avec sa femme.

Le chevalier avait un frère, le marquis de Mirabeau, surnommé *l'Ami des hommes*, lequel ami des hommes était dur comme un cheval et tourmentait tous ceux qui l'approchaient. Le marquis a un fils, le comte de Mirabeau dont on raconte d'étranges choses. Quoi qu'il en soit, l'Ami des hommes ne pouvait souffrir son frère. En apprenant son sot mariage, il entra dans une colère abominable (il n'avait pas tout à fait tort), et il le poursuivit sur la terre et sur l'onde.

Les époux se croyaient en sûreté dans les États du Pape ; mais le marquis avait le bras long : il parvint à obtenir un ordre d'arrestation du vice-légat. Il ne voulait, a-t-il dit souvent, que séparer son frère de cette coquine.

Elle était en couches lorsqu'elle vit entrer chez elle les sbires, qui demandaient son mari. Elle en ressentit une révolution telle, que le travail s'arrêta; malgré ses cris, on emmena le chevalier. La voilà donc seule, dans l'état le plus dangereux.

Pour la consoler, le chef des sbires lui cria en s'en allant :

— Dès que vous pourrez marcher, vous serez chassée ; les filles de votre espèce ne restent pas dans les États du saint-père.

Elle était mariée, pourtant! Comment les prêtres ne

respectaient-ils pas un sacrement ordonné et conféré par eux-mêmes?

La malheureuse créature accoucha d'un enfant mort, je crois ; mais ce dont je suis sûre, c'est qu'elle mourut et qu'on eut mille peines à lui faire rendre la sépulture : tous les monsignors du pays s'y opposaient. L'Ami des hommes se glorifia de ce qu'il avait fait; il était enchanté, disait-il, d'avoir débarrassé son frère de ce champignon vénéneux attaché après lui.

Je ne dis pas que le chevalier eût fait un bon mariage ; mais, quand on s'appelle *l'Ami des hommes*, il ne faut pas faire mourir une femme de frayeur.

Cependant Marmontel faisait l'homme à bonnes fortune, en même temps qu'il rimait des tragédies; il devint l'amant de mademoiselle Verrière, la maîtresse du maréchal de Saxe, qui en avait une fille nommée Aurore comme la comtesse de Kœnigsmarck, mère du héros.Cette fille fut élevée par les bienfaits de madame la dauphine, sous le nom d'Aurore de Saxe, et devint depuis madame Dupin. Je ne l'ai connue que de relations.

Quant à mademoiselle Verrière, elle voulait se mettre au théâtre et jouait chez elle la comédie bourgeoise. Ce fut ainsi que Marmontel la connut. Lorsque le maréchal apprit ce beau commerce, il jura que de sa vie il ne reverrait ni la mère ni l'enfant, et il tint parole.

La Verrière était fort jolie, elle l'avait prouvé à beaucoup de gens qui en restaient convaincus par les meilleures et les plus sonnantes raisons possibles. Le prince de Turenne l'enleva à Marmontel, et beaucoup d'autres succédèrent au prince de Saxe.

Ce qui a le plus marqué dans la vie de Marmontel, c'est assurément le séjour qu'il fit dans la maison de madame Geoffrin et l'intimité qu'il eut avec elle. A propos de cet homme-là, je vais donc vous parler de cette célèbre maison, de cette hôtesse de gens d'esprit qu'elle appelait ses *bêtes*, et à qui elle donna pendant tant d'années de mauvaises soupes et de bons conseils.

Je n'ai été chez elle que jusqu'à ma séparation d'avec mademoiselle de Lespinasse ; elle prit le parti de celle-ci et me déclara qu'elle ne me recevrait point, ou bien qu'elle nous recevrait toutes les deux, ayant une amitié très-vive pour cette demoiselle et encore plus pour d'Alembert, son amant, qu'elle ne prétendait pas désobliger.

— Fort bien, madame, lui répondis-je; je n'en suis pas étonnée, je m'y attendais de votre part; car vous n'êtes pas la maréchale de Luxembourg, et elle aussi m'a fait cette bonne petite grâce.

Je cite cette réponse pour prouver combien j'étais bête de ce sot événement; je ne savais plus trouver un mot lorsqu'on m'en parlait.

Madame Geoffrin était une des plus curieuses figures de ce siècle-ci ; bourgeoise de naissance, bourgeoise d'esprit, elle est devenue une autorité dans le monde, et cependant ses manières étaient aussi bourgeoises que son esprit et sa naissance. Elle avait de ces mots qui déconcertent et que pas un de ses habitués, presque tous sortis de rien, ne comprenaient comme nous. Ils les trouvaient fort bien placés dans sa bouche, parce qu'ils étaient souvent dans la leur.

J'ai remarqué, moi qui les ai bien vus, combien peu de ces gens-là avaient le tact de *savonner* leur esprit et leurs expressions. Presque tous manquent d'observation, parce qu'ils ont trop bonne opinion d'eux-mêmes. Voltaire seul était passablement formé, et encore! il est vrai que madame du Châtelet y avait pris peine.

J'ai conté que madame Geoffrin avait été chez madame de Tencin dans les derniers temps de sa vie, pour écumer son salon à son profit. La chanoinesse était trop fine pour ne pas s'en apercevoir; aussi me disait-elle un jour en me la montrant :

— Savez-vous ce que la Geoffrin vient faire ici? Elle vient voir ce qu'elle pourra recueillir de mon inventaire. Elle en prit, ma foi! le meilleur.

Elle était riche; elle avait marié sa fille à un gentilhomme, et cette fille ne mettait presque jamais les pieds dans ses réunions, qu'elle trouvait fort au-dessous de sa grandeur. Quant à son mari, c'était la nullité la plus complète qui fût au monde. Il se tenait au bout de la table, et il n'ouvrait la bouche que pour manger et pour boire.

Les grands seigneurs étrangers tenaient à honneur et à plaisir d'être reçus chez madame Geoffrin ; on parlait de ses dîners dans toute l'Europe. Un d'eux, qui n'était pas venu à Paris depuis plusieurs années et qui y faisait un nouveau voyage, demanda à la muse de ce nouveau Parnasse ce qu'était devenu cet homme si laid et si sot qui restait toujours à la même place.

— C'était mon mari, répondit-elle sans se déconcerter, et il est mort.

Un jour, ce bon M. Geoffrin demanda un livre à Saint-Lambert, et celui-ci, pour s'en débarrasser, lui prêta des *Voyages en Chine et au Japon*. L'autre lui rendait volume par volume, mettant six mois à lire chacun d'eux. Saint-Lambert lui fit recommencer cinq ou six fois de suite ce même ouvrage et lui demanda, un jour, comment il le trouvait.

— Très-bien, il m'amuse beaucoup; c'est dommage qu'il se répète un peu.

Vous avez la mesure de l'homme.

Le lundi, madame Geoffrin recevait les artistes, et, le mercredi, les gens de lettres. Comme fondation, c'étaient toujours les mêmes personnes; il venait ensuite des étrangers pour les voir. Madame Geoffrin pouvait les appeler ses *bêtes*, car elle les montrait comme une ménagerie. J'aimais infiniment ces réunions, où j'étais admise par faveur, et rarement ; elle n'y voulait point de femmes. La seule mademoiselle de Lespinasse obtint la permission d'y paraître chaque semaine, à cause de d'Alembert, qui ne l'aurait pas laissée seule au logis.

Le plus étrange, c'était la façon dont cette femme, ignorante comme une carpe, menait cette table, si difficile à tenir. Elle ne parlait presque pas et faisait parler les autres ; son esprit était un caillou qui, en frappant contre celui de ses convives, leur donnait l'étincelle et les allumait. Elle ne leur permettait jamais d'aller trop loin, et, si l'un d'eux s'émancipait, elle l'arrêtait sur-le-champ avec un geste et ces simples mots:

— Allons! voilà qui est bien.

Ils se taisaient sur l'heure et n'en murmuraient pas, eût-elle retenu ainsi sur leurs lèvres le plus charmant trait de leur bagage.

Elle était bonne, sans aucune sensibilité, et bienveillante sans charme. Je n'aurais jamais pu aimer cette femme-là; elle le disait elle-même, avec de grandes et belles qualités, des qualités brillantes même, elle n'était point aimable. Elle ne se serait pas avancée, pour soutenir un de ses amis ou lui rendre service, avant d'être sûre qu'il ne lui en reviendrait aucun ennui, aucun dérangement surtout.

Elle était vaniteuse et simple en même temps; elle recherchait les grands, elle était très-fière de leur commerce et elle savait les flatter en affectant des airs d'indépendance. Rien n'était étrange comme ses arrangements de dévotion ; elle allait à la messe et s'en cachait comme d'une intrigue; les philosophes le savaient et ils affectaient de l'ignorer, afin de ne pas contre-carrer leur *maman*.

Elle aimait par-dessus tout les tripotages et se mêlait avec délices des affaires des autres. Je n'ai jamais souffert qu'elle entrât dans les miennes; aussi disait-elle que j'étais cachée et qu'il n'y avait pas de profit à être mon amie, parce que mes ennemis en savaient plus long qu'elle sur mon compte.

Elle savait se tenir à sa place et disait d'elle-même ce que les autres auraient pu en dire, afin de leur fermer la bouche.

Un abbé italien vint, un jour, lui demander la permission de lui dédier une grammaire dans les deux langues.

— A moi, monsieur, lui répondit-elle, la dédicace d'une grammaire, et dans deux langues encore ! moi qui sais à peine la mienne et qui ne mets pas un mot d'orthographe? Vous êtes trop bon, je ne puis accepter cela.

Elle contait à merveille et de la façon la plus gaie, la plus simple en même temps; elle tirait parti des moindres circonstances pour amuser. Je n'ai jamais vu une femme qui sût mieux attirer l'attention sans en avoir l'air; elle avait pour cela un art extrême. Elle ne faisait point oublier le rôti par un conte fait à propos, comme madame Scarron; mais elle faisait oublier qu'elle avait un fort mauvais cuisinier et qu'on servait fort mal chez elle.

Au total, ces fameux soupers valaient leur réputation, et je sais bien peu de choses et de gens en ce monde dont on puisse en dire autant.

XXI

J'ai déjà parlé de presque tous les habitués, je les ai presque tous dépeints, puisque c'étaient les mêmes qui venaient chez moi, à peu près. Je ne voyais guère les artistes cependant, et je les ai peu connus. Mon infirmité les éloigna de moi, je ne pouvais pas juger leurs œuvres de peinture ; et, quant à la musique, que j'aime fort pourtant, je ne me pique pas d'être connaisseuse.

Helvétius est, je crois, le seul de ces illustres dont je ne me sois pas encore occupée. Il a fait cet immense livre de *l'Esprit*, dont on a tant parlé, dont on parle tant encore et dont je ne suis pas enthousiasmée. Ce qu'il a trouvé de mieux, à mon avis, c'est d'avoir une immense fortune et d'avoir fait le bonheur d'une femme charmante, mademoiselle de Ligneville, que nous voyons encore ici, et à laquelle on ne peut reprocher qu'un travers : elle remplit sa maison et son lit de chats angoras, gras et fourrés comme des chanoines. Quant à Helvétius, il était bon, charitable, bienfaisant; il aimait l'espèce humaine et en disait un mal abominable, qu'il ne pensait pas. Que de gens sont ainsi, et se croient obligés de mettre un vilain masque pour cacher un beau visage !

Après ses dîners célèbres, madame Geoffrin avait des soupers particuliers, où l'on ne servait que des croûtes. Quelqu'un parlait devant moi, un jour, de ces repas faméliques et se plaignait de la méchanceté des propos.

— Hélas ! monsieur, répondis-je, il le faut bien !... je ne sais pas ce que l'on y mangerait sans cela; on n'y a que le prochain à mettre sous la dent !

Le cercle de ces soupers était restreint. Madame Geoffrin n'y recevait que deux de ses gens d'esprit : Marmontel, qui demeurait chez elle, et Gentil Bernard, qui, je l'ai dit, n'était pas gentil du tout. Mesdames de Brionne, de Duras et d'Egmont y venaient sans cesse, ainsi que le prince Louis de Rohan, qui leur faisait alternativement la cour, à toutes les trois. C'étaient trois belles personnes, madame d'Egmont surtout; on ne peut rien imaginer de plus gracieux que cette charmante créature.

Tenue sur les fonts du baptême par le Midi tout entier, dont son père était gouverneur, elle avait reçu le nom singulier de Septimanie, et on le lui donnait volontiers, parce qu'elle aimait qu'on le lui donnât.

Je n'ai pas été de ces soupers, ils n'existaient pas de mon temps, et je n'en parle que pour relater la singulière circonstance de trois dames de ce rang s'en allant, en catimini, chez une bourgeoise, le tout pour entendre la *voluptueuse* lecture des *Contes moraux* de Marmontel et de ses tragédies en herbe. Elles croyaient se compromettre horriblement et faire des péchés énormes, dont elles s'accuseraient avec délices. Ce que c'est que le fruit défendu !

Madame Geoffrin mena cette vie jusqu'à ce que Dieu la rappelât en son saint paradis. Je ne pense pas qu'elle ait fait grand mal en ce monde, malgré les agiots et les affaires de sa bigote de fille. Dès qu'elle fut malade, cette fille chassa toutes les *bêtes* et les consigna à la porte, avec défense de rentrer jamais. Sa mère se remit un peu, elle reçut de nouveau, mais non plus le même monde; aussi, comme celui-ci l'ennuyait et qu'elle regrettait l'autre, elle prit le prétexte de sa santé et ferma sa maison.

Depuis bien des années, je ne la voyais plus; je la regrettai néanmoins.

Marmontel se fourra dans la philosophie, et chez M. de Voltaire, qu'il alla même voir à Ferney. Il cessa de venir chez moi lorsque je chassai mademoiselle de Lespinasse; je ne sus donc sa vie que par la renommée, qui me raconta ses tragédies : son *Aristomène*, sa *Cléopâtre;* puis ses livres : *Bélisaire*, *les Incas*, les *Contes moraux;* toute une kyrielle de médiocrités, ce qui ne l'empêcha pas d'être à la mode, d'arriver à l'Académie et d'y remplacer d'Alembert dans les fonctions de secrétaire perpétuel.

En France, la médiocrité est toujours sûre de son fait.

Après madame Geoffrin et Marmontel, voici un autre roman, dans lequel nous trouverons une autre secte de philosophes, non moins divertissants; je vous garde Voltaire pour la bonne bouche. Ces gens qui ont tant prêché les autres, qui ont tant parlé de réformer les abus et les mœurs, ne valaient pas mieux que nous, et ne se réformaient pas eux-mêmes. Tous se sont abandonnés à leurs passions, et, si les suites n'en ont pas été aussi formidables que celles des rois, qu'ils blâment tant et qu'ils veulent abattre, c'est qu'une tempête dans un verre d'eau n'est pas autant à craindre que sur l'Océan.

Je ne me pique pas de philosophie, mais je suis très-convaincue d'une vérité :

Tous les hommes sont les mêmes, dans tous les temps et dans toutes les classes ; ils ont leurs instincts, comme les animaux. L'éducation les modifie, elle leur apprend à dissimuler, mais elle ne les change pas. Une seule chose sur la terre a un pouvoir réel sur les âmes ; ce n'est ni la raison, ni la politique, ni la philosophie, c'est la religion. Pour cela, il faut croire, et ne croit pas qui veut. La foi est le fondateur de tout, et ceux qui en sont doués sont plus forts que les raisonneurs et les illustres. Je n'ai jamais rien envié que la foi, et, malheureusement, il ne dépend pas de moi de l'obtenir.

A côté de madame Geoffrin, de moi, de mademoiselle de Lespinasse, il y avait encore un autre nid de cette terrible secte, qu'on ne craint pas assez, à laquelle la noblesse se rallie, et que les gouvernements ont tolérée, sans regarder où on veut les conduire. Il y avait la maison de madame d'Épinay, ici et à la campagne, et là se sont passés des événements dignes d'attirer l'attention de l'historien, lorsqu'il étudie surtout les causes avant les effets.

Madame d'Épinay et moi, nous nous sommes plutôt rencontrées que fréquentées. Notre monde n'était pas le même ; il ne se touchait que par un seul côté, les gens de lettres; autrement, elle était dans la finance, que je voyais seulement par occasion.

Madame d'Épinay a écrit son histoire, en changeant les noms et sous la forme d'un roman. Cette histoire n'a jamais été imprimée encore ; mais elle l'a lue à mille personnes, et il en a circulé plusieurs copies, dont une est restée longtemps dans mes mains ; je la tenais de Saint-Lambert, un des acteurs les plus connus de ces aventures.

J'ai pris à cœur la cause de cette aimable femme, à cause de cet affreux Jean-Jacques, si ingrat envers elle, comme envers les autres; si injuste et si menteur pour ceux qui n'ont pas le bonheur de lui plaire, ou qui lui portent ombrage. Cet homme est pour moi la honte de l'humanité et de la philosophie. Je ne saurais trop dire sur son compte toutes les vérités que nous savons, et qu'il a pris, du reste, le soin de nous apprendre lui-même dans ses *Confessions*, avec un cynisme qu'on ne comprendrait pas si on ne l'avait pas connu.

Madame d'Épinay fut mariée de bonne heure à son cousin, M. de la Live d'Épinay, un des membres influents de la ferme générale, qui en était fou et qui l'épousa malgré son manque de fortune.

Elle était fille de condition et bien élevée, elle avait beaucoup d'esprit et le cœur tendre, elle l'a prouvé.

M. d'Épinay, fort amoureux, très-mauvaise tête, commença tout d'abord par jeter par la fenêtre son bonheur et son argent, pour les mener plus vite. Il y a beaucoup de ces extravagants-là. Sa femme l'y aida aussi : il était naturel qu'elle aimât un mari si amoureux, et après les grands transports vinrent les premières querelles, amenées par le caractère difficile de la mère de la jeune femme, trop sévère pour des gens de ce calibre-là.

M. d'Épinay, impatienté de ses sermons, se mit à courir la ville et les coulisses; il eut bientôt des maîtresses, et sa femme ne manqua pas d'en être instruite : on ne cache pas aux jolies personnes les infidélités de leur mari. D'ailleurs, il commença à ne se point cacher et à faire des dettes, ce qui mena sa fortune bon train.

Son père, M. la Live de Bellegarde, en fut prévenu; il voulut y couper court, morigéna son fils, l'envoya en tournée en province et promit de payer ses créanciers.

M. d'Épinay partit, montrant beaucoup de regrets et de remords. Sa femme lui pardonna, elle lui pardonna même l'acharnement qu'il avait mis à l'entourer de galants et les plaisanteries qu'il ne cessait de faire sur sa prudence. Elle l'aimait encore alors et cachait ses fredaines à leurs parents. Pendant son absence, elle acquit toutes les preuves possibles des torts de cet homme qu'elle ne pouvait s'empêcher d'adorer; il lui fallait absolument adorer quelque chose, ces âmes-là sont faites ainsi.

Elle persista, malgré son désespoir, malgré une grossesse avancée, qui la faisait beaucoup souffrir, elle persista, dis-je, dans son rôle de victime miséricordieuse, et en vint à l'idée d'accepter la mort comme la fin de ses maux.

Elle ne mourut pas néanmoins; au contraire, elle crut renaître, par le retour de M. d'Épinay, qui se montra tout changé et qui prétendit avoir pour elle les mêmes sentiments qu'au moment de leur mariage. Elle voulut le croire, elle se le persuada et se laissa reconduire dans le monde, où elle rencontra deux personnes, dont l'une surtout devait exercer une grande influence sur son avenir.

La première était madame d'Arty, une des filles naturelles de Samuel Bernard, maîtresse de M. le prince de Conti, et son amie plus que sa maîtresse. C'était une femme charmante, bonne, gaie, aimable, pleine de grâces et que l'on recherchait partout.

L'autre était M. de Francueil, fils de M. Dupin, fermier général, homme d'esprit, homme de société, et de ceux que les maris et les amants ne souffrent pas pour amis à leur femme.

Puis une troisième, une demoiselle d'Ette, qui vivait avec Valory. Les femmes sont toujours plus dangereuses pour les femmes que les hommes, en ce qu'elles s'en défient moins. Ainsi madame d'Arty, tout aimable et bonne qu'elle était, commença à perdre madame d'Épinay, et mademoiselle d'Ette l'acheva, mais celle-ci en connaissance de cause. Son mari courut de débauches en débauches; il la conduisit à le mépriser; dès lors tout fut terminé entre eux.

Sur ces entrefaites, sa belle-sœur, mademoiselle de Bellegarde, épousa le comte d'Houdetot, bon gentilhomme, sans le sou, laid et désagréable, qu'elle ne pouvait pas aimer et qu'elle n'aima pas. Ce fut encore une femme à sentiments, dont le monde s'occupa, parce qu'elle était faite pour être remarquée et qu'elle se mit en position de l'être.

La pauvre madame d'Épinay, peu après ce mariage, acquit la certitude d'un dérangement affreux de santé qu'elle devait à son mari. Elle n'en guérit jamais tout à fait, et finalement elle mourut des suites, qu'elle traîna depuis, plus de trente ans; car la poitrine s'attaqua et son estomac aussi par les remèdes.

Voilà ce que sont devenus les maris du jour!

Elle n'eût jamais découvert cela, sans le secours de mademoiselle d'Ette, fille usagée et hardie, qui avait ses projets sur cette amitié, et qui avait fait évincer madame d'Arty, bien moins dangereuse, sous prétexte qu'une femme aussi légère ne pouvait être de la société d'une personne de bien. Mademoiselle d'Ette voulait tenir sous sa domination cette jeune créature et la porter au mal, afin de pouvoir ensuite tout se permettre.

Elle l'entraîna donc d'abord à la campagne, pour l'isoler, et, là, elle fit venir souvent l'homme qu'elle avait désigné pour le héros de ce roman dont elle conduisait les fils, c'est-à-dire M. de Francueil.

Elle commença par en parler sans cesse, par en faire l'éloge, dans le sens le plus propre à faire impression; elle assura qu'il était fort amoureux et le compara avec M. d'Épinay, si volage et si infâme, disait-elle.

Puis elle accoutuma la jeune femme à l'idée de prendre un amant, par représailles et sans que sa conscience ou sa considération en souffrissent le moins du monde.

Elle lui cita les femmes connues à la cour et à la ville, qui ne s'en privaient pas, qui n'avaient pas pour cela tant de raisons qu'elle, et qui n'en étaient pas moins estimées.

Lorsqu'elle la vit au point où elle la souhaitait, elle amena Francueil, elle l'introduisit en tiers dans leurs entretiens, et, comme madame d'Épinay se gendarmait au mot d'amour, elle lui mit en tête cette amitié platonique, à laquelle les imaginations se laissent prendre, et qui, pour les êtres raisonnables, est de toutes les folies la plus impossible.

Madame d'Épinay y crut, s'y reposa, se figura avoir un *ami* solide, qui la garantirait des chagrins et la préserverait des dangers, jusqu'à ce qu'elle découvrit un jour combien elle serait fâchée d'en rester là. La d'Ette aidant, elle franchit ce grand passage qui sépare en deux notre vie de femme, et le bonheur de son amant la récompensa de son sacrifice.

Mais ce bonheur ne fut pas de longue durée. Francueil s'aperçut bientôt que, s'il n'était pas François Ier, M. d'Épinay avait cependant renouvelé, sans malice, l'anecdote de la belle Ferronnière. Vous jugez du coup, et combien il retentit dans l'âme d'une femme délicate! Elle en devint, pour ainsi dire, folle; la d'Ette, grâce à ce mécompte, entra tout à fait dans le secret, dont on comptait lui cacher la partie la plus intéressante. Elle en profita avec son adresse ordinaire, et, quelques jours après, madame d'Épinay lui fit prêter dix mille livres par son beau-père.

Cependant les choses se passèrent plus aisément qu'on ne l'espérait; Francueil en fut quitte pour fort peu; il se montra généreux, magnanime; on l'aima plus que jamais et l'on ne songea plus qu'au bonheur.

Le père de Francueil, M. Dupin, fermier général, était propriétaire de la belle terre de Chenonceaux; il avait épousé, en secondes noces, cette Aurore de Saxe, fille du maréchal dont j'ai parlé plusieurs fois. Celle-ci était bien avec son beau-fils, et M. Dupin menait une vie douce et agréable. Francueil avait vu Rousseau chez son père; il l'amena à Épinay. Le philosophe ne faisait que poindre à Paris, on ne le connaissait pas encore; il était fort timide et se présentait gauchement.

Madame d'Épinay, toujours bonne, alla au-devant de cette timidité, l'accueillit à merveille et le rassura, le défendit contre les jeunes femmes dont sa maison était pleine, et qui toutes le trouvaient lird, avec des airs de cuistre. Elle allait jusqu'à soutenir qu'il était beau, qu'il avait bon air, au contraire, et qu'il deviendrait un homme célèbre; en cela, elle ne se trompait pas.

On se demandait ce qu'était cet homme, qui sortait on ne savait d'où, dont l'esprit et le talent étaient incontestables et qui se taisait sur ses précédents. Chacune de ces dames l'interrogeait l'une après l'autre, la comtesse d'Houdetot surtout, très-spirituelle et très-curieuse; il se tenait sur la réserve, convaincu qu'on se moquait de lui.

Madame d'Épinay seule, par sa douceur, ses prévenances et sa bonté, parvint à lui arracher quelques confidences; il venait de quitter l'ambassade de Venise, où M. de Montaigu l'avait recueilli par humanité, et d'où il l'avait mis ensuite à la porte, en l'accusant d'avoir livré le chiffre de l'ambassade; ce dont Rousseau se défendait, à sa façon, de tout son pouvoir.

— Remarquez bien, madame, qu'il ne dit pas *vendu*, il dit *livré*.

— C'est plus poli, en effet.

— Comment, plus poli, madame? C'est tout différent, il n'oserait pas faire l'injure à mon caractère de m'accuser ainsi de convention, tandis que livré! il peut y avoir un bon motif.

— Il n'y a jamais de bon motif pour une trahison, monsieur Rousseau.

— Mais, madame, ce n'est pas une trahison: si c'est pour le bien de l'humanité, par exemple; si c'est pour empêcher une injustice ou une mauvaise action?

— C'est toujours une trahison, monsieur, puisque le secret vous était confié.

— Je ne dis pas que je l'aie fait, je dis que j'aurais pu le faire; je défends l'action que j'aurais pu commettre au point de vue philosophique.

— Si vous m'en croyez, monsieur Rousseau, nous n'en parlerons pas, et nous n'en parlerons surtout à personne ici; on goûterait peu ce point de vue-là.

Elle ne dit rien à personne, en effet, et, comme on s'occupait de jouer la comédie, on en resta là sur ce sujet. Cette comédie était justement de Rousseau et s'appelait *l'Engagement téméraire*. Elle n'était pas excellente, mais on la trouva telle, et madame d'Épinay y obtint un succès véritable, dont elle fut enivrée, à cause de Francueil, qui en jouit doublement pour elle et pour lui.

A dater de ce moment, Rousseau fut introduit dans la maison et reçu à titre d'ami. On le combla de toutes les manières, on eut pour lui les plus délicates attentions, on alla au-devant de ses besoins et de ses désirs, on le choya comme l'enfant gâté du logis.

M. d'Épinay continuait ses folies et affichait ses maîtresses; la vie ne fut plus tenable avec lui. Sa femme, excitée par mademoiselle d'Ette et par Francueil, se résolut à une séparation; elle voulait même faire un procès; elle en fut dissuadée par sa mère et son beau-père; mais on convint d'une séparation à l'amiable, et elle se fit; M. d'Épinay ne demandait pas mieux. Il se mit à courir le monde avec des créatures et ne se gêna plus. Madame d'Épinay garda ses deux enfants, qu'elle adorait et qu'elle voulut élever elle-même, sa fille surtout; c'est pour elle qu'elle a écrit les *Conversations d'Émilie*.

M. de Juilly, son beau-frère, se maria peu après avec une femme qui joua un grand rôle dans la vie de sa belle-sœur et qui amena un des incidents les plus graves. C'était une personne légère et accommodante à l'endroit des plaisirs de ce monde. Son mari l'adorait, il n'y vit jamais clair et resta convaincu qu'elle était la vierge Marie; ce sont des grâces d'état. Cette belle petite madame s'amouracha, un peu plus tard, de Gelyotte, chanteur de l'Opéra, et le prit pour son amant, sans le moindre mystère. Madame d'Épinay, qui avait besoin de son silence, fut obligée de se taire et d'accorder même quelques complaisances; ce qui lui répugnait fort, à cause de la qualité du galant. Cette pauvre femme alla de folies en folies, des folies bêtes, les pires de toutes!

Madame d'Épinay ne savait rien refuser à Francueil. Il lui proposa, un jour, de lui faire faire connaissance avec mademoiselle Quinault, l'ancienne actrice, qui avait une maison charmante et qui recueillait volontiers les gens de lettres et les artistes, pour lesquels elle se montrait fort généreuse. Francueil se fit aider par madame de Juilly, et tous les deux décidèrent madame d'Épinay à se laisser conduire chez mademoiselle Quinault. Les mœurs de celle-ci avaient été légères; mais elle était vieille, et on n'en parlait plus. Sa maison était montée sur un ton de liberté dont une jeune femme de finance devait être effarouchée; les bourgeoises sont, sous ce rapport, bien plus faciles à épouvanter que nous. On appelait mademoiselle Quinault *la Ninon du siècle;* c'était une flatterie un peu hasardée, et qui ne trouvait pas créance en dehors de son salon.

Madame d'Épinay y alla dîner un jour, et sans son amant, ce qui est plus étrange. Elle eut toujours le défaut de la faiblesse et se laissa aller à cet entraînement. Elle y trouva Saint-Lambert et Duclos, plus le prince de Beauveau, qui aimait assez la bohème. Elle a conservé le récit de la conversation qu'on tint à ce dîner; je vais le transcrire, il restera comme un échantillon de la conversation de ce temps et de ce monde-là; on n'en verra plus guère de pareilles. C'est un peu léger, peut-être, c'est étrange, mais c'est vrai, et la vérité est la premiè[illegible] qualité en ces sortes de choses, puisque cela doit rester à ceux qui n'ont point vu ce siècle, ce siècle sans pareil, j'en réponds, et d'une espèce qui ne se représentera jamais.

XXII

C'est d'abord ici le lieu de parler de Duclos et de Saint-Lambert. Je les ai beaucoup connus, l'un et l'autre, et je n'ai besoin des souvenirs de personne pour les dépeindre.

Duclos était un homme d'esprit, c'est incontestable, un homme érudit, c'est incontestable encore; mais c'était un vilain monsieur, selon l'expression de Pont-de-Veyle. Méchant, envieux, atrabilaire, tripotier, il était odieux de vivre avec lui, il brouillait tout le monde et n'était jamais content de personne. Ses yeux exprimaient tout cela, sa bouche semblait baver la satire, il frondait les mesures qui n'étaient pas dans ses habitudes ou selon ses intérêts, et traînait les grands dans la boue, par chagrin de ne pouvoir être autant qu'eux.

Il fut cependant favorisé de la cour; il eut des bienfaits de tout le monde, et il ne fut pas moins l'ennemi de ceux qui lui faisaient du bien. Il était de la nature du serpent, froid, rampant et venimeux; je n'ai jamais pu souffrir cet homme-là. Il me le rendait et avait imaginé une façon de parler de moi fort singulière, se figurant me blesser beaucoup. Comme j'avais refusé de le recevoir, il niait mon salon et disait, avec sa voix de crécelle démanchée:

— Connaissez-vous *une* madame du Deffand, chez laquelle se réunissent quelques hobereaux et quelques pieds-plats littéraires?

Ces hobereaux étaient la grande noblesse de France, et ces pieds-plats étaient Voltaire, d'Alembert, Montesquieu, etc.

Excusez du peu !

Quant au marquis de Saint-Lambert, c'était et c'est encore un militaire de lettres, un homme de bonne compagnie et d'esprit, certainement. Il était fort aimé des dames, témoin madame du Châtelet et madame d'Houdetot, sans compter les autres. Il a fait un poëme des *Saisons* et beaucoup de vers, grands et petits, dont il n'était point avare. Il fut fort bien à la cour de Lunéville, et fort bien surtout avec madame du Châtelet, dont il devint l'amant, à la barbe de Voltaire, et qui s'avisa de mettre au monde un poupon de ses œuvres, à quarante-quatre ans !

Je me souviendrai toujours de la façon dont notre grand homme m'annonça cette nouvelle, la première fois que je le revis, après la mort de son Émilie.

— Ah ! madame, me dit-il, venez partager ma douleur; j'ai perdu notre illustre amie. Je suis au désespoir, je suis inconsolable !

Je savais bien, et mieux que personne, combien il en était fatigué, combien elle l'avait rendu malheureux par ses caprices. Je n'en eus pas moins l'air très-convaincue de sa désolation ; il pleurait à chaudes larmes.

— Vous savez de quoi elle est morte, ajouta-t-il ; vous savez que le barbare, le brutal, me l'a tuée, avec son monstre d'enfant !

— Hélas ! oui, repris-je d'une mine componctionnée, ce Saint-Lambert a oublié qu'une muse, qu'Uranie ne fut jamais propre à faire une nourrice.

Il me regarda, ne sachant trop si je me moquais, ou si c'était une figure poétique inspirée par la circonstance. Ma physionomie pénétrée lui fit croire à ma bonne foi.

— Vous dites bien, oui, vous dites bien, madame ; et il se prétend poëte, le butor ! Il ne serait donc que l'âne du Parnasse.

C'était une allusion à la pucelle Jeanne, apparemment. En ce moment où il était le plus monté sur la furie et sur le désespoir, Pont-de-Veyle entra, qui nous fit un de ces contes badins, dont il avait l'habitude. Voltaire oublia l'âne, et la belle, et ses regrets, et se mit à rire aux éclats. C'était bien là l'homme, tel que je l'ai connu soixante ans durant.

Revenons au souper de madame d'Épinay et à la conversation qu'on y tint.

Après beaucoup de propos divers, on arriva à la pudeur et à la langue de la nature.

— Il n'y a que celle-là de bonne, dit Duclos.

— Oui, si vous ne l'aviez pas corrompue ; elle n'en a pas moins travaillé de longue main à ce que l'on appelle la pudeur.

— Non pas à ce que l'on appelle ainsi de nos jours, et chez nous. Il y a des nations sauvages où les femmes restent nues, et, certainement, elles n'en rougissent pas.

— Tant qu'il vous plaira, Duclos ; mais je crois que les premiers germes de la pudeur existent dans l'homme.

— Je le crois, dit Saint-Lambert ; le temps, la pureté des mœurs, l'inquiétude de la jalousie, mille raisons les développèrent.

— Et l'éducation s'est faite ensuite une grande affaire de ces vertus sublimes qu'on nomme maintien.

— Monsieur Duclos, il fut un temps où nos premiers pères étaient nus, ainsi que le sont les sauvages ; c'est indubitable.

— Oui, mon prince, pêle-mêle, gras, rebondis, joufflus, innocents et gais... Buvons un coup.

— Il est certain que ce vêtement qui joint si bien partout est le seul que la nature nous ait donné, poursuivit mademoiselle Quinault.

— Maudit soit le premier qui s'avisa de mettre un habit comme les nôtres.

— Ce fut quelque petit vilain nain bossu, maigre et contrefait ; car on ne songe guère à se cacher quand on est bien.

— Mademoiselle, qu'on soit bien ou mal, on n'a pas de pudeur avec soi-même.

— Monsieur le marquis, je suis de votre avis. Je vous jure que, quand on ne me voit pas, je ne rougis guère.

— Et pas du tout quand on vous regarde. La belle pièce de comparaison, la pudeur de Duclos !

— Ma foi, elle en vaut une autre. Je gage qu'il n'y en a pas un de vous, quand il fait bien chaud, qui ne renvoie, d'un coup de talon, toutes ses couvertures au pied de son lit. Adieu donc la pudeur, belle vertu qu'on attache le matin sur soi avec des épingles.

— Il y a une multitude de vertus de pure invention ; le mal seul ne change pas.

— Mon prince, la morale universelle est la seule inviolable et sacrée.

— En deux mots, messieurs, c'est l'édit permanent du plaisir, du besoin et de la douleur. Au commencement, pour en revenir à nos moutons, c'est-à-dire aux vêtements qu'ils nous fournissent, si on s'habillait, c'est qu'on avait froid.

— Et pourquoi pas par honte? demanda madame d'Épinay.

— Et de quoi ? d'être ce qu'on est ? Qu'est-ce que la honte ? demanda Duclos.

— Je ne puis vous rendre ce que j'entends par là, qu'en vous disant que je me déplais à moi-même toutes les fois que je suis honteuse. J'éprouve alors... l'appétit de la solitude, pour ainsi dire, le besoin de me cacher.

— Moi, je ne suis pas ainsi, j'avoue tous mes défauts.

— Quand vous voyez que vous les cacheriez inutilement, mon cher Duclos.

— Ah ! bah ! on se cache toujours, si on veut.

— Ah ! messieurs, s'écria Saint-Lambert, la nature ! n'est-ce pas la plus belle, la plus sublime des maîtresses ? ne doit-on pas écouter sa voix, lorsqu'elle parle, et lui rendre hommage de tous nos instincts, de tous nos plaisirs ? Ainsi pourquoi le jeune homme et la jeune fille se cachent-ils dans leurs amours ? Pourquoi la plus délicieuse de toutes les liaisons humaines n'en est-elle pas la plus solennelle ? Pourquoi les mariés ne sont-ils pas conduits au lit nuptial par les prêtres et leurs amis, en face de la nature ? Des parfums délicieux fumeraient autour de ce temple de l'hyménée ; la musique la plus douce se ferait entendre ; des hymnes voluptueux et nobles seraient chantés en l'honneur *des dieux* : on les invoquerait pour celui qui doit naître. L'épouse alors, au lieu d'être abandonnée à de petites idées pusillanimes, qui lui arrachent des larmes sottes et comiques, serait pénétrée de la grandeur de cet acte divin... Vous voyez d'ici le coup d'œil.

— Cela est sublime, magnifique ! c'est digne d'Anacréon, de Pindare ! c'est tout un poëme !

— Parbleu ! j'irais tous les jours à la noce, si cela se passait ainsi.

Et les voilà discutant à perte de vue sur des impossibilités obscènes, que je ne vous répéterai pas, bien entendu. Cette secte des philosophes ne respectait rien, Duclos surtout, c'était un cynique !

— Le désir est une espèce de prise de possession, reprit-il ; l'homme passionné détourne la femme, comme le chien détourne un os qu'il porte à sa gueule, jusqu'à ce qu'il puisse le dévorer dans un coin. Je l'ai déjà dit, la jalousie est le germe de la pudeur.

Ils en eurent pour le reste de la nuit dans le même style. Voilà cette société, voilà ce qu'elle est devenue : raisonneuse et corrompue, cherchant dans la nature l'excuse de ses erreurs et ne se donnant la peine d'être spirituelle qu'après avoir été pédante. Ce n'était pas ainsi dans ma jeunesse. Sous la Régence, la corruption était gaie, amusante et non sermonneuse; elle avait ainsi une raison d'être. A présent, on est sérieux dans le mal, on s'ennuie dans le vice, et, avant de commettre une faute, on l'entoure de considérants. comme un arrêt de Messieurs, c'est la décadence complète et ceux qui viendront après nous verront de belles choses!

XXIII

Madame d'Épinay retourna à la campagne, dans sa charmante maison de la Chevrette, ou à son château d'Épinay, près d'Enghien et de Montmorency. Duclos s'impatronisa chez elle, il y vint tous les jours et s'y établit en maître, ainsi qu'il avait l'habitude de le faire partout. Il trouva madame d'Épinay à son goût et lui fit à brûle-pourpoint une de ces déclarations qui nous mettent entre une échelle et un précipice. Il faut la gravir ou se casser le cou. Elle la reçut fort étonnée, la déclina de son mieux, pour ne pas le blesser; il n'y voulut pas entendre. Il la questionna, la tourmenta, la harcela, jusqu'à ce qu'elle eut avoué son amour pour Francueil et leur commerce galant.

On l'avait prévenue de se défier de Duclos, de même que celui-ci la prévint de se défier de mademoiselle d'Ette et de Rousseau. Elle eut donc un grand tort de se mettre à sa merci, elle et son secret. Il voulut bien lui pardonner pourtant, à une condition : c'est qu'elle n'ouvrirait la bouche à qui que ce fût de la tendresse qu'il lui avait avouée; elle promit, sans penser qu'elle venait de se faire un ennemi qui ne lui laisserait plus ni paix ni trêve, et dont la tyrannie deviendrait d'autant plus redoutable qu'il se ferait craindre avec raison.

Je ne sais si j'ai dit que Francueil était marié, qu'il n'aimait point sa femme et ne restait guère avec elle. Il en résultait naturellement une gêne, qui s'augmenta bientôt par le retour de M. d'Épinay, auquel la pauvre femme dut consentir, à cause de ses enfants, et pour obéir aux dernières volontés de son vieux père. Il fut convenu même, entre les deux amants, qu'ils ne se verraient plus chez elle.

Madame d'Épinay eut la douleur d'apprendre que Francueil s'enivrait, et d'en être témoin lorsqu'elle le rencontrait chez leurs amis. Il changeait beaucoup à son égard, la recherchait moins, quoique bientôt il eût repris ses habitudes au logis. M. d'Épinay reprenait les siennes avec la petite Rose et ne témoignait aucune jalousie. Duclos, le philosophe, tyrannisait les uns et les autres, colportant des propos, les arrangeant à sa façon, et secondé par Rousseau, moins bruyant, mais tout aussi dangereux. Madame d'Épinay était ainsi entre deux dangers, non moins redoutables l'un que l'autre.

En même temps, sa belle-sœur lui fit connaître une jeune madame de Versel, fort belle et fort recherchée; elle ne tarda pas à s'apercevoir que Francueil trouvait celle-ci de son goût et qu'on ne le repoussait point. Ce fut pour elle le premier coup de la jalousie sérieuse; jusque-là, elle n'avait eu que des craintes. Duclos ne manqua pas de l'avertir et d'enjoliver la chose de tous les ornements qu'il put inventer.

Madame d'Épinay, au désespoir, prit madame de Versel par la douceur et voulut apprendre son sort d'elle-même. Elle l'engagea donc à venir à ce beau château d'Épinay, où son mari faisait des embellissements insensés.

Madame de Versel y vint; elles causèrent longuement en tête-à-tête, elles se lièrent, l'une de bonne foi, l'autre par calcul, et la jeune rivale raconta tout bonnement sa vie, ses penchants, ses désirs à celle qui voulait la connaître. Elle lui parla de l'amour de façon à lui faire croire qu'elle le connaissait, et l'autre se mit à trembler de tous ses membres, en pensant qu'il s'agissait de Francueil.

Elle prononça son nom, la jeune Versel sourit; elle lui demanda avec instance s'il était amoureux d'elle; l'autre répondit qu'il l'était en effet, mais qu'il n'en fallait rien dire, parce qu'elle lui avait promis un secret absolu.

— Il m'aime à en perdre la tête, il fait des folies pour moi, il jure qu'il en mourra.

— Et vous?

— Moi!... moi, je ne l'aime point, je vous assure, mais point du tout!

— Ah! vous me rendez la vie!

— Comment?

— Sans doute. Il ne vous recommandait le secret que parce qu'il me quittait pour vous.

— Ah! le monstre! je suis bien contente de ne pas l'avoir écouté. Non, non, ce n'est pas lui que j'aime; je ne le laissais dire que pour me distraire d'une passion terrible, à laquelle je dois résister.

— Pourquoi? ne vous aime-t-on pas?

— On ne m'aime que trop. Seulement... on ne peut pas m'aimer.

— Vous si belle, si charmante!

— Ma chère madame d'Épinay, l'homme que j'aime, qui m'aime, est l'amant de ma mère! comprenez-vous pourquoi je le repousse? Nous avons souffert mille martyres tout l'été dernier, forcés de nous voir à chaque instant, de nous résister, de cacher à ma mère ce que nous éprouvions tous les deux. Ah! je ne puis vous rendre ce supplice, vous le comprenez. Maintenant, je me suis sauvée, je ne veux plus le voir, car je succomberais.

Vous jugez que cette confidence mutuelle attacha les deux femmes l'une à l'autre, et que Francueil en fut pour ses frais; il s'en vengea en se plongeant dans tous les écarts d'un homme à la mode et en servant M. d'Épinay dans ses parties, ce qui m'a ôté la bonne opinion que j'avais de lui.

Quelque temps après cela, madame d'Épinay connut l'homme qu'elle devait aimer le reste de sa vie, celui qui devait remplacer Francueil, en lui épargnant les chagrins que ce dernier lui avait donnés.

Tout le monde sait son commerce avec le baron Grimm, qui dure encore, et qui durera certainement autant qu'eux. Madame d'Épinay le rencontra chez madame de la Popelinière, où Rousseau et Francueil le lui présentèrent en lui demandant la permission de le conduire chez elle; ce qu'elle se hâta d'accorder, sa conversation lui ayant plu infiniment. Rousseau l'aimait beaucoup, à sa façon; il le vanta, car il le connaissait depuis longtemps.

— C'est là un homme que vous pouvez recevoir, lui dit-il, et non toutes les poupées qui vous entourent. Excepté Duclos, je ne voudrais pas vivre avec des gens à têtes si vides et si légères.

Grimm était né à Ratisbonne, d'un pasteur protestant; il n'était point baron alors; il vint en France pour y chercher fortune, et se signala peu après par une petite brochure sur les discussions musicales du coin du roi et du coin de la reine. Cette petite brochure s'appelait *le Petit Prophète de Bochentbrodsche*. Elle eut beaucoup de succès; on se l'arracha, et M. Grimm fut connu tout de suite.

— De quoi s'avise donc ce Bohémien, dit Voltaire, d'avoir plus d'esprit que nous?

Ce fut son brevet. A dater de ce moment, Grimm eut de l'esprit.

Il fut pris en grande affection par le comte de Friesen, qui était bien un des meilleurs hommes qu'on pût voir.

Ce comte de Friesen était jeune, aimable, galant, riche; à son école, Grimm apprit le monde et ne l'oublia plus. Il le savait si bien, qu'on prenait malgré soi au sérieux sa baronnie et ses grands airs, et qu'on ne reconnaissait plus en lui le fils du pasteur de Ratisbonne.

Il était laid, il avait le nez tourné.

— Mais son nez est toujours tourné du bon côté, répondait madame d'Épinay, lorsqu'on lui faisait observer ce léger défaut.

Excessivement soigné et propre, il excitait la furie de Rousseau, lequel s'en allait demandant ce que l'on pouvait attendre de bon d'un homme qui passait deux heures tous les matins à se frotter les ongles avec une vergette.

Le comte de Friesen mourut et laissa Grimm sur le pavé, en le recommandant à M. le duc d'Orléans qui accepta le legs et occupa le philosophe. Ensuite il s'en alla avec M. le maréchal d'Estrées en Westphalie, et devint un de ses vingt-huit secrétaires. Cette campagne, toute de luxe, a laissé des traces dans les souvenirs de ceux qui l'ont faite. On n'a pas idée du train des équipages de cet état-major.

On se moquait beaucoup de Grimm, on l'accusait de jouer la comédie dans ses sentiments. On fit sur lui une plaisanterie qui fut fort racontée à la mort du comte de Friesen; il avait, disait-on, exagéré son désespoir à ce point qu'on l'entraîna à l'hôtel de Castries, pour l'arracher au spectacle de cette mort. Il y jouait chaque jour des scènes de larmes, dans le jardin, tant qu'il était en vue de l'hôtel; mais, dès qu'on ne pouvait plus l'apercevoir, et sans penser aux maisons voisines, d'où on le guettait, il mettait vite son mouchoir dans sa poche et en tirait un livre, afin de ne point perdre son temps.

Il avait été fort amoureux de mademoiselle Fel, qui n'en voulut pas, et qui se moqua de lui outrageusement, ce dont il fut fort irrité; il ne l'oublia jamais.

Maintenant, il a une espèce de position diplomatique de la part de je ne sais quel prince, et il entretient une correspondance avec la tzarine, pour lui raconter ce qui se passe à Paris. C'est une espèce de personnage; on va chez lui, et lui va chez sa maîtresse d'abord, puis chez le baron d'Holbach, à ces fameux soupers, puis partout, même quelquefois chez moi, bien peu cependant. Je ne reçois plus maintenant de ces gens-là, et il s'ennuie beaucoup avec mon monde. Je ne le prône pas beaucoup. Presque tout de suite, madame d'Épinay et lui s'arrangèrent. Ce ne fut plus une frénésie comme avec Francueil, mais un sentiment fort tendre, fort dévoué, fort calme, de ces sentiments qui durent parce qu'on ne les use pas, comme moi avec Formont, ou avec le président ou avec Pont-de-Veyle. J'ai toujours préféré ceux-là aux autres. Larnage, lui, aurait, au contraire, brûlé la chandelle par les deux bouts.

Juste à ce même moment, et ce fut ce qui précipita les choses, il arriva à madame d'Épinay une aventure très-grave, dont tout Paris retentit, et qui faillit la perdre complétement. Il y a de quoi faire un drame larmoyant avec cette histoire.

Madame de Juilly avait quitté Gelyotte; les femmes qui s'affublent de ces sortes de gens ne les gardent pas longtemps d'ordinaire. Elle prit à la place un chevalier de Vertillac, excellent gentilhomme, de bonnes manières, dont elle fut sérieusement amoureuse, et qui la vengea. Cette belle union dura deux ans à peu près, et puis madame de Juilly mourut de la petite vérole. Madame d'Épinay la soigna assidûment.

Lorsque la malade se sentit à l'extrémité, elle remit une clef à sa belle sœur et lui dit, dans un moment où elles étaient seules :

— M. de Juilly m'aime comme au premier jour, il a en moi toute confiance, je ne veux pas lui laisser un chagrin, et je vous prie, ma chère sœur, d'ouvrir mon secrétaire. Vous y trouverez deux paquets de lettres; ce sont celles du chevalier; j'ai brûlé celles de Gelyotte. Faites-moi le plaisir de les jeter au feu, et qu'il n'en reste aucune trace.

— Sur-le-champ?

— Non, cela me ferait trop de peine. Aussitôt que je serai morte, avant de rappeler personne de la famille; promettez-le-moi, et promettez-moi aussi, sur la tête de vos enfants, que, si mon mari concevait des soupçons, vous les détourneriez à tout prix; je serais au désespoir d'empoisonner ses regrets.

On lui promit tout ce qu'elle voulut. L'une des femmes entra en ce moment. Un quart d'heure après, la malade mourut.

— Allez, dit madame d'Epinay, ne prévenez personne, je veux rester un instant à prier près de ce pauvre corps; j'irai moi-même avertir mon beau-frère, il sera moins affligé de la sorte.

On la laissa seule, elle se hâta de remplir les intentions de madame de Juilly; puis elle alla apprendre à son beau-frère la triste nouvelle, dont il fut mortellement affligé. Il allait vantant partout les vertus de la défunte, son amour pour lui, le bonheur qu'elle lui avait donné; il en fit une Pénélope, et amusa ainsi beaucoup le monde à ses dépens

Les deux frères avaient des intérêts en litige depuis la mort de leur père, et les comptes avaient été remis par le notaire à madame de Juilly. Ces comptes étaient des titres contre M. d'Épinay, et prouvaient clair comme le jour qu'il redevait à Juilly plus de cent quatre-vingt mille livres. Une fois la première larme essuyée, on chercha les papiers partout, on ne les trouva nulle part.

On demanda à madame d'Épinay si elle les avait vus, celle-ci répondit qu'elle n'en avait pas connaissance.

— Pourtant, répétait Juilly, je les ai donnés à ma femme, c'est-à-dire le notaire les lui a remis devant moi, et elle les a posés aussi devant nous dans son secrétaire. C'est vous, ma sœur, qui m'en avez rendu la clef de sa part, vous devez l'avoir ouvert la dernière; il n'est pas possible que vous n'ayez pas aperçu les papiers.

Madame d'Épinay s'exténuait à soutenir qu'elle n'avait rien vu, lorsque la femme de chambre intervint et raconta à son maître comme quoi madame d'Épinay avait reçu des mains de madame de Juilly la clef de son secrétaire, comme quoi on avait renvoyé tout le monde aussitôt que celle-ci avait été morte, et comme quoi madame d'Epinay était restée un quart d'heure seule avec le cadavre, sous prétexte de prier avant d'annoncer sa mort.

— Lorsque je suis rentrée, j'ai vu la cheminée pleine de cendres de papiers brûlés, ajouta cette fille.

Madame d'Épinay, en entendant cette dénonciation, devint très-rouge et se troubla. Tout le monde se retourna de son côté, et son beau-frère lui demanda si cela était vrai.

— Oui, monsieur, répondit-elle tremblante, il est très-vrai que, d'après l'ordre de madame de Juilly, j'ai brûlé des papiers placés dans son secrétaire; mais ce n'était assurément pas, ceux que vous cherchez.

— Quels étaient donc ces papiers, madame?

— Je l'ignore, je ne les a pas lus; la place m'avait été indiquée et je n'ai eu qu'à les prendre.

— Si vous ne les avez pas lus, comment pouvez-vous savoir que les nôtres ne s'y trouvaient pas?

— Des actes de notaire ne ressemblent point aux autres, on ne peut pas les confondre. On reconnaît facilement le papier marqué.

— Cela n'en est pas moins extraordinaire.

— Et c'est malheureux pour madame, très-malheureux ajouta le notaire; voilà M. d'Épinay quitte de près de deux cent mille francs, et cela après que madame sa femme a brûlé des papiers dans les circonstances qu'on a citées; je le répète, c'est très-malheureux.

Madame d'Épinay ne pouvait, on le comprend, donner d'autres explications que celles-là; mais il n'en passa pas moins pour constant à la cour et à la ville qu'elle avait lestement volé son beau-frère de ces deux cent mille francs, et cela en face du cadavre d'une femme qu'elle avait beaucoup aimée et qui lui accordait la confiance d'une sœur.

XXIV

Ce fut dans le monde une clameur de haro. La pauvre femme n'osait plus se montrer nulle part. On lui faisait froide mine; quelques-uns parlèrent de lui fermer les portes, et même parmi ses amis il y eut défection. Duclos ne manqua pas cette occasion de mal parler ou de mal agir. Il alla colporter partout les mauvais propos, il les raconta ensuite à madame d'Épinay elle-même. Celle-ci ne faisait que pleurer du matin au soir. Son mari se taisait; il n'était sans doute pas fâché du résultat, mais il ne pouvait le laisser voir.

Francueil, auquel elle se plaignait, lui dit, après avoir entendu ses plaintes :

— Par suite de nos relations bien connues, tout ce que je puis faire, c'est de rester neutre.

Grimm ne fit pas ainsi, au contraire. Seul il se montra son défenseur, et il n'était pas encore son ami.

Il était à dîner un jour chez M. de Friesen, il y avait beaucoup d'hommes et point de femmes. Au dessert, on raconta l'histoire de madame d'Épinay, en l'enjolivant de mille réflexions et en ajoutant que son mari lui avait payé cette escroquerie à beaux deniers comptants, sans préjudice du reste. Grimm prit son parti, d'abord raisonnablement; ensuite, comme les méchants achevaient, en criant que son mari et elle étaient aussi malhonnêtes l'un que l'autre, et qu'on ne pouvait courir le risque de les calomnier, quoi qu'on dît sur leur compte, le chevalier courtois se fâcha tout de bon, repoussa les propos en général et en particulier, les flétrit de son mépris et ajouta, en regardant un des convives, plus enragé que les autres, que les gens d'honneur n'étaient pas si pressés d'ordinaire de déshonorer leur prochain.

Celui-ci s'emporta; on voulut les séparer, ils se turent; mais, se faisant signe, ils descendirent dans le jardin, et, là, ils dégainèrent; tous deux furent blessés légèrement. D'où Duclos se mit à raconter partout que Grimm était l'amant de la dame; il en enrageait; il le dit si bien que cela fut. Elle ne pouvait faire mieux pour récompenser son défenseur.

Les choses restèrent dans cette incertitude, et madame d'Épinay demeura sous le poids de l'accusation, jusqu'à ce que le hasard fit retrouver les papiers, et voici comment :

Le chevalier, l'amant de madame de Juilly, crut devoir un compliment de condoléance au mari; mais il était absent, et fort loin lors de la mort de sa maîtresse; la nouvelle ne lui parvint que longtemps après. Il mit un peu de retard dans sa réponse, par la difficulté de savoir comment la faire, et il en résulta un délai de trois mois à peu près, pendant lequel la calomnie fit bien du chemin. Finalement, sa lettre arriva. Après les discours d'usage, il ajoutait que madame de Juilly, peu de temps avant sa mort, lui avait confié des papiers importants pour les montrer à un homme entendu, dont il était sûr. Au moment de son départ, cet homme était absent et madame de Juilly s'était chargée de le voir, à son retour. Il ajoutait que, si on désirait l'avis de cet homme sur le fond de cette affaire litigieuse, il envoyait son adresse et qu'on pourrait le consulter.

M. de Juilly monta en voiture et courut chez cet avocat. C'étaient précisément les papiers en question! il les reprit, puis courut chez sa belle-sœur, et lui raconta le fait en lui adressant des excuses, qu'il se hâta de rendre publiques avec la justification.

Une seule chose l'inquiétait : quels étaient les papiers que sa femme avait voulu qu'on brûlât? Madame d'Épinay s'en tira en rejetant ce mystère sur des bonnes œuvres, qu'elle voulait cacher. Cela était probable.

— Vous avez raison; car, si celle-là avait eu des intrigues, il faudrait accuser toutes les vierges du paradis.

— Ah! oui, sans doute.

— C'étaient des bonnes œuvres, ce ne pouvaient être que des bonnes œuvres; elle était si charitable! nous ne pouvons avoir d'autre idée que celle-là, il faut nous y tenir.

C'est bien là un raisonnement de mari satisfait.

Grimm était l'ami intime du baron d'Holbach. Ce gentilhomme du Palatinat habitait Paris depuis sa jeunesse; c'était un donneur de soupers, mais d'un autre genre que ceux de madame Geoffrin et les miens, bien que, souvent, on y rencontrât les mêmes personnes. On y discutait les matières les plus graves de la philosophie et de la religion. Le baron d'Holbach professait hautement l'athéisme; ses convives étaient un peu de son avis et l'on n'a pas d'idée de ce qui se disait à cette table. Ils allaient chercher des mystères incompréhensibles et se flattaient de les expliquer par l'intervention du seul dieu qu'ils reconnussent : le hasard. Ils s'intitulaient les *libres penseurs;* jamais on ne débita tant de sottises.

Le baron d'Holbach perdit sa première femme, qu'il aimait beaucoup, et, comme je le disais alors, il devait d'autant plus la regretter qu'il n'avait pas l'espérance de jamais la revoir, puisqu'il ne croyait qu'au néant.

Rousseau continuait ses assiduités; il se partageait entre cette société et Diderot, son ami de cœur, à cette époque. Celui-ci ne voulut jamais voir les amis de ses amis, cela se conçoit : il était prévenu contre eux par ces amis mêmes. Duclos et Rousseau déchiraient madame d'Épinay à belles dents, tout en ayant l'air de se proclamer ses fidèles. Diderot, homme sérieux, un peu dur, cynique, honnête homme dans l'acception de la probité, sauvage et peu accoutumé au monde, craignait une société de *mijaurées* où il se trouverait déplacé et où l'on ne parlerait point de philosophie du matin au soir.

C'était un génie singulier, un des plus éminents du siècle assurément. Athée et libertin, il fit en même temps et écrivit avec la même plume les *Lettres des aveugles à l'usage de ceux qui voient* et *les Bijoux indiscrets*, voire même *la Religieuse*. Le premier de ces ouvrages lui valut trois mois de prison à Vincennes; il ne les avait pas volés. Il est impossible d'être plus dépravateur que ne le fut cet homme, dans tous les genres. Je ne suis ni prude ni dévote, mais assurément je ne crois pas qu'on puisse approuver de semblables doctrines, présentées surtout aux ignorants avec la magie du style qui les déguise et les rend dangereuses.

Diderot avait aussi son petit coin de philosophie à son usage, et sa vie privée était singulière; seulement, il ne prenait pas ses objets dans des rangs aussi distingués que les autres, et il y eut à cet égard une scène qui retentit dans tout Paris et dont on s'amusa plus que je ne saurais le raconter. Ces grands philosophes prêtaient à rire aux plaisants, en même temps qu'ils inquiétaient les gens sensés et qu'ils pervertissaient la masse du peuple.

Diderot était marié avec une espèce de cuisinière fort commune; quand je dis cuisinière, c'est comme point de comparaison de ses manières; car elle n'était pas née dans cette honorable classe, si nécessaire à la vie et si chère aux gourmands. Elle tenait son mari en chartre privée, sous un joug de fer. Elle le menait comme un petit garçon et contribuait à le rendre misanthrope. Diderot n'était pas riche; il habitait un coin de maison fort noir et fort sale, dans lequel coin il avait un autre coin pour écrire, où on ne le laissait même pas tranquille. La mégère y venait dix fois par jour le tourmenter, lui reprocher qu'il ne gagnait pas assez avec ses écritures et qu'il ferait mieux de prendre un autre métier.

En sa qualité de philosophe, Diderot avait de la patience, surtout avec sa femme, que ce sang-froid conduisait à de nouvelles fureurs ; il courbait le dos et se taisait ; mais, aussitôt qu'il pouvait sortir, il s'échappait et courait à un petit ménage qu'il s'était donné en ville, comme les grands seigneurs. Là aussi, on le faisait enrager, le pauvre homme; mais c'était un petit assaisonnement de fruit défendu qui ajoutait du piquant à la chose. Sa donzelle n'était ni plus belle ni plus distinguée que sa femme ; seulement, elle s'arrogeait plus de droits qu'elle, à cause des deux enfants qu'elle possédait et dont elle n'était pas peu fière. Elle se faisait habiller très-bravement, tandis que madame Diderot avait beaucoup de peine à arracher de temps en temps un cotillon ou une cornette à son *barbare* époux.

Un jour, la madame Diderot de contrebande prit ses deux petits par la main et s'en alla tourner autour du logis de son philosophe. Elle désirait lui parler et pensait qu'il sortirait peut-être. Il faisait fort beau temps, elle étrennait une robe neuve; ses enfants étaient aussi dans leur plus belle tenue ; on les regardait, et, comme on les connaissait dans le quartier, les commères disaient :

— Voyez donc la *petite* famille de M. Diderot, comme elle est brave!

Une d'elles, plus hardie et plus méchante que les autres, entra dans la maison et s'en alla conter le fait à madame Diderot; il n'en fallait pas tant à celle-ci pour se mettre en colère; elle n'écouta pas même la fin et sortit dans la rue afin de se convaincre par ses yeux de l'offense qui lui était faite.

Les rivales se connaissaient, elles se toisèrent sur-le-champ de ce regard enflammé qui n'appartient qu'à des femmes en furie. Aussitôt, l'assistance se douta de ce qui allait arriver et se prépara à jouir de ce combat délicieux. Il y eut cercle, ce qui excita naturellement ces héroïnes; madame Diderot ne soufflait mot, l'autre la toisait d'un air narquois en lui montrant les fruits dont elle était si fière.

— Ils sont beaux, va! je te conseille de t'en vanter, commence la première amazone.

— Je te défie d'en montrer autant! répond l'autre.

— Ma foi! si je montrais un échantillon, je le voudrais plus joli que les tiens. Ils ont beau étaler leurs fourreaux de ratine, ils n'en ressemblent pas moins à des singes.

— Ils ressemblent à ton mari, qui les a faits, vieille insolente!

— Mon mari? Tu peux bien dire ton amant, je suppose. Je te trouve plaisante de m'injurier ainsi.

— T'injurier! n'est-il pas ton mari à présent?

— S'il est mon mari, c'est que je ne peux pas faire autrement, au lieu que toi, rien ne t'y oblige. Tais-toi, coureuse!

— Je ne suis point une coureuse, je suis une mère de famille, ce que tu ne seras jamais.

— Je ne sais qui me tient!...

— Personne ne te tient, viens donc!

— Tu as sur le dos l'argent de mon ménage, et tu viens m'insulter à ma porte! Coquine, tu vas voir.

— Montre! j'attends.

— Oui, attends-moi.

La Diderot entre chez elle et en ressort bien vite avec un pot d'eau sale qu'elle jette à la tête de sa belliqueuse ennemie. En un clin d'œil, la mère et les enfants furent transformés, il ne resta plus vestiges de leurs beaux atours, la graisse et les ordures dégouttaient autour d'eux, on ne les eût pas touchés avec des pincettes.

Rien ne peut rendre la furie de cette mère. Ses enfants mouillés jusqu'aux os, ses enfants couverts de fange! ses enfants, les enfants d'un philosophe! Elle se jeta, sans réfléchir davantage, sur sa rivale, et le plus magnifique combat commença, un grand ébahissement des spectateurs. Nul ne s'avisa de les séparer, on était trop heureux de les voir se battre ainsi. Les coiffes, les fichus, les broderies, tout vola bientôt autour d'elles, et les cheveux ensuite. Elles criaient comme des hurlubières, et s'appelaient des noms les plus enragés. Une d'elles s'avisa tout à coup, dans le feu de l'action, de prononcer le nom du Pâris volage, cause de leurs querelles. Aussitôt, l'autre le ramassa et les voilà appelant à qui mieux mieux le malheureux homme, qui se cachait, honteux de servir de prétexte à ce pugilat en pleine rue.

Elles l'apostrophaient d'un commun accord, lui criaient de venir les défendre, et, se réunissant enfin pour l'accabler, elles montrèrent le poing à sa fenêtre; leur furie tourna contre lui, elle l'*agonisèrent* (ce mot est de leur dictionnaire, ma foi!), le traitant de lâche, qui laissait des femmes se battre pour lui sans venir les défendre, et qui préférait rester le nez sur ses bouquins, plutôt que de mettre l'ordre dans sa famille.

Alors la scène fut complète, les portières des environs en trépignaient d'aise, il ne s'était jamais rien vu de pareil à la plus grande gloire de la philosophie. Cela dura tant qu'elles eurent de poumons. Elles se séparèrent raccommodées et furieuses contre leur commun objet, et il paya sans doute doublement la toilette gâtée, les cheveux arrachés et toutes les avaries causées par la bataille.

Vous jugez si l'on se moqua de lui et si les ennemis de l'Encyclopédie y trouvèrent pâture. Rousseau dit à ce sujet :

— Les philosophes ne devraient avoir que des femelles pour les besoins de la nature, et ne leur jamais permettre d'élever la voix, car elles ne font et ne disent que des sottises.

Il n'y a pas d'hommes menés plus durement que les philosophes, et je n'en connais pas un seul qui puisse se vanter de faire sa volonté seulement une fois par mois. Grimm a beaucoup de ridicules que madame d'Épinay ne voit point; il se met du rouge et du blanc, dit-on, aussi on l'appelle *Tyran le Blanc*. Duclos ne manqua pas de faire ressortir tout cela de son mieux, et d'attiser le feu de la haine et de la jalousie chez Rousseau, qui eût voulu accaparer cette maison, non pas pour qu'on lui donnât, — on ne peut lui faire le reproche d'avidité, — mais pour qu'on l'encensât davantage. Duclos disait partout qu'il avait les faveurs de madame d'Épinay, et il cherchait en même temps à persuader celle-ci de l'amour tendre dont Grimm avait été épris pour la baronne d'Holbach, qui venait de mourir.

A la fin ils s'expliquèrent ; il en résulta que Duclos fut chassé comme l'avait été mademoiselle d'Ette, et qu'une fois chassés tous les deux, ils se réunirent contre celle qu'ils avaient exploitée si longtemps, eux qui étaient d'abord aux couteaux tirés. La principale batterie de Duclos et de Rousseau fut de persuader à Diderot que madame d'Épinay était indigne de son ami, qu'elle rendrait fort malheureux, et qu'il fallait à tout prix le lui arracher.

Diderot employa près de Grimm l'autorité de son caractère solide ; il le prêcha sans résultat, et finit par y renoncer, lorsqu'il vit clairement qu'il n'aboutissait à rien.

A cette époque même, madame d'Épinay donna l'Ermitage à Rousseau, pour y demeurer avec sa Thérèse et la vieille Levasseur, sa mère. Rien ne peut vous rendre ce qu'étaient ces femmes. Madame Diderot était une duchesse en comparaison. La vieille Levasseur ressemblait à une abbesse de mauvais lieu au marché des Innocents, et Thérèse à une de ses nymphes ; toutes les deux étaient sales, plus que lui encore, ce qui n'est pas peu dire. Ils s'installèrent tous les trois dans ce joli lieu, et alors commencèrent, de la part du philosophe, les intrigues les plus basses contre celle qui l'avait recueilli.

Il faut voir ses *Confessions!* Elles sont bien ignobles, ce n'est rien en comparaison de la vérité. Madame d'Houdetot, publiquement liée avec Saint-Lambert, s'établit dans le voisinage, et voilà cette folle se promenant des journées entières dans les bois, écoutant les déclarations passionnées de ce cuistre, ne les encourageant pas d'une façon positive, mais se laissant adorer, et recueillant le poison distillé contre sa belle-sœur, par celui qu'elle comblait de bienfaits. Saint-Lambert ne se doutait de rien ; Diderot se laissait monter la tête par Rousseau contre l'idole de Grimm; celui-ci, absent alors, — c'était pendant la campagne de Westphalie, — ne pouvait la défendre; il en naquit une aigreur et des mauvais propos qui se propagèrent partout.

Je m'étends beaucoup sur ces commérages afin de montrer ce que sont ces hommes, devenus chefs d'école, ces hommes qui veulent tout renverser, et qui instituent une religion nouvelle, des principes nouveaux; à côté de la grandeur de leur but, on verra les petitesses de leur esprit, la nullité de leur cœur et de leur volonté.

On les considère dans le monde comme les régénérateurs de l'espèce humaine, les maîtres dont il faut suivre les leçons; en les regardant de près, il sera facile de les juger.

On prétend que je suis légère et que je n'ai pas l'esprit philosophique, c'est possible; mais j'ai le sens droit, je vois la vérité et je serais trop heureuse si je pouvais aussi la faire voir aux autres.

XXV

Ce fut ainsi que se passa le temps du séjour de Rousseau à l'Ermitage. Il paya l'hospitalité par l'ingratitude, toujours suivant les principes de la philosophie. J'ai oublié tout à l'heure de faire une exception en faveur de Voltaire, et de marquer sa supériorité sur tous ces gens-là. Voltaire a été peu compris par ceux qui le connaissent, et pas du tout par ceux qui ne l'ont vu qu'à travers ses livres. Voltaire était un railleur qui se moquait de tout le monde; il riait de tout et de tous, de lui-même, quand il n'avait pas d'autre sujet que lui. Il fallait le voir tenir un philosophe sérieux au bout de sa fourchette et le couper en petits morceaux, sans qu'il s'en doutât, avec des révérences de mamamouchi et des compliments sans fin ni terme. D'Argental et moi, nous avons souvent assisté à ces exécutions. Quand c'était fini, il ne disait pas un mot, mais il se retournait vers nous, et ce visage envoyait autour de lui des flèches lumineuses; c'est la seule expression dont je puisse me servir, la seule qui rende bien ce que j'ai vu, ce que j'ai senti tant de fois.

Il était bon, réellement bon et bienfaisant; pas un seul de ses *collègues* ne l'était comme lui. Je me souviens d'un trait à propos de Rousseau, lorsque celui-ci publiait les *Lettres de la Montagne*. Voltaire était à Ferney ou aux Délices, et, quand il vit tomber le pavé dans sa cour, il se mit dans une colère épouvantable, une de ces colères où il semblait devoir tout casser au près et au loin.

— J'enverrai des gens le trouver dans son antre, ce sauvage, ce sapajou! je le ferai mourir sous le bâton. Il ne mérite pas d'autre vengeance, et ma plume n'a pas besoin de se mesurer avec un pareil misérable.

— On assure qu'il va venir vous voir, dit quelqu'un.

— Allons donc! est-ce possible? Il n'oserait, il ne me connaît pas.

— Il paraît que si.

— Qu'il vienne donc, alors! je lui donnerai à souper, je lui dirai : «Voilà un bon souper, ce lit est le meilleur de la maison. Faites-moi le plaisir d'accepter l'un et l'autre, et d'être heureux chez moi. »

Voltaire se peint tout entier dans cette anecdote.

Le baron d'Holbach, que M. Grimm avait présenté à madame d'Épinay, voulut louer la Chevrette, que l'on n'habitait plus, le ménage à trois s'étant confiné à Épinay, où l'on bâtissait des merveilles. Diderot, toujours excité par Rousseau et Duclos, lui déclara que, s'il allait dans cette maison, il n'y mettrait jamais les pieds. C'était une rage et une furie, toujours grâce aux bons offices de ces excellents amis.

Mon Dieu! quelles portières que ces philosophes!

Rousseau y mit le comble. Il écrivit un beau matin à sa bienfaitrice une pancarte pleine d'injures, où il l'accusait d'avoir composé une lettre anonyme qui, depuis deux jours, faisait rage entre madame d'Houdetot et M. de Saint-Lambert; voici pourquoi et comment :

Le marquis reçut un avis sans signature sur l'intrigue prétendue de la comtesse et de Rousseau. On lui annonçait qu'il était trompé, qu'ils se jouaient de lui et qu'ils se voyaient toute la journée dans les bois de Montmorency. On prêtait même à Jean-Jacques des libertés plus grandes, dont l'amour de M. de Saint-Lambert ne devait pas s'accommoder.

Madame d'Houdetot avait infiniment d'esprit, mais elle n'était pas belle : elle louchait, ce que je n'ai jamais pu souffrir, et tous ses traits étaient irréguliers. On a retenu d'elle de jolis vers sur la duchesse de la Vallière, qui ne vieillissait point. Viard assure que je ne les ai pas encore cités; je dois l'en croire. Les voici; c'était un impromptu :

> La nature, prudente et sage,
> Force le temps à respecter
> Les charmes de ce beau visage,
> Qu'elle n'aurait pu répéter.

C'était et c'est toujours une personne charmante que la comtesse d'Houdetot. (Je me regarde si bien comme morte, que je parle malgré moi au passé. Il me semble que j'écris de l'autre monde.) Saint-Lambert est pour elle comme le premier jour. C'était donc un sentiment solide et profond que le sien, puisqu'il dure après tant d'années.

Il est facile de comprendre combien profondément il fut blessé.

Il ne put s'empêcher de le montrer à madame d'Houdetot et de lui faire connaître cette dénonciation, contre laquelle elle se récria grandement, en innocente accusée à tort.

Elle avoua ses promenades et ses conversations, mais pas davantage, puisqu'il n'y avait rien de plus qu'une circonstance dont elle se garda de parler, pour ne pas nuire à Rousseau, et qu'elle dévoila plus tard, quand tout fut brouillé.

Rousseau n'avait pas déclaré son amour, très-sûr qu'il ne serait pas accueilli. Il se borna à écouter les confidences de la jeune femme sur Saint-Lambert, en mettant tout en œuvre pour le détruire dans son esprit. Il crut qu'il y parviendrait, qu'il aurait ensuite la chance belle. Il imagina donc que madame d'Épinay était folle du marquis et que celui-ci n'était pas éloigné d'y répondre. Il comptait sur la jalousie; ce qui, pour un philosophe, ne prouve pas une grande connaissance du cœur humain. Il va sans dire qu'il ne réussit à rien du tout, pas même à la persuader de cette passion prétendue.

Lorsque la lettre anonyme arriva, lorsque le marquis et la comtesse se furent expliqués, tous les deux lui racontèrent le fait; il n'hésita pas à accuser madame d'Épinay d'être l'auteur de cette infamie, laquelle venait certainement de sa Thérèse; cette fille remplissait de ses cris la vallée tout entière, et racontait à tous les échos l'infidélité de son amant. Ni madame d'Houdetot, ni M. de Saint-Lambert ne croyaient la tendre Émilie capable d'une pareille saleté. Ils se réservèrent donc de n'en rien dire; mais Rousseau prétendit que cela ne pouvait se passer comme cela, et qu'il apprendrait à *cette femme* ce que c'était qu'un honnête homme accusé à tort.

Il écrivit la lettre d'injures dont j'ai parlé, en réponse à une autre, toute affectueuse, que lui avait adressée sa bienfaitrice. Cette lettre, il la cite et il s'en vante dans ses abominables *Confessions,* où il se montre capable de tout. Jamais on ne pourra dire plus de mal de lui qu'il n'en a dit lui-même.

Madame d'Épinay était bonne jusqu'à la faiblesse : elle lui pardonna et consentit même à le revoir; elle consentit à lui laisser l'Ermitage, où il continua ses travers et ses furies. C'était véritablement insensé de sa part; elle mérita ce qu'elle eut. Rousseau la couvrit de boue, il essaya de nouveau de la brouiller avec sa belle-sœur; il fit tant et si bien, que celle-ci même le mit à la porte. Il s'en vengea en en parlant comme on sait, et se brouilla du même coup avec madame d'Épinay, madame d'Houdetot, Grimm, Saint-Lambert et Diderot, à qui il joua tous les tours possibles, et qu'il finit par outrager publiquement dans un de ses ouvrages.

Or, toutes ces personnes lui avaient fait du bien, plusieurs l'avaient comblé de bontés; il ne sut le reconnaître qu'en leur faisant autant de mal qu'il le put. Nous allons le retrouver tout à l'heure, agissant de la même façon dans une autre société, où il fut jeté par les circonstances, et, si on lui garda quelque pitié malgré sa conduite, c'est que la position de ses nouveaux amis les mettait trop au-desssus de lui pour qu'il pût les offenser.

Madame d'Houdetot oublia toute mesure. Elle ne pouvait vivre loin de Saint-Lambert; elle écrivit à ses chefs pour demander qu'on le lui renvoyât. Il est facile de comprendre combien cette liaison fut affichée et combien l'on en parla à haute voix. La comtesse ne s'en souciait guère; elle alla toujours son train et garda son amant, très-fier de la passion qu'il inspirait, et tous les deux méprisant les calomnies, les abominations de cette ingrate créature qu'on nomme Rousseau.

Quant à madame d'Épinay, fort malade depuis tant d'années, elle imagina d'aller à Genève, consulter Tronchin, auquel Voltaire a fait une réputation européenne. Tronchin la soigna avec son talent ordinaire, mais ne la guérit pas, elle est inguérissable. Elle faillit mourir entre ses bras. M. Grimm alla la chercher et la ramena. Elle n'est pas morte encore à l'heure qu'il est, bien qu'elle agonise toujours et ne vive qu'à force d'opium. Elle ne sort plus du tout; Grimm demeure chez elle, ils sont établis en ménage. Je ne sais seulement pas si M. d'Épinay est mort ou vivant.

Madame d'Épinay n'a jamais été jolie, je l'ai dit; ses manières manquent de noblesse, c'est une bourgeoise dans toute la force du terme. Elle est aussi commère que ses amis les philosophes; mais elle est naturelle et obligeante, et n'a aucune pédanterie.

Je la vois quelquefois de loin en loin; elle est toujours entourée de philosophes, et je vous avoue que je les fuis, pour les avoir trop bien connus.

XXVI

J'ai lu hier, ou plutôt j'ai fait lire à Pont-de-Veyle quelques chapitres de ces Mémoires, entre autres la partie où je parle de Fontenelle. Il s'est beaucoup récrié sur l'histoire de celui-ci avec la marquise, en ajoutant que cela n'était pas possible, qu'il était connu de tout le monde que Fontenelle n'avait pas de cœur et n'avait jamais rien aimé. Il me citait à preuve ce mot qu'il dit à Diderot, un jour que celui-ci lui parlait de sentiment :

— Quant à moi, monsieur, depuis quatre-vingts ans, j'ai mis le sentiment de côté.

Tout cela est vrai, et cependant le commerce poétique de Fontenelle avec cette dame n'en est pas moins vrai aussi. Ce fut la seule fois de sa vie, j'en conviens; pourtant cela fut, et l'enfant aussi, car l'enfant vit et est une vieille religieuse. Il a bien fallu que Pont-de-Veyle me crût, en face de ces preuves.

— Je ne l'aurais jamais supposé si poëte que cela, a-t-il ajouté comme consolation; car c'est de la poésie et rien de plus; de cœur, il n'y en eut pas un brin en tout ceci.

— Eh! mon cher, lui ai-je répondu, vous n'avez guère de cœur que je sache, vous n'en avez même pas la prétention. Cela vous a-t-il empêché de faire des folies dans votre jeunesse pour des péronnelles qui ne valaient pas la marquise? Il y a toujours en nous-mêmes un coin dont nous ne nous vantons pas et qui est meilleur que le reste, en sentiment surtout. Si Fontenelle était porté à l'épigramme au suprême degré, cela n'empêche pas qu'il n'eût aussi un peu de bon en lui, ne fût-ce que sa reconnaissance pour son oncle Corneille, qui l'avait élevé; ce peu de bon conduit à bien des choses.

Lorsque Rousseau quitta l'Ermitage, brouillé à mort avec la coterie philosophique, qu'il avait retournée de la belle façon, il s'en alla à Montmorency, où il fut accueilli à bras ouverts par le maréchal de Luxembourg, par la maréchale surtout, et par toute la noblesse de France, qui venait à ce délicieux château. Il triompha de ses adversaires et les écrasa de sa nouvelle position. Aucun d'eux n'était admis dans ce cercle brillant et magnifique, où il trônait, et où je le vis bien souvent, humble et obséquieux. En veut-on une preuve?

Il avait un petit chien noir affreux, qu'il appelait Duc, en haine des grands seigneurs. Il jappait de loin contre eux, comme ce petit chien jappait après les passants, sans les approcher. Lorsqu'il fut à Montmorency, de *Duc*, il fit *Turc*. Moi qui l'avais vu auparavant se vanter de ce nom ironique, je ne pus m'empêcher d'en faire la remarque un jour devant tout le monde; il ne me répondit pas. Il n'était pas hardi contre les vérités dites hautement, et, en général, il n'avait de l'esprit qu'un quart d'heure après les autres; quelquefois même ce quart d'heure n'arrivait jamais.

Il fut forcé de quitter son asile à l'apparition de son *Vicaire savoyard*, et il se réfugia en Suisse, où, Dieu merci! il fit encore assez de folies et de vilaines actions pour se faire chasser. De là, il s'en alla en Alsace, et enfin nous revint à Paris. M. le prince de Conti le reçut au Temple; il ne craignit pas les éclaboussures, et voulut à tout prix se dire le protecteur des lettres. Là, M. Hume, l'historien anglais le prit, tout habillé en Arménien grotesque qu'il était, et l'emmena en Angleterre. Il n'y resta pas plus qu'ailleurs et en partit pour les mêmes motifs. Il fallait voir comme il arrangeait M. Hume pour avoir eu le tort de lui faire du bien! Ce fut alors que M. Walpole, indigné contre cet homme, écrivit la fameuse lettre du roi de Prusse à Jean-Jacques Rousseau. Cette lettre courut tout l'univers; elle mit Jean-Jacques en furie, et, dit-on aussi, le roi des philosophes. Celui-ci les fit tous venir chez lui les uns après les autres, et s'en lassa. C'était un drôle d'animal que ce roi, quelque peu Jean-Jacques à sa manière; il n'était non plus jamais content et avait une espèce d'orgueil, tout aussi difficile à satisfaire. Voltaire était curieux sur son compte : ils se détestaient d'un commun accord et se faisaient la bouche en cœur.

M. Walpole s'en retourna tranquillement en Angleterre, sans s'inquiéter des réclamations de Jean-Jacques, alors tout seul et sans liens parmi les gens de lettres. L'histoire de sa brouille avec le baron d'Holbach, le dernier ami qui lui fût resté, est assez drôle. Elle a été racontée chez moi par le baron d'Holbach lui-même, une des rares fois qu'il y est venu.

On dînait chez ce baron ; il y avait Diderot, Saint-Lambert, Marmontel, je ne sais qui encore, et un curé métromane qui venait lire une tragédie de sa composition. Cette pièce d'éloquence était précédée d'un discours sur les compositions théâtrales, très-facile à résumer :

— La tragédie et la comédie, disait-il, se distinguent très-facilement l'une de l'autre. Dans la tragédie, il s'agit d'un meurtre; dans la comédie, il s'agit d'un mariage. Il faut donc savoir si dans la comédie on épousera, si dans la tragédie on tuera. Épousera-t-on? n'épousera-t-on pas? Tuera-t-on? ne tuera-t-on pas? On épousera, on tuera, voilà le premier acte ; on n'épousera pas, on ne tuera pas, voilà le second acte. Un nouvel incident se présente, une nouvelle manière de tuer ou d'épouser, voilà le troisième acte ; un obstacle surgit, qui empêche d'épouser ou de tuer, c'est le quatrième acte. Il faut bien que cela finisse, et, au cinquième acte, on épouse ou on tue, parce qu'il y a un terme à tout.

Il est facile de comprendre comment de pareilles propositions furent reçues devant une pareille assemblée ; on rit, on persifla le pauvre homme. Jean-Jacques seul ne disait mot et se tenait coi, sans parler et sans rire. Le voilà tout à coup qui se lève et court au bonhomme, auquel il arrache son cahier, s'écriant avec un accent plein de rage :

— Tout ce que vous dites n'a pas le sens commun ; votre tragédie est une ordure! tout le monde ici se moque de vous. Retournez à vos ouailles et à votre cure, c'est ce que vous avez de mieux à faire.

Là-dessus, le curé s'emporte ; ils se disent toutes les injures possibles et se seraient certainement battus, si on ne les en eût empêchés.

Rousseau partit, plus furieux que l'auteur berné, et depuis lors il ne voulut jamais revoir aucun de ses anciens amis, quelques avances qu'ils eussent la bonté de lui faire. Il les accusa de tous ses maux, dont il ne pouvait accuser que lui-même, et les tambourina dans ses écrits, à grand renfort de calomnies et de méchancetés; ce qui était bien maladroit pour un ennemi : il n'avait qu'à dire simplement la vérité, et il les eût assez accusés comme cela. Il est vrai qu'ils eussent pu le lui rendre et que les uns ne valaient pas mieux que les autres.

Rousseau chassé de partout, ou s'exilant lui-même, finit par trouver un refuge à Ermenonville, chez M. de Girardin, un de ses fanatiques admirateurs. On avait d'avance arrangé pour lui une petite maison, et, dans l'île des Peupliers, où on l'a enterré suivant son désir, se trouvait un monument élevé à cette insipide Julie de *la Nouvelle Héloïse*, l'héroïne la plus ennuyeuse que jamais imagination ait conçue, après Clarisse toutefois.

Il était établi en ce beau lieu, avec sa Thérèse, devenue madame Rousseau; il l'avait épousée, pour céder aux représentations de ses nobles amis. Ils lui rendirent là un singulier service : un homme de génie se ravaler jusqu'à sa cuisinière!

Viard me dit qu'elle va épouser un jardinier en secondes noces. A la bonne heure! c'est bien couronner l'œuvre!

Rousseau herborisait dans cette retraite et ne voulait voir personne, tout au plus ses hôtes; il avait pris en amour un petit garçon de dix ans, leur fils, et le conduisait avec lui souvent. Un matin, il l'emmena comme à l'ordinaire et le promena partout sans lui rien dire; il avait pris cette habitude chez madame Dupin, à Chenonceaux, où il débuta en France, en qualité de secrétaire. A propos de cette madame Dupin, on me citait hier un joli mot de sa belle-fille, madame de Chenonceaux, une des amies intimes de Jean-Jacques (c'est pour elle qu'il a fait l'*Émile*).

A la mort de son mari, sa belle-mère discutait le douaire à lui laisser, et liardait en vraie financière. Madame de Chenonceaux est mademoiselle de Rochechouart. Madame Dupin, après avoir fixé un chiffre ajouta :

— Cela doit vous suffire, vous n'avez pas l'intention d'aller à la cour.

— Madame, répliqua l'autre, s'il est des personnes payées pour aller à la cour, il en est d'autres qu'on paye pour n'y point aller.

Rousseau donc herborisait dans les bois, lorsqu'il se sentit indisposé; il rentra chez lui, et, après quelques mots de conversation avec l'intéressante Thérèse, il se trouva tout à fait malade. Celle-ci fit appeler quelqu'un du château. Madame de Girardin accourut; mais le philosophe la pria de le laisser seul avec sa femme. Alors il se plaignit de coliques, demanda qu'on ouvrît la fenêtre, regarda la nature et le soleil en faisant quelques phrases là-dessus; puis il s'écria :

— Dieu! être des êtres!

Et retomba dans les bras de Thérèse, qui se laissa choir, ne s'attendant pas à le recevoir ainsi. On le releva, il lui serra la main, et tout fut dit.

Et cette mort le frappa dans la même année que Voltaire, bien peu de mois après lui. Ces deux antagonistes sont allés rendre leurs comptes presque en même temps. Ce que je ne comprends pas, c'est la sensiblerie de M. et madame de Girardin et d'une foule de bayeurs pour le tombeau de cet homme. On l'a enterré sans prêtre, bien entendu, dans l'île des Peupliers, que l'on a baptisée l'Élysée; et maintenant c'est un lieu de pèlerinage.

Dans cent ans d'ici, je concevrais, à la rigueur, que quelques fanatiques de sa doctrine se missent ainsi à la recherche de son tombeau et y portassent des offrandes plus ou moins innocentes ; mais nous, ses contemporains, nous qui l'avons connu, nous qui savons le caractère abominable de cet ogre, de ce calomniateur de femmes, courir ainsi après son ombre!...

Cet homme n'avait pour lui qu'une chose, une seule: un style enchanteur, et une admirable adresse pour séduire l'imagination. Son *Héloïse* a été annoncée comme le livre le plus dangereux, comme un poison dont il fallait garantir les jeunes femmes et les filles surtout. C'est, à mon sens et à celui de presque toutes les personnes qui l'ont lu attentivement, un des romans les plus corrupteurs, et en même temps les plus soporifiques que l'imagination ait créés.

Depuis la faute de Julie, depuis le départ de Saint-Preux, cela n'est plus lisible. Ce sont des déclamations et des thèses toutes nues, comme dans une chaire. Il faut la rage de l'esprit philosophique pour aller jusqu'au bout. Je déclare que les filles perdues par *la Nouvelle Héloïse* n'avaient pas besoin de cela pour se perdre, elles étaient perdues d'avance, bien certainement, et je donnerais cet ouvrage à lire pour dégoûter des romans ; autant vaudrait un sermon, n'était toujours le style, auquel bien peu essayeront d'arriver, et surtout auquel bien peu arriveront.

De tous les philosophes, Rousseau est celui que je supporte le moins, parce qu'il est évidemment un méchant homme, prêchant ce qu'il ne fait point, prêchant même sûrement des choses mauvaises, témoin ce qu'il dit à ce père qui, croyant se placer haut dans son estime, se vanta d'élever son fils dans les principes de l'*Émile*.

— Tant pis pour vous, monsieur, et pour monsieur votre fils! répondit le docteur.

Je ne suis malheureusement pas dévote, on le sait;

bien que j'aie voulu l'être souvent, je n'ai pas les qualités nécessaires; mais je hais l'impiété affichée, mais je hais tout ce qui n'est pas vrai surtout, et les philosophes ne sont pas vrais. A une certaine époque de ma vie, sans être absolument imbue de leurs doctrines, j'avais ce que l'on appelait une conduite philosophique, et je voulais surtout qu'ils fussent conséquents avec eux-mêmes. Ainsi, Voltaire, se confessant et communiant à Ferney, me paraissait une anomalie, et je ne pus m'empêcher de le lui écrire. Il le prit assez mal; mais je n'ai jamais su cacher ma pensée.

Voltaire, de toutes les façons, était bien au-dessus de son école, que j'appelais *sa livrée*. Il avait un esprit sans pareil; il s'était frotté à un monde que les autres regardaient de loin, ou, lorsqu'ils y étaient admis, c'était en qualité de sapajous et de bêtes curieuses. On a toujours reçu avec grand plaisir dans la bonne compagnie les gens de talent de toutes les espèces, parce que ceux-ci ont tâché de s'y rendre agréables; quant aux philosophes proprement dits, c'est autre chose, ils sont tous gênants et ennuyeux. Certes, Diderot et d'Alembert sont des intelligences supérieures, vigoureuses; d'Alembert a de plus que son ami une gaieté et une vivacité incontestables; mais il ne savait pas vivre, et j'ai souvent souffert de le voir ainsi. Quant au marquis de Condorcet, cet amphibie, qu'on ne m'en parle pas, je n'ai jamais pu le souffrir.

XXVII

Viard a retrouvé les notes relatives à mon voyage de Cirey, et je me fais une fête de le raconter. Je m'y trouvai en même temps que madame de Graffigny, l'auteur des *Lettres péruviennes*. Cette pauvre femme avait été malheureuse comme les pierres des routes; on la maria à un homme qui la battait, qui manqua plusieurs fois de la tuer, et dont elle fut enfin séparée juridiquement, après avoir souffert plusieurs années avec une patience héroïque. Il était chambellan du duc de Lorraine, ce qui ne l'empêcha pas d'être mis en prison et d'y mourir; il avait maltraité je ne sais qui et à moitié étranglé un de ses domestiques.

Madame de Graffigny n'était pas riche; elle était, au contraire, fort pauvre et malheureuse de toutes les façons. Elle s'en vengea en aimant Léopold Desmarets, fils du musicien, et lieutenant au régiment d'Heudicourt. Cela ne fit pas bouillir la marmite, mais cela lui apporta quelque consolation; l'amour console beaucoup quand il n'afflige pas excessivement.

Elle vint à Cirey le même jour que moi, ou le lendemain, et se chargea de noter pour moi ce qui s'était passé de remarquable dans cette visite; je souffrais déjà trop des yeux pour écrire. Ce sont ses notes que Viard a conservées et que nous allons suivre. C'était, je vous assure, une drôle de maison!

Madame du Châtelet ne m'aimait pas; j'avais fait son portrait, comme vous savez, et il n'était que vrai. Or, la belle Émilie aimait les portraits flattés, et, tant qu'ils ne l'étaient pas trop, elle ne les trouvait jamais assez ressemblants. Nous étions politiquement ensemble; elle m'accueillait avec des paroles mielleuses et des sourires au sucre; mais je savais à quoi m'en tenir.

Voltaire avait pour moi une considération véritable, cela suffisait pour qu'elle me détestât; tout lui portait ombrage, et, si elle ne l'a pas brouillé avec ses anciens amis, tels que Thiriot, Formont et d'Argental, c'est qu'elle n'a pas pu en venir à bout.

J'arrivai la nuit, par des chemins épouvantables. On ne m'attendait plus à cette heure; cependant, au bruit de mes postillons, madame du Châtelet arriva en pet-en-l'air, et Voltaire fort peu après elle. Tous les deux m'accueillirent avec des transports de joie; ils n'étaient sincères que d'un côté.

— Ah! madame, s'écria le poëte! vous voilà donc; on va bien causer!

— On dirait que nous ne causons pas, poursuivit-elle d'un ton aigre.

— Avec vous, madame, répliqua-t-il, on est toujours dans les cieux; avec madame du Deffand, on redescend sur la terre, et cela ne gâte rien; on en a besoin quelquefois, ne fût-ce que pour reposer ses ailes.

— Madame est fatiguée, interrompit l'autre pour rompre le discours, elle me permettra de la conduire à sa chambre, elle a besoin de repos.

— Et je me repens d'avoir troublé le vôtre; mais il n'a pas dépendu de moi d'arriver plus tôt. J'ai failli casser ma chaise quatre ou cinq fois dans vos ornières.

Voltaire plaisanta sur les routes de ce pays, tout en grimpant au second étage, par un degré assez roide; il m'escortait avec un bougeoir, ses gens et les miens portaient mes coffres; c'était une procession étrange, dans ce château et à l'heure qu'il se faisait.

On m'introduisit dans une halle, avec force excuses. C'était bien le cas d'en faire, car je ne fus jamais si mal logée; encore était-ce le bel appartement, les autres étaient de véritables hangars.

— Nos chambres d'amis ne sont pas prêtes, me dit la nymphe Émilie; on ne peut tout faire à la fois. Quand vous nous reviendrez, nous vous recevrons mieux.

Il ventait fort à travers les fentes des portes et des fenêtres, coupées en trois comme celles des vieilles maisons. Les murailles étaient couvertes d'une tapisserie à personnages de toutes les espèces, les uns richement vêtus, les autres en bergers et en paysans. La niche était garnie de belles étoffes, comme dans toutes les chambres; ce sont les robes des grand'mères de M. du Châtelet, ou des douairières de Breteuil.

Les meubles étaient fort vieux aussi, juste le nécessaire. Avec cela, une antichambre, un cabinet et une garde-robe, c'était tout.

Je ne vous parle pas de la cheminée, où l'on aurait pu loger une famille.

La vue n'est pas fort belle de ce côté, une montagne la masque entièrement.

« Au demeurant (et je transcris littéralement madame de Graffigny), tout ce qui n'est point de l'appartement de la dame et de M. de Voltaire est d'une saloperie dégoûtante. »

On me quitta; je dormis comme une imbécile éreintée, sans penser que j'étais dans un temple et dans celui de l'idole du siècle encore! Le lendemain, je m'éveillai tard, et M. du Châtelet me fit présenter ses devoirs et me pria de l'excuser s'il ne venait pas lui-même: il avait la goutte. Je fis répondre que j'irais le voir quand je descendrais; on vint me redire qu'il ne le souffrirait pas, qu'il se trouverait au café, qui se prenait à onze heures, dans la galerie.

Quel étrange mari, et quel étrange rôle il jouait là!...

Madame du Châtelet monta en robe d'indienne, en tablier de taffetas noir, ses cheveux noirs relevés sur le sommet de sa tête et retombant en bandes comme ceux des petits-enfants. Voltaire suivait, poudré et épinglé comme à Paris ou à Sceaux. Il m'attaqua tout de suite sur d'Argental et sur les deux enfants de la Lecouvreur, dont il avait accepté la tutelle. Il me demanda si je les avais vus et ce que disaient, de ces chérubins, Pont-de-Veyle et le reste de nos amis.

En vérité, je n'en savais rien; on n'en avait pas parlé depuis longtemps; mais il pensait à tout, même aux choses oubliées.

Il m'offrit galamment la main et me conduisit à la galerie; madame du Châtelet marchait devant.

— Notre régime vous convient-il, madame? me demanda-t-elle. De onze heures à midi, nous prenons le café, avec des friandises. On ne dîne pas, mais on soupe à huit heures, ou quelquefois plus tard. Si dans l'intervalle, vous avez besoin de quelque chose, une collation est toujours servie; mais, nous qui travaillons, nous ne mangeons point, cela gêne l'esprit.

J'ai toujours aimé le souper plus que tous les autres repas, j'acceptai donc leur proposition.

Nous avions encore, dans la compagnie, une grosse cousine de Voltaire, madame de Champbonin. Elle était presque toujours à Cirey, ayant une petite maison dans le voisinage. Cette femme avait peu de biens et Voltaire avait voulu, dans le temps, marier son fils à madame Mignot; mais celle-ci préféra M. Denis et son nom ridicule. On sait qu'il était commissaire au régiment de Champagne.

Voltaire habitait une aile tenant tout à fait à la maison et dont l'entrée était commune.

Il avait d'abord une petite pièce carrée, assez simple, servant d'antichambre, et conduisant à sa chambre à coucher, tout en velours cramoisi, frangé d'or, la niche, les murailles, etc., — pour l'hiver du moins. L'été, on y mettait du taffetas de Chine à personnages brodés. Les lambris, les glaces, les tableaux prenaient bien plus de place que la tenture; c'était à regarder tout un jour.

Ce qu'il y avait de porcelaines, de chinoiseries, ne peut pas se dire, des laques ravissantes, des pendules à marabouts, et toutes les inventions de ce genre. Sur une table était une cassette ouverte, remplie d'une argenterie splendide; à côté, un baguier garni, comme celui d'une petite-maîtresse, de douze ou quinze bagues, en diamants et en pierres gravées.

A la suite de sa chambre était la galerie, longue d'une quarantaine de pieds; d'un côté, les fenêtres, séparées par des consoles ou piédestaux en vernis des Indes, sur lesquels étaient la Vénus Farnèse et l'Hercule; en face se trouvaient deux grandes armoires vitrées, pleines, l'une de livres, l'autre d'instruments de physique; entre les deux, une manière de poêle fort commode, caché sous le piédestal de la statue de l'Amour, avec cette fameuse inscription :

> Qui que tu sois, voici ton maître :
> Il l'est, le fut, ou le doit être.

La galerie était boisée et vernie en petit jaune; les panneaux des lambris et les paravents étaient de papier des Indes, comme dans la chambre; j'admirai quantité de porcelaines, des écrans, des magots, et ensuite une porte ouvrant sur le jardin, faite en grotte avec des coquillages. Quant aux siéges, ils étaient détestables; ce qui ne m'étonna point: Voltaire a toujours été aussi bien assis sur un banc que dans une bergère.

Quant à l'appartement de madame du Châtelet, pour en finir tout de suite avec les descriptions, il était bien plus joli, bien plus soigné que celui de Voltaire. Sa chambre à coucher était boisée et peinte en vernis petit jaune, avec des cordons bleu pâle. La niche était encadrée de papier des Indes délicieux. Le lit, tous les meubles, jusqu'à la maison du chien, était en moiré bleu, et les bois de fauteuil, les encoignures, tous les meubles enfin en vernis jaune pareil aux lambris.

Une porte vitrée conduisait à la bibliothèque, un vrai bijou! Les glaces, les tableaux de Paul Véronèse, rien n'y manquait.

Le boudoir était une merveille, tapissé de bleu céleste (la couleur d'Uranie); le plafond était peint par Martin; les panneaux étaient de Watteau : il y avait *les Cinq Sens*, puis *les Oies du frère Philippe, le Baiser pris et rendu*, et *les Trois Grâces*. Les encoignures, en vernis Martin, étaient surchargées de choses précieuses, entre autres, d'une écritoire d'ambre que le roi de Prusse avait envoyée avec des vers à la susdite Uranie. On sortait de ce boudoir par une porte-fenêtre donnant sur une terrasse d'où la vue était admirable.

A côté, une garde-robe lambrissée de gris de lin, pavée de marbre, divine! Et les joyaux! et les tabatières, en or, en écaille! et les pierres précieuses, et les montres, et les étuis, et les navettes, les diamants, les breloques, les pierres fines! Tout cela venait de Voltaire, ou du moins en grande partie, car les du Châtelet n'étaient pas riches, et je fus étonnée de ces magnificences, ayant connu madame du Châtelet fort dénuée autrefois. Madame de Graffigny me dépeignit tout cela d'une façon à me faire venir l'eau à la bouche et regretter de ne le point voir.

Ce qui frappait au service de la table, c'était la quantité d'argenterie de toute beauté. Sur la glace de la cheminée, dans la galerie (en face de moi, quand nous étions à table), se trouvait le portrait de madame du Châtelet, avec ses attributs de Muse et de jolie femme, si tant est qu'elle fût l'une ou l'autre. Elle raconta fort longuement devant Voltaire, qui posait des points d'exclamation par ses gestes, les présents du roi de Prusse et la façon dont on avait reçu son envoyé. Frédéric n'était alors que prince royal. On parla ensuite des livres que notre ami préparait. Il en était plusieurs que la belle Émilie lui interdisait de continuer, par des motifs que je ne sais point, ou plutôt que je ne sais plus, et qui tenaient aux petits événements de l'époque. C'était aussi pour montrer son pouvoir, bien entendu, et pour qu'il fût établi aux yeux de tous qu'elle le menait par le bout du nez.

On me fit présent dès ce premier jour, ainsi qu'à madame de Graffigny, d'un Newton, car il fallait bon gré mal gré, parler astronomie, mathématiques et tout ce qui s'ensuit; madame du Châtelet faisait taire son ami lorsqu'il s'étendait trop sur la poésie, et nous reprenait son algèbre, ses calculs, ses machines et ses discussions. Voltaire, pour lui être agréable, s'y empêtrait jusqu'à ce que l'ennui le prît tout à fait; alors il s'en tirait par une plaisanterie. Sa belle était fort ignorante de tout, excepté de la géométrie; elle faisait des questions à déconcerter la gravité la plus solide, et il lui répondait avec une complaisance merveilleuse.

En fait de complaisances, il en avait de toute sorte; ainsi elle nous dit, un soir, qu'elle était malade, qu'elle allait se coucher, que nous viendrions dans sa chambre et que Voltaire nous lirait *Mérope*.

— Mais, pour cela, ajouta-t-elle, il faut qu'il change son habit; je ne saurais le supporter chez moi ainsi vêtu.

— Il me semble pourtant fort bien. Il a de beau linge, de belles dentelles; il ne lui manque rien du tout.

— Sans compter, madame, que je suis malade: cet habit est ouaté, les autres ne le sont pas; je l'ai mis exprès; si je le change, je vais tousser pendant trois semaines.

Émilie fit la moue, en réponse; elle prétendit qu'il voulait la contrarier. Il céda, et appela son valet de chambre, qui ne se trouvait pas au château. Nous respirâmes, et on le crut délivré; pas du tout, elle insista. Il devait aller lui-même, il devait se déranger, puisque cela ne pouvait être autrement. L'impatience le prit enfin : il lui jeta très-vivement quelques mots en anglais et rentra chez lui. Lorsqu'elle l'envoya chercher, il fit répondre qu'il avait la colique et ne viendrait point.

— Ah! madame, me dit-elle, allez-y vous-même et rassurez-le.

Je trouvai Voltaire avec sa cousine, de très-bonne humeur, riant beaucoup, et ne songeant ni à nous, ni à la colique. En me voyant, il m'attaqua sur Formont et le président; nous nous racontâmes gaiement des anecdotes; nous causions librement enfin, sans nous soucier des problèmes, lorsque nous vîmes paraître

M. du Châtelet, qui venait nous chercher de la part de sa femme.

— Allons-y, madame ! soupira l'esclave.

Nous y allâmes en effet ; mais il s'assit dans un coin et reprit en même temps sa colique et sa maussaderie.

M. du Châtelet n'y tint pas, il se sauva. La conversation anglaise à l'aigre recommença alors, et, après quelques minutes de propos violents, Voltaire prit *Mérope* et nous en lut deux actes. Tout ce que la critique a de plus amer recommença alors de la part de la dame ; elle lui dit de ces choses qu'il n'aurait pas endurées de la part d'une autre et dans lesquelles il y en avait de vraies. J'essayai de le défendre, et le beau, c'est qu'il se mit contre moi.

L'orage finit par une bouderie réciproque, dissipée le lendemain, pour recommencer encore.

M. du Châtelet passait au milieu de tout cela avec un calme, une tranquillité, une mansuétude dont on n'a pas l'idée à moins de l'avoir vu. Au début de la querelle, il me dit solennellement :

— Allons ! voilà que cela recommence ! Ils n'en font pas d'autres. Madame du Châtelet rend la vie bien dure à ce pauvre Voltaire ; sans compter qu'elle l'a entêté de Newton et qu'elle lui fait dire une foule de mièvreries, indignes d'un homme de son esprit et de son importance. Ils n'ont pas le sens commun ; on croit que je ne m'en aperçois pas, mais je vois tout.

Il devait alors voir de singuliers tableaux, et il avait une bénigne patience. Qu'en pensez-vous ?

XXVIII

Nous étions tout à fait libres chez nous, de midi et demi à huit ou neuf heures du soir. Les premiers jours, Émilie fit la façon de me tenir compagnie ; je vis que cela ne lui plaisait point ; je la mis à son aise et la rendis à ses chers problèmes, pour lesquels elle avait une folie véritable. Elle y passait les jours et les nuits. Ce régime de solitude ne me convenait pourtant pas ; aussi Voltaire, qui le savait bien, s'échappait pour me rejoindre ; nous avions des conversations infinies qui me ravissaient.

Madame de Graffigny et madame de Champbonin se réunissaient à moi lorsqu'il me quittait ; nous essayions de la promenade à pied ou en calèche, et nous tâchions de tuer le temps par quelque lecture.

Un des premiers soirs de mon arrivée, après souper, Voltaire nous donna la lanterne magique. Je n'ai rien vu de si plaisant : il contrefaisait le Savoyard à merveille, et il y mettait cet esprit inimitable qui n'appartenait qu'à lui. Nous vîmes d'abord toute la coterie de la cour, M. de Richelieu, ses favorites et autres ; le roi n'en avait pas encore ; d'ailleurs, il n'aurait pas osé y toucher ; mais, pour son héros, il ne s'en gênait pas.

Vint ensuite l'histoire de l'abbé Desfontaines, *dans tous ses détails*, et ce fut une satire dans le genre de Juvénal, sans y mettre plus de gaze. On vit l'abbé dans ses amours *antiques*, faisant des compliments merveilleux et mistifrisés à des ramoneurs, qui l'écoutaient les yeux écarquillés, sans comprendre son beau langage.

On le vit ensuite condamné au supplice et sauvé par Voltaire, auquel, pour récompense, il donnait un coup de pied *antique* aussi, mais avec des discours qui eussent réveillé un mort. Il finit par se brûler avec sa lanterne ; ce qui lui valut de la part de sa belle un quart d'heure de grands cris, sur le ton d'un maître d'école grondant ses polissons ; il ne souffla mot.

Elle le fit taire pour nous lire un certain raisonnement d'un Anglais, sur les habitants de Jupiter. Le livre était écrit en latin ; elle le traduisait en le lisant, ainsi que les termes de géométrie, et les calculs, et tout ce que vous voudrez en hésitant un peu, mais pas assez pour interrompre le sens.

On juge de cette science et de ce qu'elle avait d'amusant.

L'abbé de Breteuil, grand vicaire de Sens, et frère d'Émilie, arriva pendant mon séjour à Cirey, et tout de suite on me prit à part, et l'on me pria de ne l'écrire à personne : cela était une énormité, dans sa double position de prêtre et de frère. Le fait est qu'on ne s'y serait pas attendu ; mais ils s'aimaient beaucoup, la belle Émilie et lui, et, d'ailleurs, il n'était pas scrupuleux ; c'était un abbé esprit fort, très-enclin à la philosophie et disposé à partager les opinions de sa sœur.

On voulut lui donner la comédie, et je vis reparaître *Boursoufle*, cette farce de mauvais aloi qu'on nous avait montrée autrefois chez madame du Maine. J'étais tout excusée de ne point prendre de rôle, de par ma santé et mon infirmité surtout, qui faisait de grands progrès. On ne me tourmentait point.

Madame du Châtelet céda son rôle de mademoiselle de la Cochonnière à la petite du Châtelet, âgée de douze ans. Cela allait mieux ainsi. Du reste, le temps ou, pour parler plus juste, la soirée se passait à causer et à rire, et à faire des lectures. Voltaire, je n'ai pas besoin de le dire, contait à la perfection, et l'abbé de Breteuil causait aussi fort drôlement. Je me souviens d'un fagot qu'il nous fit, véritablement fort amusant.

L'ambassadrice d'Espagne, — je ne sais plus laquelle, je crois pourtant que c'était la marquise de las Minas ; — enfin elle venait d'arriver à Paris, elle était fort laide et fort peu charmante de toute façon. Elle avait pour amie madame de Brancas.

Un jour, elle rentra chez elle et demanda à quelques personnes qu'elle avait à dîner qui était une jeune dame qu'elle avait rencontrée dans un carrosse, avec un monsieur sur le devant. Elle la dépeignit de façon à faire reconnaître madame de Modène, qui pour lors était à Paris, après avoir quitté son mari et son duché.

On ajouta que, pour la dignité de son rang, elle avait pris un cavalier avec elle.

Le lendemain, l'ambassadrice va trouver madame de Brancas, et lui dit, en présence de deux ou trois dames dont vous voyez la figure :

— Madame, vous êtes mon amie ; apprenez-moi, s'il vous plaît, combien il faut que je mette d'hommes sur mon devant pour ma dignité.

Voltaire nous raconta aussi les bévues de son valet de chambre, qui recopiait ses vers.

Voici comment cet imbécile avait retenu le portrait d'Agnès et comment il le répétait avec complaisance :

> Trente-deux dents brillent à fleur de tête ;
> Deux grands yeux noirs d'une égale blancheur
> Font l'ornement d'une bouche vermeille
> Qui va prenant de l'une à l'autre oreille.

Il corrigeait aussi les vers qui lui semblaient mauvais, et de quelle façon ! Voltaire avait mis :

> Ah ! croyez-moi, mon fils, voyez ces cheveux blancs,
> La triste expérience est le fruit des vieux...

Il avait oublié *ans*. L'autre corrigea :

> Ah ! croyez-moi, mon fils, voyez mes cheveux bleus,
> La triste expérience est le fruit des vieux...

C'était continuellement ainsi ; mais il avait une patience admirable et ne se fâchait point.

On appelait à Cirey *les cochers* M. du Châtelet, madame de Champbonin et son fils, qui dînaient à midi, lorsque les autres finissaient de prendre leur café. Le mari dormait comme un loir en sortant de table ; on n'en était pas importuné, c'était beaucoup. Il soupait régulièrement avec nous, ne disait mot, excepté pour mettre la paix entre Émilie et Voltaire, et puis il s'en allait chez lui se coucher. C'était un frappant contraste que cet homme, tout occupé de manger, avec les esprits éthérés qui ne mangeaient point et qui ne vivaient que de leur pure essence.

Il fallait, en vérité, qu'il fût bien nul, pour accepter la position qu'on lui avait faite.

Nous eûmes naturellement la lecture de *la Pucelle,* au moins de cinq ou six chants, et cela en présence de l'abbé de Breteuil, qui en prit fort bien son parti. Je ne veux pas m'amuser à un jugement littéraire sur ce poëme, que tout le monde sait comme moi. Voltaire le lisait à qui voulait l'entendre ; il en courait des copies, et puis il se mettait en fureur de ce que l'on en parlait. Il avait cela de particulier qu'il accusait les autres de ses fautes.

Madame du Châtelet n'était pas toujours délicate sur les moyens de s'instruire des choses. Ainsi, à Cirey, on ne payait pas de ports de lettres, cela est vrai, mais on n'était pas très-sûr qu'elles ne fussent point décachetées. La pauvre madame de Graffigny l'apprit à ses dépens : on ouvrit sa correspondance avec un de ses amis, M. Devaux, secrétaire du roi Stanislas, à Lunéville, et l'on y vit quelques railleries sur la dame, sur ses grands airs ; on y vit quelques critiques des petitesses du grand homme, et on lui fit une scène terrible, on la tourmenta d'une façon abominable ; elle eut à répondre aux accusations les plus calomnieuses ; elle fut traitée d'espion et mille gentillesses de ce genre.

Elle avait, prétendait-on, donné des copies de *la Pucelle* ; ce qui était faux, par la meilleure de toutes les raisons, c'est qu'elle n'en avait pas de copie. On avait imaginé ce mensonge, en lisant et en interprétant mal une phrase de M. Devaux, par rapport à ce poëme. Madame du Châtelet fit tout doucement à madame de Graffigny une scène de harangère, qui alla presque aux coups de poing, en lui mettant la lettre sous le nez, sans se cacher le moins du monde de l'avoir ouverte ; ce qui n'est pourtant pas une belle action ! Elle était d'une violence déplorable, et Voltaire tout autant qu'elle ; au total, ils se rendaient mutuellement malheureux, mais elle était bien plus méchante que lui. Il n'éclatait qu'après avoir été talonné pendant des siècles ; alors, par exemple, il ne ménageait rien.

Ceci me rappelle une scène dont je fus témoin chez madame de Luxembourg, et que je n'ai jamais oubliée.

Madame du Châtelet passait, et avec raison, pour être fort incapable en poésie ; les esprits sérieux d'ordinaire ne s'en piquent point. Mais elle voulait tout savoir et tout embrasser. Elle fit ou fit faire, je ne sais, les vers suivants pour la fille de la maréchale, et les lui débita à souper :

> Pour vous chanter, aimable Madelon,
> Je n'ai pas besoin de leçon ;
> Mais, sans faire tort aux apôtres,
> Tous les jours où je vous vois
> Sont des jours de fête pour moi,
> Qui me font oublier les autres.

On applaudit fort. Voltaire n'était pas là ; depuis quelques jours, ils se chamaillaient. Lorsqu'il arriva, on était à table ; il en fut de plus mauvaise humeur encore.

Émilie lui montra les vers, il les lut, et lui dit en les lui rendant :

— Ils ne sont pas de vous.

Ils n'étaient cependant pas si divins, qu'elle ne pût les avoir faits, à la rigueur.

Elle s'emporta et lui répliqua je ne sais quelle grosse sottise, dont il se trouva offensé.

— Vous eussiez dû au moins les faire faire meilleurs, car on m'accusera d'être votre teinturier, et je ne puis accepter une telle platitude.

Riposte de la belle, plus furieuse encore ; querelle, menaces, emportement ; elle le blesse au vif, il prend un couteau qu'il brandit comme les héros de ses tragédies, et, se tournant vers elle :

— Ne me regarde donc pas tant, s'écria-t-il, avec tes yeux hagards et louches !...

Et nous étions là et nous entendions tout, et nous assistions à cette scène ! Une femme et un homme de ce mérite peuvent-ils s'oublier jusqu'à ce point !

Au total, leur vie était un enfer ; ce paradis terrestre de Cirey, sur lequel on écrivait des merveilles, était peuplé de diables et de tourments. Si elle n'était point morte, je ne sais comment cela aurait fini. Aussi Voltaire, passé le premier moment, ne la regretta qu'en paroles. Il était facile de voir, dans ses larmes, la joie d'être libre sans avoir fait les frais d'une rupture, et l'amour-propre blessé à cause de Saint-Lambert, auquel il ne pardonnait point, tout en lui faisant des grâces et en l'appelant son *très-aimable Tibulle.* Voltaire était bon, excellent ; mais il avait son orgueil : en le touchant, on était sûr d'atteindre jusqu'à son cœur, et de le paralyser souvent. De là ses petitesses, si indignes de lui, contre les mirmidons qui l'attaquaient.

Pendant mon séjour à Cirey, je vis commencer la connaissance de ce cher Saint-Lambert, alors à Lunéville, près du roi Stanislas et grand ami de la pauvre Graffigny, avec laquelle il était en correspondance. Il désirait venir ; Voltaire ne demandait pas mieux que de le recevoir ; la belle Émilie hésitait : elle avait peur des importuns et fuyait *la compagnie.* Il fallut lui promettre qu'il resterait dans sa chambre, comme nous, et ne la dérangerait pas dans ses travaux. Il vint, en effet, j'étais déjà partie ; il ne vint que trop tôt, pour son malheur, et ils ne se quittèrent plus.

Elle avait écrit dans son jardin, ces vers, dont je ne garantis pas la parfaite authencité, à l'endroit de la signature :

> Du repos, une douce étude,
> Peu de livres, point d'ennuyeux,
> Un ami dans la solitude,
> Voilà mon sort ; il est heureux !

Je m'en serais bien gardée, pour mon compte, de cet heureux sort-là, après que je l'eus examiné de près.

On ne joua point la comédie, M. de Breteuil s'étant avisé, un peu tard peut-être, qu'on en causerait dans le monde. On nous montra les marionnettes, où Polichinelle et sa femme triomphèrent, et où Voltaire s'amusa comme un enfant. Il répétait sans cesse, riant aux larmes :

— Cette pièce est excellente, je voudrais l'avoir faite.

Le théâtre était assez petit et moins joli que le reste du château arrangé pour eux. La décoration représentait un palais, avec des colonnes et des orangers entre chacune d'elles. Le fond était une loge garnie en velours, et le balcon pour s'appuyer était en velours aussi. Cela n'était point beau ; cependant on y pouvait jouer autre chose que les marionnettes ; la preuve, c'est qu'après le départ de l'abbé de Breteuil, on y joua *Zaïre, l'Enfant prodigue* et *l'Esprit de contradiction*, à ce que j'ai appris ; je n'y étais plus.

Madame de Graffigny y fut dans le dernier degré de la douleur. Sa séparation d'avec son mari lui avait ôté toutes ses ressources, de sorte qu'elle était là sans argent, et ne savait où aller. Il lui fallut donc supporter les injures, les indélicatesses de la belle Émilie, laquelle n'ignorait pas cette situation et n'en était que plus barbare.

Pour l'achever, la pauvre créature reçut, à Cirey même, de son amant, Desmarets, l'assurance qu'il ne l'aimait plus, qu'il ne voulait plus vivre avec elle et qu'elle ne pouvait plus compter sur lui. J'ai appris tout cela, depuis, à Paris, où je la retrouvai, et où elle parvint, après toutes ses douleurs, à occuper un certain nom dans les lettres, lorsqu'elle eut publié les *Lettres péruviennes*. C'est un ouvrage remarquable par la passion qu'elle a peinte et par la façon dont il est écrit. On voit, en le lisant, que l'auteur a aimé et souffert.

Voltaire, je ne saurais trop le répéter, avait un excellent cœur; il n'eut que des travers d'esprit et de vanité. Il a donné mille preuves de cette bonté parfaite; en voici une de plus :

Des savants avaient fait, par l'ordre du roi et à ses frais, un voyage en Laponie. Le secrétaire de M. Clairault, l'un d'eux, eut le courage de devenir amoureux d'une Lapone et de lui promettre le mariage. Comme de juste, il oublia de tenir cette promesse, et se sauva bien vite, *trop* satisfait de ce qu'il avait obtenu. On est tenace auprès du pôle, à ce qu'il paraît, et la demoiselle arriva à Paris avec sa sœur, pour réclamer la promesse faussée. Mais, de son côté, l'épouseur tenait bon, il refusait obstinément, et refusa si bien, qu'il fallut y renoncer.

On tâcha alors de compléter aux deux sœurs une petite somme et de les faire entrer dans un couvent, comme fiche de consolation. Voltaire ne l'entendait pas ainsi; il se mit en quête, il donna, il fit donner, et, à force de peines, il obtint, pour les malheureuses, une manière de dot qui leur permit de retourner chez elles et de s'y marier; ce qui leur parut sans doute une consolation plus efficace que le couvent. Comme madame du Châtelet discutait cette question avec lui et exaltait le cloître aux dépens du mariage :

— Je voudrais bien vous y voir, dit-il.

— Eh! monsieur, suis-je donc tant payée pour exalter l'hyménée? Vous oubliez M. du Châtelet.

— Ingrate! lui répondit-il avec un de ces tons particuliers qu'il savait prendre et qui disaient tout à la fois.

J'étais là, à Cirey, lorsque arriva cette histoire des Lapones et cette discussion. Nous lisions *le Temple de Gnide*, je m'en souviens; à propos de quoi je lui dis :

— Bah! c'est l'apocalypse de la galanterie.

M. de Montesquieu apprit le mot et m'en voulut fort, jusqu'à ce que nous nous fussions expliqués.

Madame du Châtelet avait une très-belle voix; elle chantait mal, parce qu'elle chantait avec prétention et faisait des yeux en l'air qui ne l'embellissaient pas. Au total, c'était une femme *sérieusement* douée par la nature, mais pas *agréablement*. Elle fit du bien à Voltaire, en ce sens qu'il prit chez elle et avec elle des idées et des façons qui n'étaient point celles des autres philosophes. Il y perdit des manières bourgeoises et des petitesses de société, sans y perdre, bien au contraire, les petitesses de son esprit.

Je quittai Cirey, ayant vu de près cet intérieur, et médiocrement charmée de ce que j'avais vu. Je n'aurais pas voulu vivre là. Je ne comprenais pas madame du Châtelet d'avoir pris un parti semblable et de le soutenir si mal. A sa place, affichant ainsi cette liaison avec Voltaire, j'aurais regardé la chose de plus haut et j'aurais voulu le traiter d'une autre façon. Devenir une mégère pour son amant, en pareil cas surtout, c'est agir peu spirituellement. On le rend malheureux et l'on est plus malheureuse que lui encore. C'est un malheur qu'on peut chérir peut-être, mais il n'en est que plus positif : on le sent mieux, parce qu'on aime.

J'avais pour Voltaire une admiration très-réelle et une véritable affection. Il avait de la légèreté en tout; mais son amitié était solide; à la place de d'Alembert, il ne m'eût pas abandonnée, comme l'avait fait celui-ci, dans le temps de l'histoire de sa demoiselle. Le voilà seul maintenant, comme un hibou, dans son coin du Louvre, tandis que, s'il me fût resté, ma maison eût été la sienne jusqu'à sa mort. On ne l'a pas voulu.

XXIX

J'arrive au moment de ma connaissance avec M. Walpole. Il est une circonstance sur laquelle je glisse et dont je ne parlerai que fort peu, bien qu'elle soit pour moi capitale, c'est ma cécité. J'en ai pris mon parti, mais je n'aime pas à me rappeler le temps où je ne l'avais pas pris encore; c'est une douleur que je m'épargne; il m'en reste assez d'autres sans cela. En jetant un regard sur ma vie, j'y vois beaucoup de malheurs et de chagrins, des fautes que je ne nie pas, des affections brisées par la mort ou par l'oubli.

Ainsi de mes deux amies :

Madame de Flamarens, la plus parfaite créature que j'aie connue, est morte!

Madame de Rochefort, qui n'était pas tout à fait cela, vit encore; elle m'a délaissée, et il a fallu m'en consoler; elle m'a plus qu'abandonnée, elle m'a trahie, et dans quelles circonstances!

L'homme que j'ai le plus aimé fut d'abord Larnage; il ne me fut rien que ce que j'ai dit, et je finis par cesser de le voir, bien qu'il m'eût conservé le même sentiment et qu'il m'écrivît quelquefois. Il était sauvage à un point extrême, un peu fou même, je vous l'assure; il avait pris au sérieux sa position de fils naturel d'un prince légitimé, et demandait sans cesse pourquoi on ne le légitimerait pas comme son père. Il en fit et en dit tant, qu'on le bannit de Sceaux; il ennuya madame du Maine, ce qui était pour elle un crime de lèse-majesté. M. du Maine lui conserva une pension tant qu'il vécut, et il mourut peu de temps après le prince. Je reçus, avec une lettre de lui contenant ses dernières volontés, une fort belle bague qui venait de son *auguste* père, lequel la tenait de Louis XIV ou de madame de Maintenon. Je l'ai encore et je la porte toujours; je la lègue par testament à M. Walpole.

J'ai parlé de Larnage, et ce n'est pas de lui qu'il s'agissait d'abord dans ma pensée, c'est de Formont. On se rappelle comment nous fîmes connaissance ensemble dans les bois de Ville-d'Avray. Je fus très-longtemps sans le revoir, et, un beau jour, Voltaire me le ramena. Il m'avait plu, j'en parlais souvent; il se souvenait de moi aussi; j'étais libre et inoccupée, je m'ennuyais...

Dès le premier jour, il s'établit en galanterie, je ne le repoussai point; il me plaisait, je le répète, et c'était beaucoup.

Je ne sais si tout le monde me ressemble, mais j'éprouve souvent une singulière chose.

Il est des gens qui me plaisent et que je n'aime point; ma raison me dit de ne les pas aimer, qu'ils ne le méritent pas, qu'ils ne valent pas un sentiment, et pourtant je les recherche; lorsqu'ils sont présents, je suis contente, ils me charment, comme les serpents; j'éprouve même quelque chose qui ressemble à de l'affection; leur esprit ou leur conversation me fait oublier leur caractère, et, quand ils sont partis, je m'en veux de cette faiblesse, je maudis ce souvenir, qui me devient importun, jusqu'à ce que je les revoie de nouveau et que j'y sois encore reprise.

Il est d'autres personnes, au contraire, dont je connais les excellentes qualités, qui sont parfaites, qui me donnent chaque jour des preuves de dévouement, et que j'aime, à ce que je crois, du moins; je les aime avec mon raisonnement, avec ma réflexion, sinon avec mon cœur. Pourtant il y a dans leur voix, dans leurs gestes, dans leur visage (quand je n'étais pas aveugle), dans leur esprit surtout, quelque chose qui me repousse, qui m'est désagréable. Enfin je les aime beaucoup quand je ne les vois pas; c'est tout à fait l'opposé des autres.

Je dis quelquefois à madame de Choiseul ;

— Vous *savez* que vous m'aimez, mais vous ne le *sentez* pas.

Je suis ainsi pour ces gens-là.

Formont était beaucoup plus des premiers que des seconds. Il avait plus de charme spécieux que de vrai mérite. L'amour vit très-bien sans estime, quoi qu'on en dise, et l'on aime fort souvent avec passion ce que l'on méprise. Voyez plutôt *Manon Lescaut*, cet immortel livre, auquel on n'a pas rendu toute la justice qu'il mérite et dont on parle si peu.

J'aimai donc Formont, et lui m'aima fort, avant comme depuis son mariage; il allait à Rouen voir sa femme, demeurait avec elle quelque temps et revenait ensuite. Cela dura tant que nous nous plûmes, où, comme disait la cousine de Viard, tant que nous nous *plumâmes*. Un beau jour, nous sentîmes l'aigreur arriver ; nous nous serions brouillés en persistant à soutenir que nous nous adorions; en homme d'esprit, Formont me prévint. J'avais envie de le faire aussi; nous nous entendions sans nous rien dire, et, lorsque je reçus sa lettre, je pensai que je lui avais écrit justement la semblable. Il devint mon ami le plus intime et le plus cher, et prit chez moi sa place en face du président Hénault, avec cette différence que je n'ai jamais réellement aimé celui-ci. *Il m'intéressait* seulement autrefois ; après, il me déplut et m'ennuya, mais je le gardai tant qu'il vint au coin du feu, par habitude.

Pont-de-Veyle, qui depuis longtemps faisait le galant autour de moi, profita du changement de Formont, et nous prépara à tous les deux une longue amitié ; elle vient de s'éteindre par sa mort. Je suis bien seule à présent; hors M. Walpole, que je ne vois presque jamais, — la mer est entre nous, — il ne me reste plus rien.

Formont est mort le premier, et je l'ai regretté de tout mon cœur;

Puis, le président;

Puis, enfin, Pont-de-Veyle.

Je sais qu'il se raconte à cet égard une sotte histoire; je vais la dire dans toute sa vérité.

Pont-de-Veyle était malade, et j'envoyais trois fois par jour savoir de ses nouvelles, j'y allais moi-même presque autant de fois, je le quittais fort peu.

Un jour, j'étais indisposée de façon à ne pouvoir sortir ; Dervieux était près du chevalier. Nous y étions toujours, l'une ou l'autre ; ce qui n'empêchait pas les soins de d'Argental et de sa famille. J'avais une seconde femme, parfaitement stupide, entrée à mon service depuis quelques jours seulement, et, ne sachant qu'en faire, Dervieux lui avait donné la charge de soigner mon vieux chien, lequel se mourait de ses quatorze ans révolus. Ce jour-là, il fut convenu néanmoins qu'elle irait, toutes les deux heures, demander à Dervieux des nouvelles de Pont-de-Veyle et qu'elle me les apporterait.

Mademoiselle de Sommery arrive et me demande comment il va. Justement, c'était l'heure d'en aller querir; je sonne cette pécore, elle arrive.

— Eh bien, lui dis-je, comment va-t-il?

— Je ne sais, madame.

— Comment, vous n'en savez rien ? Mais allez le voir tout de suite et revenez vite. — Mon Dieu ! mademoiselle, ajoutai-je, on est bien malheureuse d'avoir affaire à des idiots de cette sorte ! voilà une créature qui n'a rien à faire et qui oublie tout.

Elle revint en courant, et très-essoufflée.

— Madame, il va fort bien.

— Ah ! tant mieux !

— Il est beaucoup mieux qu'hier.

— Vous l'avez vu?

— Madame, il était couché sur un canapé et m'a reconnue.

— Vraiment?

— Oui, madame ; sitôt qu'il m'a aperçue, il a remué la queue.

— Qu'est-ce que vous dites donc là, mademoiselle?

— Mais, madame, je vous donne des nouvelles de Médor.

Elle avait compris qu'il s'agissait du chien ! Au lieu de rire du quiproquo, qui certes était risible, on a prétendu que cette fille ne pouvait pas me croire occupée d'un ami, tant j'étais égoïste, et qu'elle avait répondu à mon désir secret et habituel. Ce sont pourtant les pleureurs de la demoiselle Lespinasse qui me font ces réputations-là.

Ce n'est pas tout, on m'a prêté autre chose. Les philosophes sont implacables pour ceux qui les connaissent et ne les aiment point.

Le jour de la mort de Pont-de-Veyle, j'aurais soupé chez madame Marchais et j'aurais répondu à ceux qui me parlaient de ce triste événement:

— Hélas ! il est mort ce soir à six heures; sans cela, vous ne me verriez pas ici.

Ce qui est aussi insensible que parfaitement stupide. Or, en admettant que je sois l'un, on ne dira pas que je suis l'autre. Si je n'avais pas regretté mon vieil ami, j'aurais spirituellement fait semblant de le pleurer, et je ne m'en serais pas vantée. Moins j'aurais senti, plus j'aurais fait d'étalage. La vérité la voici :

Je n'ai pas soupé chez madame Marchais, et c'est cette fouine de La Harpe qui raconte cela. J'y étais conviée. J'ai écrit à madame Marchais pour m'excuser, et je lui ai dit, lorsqu'elle vint me voir peu de jours après, tout ce que je pensais de ces désespoirs luxueux qui se dépensent en un jour.

J'ai dit que la vraie douleur se conserve, qu'elle change peu de chose aux habitudes parce qu'elle s'éteindrait, par ce changement même; j'ai dit qu'on pouvait voir du monde le jour où on perdait un ami, comme on pourrait en voir un mois après, si ce n'était le décorum et la convenance; j'ai dit que ceux qui criaient le plus fort oubliaient le plus vite, et, comme je suis sûre d'avoir raison, je ne reprends pas mon dire.

Maintenant, outre M. Walpole, — que j'aime par correspondance, — voici quels sont mes amis et amies, ceux qui soupent chez moi tous les dimanches, sans compter les autres jours, et particulièrement le mercredi :

La maréchale de Luxembourg, la maréchale de Mirepoix, M. et madame de Caraman, madame de Valentinois, madame de Forcalquier, M. et madame de Choiseul, mesdames de Boufflers, madame de la Vallière; et, quant aux hommes, ils vont et viennent, il n'y en a plus d'intimes absolument. Je vois tous les étrangers ; on me les présente, même lorsqu'ils ne le demandent pas. Je suis devenue, sous ce rapport, une puissance ; mon salon de Saint-Joseph compte dans le monde et l'opinion s'inquiète de ce que l'on y dit.

Pourtant je n'ai plus d'amis, hélas !

J'en veux revenir à madame de Rochefort et au tour qu'elle m'a joué.

Elle connaissait, comme tous mes habitués, et plus qu'eux, mon engagement avec Formont; elle savait combien je tenais à lui, elle savait que jamais je n'aurais voulu m'en séparer; mais elle savait aussi que, comme elle, comme toutes les femmes de notre époque, j'aimais à rire, j'aimais les hommages, et que je désirais avoir autour de moi une cour nombreuse.

Or, il se trouvait à Paris un Suédois que je voyais souvent, le comte de Kreutze; elle s'imagina qu'il me plaisait et que je pourrais bien avoir avec lui une liaison secrète. D'un autre côté, elle m'enviait Formont, du moins je l'ai toujours cru, et elle essaya de nous séparer, en allant lui dire que je le trompais. Heureusement, Formont ne croyait que moi; heureusement, il avait l'âme honnête, et il fut indigné de cette duplicité. La première chose qu'il fit, ce fut de me tout raconter.

De ce jour, je ne revis plus madame de Rochefort,

sans explications et sans injures; elle en comprit la raison et ne la demanda pas.

A ce moment même, je retrouve un portrait de Pont-de-Veyle, écrit par M. Walpole, et qui est d'une vérité frappante.

Il achèvera ce que j'ai dit sur ce pauvre chevalier; j'ordonne à Viard de le transcrire, et puis nous n'en parlerons plus.

« M. de Pont-de-Veyle est l'auteur du *Fat puni* et du *Complaisant*, ainsi que du *Comte de Comminges* (faussement attribué à madame de Tencin, à laquelle il l'avait donné, il est vrai), du *Siége de Calais* et des *Malheurs de l'Amour*. Ne vous imaginez pas cependant que ce soit un vieillard fort aimable; il peut l'être, mais il l'est rarement. Il possède un autre talent, fort différent et fort amusant, l'art de parodier. Il est unique en ce genre; il compose des paroles sur des airs de danse; il a, entre autres, adapté un de ces airs de danse à la fable de *Daphnis et Chloé*, qu'il a rendue dix fois plus indécente; mais il est si vieux et chante si bien ses parodies, que, dans les meilleures sociétés, on consent à l'entendre. C'est dans les caractères de la danse surtout (auxquels il a adapté des paroles qui expriment toutes les nuances de l'amour) qu'il réussit le mieux. Mais il n'a pas le moindre talent pour animer la conversation; il ne parle que rarement, si ce n'est sur des objets sérieux, et même peu encore. Il est bizarre, morose et plein d'admiration pour son propre pays, comme le seul où l'on puisse juger de son mérite. Son air et son regard sont froids et repoussants; mais, lorsqu'on le prie de chanter ou qu'on loue ses ouvrages, ses yeux brillent aussitôt et ses traits s'épanouissent. »

Tout cela est d'une vérité incontestable; il est incroyable, selon moi, que l'on puisse écrire avec cette facilité et cette élégance dans une langue étrangère. Nous autres Français, nous n'en faisons pas autant; nous sommes si accoutumés à voir notre langue un passe-partout général, que nous n'en voulons pas d'autre. Je disais l'autre jour qu'elle fut inventée dans la tour de Babel, pour mettre les peuples d'accord, lorsqu'ils ne s'entendirent plus. Depuis ce temps-là, elle a continué et il n'est pas de coin où elle ne soit comprise.

XXX

Dans mes grandes insomnies, lorsque je passe mes nuits tout entières debout, je cause avec Viard; nous nous rappelons, et je lui fais prendre les notes dont se compose ce récit. Nous avons fait mieux : depuis que j'en ai eu l'idée, nous écrivons chaque jour ce qui m'arrive, ce que j'entends et les personnes que je vois. C'est avec ce journal que nous continuerons ces Mémoires : on y trouvera les nouvelles de la ville et le mouvement des beaux esprits; quant à la cour, je ne m'en occupe pas, assez d'autres le feront sans moi.

Ce n'est pas que je n'y eusse une oreille, et que, pendant bien des années, je n'eusse pu y occuper une place comme les autres femmes de qualité; mais elle ne m'a jamais attirée. J'avais l'honneur de voir la reine Marie Leczinska chez elle; elle me recevait assez souvent. Le président Hénault, surintendant de sa maison, lui avait inspiré le désir de me voir; elle était bonne et charmante. Pour les autres personnages augustes, rois, princes, favorites, je ne m'en mêlerai point; je ne les ai pas assez connus pour en parler, et je me donnerai de garde de dire ce que je ne sais point.

J'avais à Versailles, et au premier rang, le duc et la duchesse de Choiseul, mes alliés. Le duc était ministre, homme d'esprit, de capacité, homme de plaisir cependant, mais parfaitement probe et honnête. Sa femme est la bonté, la grâce en personne. Bien qu'elle ait beaucoup d'années de moins que moi, je l'appelle ma grand'mère, parce que la dernière duchesse de Choiseul, avant elle, était en effet ma grand'mère, on le sait; elle avait épousé le duc de Choiseul en secondes noces : ma mère était venue de son premier mariage avec le président Brulart. Ils ne cessent tous les deux M. et madame de Choiseul) de me combler de leurs bontés, et je les aime tendrement. Par eux, je sais le dessous de cartes de la cour, mais je ne veux pas risquer de les compromettre. A mon âge, les jours sont des grâces, et, si je mourais subitement, je suis sûre au moins de ce que je laisserais derrière moi.

Parmi mes amies, une des plus charmantes est la maréchale de Luxembourg. Elle a été d'abord la duchesse de Boufflers, et Dieu sait la vie et la jeunesse qu'elle a menées! Je ne crois pas qu'on se puisse amuser davantage. Je la rencontre depuis quarante ans : elle n'est pas jeune. On ferait un livre de ses aventures, et chacun les connaît à fond.

Il en est une, cependant, que l'on ne sait point, car elle ne l'a guère confiée, et qui est une de ses plus jolies. J'en étais, et je ne m'en suis pas vantée, on le comprendra bien, si on a apprécié mon caractère. Enfin, la voici :

La duchesse de Boufflers était jolie comme un ange : on l'eut faite à plaisir, qu'on n'eût pas mieux réussi. Beauté, esprit, grâce, rien ne lui manquait. Elle n'était pas bonne, par exemple; il ne fallait ni lui déplaire, ni l'offenser, ni lui tomber sous la patte. Elle ne ménageait rien, alors, ni ses actions ni ses propos. Son mari la laissait parfaitement libre, et elle aimait, pardessus tout, les parties impromptu, les courses dans Paris, la nuit, déguisée. Elle eût volontiers rossé le guet, avec les jeunes seigneurs, et elle faisait mille tours aux Parisiens, dont elle riait comme une petite fille.

M. de Luxembourg fut longtemps son amant avant la mort du duc de Boufflers, et je n'ai jamais compris ce goût-là, mais elle l'avait. Elle ne se cachait pas de lui donner des rivaux; il ne s'en inquiétait guère, pourvu qu'il fût bien le maître pendant les soirées qu'ils passaient ensemble.

— Ce qui se passe quand je ne suis pas là ne me regarde point, disait-il aux avertisseurs et donneurs d'avis.

C'était plus commode. Beaucoup d'hommes et même de femmes étaient ainsi en ce temps-là; on prenait la vie du bon côté.

Un soir, j'étais fatiguée : j'avais été au bal la veille, et je m'étais querellée toute la journée avec Formont, qui n'était pas si content que M. de Luxembourg. Je l'avais ennuyé; j'en avais l'âme triste, et je me couchai.

A onze heures et demie, j'entends du bruit dans mon antichambre; je m'étais endormie en pleurant, comme les petits enfants; je m'impatientai de ce bruit, qui me réveillait, et j'espérai d'abord que c'était Formont, venu à résipiscence; j'en étais fière et heureuse, et je me disposais à lui faire acheter son pardon très-cher, lorsque ma porte s'ouvrit. Je vis paraître une femme et trois hommes, portant des flambeaux, bien encapuchonnés, et riant sous leurs manteaux, en s'étouffant.

— Qu'est-ce cela? dis-je. Ce sont des fantômes!

— Oui, des fantômes qui viennent vous chercher pour vous emmener au royaume des ombres; il faut vous lever et les suivre.

— Je n'ai pas l'envie d'aller chez Minos, répondis-je; je ne suis pas disposée encore à lui répondre.

— Nous lui répondrons pour vous, ma belle marquise, et vous serez libre de nous démentir après; venez toujours.

J'avais reconnu la voix de la duchesse et celle de

M. de Luxembourg; les deux autres hommes étaient le prince de Beauveau et un jeune officier aux gardes, son parent, qu'il appelait le chevalier de Fravacourt. On le confondait souvent avec M. de Flavacourt; il s'en défendait en disant modestement :

— Je n'ai pas l'honneur d'être... trompé.

Il fallait voir son air! c'était une vraie bouffonnerie.

Ces messieurs entrèrent dans mon boudoir; je me fis habiller comme la duchesse, en grisette, avec une robe d'indienne, un tablier de taffetas vert et un bonnet à papillons. Je pris une mante et un coqueluchon, et nous voilà partis tous les cinq en fiacre, riant à gorge déployée, regardant en l'air, pour chercher des aventures, et nous arrêtant devant toutes les maisons éclairées.

Il n'y en avait guère à cette heure : les cochers étaient faits à cela et nous servaient de limiers.

Nous arrivâmes dans la rue Simon-le-Franc, une vraie ruelle, où se trouvaient beaucoup de petites maisons d'ouvriers et de portes borgnes, tout à fait propres au divertissement que nous cherchions.

— Ah çà! dit M. de Luxembourg, on ne soupe donc nulle part, ce soir? Nous serons obligés de nous rabattre sur la rue Cadet ; ce qui serait bien monotone.

Il avait, rue Cadet, une petite maison délicieuse, où l'on soupait merveilleusement, et où l'on se réunissait souvent pour rire et s'amuser. Je ne sais ce qui s'y passait les autres jours, ou plutôt je le sais bien, et on le devine.

Au milieu de cette ruelle Simon-le-Franc, le cocher s'arrête, il descend, s'approche de la portière et dit, en montrant une petite lumière derrière une vitre :

— Voyez, messieurs, je ne trouve rien de mieux que cela.

Le prince regarde et répond d'un très-grand sérieux :

— Il faut s'en contenter ; j'en fais mon affaire.

Le voilà, grimpant sur le siége, et, de là, sur l'impériale du carrosse; ce qui lui permettait de voir à son aise dans l'intérieur de la chambre, qui n'avait ni rideaux ni volets. Il aperçut deux personnes, un jeune homme et une jeune fille, soupant tête à tête devant une table fort bien servie. La jeune fille était belle et semblait une grisette tout de bon ; le jeune homme, lui, paraissait déguisé ; il avait un air de gentilhomme sous ses modestes habits. Quant à la maison, c'était un bouge; mais le souper était choisi; ce qui confirma encore le prince dans son opinion. Le difficile était d'entrer là. Ces messieurs ne s'embarrassaient pas de si peu. Le prince frappe à la fenêtre; voilà nos deux personnages en éveil, et le cavalier cherchant par un geste d'habitude son épée absente.

— Bon! dit notre étourdi, c'est un homme de condition, j'en étais sûr.

Il frappa de nouveau; la croisée s'ouvrit, et une mine peu engageante se montra.

— Que voulez-vous? demanda l'inconnu.

— Du secours pour ma sœur, qui se trouve mal, et à manger pour moi et mes camarades.

L'autre hésita.

— Où est-elle, votre sœur?

— Dans ce fiacre, à la porte de votre maison ; ouvrez-nous, je vous en conjure! elle souffre beaucoup.

Nous entendions très-bien le colloque.

— Ma reine, dis-je à la duchesse, vous ferez la sœur malade; quant à moi, j'en suis incapable, je ne saurais pas tenir mon sérieux ; et puis je me meurs de faim.

— Moi aussi, dit-elle, et le prince a eu là une vilaine invention. Ah! bah! l'essentiel est d'entrer; je me guérirai vite.

Pendant ce temps, les pourparlers continuaient.

— Mais si vous étiez des voleurs! dit enfin notre hôte en espérance ; qui me répond de votre honnêteté?

— Les voleurs ne viennent pas en fiacre. D'ailleurs, que diable vous prendrions-nous? Il n'y a pas là dedans pour vingt livres de meubles ou de nippes. Dépêchez, ma sœur se plaint de plus en plus.

Les amoureux causèrent un instant tout bas; enfin le jeune homme s'exécute, prend la chandelle et descend; M. de Beauveau en faisait autant de son côté; la portière s'ouvre, la duchesse ferme les yeux et se laisse emporter ; je suivais, les yeux baissés, pour ne pas rire, et le chevalier fermait la marche. Nous montâmes un affreux degré de bois, percé à chaque marche ; nous entrâmes dans la chambre, où une jeune et belle personne nous attendait, et nous trouvâmes un bon feu, quelques chaises de paille, une table servie d'un pâté, d'une volaille, d'un beau poisson, escortés de quelques bonnes bouteilles de vin de Champagne, de Bordeaux et de Madère; plus, des fruits, des liqueurs, des crèmes; rien n'y manquait.

Lorsque le chevalier et le maître du logis se regardèrent, le chevalier fit un petit mouvement qu'il réprima aussitôt ; l'autre ne bougea pas. Il nous adressa quelques phrases entortillées et s'empressa auprès de la duchesse, qui s'évanouissait d'une façon merveilleuse ; on ne pouvait manquer d'y être pris. M. de Luxembourg lui prodigua les soins les plus tendres, l'appelant sa poule et sa chatte ; je n'osais en approcher, j'étouffais. La grisette surtout y allait de franc jeu, et lui fourrait du vinaigre jusque dans les yeux pour la mieux réveiller.

— Vous m'avez l'air de braves jeunes gens, dit M. de Beauveau, nous allons vous confier la vérité. Cette jeune fille n'est pas ma sœur, c'est la maîtresse de mon ami que voilà ; nous lui avons prêté main-forte pour l'enlever, parce que ses parents refusent de les marier. Elle y a bien consenti ; mais, en quittant la maison paternelle, elle a éprouvé une émotion que vous comprendrez facilement. Nous venons de Belleville et nous avons fait de grands détours pour dépister la famille. Nous avons cru voir la maréchaussée, tout à l'heure, dans le faubourg Saint-Martin ; mademoiselle a eu grand'peur ; de là cette nouvelle syncope. Nous nous sommes jetés par ici pour chercher un refuge, que nous vous demandons, ainsi que la permission de partager ce bon souper; car, depuis trois ou quatre heures que nous courons, nous mourons de faim.

— Certainement, monsieur...

— Vous êtes amoureux, vous êtes jeunes, vous devez être compatissants; ayez pitié de ces pauvres jeunes gens, qu'une famille barbare réduit à promener leurs amours par les rues à minuit.

Cette fable fut débitée avec un aplomb, une rondeur qui auraient fait honte à Préville lui-même, s'il eût déjà fait les délices de la comédie. Dès que l'on parla d'enlèvement, nos hôtes se regardèrent en rougissant et en souriant ; ils avaient l'air de s'y connaître.

— Nous ne vous laisserons pas dans l'embarras, dirent-ils ; cette belle demoiselle revient à elle, nous allons tous souper de compagnie et boire à nos amours. Seulement, renvoyez votre fiacre à l'autre bout de la rue ; on ne sait ce qui peut arriver et il attirerait ici les regards.

Nous remarquâmes qu'on ne nous demandait par nos noms, c'était pourtant la première chose à faire; on avait sans doute des raisons pour cela. Ces messieurs descendirent donner l'ordre au cocher, qui s'en alla dans le faubourg Saint-Martin , devant un numéro qu'on lui désigna. Il n'était pas inquiet, il nous connaissait bien.

On disposa gaiement la table. La duchesse revint tout à fait à elle, et assura qu'elle se trouvait bien. Ce fut charmant dans cette chambrette : on plaça des chandelles dans des bouteilles vides, faute de chandeliers ; vous jugez si nous nous amusâmes et si cela nous fit rire!

La duchesse était ravie, elle aimait tant à rire! elle jura qu'elle ne s'était jamais tant divertie et qu'elle se trouvait mieux là que sous des lambris dorés. Après la quatrième bouteille, chacun raconta son histoire. Celle de nos jeunes gens était telle que le prince l'avait devinée; ils étaient cachés là depuis huit jours et ils savait qu'on les cherchait.

L'amant était tout bonnement un bas officier des gardes-françaises; le chevalier l'avait vu, le matin même, chez son colonel, sans en être remarqué. Il appartenait à une famille de bourgeois fort riches, qui ne voulaient pas lui laisser épouser une fille sans biens, et qui avaient juré de les poursuivre partout.

Ils se croyaient bien cachés dans ce trou. L'amoureux n'y venait que la nuit et déguisé. Comme il avait de l'argent et qu'il aimait à bien vivre, il apportait ses victuailles. Il avait plusieurs années à attendre ses vingt-cinq ans; mais ni lui ni sa maîtresse ne se croyaient capables de changer d'ici là.

Hélas! qu'ils étaient jeunes!

XXXI

Nous étions tous enchantés et nous nous amusions tant en restant dans notre rôle, que nous en oublions tout le reste. Nous faisions le tapage que peuvent mener s-pt jeunes têtes bien montées et libres de s'en donner à leur aise. Un bruit venu de la rue fit dresser l'oreille à nos amoureux, qui avaient peur pour tout de bon, et ils nous imposèrent silence par un geste.

— Qu'est-ce que cela, mon Dieu? dit la belle Madelon (elle s'appelait Madelon).

— Bah! répliqua M. de Luxembourg, ce sont des gens qui passent; ne nous en occupons pas et buvons.

— Du tout, du tout! on parle bas sous la fenêtre, et ce sont nos ennemis ou les vôtres peut-être. Éteignons les lumières et taisons nous.

Nous étions toutes les trois vêtues à peu près de même: jupon court, mules à boucles, bas à côtes, tablier vert et indienne fond blanc, le chignon, le petit bonnet rond à papillons, c'était le suprême des grisettes. La duchesse tournait le dos à la porte, la jeune fille était au bout de la table, et moi, j'étais en face. Cette explication est nécessaire pour ce qui va suivre.

On parlait bas dans la rue, c'était certain; notre hôte alla voir, tout était sombre; il revint à sa place et nous pria, tout bas aussi, de ne pas parler, disant que les curieux passeraient sans doute. Le bruit ne s'apaisait pas; la duchesse me dit en se penchant par-dessus la table:

— Il ne manquerait qu'une aventure pour rendre le plaisir complet.

A peine finissait-elle de parler, que la fenêtre s'ouvrit toute grande, poussée par un vigoureux coup de poing, et trois soldats, conduits par une manière de bourgeois, se précipitèrent dans la chambre, en criant:

— Au nom du roi!

Nos hôtes, placés au bout de la table, comme je l'ai dit, se sauvèrent dans la chambre voisine, eux qui connaissaient les êtres; la duchesse chercha l'escalier derrière elle. J'étais tout étourdie, et je n'avais même pas eu le temps de bouger; je me trouvais seule de ce côté avec nos deux hôtes; nos chevaliers étaient de l'autre côté, et le premier mouvement de chacun avait été de se lever, sans savoir où l'on irait, — excepté madame de Boufflers, qui, ainsi que je l'ai dit, avait enfilé l'escalier à tâtons. Les assiégeants se préparaient à battre le briquet, pendant que le duc, le prince et le chevalier, revenus de leur surprise, s'avançaient vers eux et leur demandaient l'explication d'une invasion si subite.

— Au nom du roi, pas de résistance! dit une voix; nous sommes chargés d'arrêter la nommée Madelon Chaine et de l'emmener aux Madelonnettes.

— Cela est bien dur, messieurs, reprit M. de Beauveau tâchant d'intervenir sans se faire connaître, et se réservant d'agir le lendemain sous son véritable nom, s'il n'obtenait rien avec son déguisement.

— Ne vous opposez point à nos ordres, monsieur; laissez-nous rallumer la chandelle pour voir à ce que nous faisons. Nous sommes bien tranquilles, les précautions sont prises, elle ne nous échappera point.

En ce moment, un quatrième personnage grimpait l'échelle établie à la croisée, et se montrait sans entrer.

— Hé! dit-il, la besogne est faite, vous autres; ne vous amusez pas davantage, nous la tenons.

— En êtes-vous sûrs?

— Parbleu! je l'ai pincée dans l'escalier, grâce à notre sage mesure d'entrer en même temps par la fenêtre et par la porte.

— Où l'avez-vous mise?

— L'entendez-vous crier? On l'emporte dans un fiacre que nous avons trouvé endormi rue Saint-Martin et que nous avons requis au nom du roi; son affaire est faite, la nôtre aussi, détalons!

— Quoi! l'amoureux n'a pas résisté?

— Il n'y était point. Viens vite, je te dis que tout est terminé.

Les soldats allaient redescendre; leur guide était déjà parti.

— Par ma foi! j'attendais mieux du bas officier, dit le duc, et, puisqu'il ne défend pas sa belle, je ne vois pas pourquoi nous nous brouillerions avec le guet à cause d'eux. Allez, mes braves gens! et ne vous cassez pas le cou, guerriers invincibles, ce serait dommage.

Les soldats ne se le firent pas dire deux fois et reprirent leur chemin à travers les airs; nous les vîmes disparaître, et, pendant ce temps, le prince soufflait un charbon pour rallumer la chandelle.

— Je m'en veux d'avoir regardé ce bas officier comme un brave, reprenait le chevalier; on ne se laisse pas enlever ainsi tranquillement une jolie fille... Mais où diable sont ces dames? se sont-elles évanouies tout de bon, cette fois?

— Je suis ici, répondis-je encore tout épouvantée.

— Et la duchesse?

— Duchesse!

— Duchesse, où êtes-vous?

Elle ne répondit point, et la chandelle s'allumait. Le prince l'éleva pour mieux éclairer; il aperçut le duc, le chevalier et moi.

— Ah çà! où est la duchesse? demanda M. de Luxembourg sérieusement inquiet.

— Elle se sera cachée quelque part avec le bas officier, pendant qu'on enlevait la petite, me dit le chevalier à l'oreille.

Le duc cherchait dans les coins, sous la table et partout. Cet incident avait été le plus subit du monde; certainement, cela n'avait pas duré le temps que je mets à vous le raconter; nous avions été surpris dans toute la force du mot. Ces messieurs cherchaient, appelaient, mais en vain. Nous ouvrîmes la porte de la pièce voisine et nous entrâmes; il s'y trouvait un lit à baldaquin, deux chaises et un bahut. On ouvrit le bahut, on secoua le lit, on regarda dessous, rien! Cependant je crus voir remuer les rideaux, et j'en fis l'observation à M. de Luxembourg.

— De par Dieu! cela est vrai. Je parie qu'elle est là, tremblante, derrière les rideaux et qu'elle nous prend pour des voleurs.

On poussa ce monument au milieu de la chambre, on releva les rideaux, et, derrière, dans une manière de niche, on découvrit le bas officier, cachant dans ses bras une femme éplorée, et criant d'une voix de tonnerre:

— N'approchez pas, vous ne l'aurez qu'avec ma vie!

— Quand je vous le disais! marmotta le chevalier.

— Peste! les passions de ce monsieur sont subites, continua le prince; le voilà comme un lion maintenant.

Le duc s'avançait comme un tigre, lui, sa chandelle à la main; ils se regardaient furieux, quand le jeune homme le reconnut et dit à sa compagne effarouchée :

— Ah! ce sont nos amis, tu n'as plus à trembler maintenant.

Elle releva la tête. Nous aperçumes la Madelon Chaine, n'osant pas encore croire à son salut.

— Miséricorde! m'écriai-je, et la duchesse?

— Où est la duchesse, misérable? qu'avez-vous fait de madame de Boufflers? s'écria M. de Luxembourg secouant le bras du jeune homme à le briser.

— Mais, monsieur, je ne sais ce que vous voulez dire, je ne connais point cette dame, je ne l'ai jamais vue.

— Est-il bien possible! cette femme que le guet a emmenée, reprit le chevalier riant malgré lui, c'est elle, c'est elle!

— Non, cela est impossible! elle est cachée dans la maison, elle ne se serait pas laissée emporter ainsi, elle nous aurait appelés à son secours. Cherchons, cherchons! Montrez-nous le chemin, poursuivit M. de Luxembourg en poussant devant lui nos hôtes.

Nous voilà tous courant, fouillant la baraque de la cave au grenier sans résultat. Nous avions trouvé la porte de la rue ouverte et je ramassai une mitaine par terre, sur la dernière marche du degré.

Il ne restait plus de doute possible, la duchesse de Boufflers était partie pour les Madelonnettes! M. de Luxembourg prit la chose au grave; les deux autres riaient dans leur barbe; moi, j'en avais grande envie, l'épigramme était superbe.

Quant aux amoureux, ils ne revenaient pas de ce qu'ils entendaient et du hasard qui les sauvait, en jetant une grande dame dans les serres des recors à la place de Madelon.

Comment courir après elle? où était-elle? qu'en avaient-ils fait? Ils nous avaient pris notre fiacre certainement; il fallait donc retourner à cette heure chez nous, à pied; et moi qui demeurais si loin de là! Je ne riais plus à cette idée. Cependant nous devions partir. L'impatient duc parlait d'aller réveiller le lieutenant de police pour nous faire rendre madame de Boufflers.

— Sans doute, dit le prince; mais allons d'abord changer de costume; sans quoi, nous pourrions bien la rejoindre, sans profit pour elle ni pour nous.

Il assura en deux mots les jeunes gens de sa protection, leur dit son nom et commanda au bas officier de venir le trouver le lendemain, en ajoutant qu'il serait content de lui.

En effet, M. de Beauveau, excellent homme, donna une dot à Madelon, apaisa la famille et fit avoir au futur époux une excellente place dans les gabelles, qui doubla ses revenus.

Il fit des gens bien heureux et reconnaissants, à ce qu'il paraît. C'est rare!

Nous suivîmes M. de Luxembourg. Il courait à perdre haleine; la rue Cadet était bien plus près que nos maisons; nous y entrâmes tous, et on délibéra. Le duc jeta bas son déguisement; il avait des magasins d'habits, où le prince fouilla à son tour; on fit atteler un carrosse, et nous partîmes pour l'hôtel du lieutenant de police. Il fut convenu que je ne me montrerais pas, bien entendu; c'était assez qu'une de nous fût compromise. Ils firent tout ouvrir. Je ne me souviens plus quel était le lieutenant de police en ce temps-là; mais, lorsqu'il entendit le rapport qui lui était fait, il ne put retenir une plaisanterie; ce qui ne l'empêcha pas d'envoyer un agent aux Madelonnettes, à cheval et en courrier, pour réclamer la prisonnière. Nous le suivions; cependant il devait arriver avant nous.

Je n'aurais pas soupçonné alors M. de Luxembourg d'un sentiment aussi profond pour la femme qu'il devait épouser depuis et qui l'a dominé toute sa vie. Il était véritablement comme un fou, et, lorsque la duchesse nous fut rendue, il se jeta à ses pieds, dans le carrosse, en fondant en larmes.

Quant à elle, moitié riant, moitié pleurant, elle se jeta à mon cou.

— Je voulais une aventure, dit-elle, je suis exaucée.

Elle nous raconta alors ce qui s'était passé et la cause de tout cela.

Madame de Boufflers avait une peur épouvantable des voleurs, c'était une marotte qu'elle ne dominait pas; lorsqu'elle vit enfoncer la fenêtre, elle ne songea plus qu'à se sauver, et la porte placée derrière elle lui parut la meilleure voie à prendre; elle était, du reste, convaincue que nous en ferions tous autant, afin de ne nous trouver en aucune affaire, soit avec le guet, soit avec des brigands, que ce fût l'un ou l'autre.

Tout en ayant peur, elle faisait son plan : de se sauver, de courir jusqu'au fiacre arrêté dans la rue Saint-Martin, de se jeter dedans et de nous attendre. Elle n'eut pas descendu la moitié du degré, à tâtons, dans ce casse-cou, qu'elle entendit du bruit en bas : on enfonçait la porte aussi facilement que la fenêtre, rien ne tenait dans cette baraque. Elle était prise entre deux feux! elle essaya de remonter, elle tomba; on venait derrière elle avec de la lumière; elle perdit la tête, se mit à crier, ce qui, joint à son costume, ne laissa plus de doute aux honnêtes soldats du guet sur l'identité du personnage. Pour la faire taire, on la bâillonna; un grand drôle la prit à bras-le-corps et l'emporta en courant, comme si c'eût été une plume.

— Peste! dit-il, cette fille-là se donne des airs de grande dame : elle embaumerait tout un corps de garde.

On la déposa dans notre propre fiacre, et l'on cria au cocher :

— Marche! de par le roi, aux Madelonnettes!

On juge de l'émotion de la pauvre duchesse. Ils lui ôtèrent son bâillon; elle était si exaspérée, qu'elle se nomma, en leur promettant monts et merveilles s'ils voulaient la reconduire chez elle; ce qu'ils n'acceptèrent point, et cela parce qu'ils ne la croyaient pas. Ils se moquaient d'elle, au contraire, et la traitaient de toutes les façons.

— Enfin, pourtant, ils ne m'ont point manqué de respect, ajoutait-elle d'un air héroïque, et, n'étaient les Madelonnettes, je n'aurais pas à me plaindre d'eux. Encore je crois qu'on n'y serait pas trop mal.

XXXII

Je ne veux pas m'embarquer dans les discussions et les détails au sujet du comte de Lally, que je trouve sur mes tablettes pour l'année 66. — Il y a eu en cette affaire des effets et des causes que je me suis promis de ne pas traiter, puisqu'ils touchent la chose publique et le gouvernement. Néanmoins, je ne puis me taire sur sa mort, sur le bruit qu'elle fit dans le monde et sur l'impression qu'on en reçut.

Il fut condamné, justement ou injustement, je n'entre pas dans ce sujet, malgré la réhabilitation demandée et obtenue par monsieur son fils. C'était un homme d'un caractère désagréable; il avait peu d'amis. Il fit plusieurs tentatives pour se tuer, avant le supplice; il se donna d'abord un coup à deux doigts du cœur, avec la moitié d'un compas caché dans ses habits; ensuite il essaya d'avaler un petit cure-dents de fer; enfin, comme on eut peur qu'il n'avalât sa langue, on lui mit un bâillon. Il devait être exécuté la nuit; mais on avança l'heure à cause de ces tentatives, si bien que le carrosse noir dans lequel on devait le conduire à l'échafaud n'était pas prêt, et qu'on le mit dans un tombereau. Il était comme un enragé. Son confesseur se rassura par le bâillon; sans quoi, il eût craint d'être mordu.

Le bourreau le manqua et s'y reprit à deux fois. La foule était si heureuse de son supplice, qu'elle battait des mains; on tremblait qu'il n'obtînt sa grâce. Tout le monde sait qu'il était accusé de concussion dans les Indes et de vexations envers les sujets du roi soumis à ses ordres. Je ne puis rien dire sur lui de plus que cela; je ne le connaissais pas; mais des gens bien informés, et en position de l'être, m'ont assuré qu'il était parfaitement coupable. Dieu l'a jugé, les hommes aussi; ce n'est pas une vieille femme qui réformera tout cela. Il avait un grand courage et une valeur positive et incontestée. Il fit une surperbe défense à Pondichéry; mais il était hautain, avare et méchant.

Parmi mes connaissances intimes, j'ai nommé mesdames de Boufflers; l'une était la maîtresse du prince de Conti, et je l'avais baptisée *l'idole du Temple;* ce prince était grand prieur de France et habitait le Temple, où elle demeurait avec lui. C'était une femme de beaucoup d'esprit, mais prétentieuse et n'ayant qu'une idée, celle de se faire épouser par M. le prince de Conti; elle n'y parvint jamais.

L'autre avait été la maîtresse de Stanislas à Lunéville; elle avait bien autant d'esprit, et surtout elle était la mère du chevalier de Boufflers, cet enfant gâté des Amours et des Muses, que nous adorions tous; le fait est qu'il était bien joli étant jeune. Voilà qu'il me revient une chanson que j'ai vu improviser à sa mère, en soupant chez moi; je veux vite la faire écrire, car je ne m'en souviendrais plus, et ce serait dommage; on verra que c'est telle mère tel fils. On lui demandait ce qu'elle avait fait toute la semaine, depuis le dimanche précédent, où nous avions soupé ensemble. Elle répondit sur-le-champ, sans hésiter, tout comme en prose :

Dimanche, j'étais aimable;
Lundi, je fus autrement;
Mardi, je pris l'air capable;
Mercredi, je fis l'enfant;
Jeudi, je fus raisonnable;
Vendredi, j'eus un amant;
Samedi, je fus coupable;
Dimanche, il fut inconstant!

Le charmant chevalier de Boufflers est né à Lunéville en 1737. Il fut destiné au petit collet, parce que le roi Stanislas lui donna quarante mille livres de rente en bénéfices, et que cela était bon à prendre, voire même à garder. Il fut donc mis, s'il vous plaît, au séminaire de Saint-Sulpice, avec sa petite mine éveillée, et certes personne n'était moins fait pour ce métier-là. Il y resta néanmoins jusqu'à ce que l'amour le fît sortir de clôture, ainsi que la faim fait sortir le loup du bois.

Il connut un jeune garçon, sorti du séminaire avant lui, parce que, comme à lui, la vocation lui manquait. C'était le fils d'un ancien militaire, attaché longtemps à M. de Lally dans les Indes. Cet échappé de la soutane venait souvent voir l'autre en cage, et lui racontait les charmes d'une jeune cousine dont il était amoureux. Elle s'appelait Aline, elle était Provençale et avait habité l'Inde avec ses parents pendant toute son enfance.

A force d'entendre vanter sa beauté et ses grâces, l'abbé de Boufflers voulut la connaître; il pria son ami de le conduire dans sa famille, et l'autre, tout enchanté de se parer d'un tel ami de qualité, l'invita à venir le dimanche suivant passer la journée à Chevreuse, où son père avait une maison de campagne. Le difficile était d'en obtenir la permission. Il fallait sortir le samedi soir, découcher, mon Dieu! et en compagnie d'un jeune homme assez ennemi de lui-même pour repousser les douceurs du sacerdoce!

L'abbé avait déjà des inventions; il écrivit à sa tante de l'envoyer chercher et lui fit le thème qu'elle devait suivre, la conjurant de ne pas s'en écarter; il lui en raconterait plus au long les motifs de vive voix. La comtesse se conforma aux désirs du jeune homme; elle vint le prendre dès le samedi matin, supposant qu'il aimerait mieux deux journées qu'une. Elle fit mieux, car elle annonça qu'elle ne le rendrait pas avant le mardi.

Boufflers avait alors dix-huit ans; il était le plus aimable et le plus joli garçon de France. Sa tante écouta sa petite histoire lorsqu'ils furent dans le carrosse.

Elle n'était point sévère pour elle-même, et elle l'était peu pour les autres. Elle poussa la bonté jusqu'à lui donner ses gens et ses chevaux pour aller à Chevreuse.

— Je ne veux point vous envoyer là en prestolet, mon cher enfant, et je vous engage à prendre votre ami avec vous, cela lui sera agréable.

L'abbé ne demandait pas mieux. On juge de la joie qu'ils éprouvèrent en se sentant lâchés pour trois ou quatre jours, sans surveillance, avec un bel équipage, et pouvant prendre tous les airs qu'il leur conviendrait de se donner.

Le garçon avait prévenu son père; on mettait les petits pots dans les grands; lorsqu'ils arrivèrent, ils furent reçus en pompe et traités en triomphateurs. Boufflers ne vit que la belle Aline; il en fut frappé d'un trait au cœur et la trouva plus charmante mille fois qu'il ne s'y attendait.

Quant à elle, le jeune abbé lui plut sur-le-champ; elle rougit en rencontrant son regard, elle lui fit une révérence embarrassée et adorable; ils demeurèrent interdits, sans se parler une partie de la journée. Le soir, après souper, on s'humanisa. C'était au mois de juin. Cette campagne était embaumée. La vallée de Chevreuse est magnifique, on le sait, et ce petit coin, particulièrement bien arrangé, était réellement un paradis terrestre. On se promena toute la soirée au milieu des roses. La jeune fille avait une belle voix, on lui demanda de chanter; elle se fit prier un peu, puis elle céda; elle avait moins peur, on ne la voyait pas, il faisait noir.

L'abbé fut transporté d'amour. Lorsqu'il se retira dans sa chambre, où son ami le reconduisait, il se jeta à son cou en lui disant, les yeux pleins de larmes, comme un enfant qu'il était :

— Mon ami, j'aime, j'adore votre belle cousine!

— Ah! j'en suis fâché, monsieur, car je l'aime aussi, d'ailleurs, vous êtes grand seigneur, vous serez prêtre et vous ne pouvez pas l'épouser.

— Je ne me ferai point prêtre, et, si elle m'aime, je l'épouserai, bien que je sois un grand seigneur.

— Ah! cela est-il possible! répliqua l'autre bonne créature, tout disposé à se sacrifier si le bonheur de son ami et celui de sa cousine en dépendaient. Seulement, vous aimera-t-elle? Oui, elle vous aimera; ce qu'il y a de sûr, c'est qu'elle ne m'aime pas, moi!

Au lieu de se coucher, ils passèrent la nuit à bâtir des projets et à chercher les moyens de les réaliser. Courtois (ainsi s'appelait l'ami) avait de temps en temps des retours de jalousie et les chassait vivement, en se reprochant de penser à lui, au lieu de penser aux autres.

Au soleil levant, ils allèrent au jardin, cueillirent un immense bouquet, tout humide encore de la rosée, et Boufflers, remontant chez lui, écrivit ses premiers vers, bien humbles, bien soumis, mais bien tendres. Il les mit dans le bouquet, alla chercher une échelle, et posa le message parfumé sur le bord de la fenêtre de sa beauté.

La chose faite, il se cacha dans une charmille, avec son confident, pour épier le moment du réveil.

Il ne se fit pas attendre. Aline non plus n'avait pas dormi; elle parut à sa croisée et son premier regard tomba sur les fleurs. Elle rougit et sourit en même temps. Le jardin lui semblait désert; à peine si les oiseaux eux-mêmes se montraient sous les feuillées; le soleil levant riait à travers les branches; tout était beauté, splendeur autour d'elle; elle respira fortement les odeurs enivrantes qui émanent de partout dans une belle matinée d'été.

Elle se croyait bien seule; elle prit le bouquet, le sentit, l'examina dans tous les sens, aperçut le billet ployé sous une rose, devint toute rouge et laissa échapper les fleurs. Il se livrait visiblement en elle un combat qui devait finir par la lecture du madrigal et qui finit par là, en effet. Il n'était pas cacheté, il eût fallu être une triple sotte pour n'en pas prendre connaissance; la vertu même ne se refuserait pas ce plaisir.

Aline lut, relut, dévora ces lignes, ce premier billet d'amour qu'elle recevait; car son cousin n'avait pas osé porter la témérité jusqu'à lui écrire. Elle baissa la tête ensuite, laissa tomber ses bras et devint rêveuse.

Les jeunes gens voyaient tout. Boufflers n'osait respirer, de peur d'être entendu, et Courtois soupirait tout bas; il se cachait à lui-même sa douleur, car il comprenait à merveille la pantomime de cette rêverie.

— Elle vous aime, dit-il à l'abbé.

— Hélas! je n'en sais rien, je n'ose y croire; lle n'a pas l'air heureux de ce qu'elle vient de lire.

— Elle y pense trop pour que cela l'ait fâchée, et puis je la connais bien, elle a une autre mine quand elle boude.

— Ah! puissiez-vous dire vrai!

Après une bonne demi-heure, la belle enfant rentra chez elle et s'occupa de sa toilette; mais elle ne chanta pas en vaquant par la chambre, ainsi qu'elle en avait l'habitude: elle songeait trop.

Lorsqu'elle descendit au jardin, elle avait à son corsage une des fleurs du bouquet. Le petit abbé sauta de joie.

Les quatre jours qu'ils passèrent ensemble furent un enchantement. Ils ne se parlèrent pas encore; mais, chaque matin, le bouquet était sur la croisée, la belle venait le prendre, les vers étaient vite dénichés et lus; l'amoureux, dans sa cachette, jouissait de son bonheur, il le savourait; l'ami jouissait de son sacrifice. Je ne voudrais pas jurer qu'Aline n'eût pas deviné qu'ils étaient là; les petites filles ont un instinct si malin et si sûr!

Lorsqu'il fallut partir, retourner à cet affreux séminaire, Boufflers crut qu'il allait mourir. Il ne put retenir ses larmes; il jura qu'il reviendrait bientôt, dût-il passer par-dessus les murs, et personne à Chevreuse n'en douta un instant.

Aline, de son côté, s'efforçait de retenir ses pleurs; mais deux belles larmes rosées roulèrent sur sa joue, après avoir tremblé longtemps à la frange de ses cils noirs.

Je copie presque une lettre de Boufflers sur cette aventure; je suis incapable d'inventer ces mièvreries et de les décrire ainsi. Du temps que je connaissais l'amour, il ne se faisait pas de cette façon.

XXXIII

Boufflers retourna à son séminaire et s'y trouva comme un pauvre oiseau auquel on a coupé les ailes. Il passait tout son temps dans le jardin, regardant les murs si élevés et si bien défendus dont il était garni. On ne le laissait sortir qu'à bonne enseigne; il avait fait déjà deux ou trois frasques qui l'avaient mal noté; on connaissait sa capacité, on le destinait à des dignités ecclésiastiques supérieures, et on ne voulait pas qu'il s'échappât.

Madame de Boufflers cependant ne lui tenait pas une rigueur bien sérieuse; elle venait le voir, lui apportait des livres, de la musique, des chatteries, et, lorsqu'il se plaignait trop fort, elle lui disait, tout bas, en l'embrassant:

— Du courage, mon enfant! c'est un temps à passer; ensuite vous sortirez comme les autres et vous ferez ce que vous voudrez.

Dans cette grande circonstance, la première où il eut sérieusement besoin de sa liberté, il lui écrivit pour la prier de venir, ce qu'elle fit, et lui annonça qu'il lui fallait un congé de quinze jours pour un petit voyage qu'il méditait.

L'idole lui répondit que c'était un peu beaucoup, mais qu'il n'avait qu'à s'adresser à ses supérieurs et qu'elle appuierait sa demande.

— C'est comme cela, madame? vous n'avez rien à me dire de plus consolant? Je sais ce qui me reste à faire.

— Mais qu'est-ce donc?

— Vous allez voir.

Il prit une plume, réfléchit quelques instants et écrivit une douzaine de vers; elle le regardait faire sans le comprendre.

— Qu'écrivez-vous là?

— Une lettre.

— Pour qui?

— Pour un auguste personnage qui me protégera, j'en suis sûr.

— Quel est-il? Si je le connais, je me chargerai de la lettre.

— Vous le connaissez; mais je ne vous la remettrai pas, je n'ai plus de confiance en vous.

— Mon enfant, c'est très-mal.

— Vrai?

— Oui, c'est très-mal.

— Vous m'aimez toujours?

— Je vous aime comme mon fils.

— Bien sûr?

— Oui.

— Lisez donc, et jurez moi de donner ceci au prince et de faire passer ceci à ma mère.

Elle lut les vers, les trouva charmants, et lui dit d'un ton ému:

— Je vous le jure.

On est compatissant aux maux qu'on a soufferts!

Elle avait trop aimé pour ne pas avoir pitié de ceux qui aimaient.

En entrant, elle remit les vers à M. le prince de Conti. Il les trouva fort jolis et envoya un de ses carrosses, avec un valet de chambre de confiance, au séminaire chercher le petit abbé pour souper avec lui. On n'osa pas refuser le prince, et l'amoureux partit enchanté.

Il venait souvent au Temple; il connaissait Son Altesse sérénissime, et il la remercia avec toute la chaleur de sa passion. M. de Conti l'interrogea; il était fort bon et fort simple dans ses manières; d'ailleurs, la haute noblesse française a depuis longtemps l'habitude de traiter les cousins du roi en égaux, et Boufflers était trop certain de sa valeur pour se laisser intimider.

— Eh bien, l'abbé, dit le prince, vous vous ennuyez donc au séminaire?

— Oui, monsieur, et considérablement.

— Vous vous y plaisiez l'hiver dernier.

— Oh! c'est que c'était l'hiver!

— Oui, l'hiver, les oiseaux s'accoutument à leur cage, et, l'été, ils chantent leurs amours; on prétend que vous en êtes là.

— Je n'ai donné à personne le droit de m'en convaincre.

— Quoi! pas même à la comtesse?

— A personne, monseigneur.

— Boufflers, je serai votre confident.

— C'est beaucoup d'honneur, monsieur, quand j'aurai quelque chose à confier.

— Allons donc! et la vallée de Chevreuse, et la belle Aline!

— Qui vous a dit?...

— Vous rougissez! on ne m'avait pas trompé. Voyons, que penseriez-vous d'un ami qui vous donnerait un joli cheval, un laquais, cent louis dans votre poche, un portemanteau bien garni et un congé de trois semaines, avec la liberté d'en user à votre guise?

— Ah! monseigneur, je le bénirais.

— Bénissez-moi donc, c'est fait. J'ai arrêté la lettre de madame votre mère, les mères se tourmentent de loin, j'ai pris sa place. Je sais où mène souvent un désir comprimé par la reclusion, vous n'êtes plus prisonnier; demain matin, le laquais et les deux chevaux seront tout prêts, dans la cour, à suivre vos ordres; le portemanteau est dans votre chambre; la bourse et le congé, les voici; il ne vous faut plus que la liberté d'user de tout cela, et vous pouvez la prendre.

Le jeune homme était comme étourdi de sa joie. Il en perdit l'esprit, ce qui ne lui arrivait guère, et ne le retrouva qu'au vin de Champagne; il fut étincelant.

— Ce jeune homme ira loin, dit le prince en sortant de table; mais il jettera le froc aux orties: il est plus fait pour être mousquetaire que pour porter le petit collet.

Le lendemain, Boufflers réveilla le soleil et fut en selle avant qu'il eût fini sa toilette. Il galopa, ivre de joie, jusqu'à Chevreuse, jusqu'à la jolie maison où on l'attendait, sans l'espérer, du matin au soir. Aline l'aperçut la première; elle jeta un cri et se retira vite au fond de sa chambre. Courtois et les autres allèrent au-devant de lui; elle avait pourtant bien plus envie qu'eux de le revoir.

L'abbé conta tout de suite sa bonne fortune, sa permission et son bonheur.

— Mon ami, dit l'honnête Courtois, soyez heureux, elle vous aime. Vous verrez comme votre absence l'a pâlie; elle ne quitte plus sa fenêtre, et elle porte sur son sein vos roses fanées.

Le brave garçon avait compté tous ces symptômes avec les larmes de son cœur, et il ne les cachait pas à son rival préféré. On ne voit guère de ces amours-là.

Boufflers répondit tout de travers aux compliments des autres; il entendit ceux-là et en fit son profit. Aline se montra enfin, plus belle qu'un ange, et laissant lire sur son visage l'émotion qu'elle éprouvait. Elle le salua sans lui parler: que de choses dans ce salut!

Un peu remis de cette première émotion, les jeunes gens firent des projets magnifiques pour le temps des vacances de l'abbé. On arrangea des courses, des parties de plaisir; on fit la liste des voisins préférés, on essaya de tout enfin, pour prouver à M. de Boufflers l'honneur et la reconnaissance que l'on attachait à sa visite.

Dès le jour suivant, les fleurs, les billets, les vers, les compliments, les rougeurs recommencèrent; bientôt on alla jusqu'aux serrements de mains, puis aux aveux, puis aux baisers; je ne sais où l'on se serait arrêté, sans la surveillance de Courtois, qui voulait bien laisser à un ami la place qu'il n'avait pu obtenir dans le cœur d'Aline, mais qui n'entendait pas la voir déshonorer d'abord, et abandonner ensuite, peut-être.

Il se mit donc en tiers entre eux, sans les laisser un instant seuls. Ils en enrageaient, Boufflers surtout; car, pour la petite, c'était un cœur noble et une tête forte; elle avait déjà jugé la situation. Ils en vinrent à causer tous les trois de leurs projets et de ce qu'il fallait faire pour réussir.

L'abbé assurait qu'il déchirerait sa soutane, il assurait qu'il épouserait Aline, et que sa mère ne s'y refuserait pas.

La jeune fille soupirait et détournait la tête; Courtois croyait au succès.

— Songez, disait-elle, à tout ce que vous exigez de madame votre mère: de vous voir d'abord renoncer à la carrière choisie par elle, et puis épouser une pauvre petite bourgeoise telle que moi; cela est-il possible?

— Vous êtes digne d'être reine, et vous le serez.

— Comment?

— De ma façon.

— S'il en est ainsi, j'y consens, pourvu que mon royaume soit cette vallée. Ah! si nous pouvions nous envoler vers les Indes et emporter cette chère petite maison, ces prés, ce ruisseau, pour les retrouver dans ce beau pays avec nos souvenirs! Quel rêve!

— Je le réaliserai.

— Vous êtes donc un magicien?

— Peut-être.

— Oui, vous serez Aline, la reine Aline, et tout le monde vous rendra hommage en cette qualité.

— Ne sera-t-elle que cela? demanda Courtois, toujours attentif à la réalisation de ses vœux.

— Elle sera marquise de Boufflers, si Dieu me prête vie; et je n'ai pas envie de mourir, à mon âge!

La jeune fille secouait la tête et se taisait.

L'abbé s'exaltait, son cerveau travaillait de plus en plus; enfin, excité par son amour, par cette belle vallée, par les chimères qu'ils construisaient tous les trois sous les ombrages et au milieu des parfums des fleurs, il composa en huit jours son délicieux conte d'*Aline, reine de Golconde*, lequel vaut assurément mieux, à lui tout seul, que les contes de M. Marmontel réunis ensemble.

La joie d'Aline fut immense, celle de ses amis fut tout aussi grande. L'abbé ne revenait pas de lui-même; il ne se serait jamais cru capable d'en faire autant.

— Décidément, dit-il, il paraît que je suis un homme d'esprit.

Cette naïve appréciation de lui-même, sans en prendre aucune prétention ni aucun orgueil, lui est demeurée, et forme une des originalités de M. de Boufflers. Cela surpasse; mais, lorsqu'on le connaît, on serait surpris de le voir autrement qu'il n'est.

On fit sur-le-champ trois ou quatre copies d'*Aline*. L'une fut envoyée à M. de Voltaire, qui s'en montra enchanté; une à M. le prince de Conti, une au roi de Pologne, une à la marquise de Boufflers. Ces deux dernières étaient accompagnées de lettres fort drôles. Le jeune homme demandait si l'on pouvait songer à *ensoutaner* un esprit capable de semblables inventions, alors qu'il était entre les murs du séminaire. Il remettait aux pieds du roi les quarante mille livres de rente qu'il devait à sa bonté, et demandait sa liberté en échange.

On attendit la réponse avec impatience. Les louanges furent prodiguées avec les plus fines nuances de l'affection, mais de la liberté, pas un mot.

— Ah! mais je la prendrai, si on me la refuse, dit-il.

— Non, répliqua Aline, vous ne la prendrez pas, monsieur; la preuve, c'est que votre congé expire après-demain, et que vous partirez demain, s'il vous plaît, pour aller saluer le prince et madame votre tante, avant de rentrer. Faites d'abord acte de soumission, et nous verrons ensuite.

L'abbé essaya de murmurer, ce fut inutile. Aline déclara qu'elle quitterait la maison s'il y restait, et qu'elle saurait bien trouver un asile où il ne la suivrait pas. Il fallut obéir. En se séparant de lui, elle lui fit promettre de laisser entre ses mains la direction de leurs affaires, et elle lui promit de les mener à bon port.

— Seulement, ajouta-t-elle, ne faites rien sans me consulter, et ne me contrariez pas.

La comtesse de Boufflers regardait cette amourette comme un enfantillage; elle en fit conter tous les détails à son neveu, et, lorsque celui-ci lui eut fait connaître cette promesse, elle éclata de rire.

— Allons! dit-elle, nous n'avons qu'à nous bien tenir; nous allons avoir affaire à mademoiselle Aline et à M. l'abbé de Boufflers, ces deux fortes têtes! Préparons-nous à la défaite, car nous ne pouvons l'éviter.

— Vous vous moquez de nous, madame; nous vous respectons trop pour vous le rendre; mais nous verrons.

XXXIV

L'abbé rentra fidèlement au séminaire et ne murmura point, il l'avait promis. Il se remit à ses études; mais, au lieu du droit canon et de la théologie, il lisait des poétiques et des livres de littérature, il faisait des vers, il écrivait des contes, il pensait à son Aline, et il protestait de toutes ses forces contre le petit collet, dans ses lettres au roi et à madame sa mère.

Un mois entier se passa ainsi. Aline avait exigé qu'il restât enfermé jusqu'à ce qu'elle le rappelât près d'elle, et qu'il ne cherchât pas à s'échapper. Il obéissait comme un enfant soumis. Après ce mois éternel, il reçut quelques mots qui lui ouvrirent le paradis; il lui était permis de revenir à Chevreuse, et son joli cheval, son laquais, étaient de nouveau à sa disposition pour quelques jours. On juge s'il en profita!

La permission ne lui fut point refusée. Quoique sévèrement traité, il n'était pas cloîtré, et un mois de solitude, passé sans franchir le seuil de la porte sacrée, militait en sa faveur.

Il passa au Temple en courant à Chevreuse. Aline le reçut avec bonheur, avec ivresse; elle partagea ses transports, mais non ses espérances, et, toutes les fois qu'il parlait de l'avenir, elle lui imposait silence par un seul mot:

— Je n'ai rien décidé; attendez.

C'était merveille que cette docilité. Il attendit, non pas patiemment, mais sans se plaindre: elle le voulait!

Rien n'était plus chaste, plus charmant que cet amour-là. Il fallait l'imagination poétique du chevalier et l'âme si pure d'Aline pour avoir un sentiment de ce genre parmi des mœurs et des habitudes telles que les nôtres.

Tout ce train alla ainsi pendant une année. On ne comprenait guère comment cela finirait. Ils se voyaient rarement; l'abbé restait au séminaire par ordre de sa déesse, tout en protestant qu'il en voulait sortir et qu'il ne serait jamais prêtre. D'un autre côté, la marquise persistait à vouloir conserver à son fils les quarante mille livres de bénéfice; ils s'entêtaient l'un et l'autre, on ne trouvait pas de solution probable.

Un jour, Boufflers était à Chevreuse: on ne l'empêchait point de voir Aline, dans la crainte de l'exaspérer et d'en avoir plus difficilement raison. Les deux amants causaient seul à seul, et sérieusement, ainsi que cela arrivait lorsque Aline essayait de raisonner le jeune homme.

— Faut-il absolument rester au séminaire pour avoir des bénéfices? lui demanda-t-elle tout à coup.

— Hélas! oui, dit-il d'un ton désespéré; sans cela, ma mère n'y tiendrait pas tant.

— Eh bien, j'ai consulté, moi, et je crois qu'on peut faire autre chose.

— Vous vous trompez, ma belle Aline.

— Je ne me trompe point, vous le verrez.

— Et quel moyen donc?

— Faites-vous chevalier de Malte, vous sortirez du séminaire et vous conserverez les revenus.

— Chevalier de Malte? chevalier profès?

— Sans doute.

— A quoi cela m'avancera-t-il? Je ne pourrai pas me marier.

— Ce n'est pas là la question.

— Au contraire, c'est la question, la principale. Je veux vous épouser, et j'enverrais pour cela le petit collet, les bénéfices, la croix de Malte, tout au diable!

— Le diable n'en a que faire et ce serait du temps perdu. Retenez bien ce que je viens de vous dire, c'est la façon de tout concilier, sachez-le.

— Je ne veux pas.

— N'en parlons plus. Je vous demande uniquement de vous en souvenir.

Peu de jours après, la marquise de Boufflers reçut la lettre suivante:

« Madame la marquise,

» Je ne sais si vous avez entendu parler d'une pauvre fille de la vallée de Chevreuse, qui aime M. l'abbé de Boufflers et qui est aimée de lui. On vous aura dit peut-être que je le poussais à la désobéissance; mais il n'en est rien, croyez-le. Au contraire, M. de Boufflers veut m'épouser, il veut quitter pour moi l'état auquel vous le destinez et les grands avantages qu'il lui procure. C'est ce que je ne saurais souffrir et ce que je ne souffrirai pas, soyez tranquille. Je n'ai ni père ni mère, je suis absolument libre de mes actions et d'une modique aisance, que rien ne peut m'enlever; je ne serai donc pas forcée, et jamais je n'apporterai ni trouble ni désordre dans votre famille.

» Seulement, madame, permettez-moi de vous faire humblement observer que M. de Boufflers n'est pas propre au sacerdoce, qu'il n'en a ni les inclinations ni les goûts, et que vous en ferez un mauvais prêtre, un homme malheureux pour de l'argent, tandis qu'il vous est si facile d'en faire un brave gentilhomme à la même condition.

» J'ai consulté un jurisconsulte savant en ces matières, et j'ai acquis la certitude que monsieur votre fils, en entrant dans l'ordre de Malte, conserve ses droits aux mêmes bénéfices, et peut embrasser une carrière qui lui convienne entièrement. Informez-vous, voyez vous-même, et, je vous en conjure, ne condamnez pas votre enfant au malheur.

» Ce n'est pas pour moi que je parle: d'une ou d'autre manière, je n'ai rien à prétendre; mais j'aime trop M. de Boufflers pour ne pas m'occuper de lui avant de m'occuper de moi. Pardonnez-moi, madame la marquise, la liberté que je prends, jugez-la non comme une hardiesse, mais comme une preuve de dévouement, et soyez indulgente.

» Daignez agréer, etc.

» Aline Courtois. »

Madame de Boufflers, en recevant cette lettre, la porta au roi Stanislas, et celui-ci, bon et adorable cœur, prit sur-le-champ la jeune fille en amitié. Il comprit cette voie nouvelle qu'elle ouvrait et engagea fort la marquise à en profiter.

— Si votre fils fait des folies, et qu'il soit abbé, dit-il, vous aurez tous les ennuis du monde; s'il en fait comme chevalier de Malte, cela ne sera plus qu'une plaisanterie imitée de bien d'autres, et, quant aux bénéfices, nous les lui conserverons. Vous allez me dire que beaucoup d'abbés sont fort larges dans leur conduite, je le sais; cependant je sais aussi que cela commence à ne plus être une bonne note; ma fille est dévote, le dauphin est dévôt, sa femme l'est aussi, l'avenir de la cour est à la dévotion, n'embarquez pas votre fils de ce côté, croyez-moi. Le conseil de la petite est bon. Que ferons-nous pour elle?

Madame de Boufflers répondit à Aline une lettre fort

affectueuse, et lui envoya, de sa part et de celle de Stanislas, un joyau de prix. C'était le portrait du roi de Pologne dans un bracelet, entouré de pierreries. Elle fut heureuse et fière de le recevoir; mais elle ne le montra pas à son amant, elle ne se vanta pas de ce qu'elle avait fait. Lorsqu'il lui parla des nouvelles intentions de sa mère et qu'il se récria sur l'impossibilité de les accepter, puisque le mariage lui était interdit dans tous les cas, elle eut l'air d'apprendre par lui ce projet, et lui répondit simplement :

— On ne peut sortir des ordres comme on le désire, cela ne s'efface point; mais on se fait relever de ses vœux de chevalier.

Boufflers n'y vit que cela, il saisit cette idée avec enthousiasme; il comprit qu'il n'avait pas autre chose à faire que de céder; c'était un acheminement, et, plus tard, il deviendrait son maître. Il accepta tout, quitta le séminaire, arbora la croix de l'ordre et s'appela le chevalier de Boufflers.

Le lendemain même du jour où il avait jeté le petit collet aux orties, avant de prononcer ses vœux, il s'en alla à Chevreuse, essayer près d'Aline une nouvelle tentative et la décider à lui appartenir, très-résolu, s'il parvenait à la convaincre, à l'épouser malgré tout et à sacrifier à son amour les plus belles espérances.

La jeune fille savait tout, elle l'attendait, elle prévoyait ses instances et son parti était pris. Dès qu'ils furent seuls, il se précipita à ses pieds et la supplia de l'entendre.

— Je vous écoute et je vous promets d'avance de vous écouter jusqu'au bout.

Elle l'écouta en effet, heureuse, ravie d'être aimée ainsi; elle le regardait avec une joie dont elle n'était pas la maîtresse, en songeant qu'à tant d'amour elle allait répondre par un sacrifice aussi grand que cet amour.

— Je sais combien vous m'aimez, lui dit-elle, et je vous aime autant que vous m'aimez, mon beau chevalier. C'est parce que je vous aime ainsi que je ne serai jamais votre femme.

— Mon Dieu! c'est là votre amour, cruelle! vous osez dire que vous m'aimez!

— Je vous aime plus que jamais vous ne le croirez, peut-être; je vous remercie de ce que vous voulez faire pour moi, et je vous prouverai ma reconnaissance.

— En me désespérant!

— En vous rendant heureux.

— Heureux sans vous! est-ce possible?

— Qui vous dit que ce soit sans moi?

— Vous, mais vous, cruelle amie?...

— Il faut d'abord me promettre que vous prononcerez vos vœux le jour où vous devez les prononcer.

— Jamais!

— Si vous vous y refusez, monsieur le chevalier de Boufflers, je vous jure, — et je ne manque point à mes promesses, vous le savez, — je vous jure que j'entrerai dans un couvent, et que vous ne me reverrez jamais.

— Est-il possible!

— Je ne veux, je ne puis être votre femme; n'y comptez pas, non, n'y comptez pas, chevalier, ceci est irrévocable. Votre famille a reçu mon serment, je n'y faillirai pas. Je serais une misérable, si je ruinais pour moi votre avenir, si je vous dépouillais de votre fortune, de vos honneurs, pour vous unir à mon néant... Mais je vous consacre ma vie; vous allez prononcer vos vœux, vous allez renoncer au mariage: j'y renoncerai comme vous, le même jour; au même instant où vous vous engagerez, je m'engagerai aussi. Je ne serai jamais la femme d'aucun homme, je resterai toujours votre amie, et ce que vous voudrez faire de moi sera ma volonté.

— Quoi! chère adorable fille, quoi! vous m'aimez au point de...?

— De vous donner ma vie? Sans doute. Ne vouliez-vous pas me donner la vôtre?

Le chevalier fut pris d'une reconnaissance immense, pour cette charmante et bonne créature; il insista vivement néanmoins, et plus elle se montrait digne de lui, plus il désirait qu'elle devînt sa femme. Elle résista avec la même fermeté, lui jurant qu'elle entrerait en religion plutôt que de céder à sa prière et qu'ils ne se reverraient plus.

Le chevalier prononça ses vœux, il garda ses bénéfices, et n'eut d'autre marque de ses dignités ecclésiastiques que la permission d'assister à la messe en surplis et en étole, par-dessus son habit de hussard, plaisir qu'il se donna du plus grand sang-froid du monde et qui fit éclater de rire toute l'assistance.

A dater de ce moment, Aline devint, on le croit du moins, la maîtresse du chevalier. La maison de la vallée de Chevreuse lui appartenait, elle l'habita seule, et se sépara de sa famille; Courtois perdit son temps et ses remontrances.

Ce qu'il y a de certain, c'est qu'elle resta et qu'elle est encore l'amie, le bon ange de M. de Boufflers. Il courut, il court, il courra après toutes les femmes; il revient inévitablement à celle-ci, qui l'attend, qui ne se plaint pas, qui le reçoit comme si elle l'avait vu la veille et qui le console de celles qui le trompent. Elle n'est plus jeune, car ceci se passait en 55. — Elle n'a pas, en toute sa vie, donné lieu au plus léger reproche de conduite, elle est restée fidèle à son seul amour. C'est plus rare en ce temps-ci que la pierre philosophale.

Le chevalier continua ses vers, ses folies, ses amours; il alla à l'armée et s'y battit bravement. Il avait nommé un de ses chevaux *le Prince Ferdinand*, et l'autre *le Prince héréditaire*, et, lorsqu'il recevait quelque visite, il demandait à ses gens si *le Prince Ferdinand* et *le Prince héréditaire* étaient bien étrillés. Comme on lui répondait que oui :

— Je les fais étriller tous les matins, disait-il alors; j'en sais plus long que nos maréchaux, vous le voyez.

Il a conservé sa légèreté d'esprit et la conservera comme beaucoup d'entre nous, dût-il vivre cent ans. M. de Saint-Lambert l'appelle *Voisenon le Grand*. Rien de plus juste.

M. Walpole ne conçoit pas que nous restions ainsi jeunes de tête jusqu'à un âge avancé. Nos têtes françaises ne ressemblent pas à celles de ces insulaires. Nos bons vins ne sont-ils pas plus généreux en vieillissant? Il en est de même pour notre esprit. C'est le soleil de Paris qui produit cet effet-là. Le soleil de Paris, celui qui dore la conversation, c'est le coin du feu; celui-là n'appartient qu'à cette bonne ville, que Dieu conserve! car elle n'a pas sa pareille, c'est certain.

XXXV

Cette année-là, une aventure fit grand bruit à la cour et à la ville; elle a amené le malheur d'une pauvre femme qui n'en pouvait mais, et qui, dans tous les cas, n'était certainement pas plus coupable que ses voisines, lesquelles sont tranquillement à coucher dans leur lit et à s'amuser à médire des autres.

Il faut savoir d'abord que nous étions à souper un soir chez la marquise de Beuvron. En m'y rendant, par parenthèse, avec madame de Forcalquier, dans mon carrosse, l'essieu de derrière cassa et nous versâmes, sans que personne fut blessé, pas même le cocher, pas même les trois laquais grimpés derrière. Les chevaux s'en allèrent tout seuls à leur écurie, et nous voilà à pied, au milieu de la boue, devant l'hôtel de M. de Praslin, où le suisse refusa de nous recevoir, sous prétexte que monseigneur le trouverait mauvais; nous ne pûmes même pas obtenir un verre d'eau. Heureusement, madame de Valentinois passe à six chevaux, comme une princesse, voit notre carrosse versé, le reconnaît, demande où je suis et vient me prendre pour me conduire chez madame de Beuvron, où l'aventure fit la conversation du souper.

Un monsieur et une dame que je ne nommerai pas (je ménage les gens de qualité sur ces choses-là) ne se mirent point à table et s'en allèrent tout au bout de l'appartement, dans un boudoir, où ils voulaient causer, disaient-ils. Quand nous revînmes, madame de*** courut au devant de madame de Beuvron et la prit dans un coin :

— Mon Dieu! madame, il vient de m'arriver un grand malheur.

Son air était fort gauche et fort embarrassé.

— Qu'est-ce donc? Vous avez cassé une porcelaine; il n'y a pas grand mal.

— Non, madame, bien pis!

— Vous avez gâté mon ottomane?

— Encore bien pis que cela!...

— Qu'avez-vous donc pu faire? Dites-le, car je ne le devine pas.

— Il y avait dans votre boudoir un si joli petit secrétaire!... nous avons eu envie de savoir comment il était en dedans; nous avons essayé de l'ouvrir; nous avons mis nos clefs et il s'en est cassé une dans la serrure.

— Ah! madame, il faut que vous me le disiez vous-même pour que je le croie.

Madame de Beuvron n'avait pas seule entendu cette confession; la comtesse de Stainville l'avait suivie pour lui raconter le mot du comte de Pauer, qui courait Paris, et qui nous faisait tant rire; il parlait un drôle de français et demandait au président Hénault :

— Quel est donc ce Socrif qui s'empoisonna en buvant ou en mangeant des cigales?

Madame de Stainville était mademoiselle de Clermont d'Amboise, mariée au frère du duc de Choiseul; elle était jolie, bonne, mais coquette, étourdie à l'excès. Elle resta stupéfaite en entendant madame de*** faire ses excuses entortillées et s'en alla répandre partout cette histoire; le tout sans malice et par simple légèreté. Hélas! elle devait le payer bien cher!

Après avoir souffert la galanterie d'une douzaine d'hommes jeunes et vieux, sans s'en soucier autrement, elle se laissa courtiser par le duc de Lauzun, gendre de la maréchale de Luxembourg, mari de la plus charmante personne de la terre et qui n'en était pas moins un fieffé mauvais sujet.

Il fit mine d'être amoureux d'elle à se tuer. La pauvre Stainville y fut prise et l'aima de tout son cœur. Elle n'était plus toute jeune; elle avait deux filles, et, dans tous les cas, elle aurait mieux fait de ne point s'attacher à un scélérat de cette espèce.

On en parlait comme on parle de tout, et les uns la blâmaient, tandis que d'autres l'excusaient; seulement, le choix était généralement désapprouvé.

M. de Stainville, jaloux et brutal, ne se doutait de rien; il s'en allait jouant au cavagnole, où il perdait toujours, en grognant, à dire d'experts.

Madame de*** et son digne acolyte apprirent que madame de Beuvron leur gardait le secret, mais que madame de Stainville ne les ménageait pas. Ils devinrent enragés et méditèrent leur vengeance.

M. de Stainville reçut un beau matin une lettre qui lui rendait compte des faits et gestes de sa femme, et qui donnait les détails les plus précis sur ce qui se passait entre elle et M. de Lauzun. Des personnes bien informées m'ont assuré qu'ils ne dépassaient pas les préliminaires. C'était beaucoup trop pour un jaloux.

Il commença par faire des scènes abominables, par interdire à M. de Lauzun sa maison, et par mettre madame sa femme sous la surveillance de ses domestiques; ce qui est d'un vrai malotru, tout Choiseul qu'était ce beau juge. On lui fit contes sur contes, il ne laissa pas un instant de repos à cette malheureuse comtesse et en vint à la maltraiter sérieusement.

Elle n'en regretta que plus M. de Lauzun et l'aima encore davantage. Il lui écrivait; ils avaient un valet dans leur confidence. Madame de *** et son amant, toujours aux aguets, toujours altérés de vengeance, découvrirent ce commerce épistolaire; M. de Stainville en fut instruit, et dès lors la perte de la pauvre femme fut décidée.

Il alla chez le roi, lui confia ses peines de ménage, demanda une lettre de cachet que Louis XV, peu scrupuleux, hésita cependant à lui accorder. Sa Majesté l'engagea à réfléchir, lui représenta qu'un éclat n'arrangerait rien, qu'il pouvait emmener la comtesse sous un prétexte plausible, la faire voyager; il alla même jusqu'à lui offrir une mission; tout fut inutile.

— Elle m'a déshonoré publiquement, elle sera punie publiquement, répondait M. de Stainville avec tout le respect possible, mais sans céder d'une semelle.

Le roi fut obligé de céder; seulement, il fit prévenir sous main la comtesse afin qu'elle tachât de parer le coup.

La maréchale de Mirepoix donnait un bal avec des costumes de caractère. On ne parlait d'autre chose à la cour, voire même à la ville; cela devait être superbe, des quadrilles parfaitement choisis, composés des plus belles femmes et des plus élégants seigneurs de la cour.

Il y avait vingt-quatre danseurs et vingt-quatre danseuses. Les costumes étaient chinois, indiens, des vestales, des odalisques, des sultanes; ils étaient divisés en six bandes; M. le duc de Chartres et madame d'Egmont étaient à la tête de la première. On répétait tous les jours. Madame de Stainville figurait avec le prince d'Hennin, *le Nain des princes*, comme disait M. de Lauraguais, et elle avait là une triste figure à voir.

Sur ces entrefaites eut lieu une représentation au profit de Molé, qui venait d'être dangereusement malade. Le baron d'Esclapon, qui avait un théâtre au faubourg Saint-Germain, le prêta, et la Clairon, retirée du théâtre, joua la *Zelmire*, de M. de Belloy, auteur du *Siége de Calais*, mauvaise pièce où elle fut sublime. Toute la France était là. Madame de Stainville y parut en larmes et ses yeux ne se séchèrent pas tant que dura la pièce. Elle ne prenait même pas la peine de se cacher.

Cette Clairon était fort à la mode en ce temps-là; on la conviait partout. Elle jouait chez madame de Villeroi; une fois entre autres, elle nous donna *Bajazet*, et je ne la trouvai point bonne, elle me gâta la pièce.

Puisque nous la tenons, parlons d'elle; il y a bien à dire.

Je l'ai souvent fait venir chez moi pour déclamer, particulièrement lorsque M. Walpole était à Paris; il aime son talent et il nous l'envie. Maintenant, elle vit retirée à la campagne et on ne la voit plus nulle part; on assure qu'elle est un peu folle, ce qui ne m'étonne pas; il me semble qu'elle n'a jamais cessé de l'être.

Elle avait séduit le margrave d'Anspach, et elle est allée le retrouver chez lui, où elle a fait la pluie et le beau temps, jusqu'à ce qu'une Anglaise, lady Crewen, aussi folle qu'elle-même, l'eût chassée de ses affections. C'est un homme très-nul et très-faible que ce neveu du grand Frédéric. Voltaire le comparait à un Hindou, rond de corps, rond d'esprit, jaune partout. Mademoiselle Clairon a quitté le théâtre pour remplir les fonctions de premier ministre chez ce pauvre prince; elle a failli faire mourir le margrave de chagrin. On m'assurait, hier, que l'Anglaise s'en acquittera mieux encore, qu'elle l'achèvera tout à fait et prendra sa place.

Clairon eut un galant qui se tua pour elle, et qui revenait! Tous les soirs, à onze heures, n'importe où elle fût, on entendait un cri, ou un coup de pistolet, ou des battements de mains, enfin de la musique. Cela dura deux ans et demie, à peu près. Il était mort à onze heures et elle avait refusé de venir le voir. Il annonça à ses amis que, puisqu'elle avait cette cruauté, il la poursuivrait autant après sa mort qu'il l'avait fait pendant sa vie.

Il n'y manqua pas, comme on voit. Tout Paris savait cela; la police fit mille démarches pour découvrir l'adroit fripon qui contrefaisait le fantôme ; on ne put en venir à bout, il resta inconnu, et les esprits faibles vous parlent encore de cet esprit malicieux dont la grande tragédienne fut si tourmentée. Je lui ai entendu conter cette histoire à elle-même.

Pont-de-Veyle disait, avec son accent traînard, que cet homme revenait pour la rareté du fait, afin qu'il fût bien constaté qu'une fois en sa vie Clairon avait été cruelle. Il est certain que ses airs de prude, en parlant de ce désespéré, étaient à mourir de rire. Ce maladroit-là avait dû se donner bien de la peine pour ne pas réussir.

Pourquoi donc mademoiselle Clairon aurait-elle eu de la vertu de trop, lorsque tant de femmes n'en avaient pas assez?

Revenons à madame de Stainville, qui garda la sienne à son corps défendant, peut-être.

Monsieur son mari était possédé de la rage de crier sur tous les tons le sort qui le menaçait. Il ne trouva rien de mieux que de l'emmener la veille de ce bal, au moment où tout le monde en parlait, et de laisser ainsi une place vacante qui devait faire parler davantage encore.

Elle soupait chez madame de Valentinois, j'y étais. C'était une fontaine! J'avais auprès de moi sa belle-sœur, la duchesse de Choiseul; j'entendis, à la voix de la comtesse, que la pauvre femme pleurait.

— Ma grand'maman, dis-je à sa belle-sœur, ne pouvez-vous la consoler?

— Hélas! non; son mari la menace sans cesse de lui jouer quelque tour. M. de Choiseul le prie de se tenir tranquille; il prétend que justice doit être faite, et il accouchera de quelque scandale, bien préparé. Le roi nous en a prévenus, la lettre de cachet est demandée.

M. de Lauzun était là, avec sa femme; aussi M. de Stainville ressemblait à un vrai diable; il roulait des yeux effrayants, il tournait autour d'eux et épiait jusqu'à leurs regards; enfin, n'y tenant plus, il fit signe qu'il voulait partir; il n'y avait pas à résister.

On apprit le lendemain qu'en rentrant il lui avait fait une scène affreuse, à la suite de laquelle elle s'était réfugiée près de ses filles, en se cramponnant à leurs petits lits et criant :

— Ne m'ôtez pas mes enfants, monsieur ! je ne suis pas coupable.

— Vous ne les reverrez plus, au contraire; je ne veux pas leur donner un exemple comme le vôtre; je ne veux pas qu'elles deviennent des coquines comme vous. Dites-leur adieu; car vous allez me suivre, car vous allez être renfermée pour votre vie dans un couvent, et avec de si bonnes recommandations, que vous y ferez pénitence : les galants ne vous y suivront pas.

— Comment, monsieur, cela est-il possible? Quoi! vous m'emmenez ainsi? Il me faut quitter ma famille, mes amis, mes chères petites? Oh! monsieur, ayez pitié de moi! tourmentez-moi autant qu'il vous plaira ici; mais ne me forcez pas d'en partir, au nom de Dieu, au nom de tout ce que vous aimez!

— Je ne suis pas un mari complaisant, madame; je ne ressemble pas à ceux du jour, et je ne compte point souffrir que vous me déshonoriez.

— Mais, monsieur, je vous jure...

— Ne jurez pas, madame, n'ajoutez pas le mensonge à vos autres crimes. Préparez-vous, vous dis-je! la chaise est attelée, voici l'ordre du roi, j'ai hâte de partir.

— Oh! mon Dieu! mon Dieu!

La malheureuse se jeta par terre, se roula dans des convulsions épouvantables; elle poussait des cris qu'on entendait dans la rue, à travers la grande cour de son hôtel.

— Mes enfants! mes enfants! disait-elle.

Une de ses femmes, sa favorite, voulut s'approcher; le comte la repoussa.

— Quant à vous, mademoiselle, ne vous empressez pas auprès de madame, je sais vos tours en cette maison, et vous ne les porterez pas plus loin : les exempts vous attendent pour vous conduire à Sainte-Pélagie.

Ce furent bien d'autres cris, on ne s'entendit plus, et, pour que la scène fût complète, il se retourna vers ses gens qui emportaient les coffres.

— Pas un des domestiques qui est resté ici depuis un an ne couchera chez moi cette nuit; ils pourront passer chez mon intendant, où leurs gages leur seront réglés.

Jamais on ne vit désolation pareille. Il fallut emporter madame de Stainville et l'arracher du lit de ses enfants, qui pleuraient autant qu'elle. Sa douleur était déchirante, et tous ceux qui la voyaient en avaient pitié, excepté son mari, qui semblait jouir de son désespoir.

Il la fit monter dans sa chaise, ou plutôt l'y plaça, et l'on partit au galop de quatre chevaux, pour la Lorraine. La malheureuse reprit ses sens et se trouva seule avec son bourreau, pas même une femme pour la servir; comme elle réclamait celle qu'elle aimait, il lui déclara que non-seulement elle n'aurait plus celle-là, mais qu'il ne lui en donnerait plus d'autres, parce qu'elle les corromprait.

Depuis Paris jusqu'à Nancy, il ne la laissa descendre que pour les choses indispensables, ne permettant à qui que ce fût de l'approcher. Il lui portait à manger lui-même, ne lui adressait pas la parole et ne souffrait pas qu'elle en échangeât une seule, même avec les aubergistes ou les postillons. Il la conduisit directement aux Filles-Sainte-Marie, la remit entre les mains de la supérieure, en lui recommandant une sévérité inflexible, et, sans s'inquiéter de la fatigue, il se remit en chemin.

Madame de Stainville était arrivée mourante; elle fut trois ou quatre jours dans le plus grand danger, si bien que les religieuses se trouvèrent fort embarrassées. Le bon roi Stanislas vivait encore ; elles savaient qu'il ne se ferait pas complice de violences même légitimes sur une femme. Elles prirent le parti d'avertir madame de Boufflers, et celle-ci prévint le roi.

Cet excellent prince fut touché d'un tel malheur; il engagea la marquise à se rendre au couvent, et à voir la pauvre victime; ce qu'elle fit; car on n'osa pas la refuser. Madame de Stainville était hors d'état de la reconnaître. Madame de Boufflers ordonna, au nom du roi, qu'on en eût le plus grand soin, et annonça qu'on viendrait chaque jour prendre de ses nouvelles. La pauvre recluse guérit, à son grand regret, elle qui n'avait cessé d'appeler la mort; et, dès qu'elle fut remise, les religieuses montrèrent à madame de Boufflers l'ordre qu'elles avaient reçu de ne la laisser communiquer avec qui que ce fût.

— Quoi ! pas même avec moi?

— Avec personne, madame.

— C'est ce que nous verrons, dit-elle.

Et la voilà partie pour aller raconter sa déconvenue au roi Stanislas.

— Ah ! dit celui-ci, on ne me renverra pas, moi! Je vais entreprendre de sauver cette pauvre madame-là et de la réconcilier avec son mari.

Il alla lui-même, le lendemain, aux Filles-Sainte-Marie, qui le reçurent, malgré elles, et qui lui laissèrent voir la prisonnière, pénétrée de ses bontés. Quand le roi parla de M. de Stainville et de son désir de les raccommoder ensemble :

— Oh! jamais, sire, jamais! j'aimerais mieux mourir que de le revoir. Je me rapprocherai de mes filles, si cela m'est possible; quant à lui, je le répète, jamais! jamais!

Elle avait bien une autre idée, qu'elle parvint à exécuter, pour son malheur. Les religieuses, la voyant protégée par Stanislas, fermèrent les yeux sur certaines libertés qu'elle essaya de prendre; elles lui laissèrent une femme de service, et cette femme se trouva une fine matoise, qui leur fit voir du pays.

Elle procura à sa maîtresse un habit de bourgeoise; elle lui trouva de l'argent, et tout à coup la comtesse retomba malade; elle refusa de voir personne; elle n'admit même pas madame de Boufflers, même pas le roi Stanislas. L'abbesse entra malgré tout, et la trouva dans son lit, incapable de remuer, ce qui relâcha encore la surveillance. A deux nuits de là, avant les matines et les vêpres nocturnes, la servante, qui s'était procuré la clef d'une petite porte du jardin, l'ouvrit à sa maîtresse déguisée, laquelle prit en ville, chez une sœur de sa servante, un costume d'homme tout prêt et une chaise tout attelée.

Elle se mit en chemin, et elle était déjà loin avant qu'on eût un soupçon de sa fuite. La fille de chambre empêcha d'arriver jusqu'à elle pendant deux ou trois jours, afin de gagner du temps, et, lorsque sa comédie fut jouée, elle en essaya une autre. Elle alla chez l'abbesse, les larmes aux yeux, comme une folle, déclarant qu'elle ne trouvait plus sa maîtresse, qu'elle ne savait ce qu'elle était devenue, qu'elle avait eu le tort de s'endormir la nuit précédente, brisée par la fatigue, et qu'assurément la comtesse avait profité de son sommeil pour se jeter par la fenêtre ou dans le puits. Tout fut en rumeur dans le couvent. Il n'y eut coin si obscur qu'on n'explorât; on vida les pièces d'eau, on chercha dans les derniers recoins, et sans succès, bien entendu. S'imaginer que madame de Stainville se fût enfuie, il n'y avait point d'apparence; par où aurait-elle passé?

On prévint le roi, on prévint M. de Stainville, on assura que le diable était dans cette affaire; les grilles épaisses et les murs élevés ne permettaient pas la moindre tentative d'évasion. Personne ne songea à la petite porte, ou, si l'on y songea, on se tut.

Pendant ce temps, la fugitive arrivait à Paris en jeune garçon, ayant laissé à moitié chemin sa chaise et ses habits de bourgeoise. Elle s'en alla droit à une auberge, et, de là, elle écrivit au duc de Lauzun qu'un jeune homme, chargé pour lui d'une commission importante, et qui ne voulait pas se montrer à son hôtel, désirait le voir; qu'il demandait où et à quelle heure il pourrait le rencontrer.

M. de Lauzun indiqua sa petite maison, où il soupait le soir même avec des filles et des amis. La pauvre créature ne s'en doutait guère; elle le supposait au désespoir, et ne voulait que le consoler en lui jurant un amour éternel.

Elle attendit avec une vive impatience l'instant du rendez-vous, et elle arriva une heure trop tôt. Les domestiques la reçurent, sans se douter de ce qui allait se passer; on lui dit d'attendre, et, comme elle vit un couvert nombreux, elle demanda si M. le duc attendait du monde.

— Une douzaine de personnes au moins.

La peur la prit, elle supposa que, parmi les convives, il s'en trouvait de sa connaissance; elle ne se trompait pas, tous les hommes en étaient. Et puis cette douleur qui se traduisait par des soupers à une petite maison, ne ressemblait pas à la sienne.

Cet homme, pour qui elle avait tant souffert, lui semblait un peu bien vite occupé d'autres objets que son amour.

Elle pria qu'on la fît entrer dans un pièce où elle ne serait pas rencontrée, et où elle parlerait sans témoins à M. de Lauzun. On la plaça dans une manière de cabinet attenant à la salle à manger, et d'où l'on pouvait voir et entendre ce qui s'y passait. Ensuite, les laquais, occupés de leur service, l'oublièrent.

M. de Lauzun arriva avec une bande joyeuse. Madame de Stainville fut saisie en reconnaissant sa voix, et n'eut pas la force de se lever. Une seconde de réflexion la cloua à sa place; elle pensa qu'en restant où elle était, elle en apprendrait plus sur son amant, en une demi-heure, qu'en toute une vie d'absence et de mystère.

Les convives étaient d'une gaieté folle; des voix de femmes surtout dominaient par leurs cris et leurs éclats de rire. M. de Lauzun demandait le souper, en tapant du poing sur la table, comme dans un cabaret, et le bruit des baisers se mêlait au bruit des verres.

— Mon Dieu! qu'est-ce que cela? se dit la pauvre comtesse.

On apporta les plats; les bouchons sautèrent, mille joyeux propos s'échangèrent entre les filles et leurs galants.

Une d'elles, à qui M. de Lauzun faisait des propositions touchantes, lui répondit d'un air de dédain:

— Allons donc, monsieur! on met pour vous les comtesses au couvent, sans que vous vous en tourmentiez le moins du monde; on pourrait me jeter aux Filles-Repenties, vous ne viendriez seulement pas m'y voir.

Un éclat de rire du duc domina tous les bruits.

— Ah! oui, répliqua-t-il, une comtesse, la pleureuse, la larmoyante, la désolée! ne fallait-il pas me désoler avec elle? Son mari m'a rendu un grand service en m'en débarrassant. Ah! qu'elle était ennuyeuse, ma belle! Elle est à Nancy, pleurant ses fautes dans son couvent, qu'elle y reste! comme tu l'as très-bien senti, je n'irai pas l'y voir.

— Elle était jolie cependant, cette femme, reprit la créature.

— Fade et insignifiante, ma chère, et prenant des airs de roman anglais à faire mal au cœur.

— Lauzun, tu nous triches, poursuivit un des convives; tu nous poses madame de Stainville comme ta maîtresse: elle ne l'était point, je le sais, j'en suis sûr; elle n'eut qu'un tort, celui de croire à tes mensongères paroles, et de t'aimer véritablement.

— Ne fut-elle pas ma maîtresse? C'est possible. La chose était pour moi de si peu d'importance, que je n'en ai pas pris note, je ne m'en souviens plus; il se peut que tu aies raison.

Je ne crois pas que le mépris puisse aller plus loin, et qu'un homme soit jamais plus infâme que celui-là. La comtesse entendit tout! Pétrifiée sur sa chaise, elle crut qu'elle allait mourir; elle ne se sentait pas la force de faire un mouvement; elle resta comme hébétée jusqu'à la fin de l'orgie. Ils burent toute la nuit, et, en sortant de là, ils se rendaient à une course de chevaux que le comte de Lauraguais et M. de Lauzun cherchaient à organiser suivant la mode anglaise. Quand ils se levèrent pour partir, la mémoire revint à la comtesse; elle se rappela ce qu'elle était venue faire et ne voulut pas quitter la place sans apprendre à cet homme qu'elle le connaissait enfin.

Elle rassembla son courage, sortit de sa cachette, comme si elle s'y était endormie, et pria qu'on appelât le duc, qui lui avait donné rendez-vous.

— Vous aviez donc un fameux sommeil, dit le maître d'hôtel, car ils ont fait du bruit à réveiller des taupes!

On prévint M. de Lauzun, qui se rappela le billet du matin. Il ordonna de faire entrer le jeune homme dans la chambre de bain.

— Puisqu'il est si mystérieux, ajouta-t-il, nul n'ira le chercher là et nous déranger; c'est sans doute quelque page d'amour.

Il quitta la table, un peu aviné, mais non ivre, et

s'en alla retrouver la comtesse, à laquelle il était si loin de penser.

Au moment où il entra, elle était dans l'ombre, il ne la reconnut pas.

— Que me voulez-vous, mon enfant? Je suis très-pressé. Vous a-t-on servi quelque chose? Je suis fâché qu'on vous ait oublié, vous paraissez souffrant.

Il s'approcha, et à peine l'eût-il regardée, qu'il recula de trois pas, en poussant un grand éclat de rire.

— Par ma foi! c'est la comtesse. Ah! vous auriez dû vous montrer plus tôt. On vous aurait mieux reçue.

Ces paroles, ce qu'elle avait entendu déjà, cet accueil si différent de ce qu'elle s'était promis, exaltèrent la pauvre femme jusqu'à lui prêter des forces et de la dignité; elle ne s'emporta pas, elle se contenta de montrer de sa main la porte du cabinet où elle avait été renfermée.

— J'étais là, dit-elle, j'ai tout entendu.

— En vérité? répondit l'autre sans se déconcerter. Ce n'était pas la peine de quitter votre couvent pour cela, n'est-il pas vrai, madame la comtesse? Eh bien, je n'ai plus rien à vous apprendre. Cependant, sans s'adorer, on peut encore passer de bons moments; moi et ma petite maison, nous sommes tout à votre service.

— Infâme! lui jeta avec un mépris écrasant la malheureuse, je ne demande qu'à sortir d'ici et à ne vous revoir jamais. N'importe où je sois, je serai plus en sûreté qu'en ce lieu abominable. Laissez-moi passer.

— A votre aise, madame, je ne vous retiens pas.

Il lui fit place avec un empressement dérisoire, et, appelant ses laquais, il leur cria :

— Éclairez à mad..., à monsieur, veux-je dire.

Et il la reconduisit, affectant un esprit ironique; mais elle se mit à courir comme une insensée, et rejoignit en un clin d'œil le fiacre qui l'avait amenée et qui l'attendait depuis sept ou huit heures; le cocher, endormi après avoir été au cabaret, ne se doutait pas de la fuite du temps.

Elle était folle, ses tempes battaient comme des cloches; l'automédon lui demanda où il fallait la conduire : elle ne le savait plus, l'adresse de sa maison lui échappa machinalement; il l'arrêta donc devant l'hôtel de Stainville et descendit pour lui ouvrir la portière. Il la trouva sans connaissance et crut qu'elle dormait.

Il s'imagina sans doute que sa pratique l'avait imité et qu'elle se réveillerait comme lui, une fois son somme terminé. Il ne voulut point troubler ce sommeil si cher aux ivrognes et s'en alla se remettre sur son siége, où il en fit autant, très-sûr d'être prévenu lorsque le petit jeune homme voudrait sortir : il le tenait dans sa boîte et savait qu'il ne la quitterait pas sans son aide.

Au jour, la comtesse ouvrit les yeux, reconnut la porte et n'eut plus qu'un besoin, qu'un désir : embrasser ses enfants et puis mourir. Elle appela le cocher, se fit descendre, frappa jusqu'à ce qu'elle eût fait lever le suisse, qui ne la reconnut pas, et auquel elle demanda si M. de Stainville était à l'hôtel.

Il était pour huit jours à Versailles.

Devenue plus hardie alors, elle s'informa d'une vieille nourrice à laquelle ses enfants étaient confiés; on lui indiqua sa chambre; elle prétendit avoir à lui porter une lettre de son fils. Enveloppée de son manteau, son chapeau avancé sur le front, elle ne devait, sous ce costume, et dans un moment où l'on était si loin de songer à elle, éveiller aucun soupçon, même chez eux qui l'avaient le mieux connue. Le suisse lui fit observer cependant qu'elle aurait pu venir un peu plus tard.

Elle monta les degrés, entra chez la nourrice, qui poussa un cri d'épouvante; elle se nomma, la vieille femme crut rêver.

— Vite une jupe et une mante et conduis-moi chez mes filles; je ne veux pas qu'elles me voient ainsi, et je sais que je n'ai pas beaucoup de temps à les voir. Hâte-toi!

La nourrice n'en pouvait croire ses yeux; elle se figura que sa maîtresse était morte, tant elle était effrayante de pâleur, et n'osait pas lui parler.

— Mon Dieu! si tu ne veux pas que je meure sans voir mes enfants, dépêche-toi donc, nourrice!

Elle s'habilla vivement, s'élança dans la chambre des deux petites, et, après les avoir embrassées avec une espèce de frénésie, elle retomba dans la ruelle, ne pouvant se soutenir davantage.

Deux heures après, son mari revint; il arrivait précipitamment, rappelé par un courrier de l'abbesse, annonçant la disparition de la comtesse; il comptait ne faire que toucher barres et repartir pour Nancy. Il la trouva avec la fièvre, le délire et dans le plus grand danger. Pour cette fois, on crut qu'elle n'en réchapperait pas; elle en réchappa cependant, et M. de Stainville eut le mauvais cœur de la renvoyer aux Filles-Sainte-Marie.

M. de Lauzun est un de ces jeunes seigneurs à idées philosophiques qui veulent tout changer en France; ils en viendront à leur but; je ne sais trop ce qu'ils mettront à la place. En attendant, ils ne conservent plus de leurs pères que le nom, et, lorsqu'ils sont une fois en train de mal faire, ils dépassent tous les autres, on le voit.

Il eut cependant assez de vergogne pour ne pas trop répandre la dernière visite de la comtesse, et fort peu de personnes l'apprirent.

XXXVI

Ce siècle-ci est étrange; il ne ressemble à aucun autre, et je ne sais où il conduira les suivants. On voit les gens de la plus haute qualité, séduits par la forme, par l'esprit, par la nouveauté surtout, préparer les verges qui doivent les fouetter, et peut-être même les couteaux qui doivent les abattre.

Ainsi M. de Lauzun, dont je vous parlais tout à l'heure; ainsi M. le duc de Chartres, lui plus que les autres encore; ainsi le jeune marquis de la Fayette, qui s'en est allé guerroyer, avec une quantité d'autres fous, pour ces républicains d'Amérique, dont Franklin nous offre un échantillon.

Franklin! un grand savant, un bien honnête homme, mais un fier cuistre, un ennuyeux de première volée.

Je vais revenir tout à l'heure à lui et à M. de la Fayette; je ne sais pourquoi je pense à une drôle de chose que je veux écrire auparavant; ou plutôt je sais bien pourquoi j'y pense : c'est qu'elle a donné beaucoup à parler et qu'elle fut un grand grief contre le feu roi.

Elle nous fut racontée, dès le lendemain, chez madame de Rochefort, c'est-à-dire chez le duc de Nivernois, dont la comtesse était l'amie décente. Certaines femmes couvrent tout du masque de l'amitié, voilà le genre; c'est ce qui fait, je crois, si grand'peur à M. Walpole, lorsqu'il se figure qu'on le supposera mon amant. Il sait que presque toujours l'amitié n'est qu'un prête-nom, et il craint d'être accusé de le prendre pour une femme de quatre-vingts ans.

Le roi était allé après souper chez madame Victoire; en rentrant chez lui, il appela un garçon de la chambre, et lui donna une lettre, en lui disant :

— Jacques, va porter cette lettre à M. de Choiseul, et qu'il la remette tout à l'heure à l'évêque d'Orléans.

Jacques obéit : M. de Choiseul était chez M. de Penthièvre, il y alla. M. de Choiseul, averti, reçut la lettre du roi, et, trouvant sous sa main Cadet, premier laquais de madame de Choiseul, il lui ordonna de chercher l'évêque dans tous les coins et de revenir promptement lui dire où il l'aurait trouvé.

Cadet courut partout. Au bout d'une heure et demie, il revint, et jura que monseigneur n'était nulle part; qu'il avait frappé à sa porte au point de la défoncer, sans obtenir de réponse, et qu'il jetait sa langue aux chiens.

M. de Choiseul prit le parti de grimper lui-même les cent dix-huit marches, et de cogner de nouveau chez le prélat, tant et si bien que les domestiques vinrent ouvrir en chemise.

M. de Choiseul demande l'évêque pour le service du roi. Monseigneur s'était couché à dix heures; il s'éveille et s'écrie :

— Qui est là?

— C'est moi, avec une lettre du roi.

— Une lettre du roi!... Mon Dieu! quelle heure est-il?

— Deux heures du matin.

— Je ne puis lire sans lunettes.

— Où sont-elles?

— Ah! dans mes culottes...

Le ministre s'en va cherchant les culottes et les lunettes, et rapporte le tout.

— Qu'est-ce que peut contenir cette lettre? L'archevêque de Paris serait-il mort? Qu'est-ce que c'est?

Ils étaient assez inquiets l'un et l'autre, et l'évêque prend la lettre pour la lire.

— Voulez-vous que je vous en épargne la peine? dit M. de Choiseul.

L'évêque crut plus prudent de lire lui-même; mais il n'en put venir à bout, et rendit le papier au ministre, qui lut tout haut :

« Monsieur l'évêque d'Orléans, mes filles ont envie d'avoir du cotignac; elles veulent de très-petites boîtes: envoyez-en. Si vous n'en avez pas, je vous prie... »

Ici se trouvait une chaise à porteurs, fort bien dessinée; puis, au-dessous de la chaise, le roi reprenait :

« ... D'envoyer sur-le-champ, dans votre ville épiscopale, en chercher, et que ce soit dans de très-petites boîtes. Sur ce, monsieur l'évêque d'Orléans, Dieu vous ait en sa sainte garde!

» Signé : LOUIS. »

Et, plus bas, il y avait :

« La chaise à porteurs ne signifie rien; elle était dessinée par mes filles sur cette feuille, que j'ai trouvée sous ma main. »

Ils se regardèrent tous les deux, stupéfaits; puis M. de Choiseul éclata de rire. Quant à l'évêque, il n'était pas charmé d'avoir été réveillé pour cela.

On fit partir sur-le-champ un courrier; le cotignac arriva le lendemain : Mesdames ne s'en souciaient plus.

Le roi lui-même raconta l'aventure en riant beaucoup, et elle ne fut pas longtemps à faire le tour du monde; Dieu sait ce que l'on en dit! Les philosophes en firent des cris de chouette en colère; il m'est revenu que la demoiselle Lespinasse et son cénacle en avaient vomi toute leur bile pendant quinze jours.

Tout ceci me ramène à Franklin et à la Fayette, apôtres et disciples des nouvelles doctrines. M. Franklin se posait comme un homme qui va se faire peindre. Il avait un habit mordoré en velours, des bas blancs, les cheveux étalés et sans poudre, des lunettes sur le nez et un chapeau blanc sous le bras; c'était sa tenue de cour et de cérémonie. Le chapeau blanc était apparemment le symbole de la liberté. Il faisait des discours à perte de vue, et j'aurais donné gros pour assister à sa scène avec Voltaire, lorsqu'il pria celui-ci de bénir son enfant, et que le railleur patriarche se leva tout debout, les mains étendues sur la tête du marmouset, en prononçant ses fameuses paroles. Je suis certaine qu'il en riait fort en lui-même, et qu'il se moquait de tous les deux.

Quant au marquis de la Fayette, c'est autre chose, je ne puis deviner le motif de ses équipées. Que diable lui faisait l'Amérique? ainsi que le disait d'Argental. Il en rapporte une gloire contestable, au moins pour le but : cela ne peut apporter que du trouble dans cette monarchie, déjà si tourmentée. Lorsqu'il revint, hélas! il y a deux mois à peine, il tomba à Versailles, chez le prince de Poix, qui donnait un bal; mais il n'y parut point et alla se coucher. Il n'eut pas permission de voir le roi tout d'abord, et on lui défendit, en revanche, de recevoir d'autres personnes que ses parents. Il est vrai que c'était quasi tout le monde. Il alla souper chez l'*idole*, où je lui entendis raconter ses triomphes. Il n'en est pas moins modeste pour cela. On le tient pour un homme de courage, mais pour un homme fort ordinaire quant au reste, et je crois qu'on a raison.

Au total, il restait *visiblement caché*, suivant l'expression de Pont-de-Veyle, dans *le Fat puni*.

Que de gens, en ce siècle-ci, n'ont de mérite que celui de l'à-propos et un certain bonheur dans l'expression qui remplace le reste. Ainsi, le feu cardinal d'Estrées n'était point un aigle, et cependant il se faisait une réputation d'esprit par certains mots arrivés juste où ils devaient venir.

Madame de Courcillon était belle et précieuse autant que femme puisse l'être; elle n'avait pas permis, même à la calomnie, d'effleurer sa réputation, et elle se tenait avec une roideur de bois vis-à-vis de tous les hommes. Elle causait un jour avec le susdit cardinal, âgé d'au moins quatre-vingt-dix ans; il se sentit ragaillardi par ses charmes, et le lui dit avec toute sa grâce; il essaya même de lui baiser la main; elle la retira, prit son grand air, et traita le vieillard du haut en bas.

— Ah! madame, madame! lui répondit-il, prenez garde, vous prodiguez vos rigueurs!

Elle ne le comprit pas, elle était fort sotte. Il faut être sotte pour afficher la pruderie, lorsqu'on a une beauté de déesse comme celle-là.

Le même cardinal nous contait un historiette assez drôle, sur un curé de village qu'il avait connu.

Le bon curé élevait un petit paysan et lui avait donné le nom de Raymond. Lorsqu'il était content de lui et qu'il voulait le flatter, il l'appelait Raymonet.

Or, Raymond était gourmand, même quand il était Raymonet; il mangeait les fruits du jardin, et le curé le grondait fort pour l'en empêcher.

Un matin, avant la messe, le curé se promenant pour se recueillir, aperçut Raymond perché sur une treille de raisin muscat, s'en donnant à cœur joie. Le curé, le prenant sur le fait, lui donna un fouet d'importance, et lui ordonna de le suivre à la paroisse, pour dire sa messe et la lui servir. Raymond, en furie, obéit cependant, mais il se promit une vengeance.

Le curé commence la messe.

— *Dominus vobiscum.*

Pas de réponse.

— *Dominus vobiscum*, reprend l'autre impatienté. Réponds, Raymond.

Même silence.

— *Dominus vobiscum.* Réponds donc, Raymonet.

— *Et cum spiritu tuo*, fichu flatteur!

Et cela tout haut.

Le cardinal, en contant cette anecdote, nous faisait bien rire. J'ai remarqué que les gens d'Église content à merveille, lorsqu'ils sont vieux, qu'ils ont de l'esprit et qu'ils ont beaucoup vécu. Il leur reste, alors, une mansuétude, une indulgence qui leur sont particulières, et qui excusent tout.

Je n'ai jamais entendu plus mal conter, en revanche, qu'une certaine Anglaise, laquelle a vu la moitié de la terre et a rapporté de chaque pays une provision de prétentions exagérées. Elle s'appelle lady Montague; elle a été longtemps à Constantinople, et, lorsqu'on la met sur ce chapitre, c'est à en mourir de malerage, on se mange les poings pour ne pas bâiller.

La peste soit de la pédante! C'était justement le contraire pour madame Geoffrin : elle ne savait rien, mais elle contait à ravir. Sa fille, madame de la Ferté-Imbault est dans le genre de la Montague, si ce n'est qu'elle est moins savante, et un peu plus bégueule. Elle ne pouvait se taire sur les dons et sur les dépenses faites par sa mère à l'intention des philosophes.

— Ah! disait-elle, il m'en coûte plus de cent mille écus de mon bien pour soutenir l'Encyclopédie et ses suppôts. Ma mère leur aurait tout donné si elle eût vécu.

Il est certain qu'elle a fait des ingrats. Au moins n'est-ce pas le roi de Pologne, Poniatovsky, qu'elle nourrit et soigna lorsqu'il était ici un gentilhomme pauvre, et qui l'a fait venir à sa cour aussitôt qu'il fut installé sur son trône pour la recevoir à son tour. C'était un singulier spectacle que cette bourgeoise assez commune, protégeant les beaux esprits et même les têtes couronnées. On voit de tout dans ce siècle-ci.

J'ai connu certainement ce que l'on est convenu d'appeler tout le monde : toute la cour, bien que je n'y allasse guère; toute la ville, les gens que l'on voyait et que l'on voit, les gens de lettres et les artistes; et j'ai grande envie d'en finir avec ceux-ci, en apurant aujourd'hui mes notes, pour marcher plus vite. Le temps me presse; à mon âge, on n'est pas sûr du lendemain.

Ainsi j'ai même voulu voir Piron, dont j'avais tant entendu parler, et que je trouvais si original de soutenir seul, contre tout un siècle, que M. de Voltaire est un homme médiocre. Celui-ci en avait peur et le fuyait; il est vrai qu'on ne sut jamais décocher une épigramme comme ce fils d'apothicaire. Il en cribla la philosophie et l'Académie aussi.

La docte assemblée l'avait écarté, à cause de sa fameuse ode; *la Métromanie* lui en ouvrit les portes; malheureusement, le roi refusa de confirmer la nomination.

A ce sujet, Piron disait un jour chez moi une chose que j'ai retenue.

— Au lieu des belles phrases que prodigue le récipiendaire, il devrait prononcer seulement : « Grand merci! » A quoi l'autre répondrait : « Il n'y a pas de quoi. » Nous aurions ainsi beaucoup d'ennuyeux discours de moins, et ce serait un bienfait de la Providence.

Piron était aveugle comme moi; nous nous communiquions nos réflexions et nos observations à cet égard. Il ne venait que rarement et quand il savait me trouver seule; il détestait surtout la haute compagnie, devant laquelle il fallait se gêner. Sa conversation était un feu roulant de bons mots, d'épigrammes, même de méchancetés non déguisées. Lorsqu'on lui reprochait cette fougue de malices :

— Je ne puis m'en empêcher, répondait-il, il faut que je morde.

Voltaire même ne brillait pas auprès de lui. Aussi ne l'aimait-il pas et fut-il même injuste envers cet homme d'un esprit plus étincelant, mais non aussi vaste que le sien. Jugez donc ce qu'il fallait être pour se montrer plus étincelant que Voltaire!

Piron est mort en 73. — Il m'a laissé un bâton, coupé dans les bois de son pays, et qu'il appelait la gaule aux ânes. Il s'en servait toujours et faisait le geste de frapper à chaque épigramme. Il écrivit autour en me l'envoyant :

— Après moi, s'il en reste!

XXXVII

Un autre d'un genre bien opposé, c'était M. Dorat, le père de la poésie à l'eau tiède, le faiseur de petits vers parfumés, dont le chevalier de Boufflers se moquait avec tant d'esprit. Quant à moi, il m'était insupportable, et je me trouvai fourrée dans une aventure avec lui; voici pourquoi :

M. Dorat était assez joli garçon; — il est fort changé à présent, on le dit malade. — Il plaisait aux femmes et elles ne le lui cachaient pas.

Une jeune dame que je voyais souvent et à laquelle j'ai promis de taire son nom en racontant cette aventure, s'éprit du poëte-oiseau, et s'en vint me conter son amoureux martyre, et me demander ce qu'il fallait faire en pareil cas, le galant n'ayant pas la mine de se soucier d'elle, ou plutôt n'osant pas lever les yeux jusqu'aux siens. Je l'engageai fort à se guérir, à se tenir tranquille, ne me souciant point de lui voir M. Dorat pour amant.

Elle me rétorqua madame du Châtelet et Voltaire; à quoi je répliquai, à mon tour, que M. Dorat était encore bien moins Voltaire qu'elle n'était madame du Châtelet.

Elle se retira mal satisfaite, je m'en aperçus. Cependant elle ne me dit plus rien de cette belle passion; je supposai qu'elle en avait pris une autre et je n'y songeai plus.

L'été suivant, sa belle-mère m'emmena avec elle à sa campagne; nous y tombâmes sans être attendues. Madame de*** s'embarrassa dans les compliments à notre arrivée; je devinai qu'elle ne lui plaisait guère, et je ne me trompais pas.

Je compris qu'il fallait observer, et je n'eus pas beaucoup de peine, en voyant débarquer le lendemain M. Dorat dans tout l'empressement d'un nouveau fiancé. A ses premières paroles, au son de sa voix, je devinai qu'il n'en était encore qu'aux espérances et aux tâtonnements; je me promis qu'il n'irait pas plus loin. Il fallait se hâter, la petite dame me paraissant pressée.

Je recommandai d'abord à Pont-de-Veyle, qui nous avait accompagnées, de ne quitter la place sous aucun prétexte et de ne pas les laisser seuls une minute. Il me le promit et tint parole. Du reste, on les aurait suivis à la trace : M. Dorat exhalait, suivant son habitude, tous les parfums de l'Arabie.

J'emmenai la douairière de***, mon ancienne amie, au fond du jardin, et, là, j'entrai en matière sans préambule.

— Ma reine, lui dis-je, vous plait-il que monsieur votre fils soit coiffé de la main de M. Dorat; on ne l'a pas appelé à autre fin, et il est ici pour cela.

Mon amie fit un haut-le-corps d'étonnement.

— Cela est ainsi, et, si vous n'y mettez ordre, tout sera consommé demain matin. Quant à moi, je ne me consolerais point que la fleur des pois de la noblesse fût conspuée par un poëteriau de cet accabit, et je vous offre mes services.

— Mon fils avait bien besoin de s'en aller en Angleterre et de nous laisser cet embarras sur les bras! Que voulez-vous faire à présent? Monter la garde nuit et jour, nous ériger en cerbères? Eh! ma reine, souvenez-vous de notre jeunesse : s'ils ont envie de se voir, ils se verront malgré nous.

— Aussi je ne veux pas les empêcher de se voir, au contraire.

— Alors...?

— Alors, ma chère, il faut surtout les empêcher de s'aimer, et, si vous voulez me croire, rien ne sera plus facile.

— Comment?

— C'est ce que je vais vous dire, j'ai déjà conçu mon plan. Je vous garantis demain matin le poëte en fuite et madame votre belle-fille guérie sans retour.

— Faites ce miracle et vous serez le premier des médecins.

Nous combinâmes facilement notre affaire; puis nous rentrâmes au salon, où Dorat embaumait toujours et prodiguait les madrigaux à la douzaine. Pont-de-Veyle écoutait et ne comprenait pas toujours. Cette scène et ce qui s'ensuivit fut dans les imitations dont vous a parlé M. Walpole ; c'était une des plus amusantes, il ne la chantait qu'en petit comité.

Un peu avant de se mettre à table pour le souper, le maître d'hôtel apporta un flacon de vin des Açores, renommé par son mérite, et en offrit à la ronde, afin d'ouvrir l'appétit. La jeune femme n'en buvait jamais ; mon ami Pont-de-Veyle et moi, nous nous excusâmes ; Dorat voulut en faire autant ; mais la maîtresse du logis insista tellement, qu'il ne put s'empêcher d'en goûter et d'y revenir même, dans la crainte de la désobliger.

— N'est-ce pas qu'il est exquis, ce vin ? dit-elle. Il vient des propriétés de ma famille, aux environs de Madère. Puisqu'il vous plaît, on le mettra près de vous à table et vous n'en boirez pas d'autre.

Dorat trouvait en effet le vin bon, mais avec un goût extraordinaire ; madame de***, prétendit que c'était le terroir, et que là était son mérite. Il n'eut garde de le nier.

On se mit à table, il causa, il dit des vers, il but, sans s'en apercevoir. On expédia pourtant le souper assez vite, et, sous prétexte de fatigue, nous nous séparâmes presque sur-le-champ, à la grande joie des amoureux.

Nous n'étions pas chez nous depuis dix minutes que le silence régnait partout. Bientôt, des pas discrets se firent entendre dans le corridor, une porte huilée glissa sans bruit sur ses gonds. L'heure du berger avait sonné, et Dorat était dans la place.

Immédiatement après, la belle-mère s'en va doucement derrière lui, munie de son passe-partout de maîtresse de maison, tout aussi graissé que les gonds de la porte, et donne deux tours de clef à la serrure ; plus moyen de sortir. Juste en même temps, un domestique armé se poste, dans le jardin, en sentinelle sous les fenêtres de la jeune duchesse. Le blocus était complet.

Cependant la belle en était à sa première faute, et, quelque envie qu'elle eût d'en commettre, elle eut ce moment de surprise et de pudeur dont on ne se débarrasse pas aussi vite qu'on le croit. L'amoureux à ses genoux protestait de sa flamme, de sa fidélité, vantait son bonheur, son délire, enfin ce qui se dit en pareil cas depuis que le monde existe, et se dira jusqu'à la consommation des siècles.

Tout à coup, il fait une grimace involontaire ; la plus impertinente douleur se déclare chez lui au moment le plus inopportun. La duchesse le voit pâlir et s'inquiète.

— Qu'est-ce ? qu'avez-vous ? demande-t-elle.

— Rien ! l'émotion, la joie, mes transports contenus... Je souffre du cœur, cela m'arrive souvent.

— Ah ! il faut vous soigner.

— Sans doute.

— Cela va-t-il mieux ?

— Non, au contraire.

Il ne peut plus se tromper sur ce qu'il éprouve ; cela n'a qu'un nom dans la langue française : une colique, une effroyable colique, tordait ses intestins, et menaçait de suites plus effroyables encore ! Il voyait un abîme devant lui ; il pâlissait, il souffrait à mourir et bientôt il se trouverait dans une position épouvantable.

— Hélas ! madame, dit-il n'ayant plus qu'une pensée, celle de s'en aller, je me vois forcé de rentrer chez moi ; je ne puis plus supporter cette torture. Pardonnez-moi, je vais essayer de me remettre ; laissez-moi espérer que demain...

— Oh ! oui, demain ! mais retournez à votre chambre, prenez du repos ; votre visage est défait à m'épouvanter.

Il lui baisa la main à la hâte, balbutia des excuses et courut vers la porte, ne sachant s'il aurait le temps d'y arriver. Il se jette sur le verrou, le tire, veut ouvrir ensuite : point ! résistance absolue, le pène tient, et pas de clef ! La dame court à la porte, elle essaye à son tour de l'ouvrir, elle n'est pas plus adroite.

— Mon Dieu ! comment faire ? Nous sommes enfermés !

— Et je ne puis rester ici, il faut que je m'en aille.

— Je ne veux pas que vous y restiez, reprit-elle ; car elle commençait à se dégriser un peu par la frayeur du scandale et de sa belle-mère. Que dire demain matin ?

— Et d'ici là... Mon Dieu ! madame, je ne puis plus y tenir ; c'est à en devenir fou !... Ah ! la fenêtre !

Il y court ; c'était au premier étage d'un château, au-dessus d'un rez-de-chaussée fort élevé ; la distance n'était pas mince ; mais le pire, c'était la sentinelle, continuant son pas impassible, et le canon de son mousquet brillant à la lune. Il n'y avait pas d'évasion à tenter par là. Rien ! rien ! renfermés ensemble, et le malheureux voué aux dieux infernaux !

Il avisa la porte d'un cabinet, espérant une issue, espérant au moins s'enfermer et trouver un soulagement dans la solitude. Pas d'issue d'abord, pas un récipient et pas moyen de s'enfermer dans ce petit coin. La duchesse commençait à deviner de quelle incommodité son poëte était atteint. Force lui fut de le deviner tout à fait ; car il arriva un moment où la nature fut la plus forte et brisa toutes les barrières.

Le jeune homme s'évanouit de souffrance et de honte ; quant à elle, elle s'était sauvée à la fenêtre la plus éloignée de lui, ayant sous son nez un flacon d'eau de senteur, et jurant qu'on ne l'y prendrait plus.

Dorat restait ainsi par terre, embaumé et exhalant des odeurs à renverser une procession de capucins. Ils ne se disaient pas un mot, ils ne se regardaient pas, ils eussent voulu, l'un et l'autre, être à cent pieds sous terre. La douairière s'en alla donner tout doucement un tour de clef pour ouvrir la cage, et se sauva chez elle. Ils ne l'entendirent pas ; cependant il fallait aviser à quelque chose. Dorat se leva et retourna vers cette fatale porte, qui, cette fois, s'ouvrit toute seule. Je vous jure qu'il ne demanda pas son reste et qu'il fut bientôt retourné dans sa chambre.

La duchesse ne se dérangea point qu'elle ne l'eût entendu s'éloigner. Elle ne se rendait pas compte de ce qui s'était passé, de ces obstacles levés soudainement et de cette maladie intempestive. Elle appela ses femmes pour réparer les désastres, et leur dit qu'elle avait été malade ; ce qu'elles voulurent bien croire, n'ayant aucune raison de supposer le contraire.

Lorsqu'on se réunit pour le déjeuner, on remit à la duchesse un billet de M. Dorat, lui offrant ses excuses et ses regrets : une lettre arrivée le matin même par un exprès le rappelait à Paris et le forçait de partir sur-le-champ.

— J'en suis fâchée, dit la douairière, j'aurais été charmée de passer quelques jours avec lui. C'est un homme charmant : ne le trouvez-vous pas, ma fille ?

— Mais, madame, je ne sais... je crois... je n'y ai pas fait attention.

La conversation en resta là.

Jamais Dorat et la duchesse ne se revirent depuis ce moment. Lorsqu'ils se rencontraient, ils se sauvaient l'un de l'autre, et ne semblaient point se connaître. Le mieux, c'est que la duchesse en a pris l'abomination de l'amour, et qu'elle en est restée la plus honnête femme de la cour. Depuis qu'elle n'est plus jeune, elle m'en a grande obligation, et m'en remerciait encore l'autre jour.

Pour M. Dorat, j'ignore s'il m'a accusée de son malheur, mais il n'a plus reparu chez moi.

XXXVIII

Les philosophes sont comme les confesseurs qui ont la manche large. Ainsi, M. Diderot et consorts s'épuisent à chanter la liberté, à proclamer la haine des tyrans, à préconiser le gouvernement de la république, dont ils appellent l'avénement de tous leurs vœux. Cependant, l'impératrice de Russie ayant acheté, en différentes fois, la bibliothèque de Diderot quarante mille livres à peu près, en mettant pour principale clause qu'il en aurait soin et la conserverait jusqu'à sa mort, il a fort bien accepté ses bienfaits et a divinisé cette grande Catherine, la traitant de philosophe, sans doute pour l'acquit de sa conscience.

Il a même poussé la complaisance jusqu'à oublier les peccadilles de la czarine, qui fussent devenues d'épouvantables désordres, si un autre souverain s'en fût permis la pensée. Et toute la secte de crier : «Hosannah !» J'ai souvent causé de cela avec Voltaire, qui se contentait de sourire et de me répondre :

—Que voulez-vous, madame! il faut bien passer quelque chose à la nature humaine.

Son sourire seul me parlait et me disait sa pensée. Il ne s'en vit jamais de plus fin ni de plus éloquent. Lorsqu'il était jeune, sa physionomie avait un charme que je ne puis rendre. La statue de Pigalle, à ce qu'on m'assure, le rappelle beaucoup. Hélas! je n'en jugerai point.

Il soutenait cependant sa livrée de tout son pouvoir et de sa bourse, et de ses bontés. Ainsi, il fit venir à Ferney M. La Harpe, avec sa femme, ses enfants, ses guenilles, tout son ménage, parce que celui-ci ne vivait qu'avec peine à Paris. Pour l'en récompenser, La Harpe lui vole un chant de sa *Guerre de Genève*, qu'il ne voulait pas faire connaître encore, et le répand partout avec des commentaires. Mille désagréments arrivent au patriarche; il prend des renseignements et il apprend, à n'en pouvoir douter, d'où lui est déchochée cette trahison.

Justement irrité, il fit des observations et des plaintes. Son hôte, de sa chambre même, à Ferney, lui répondit les lettres les plus désobligeantes et les plus desagréables, des impertinences en quatre pages.

M. de Voltaire ne les supporta pas ; il chassa l'ingrat qui le méconnaissait, en sorte que le bruit de ce vilain trait se répandit parmi les philosophes. Craignant de faire du tort à cette élève, il nia ses torts et se rejeta sur des circonstances qu'il n'expliqua pas.

Rien n'est bilieux, méchant, vipérin, comme ce La Harpe. Enfant trouvé et nommé par ses sauveurs du nom de la rue où il gisait sur le pavé du roi, il n'a jamais pu pardonner à la société cette faute de sa naissance. Il voudrait être le premier partout, il se croit un génie et n'admet de décision que la sienne.

Un jour, il m'arrive, je ne le connaissais pas du tout ; il venait de la part de Voltaire, disait-il, pour me parler de *Tancrède* ; je vous demande un peu pourquoi il avait besoin de me parler de Tancrède ? et vous allez voir comment !

—Madame, avez-vous vu *Tancrède ?*

—Oui, monsieur, répondis-je tout étonnée.

—N'est-il pas vrai que c'est sublime?

—Oui, c'est sublime! c'est sublime, en vérité! Ensuite?

—Eh bien, madame, j'y étais l'autre jour, avec M. d'Argental. A côté de nous se trouvait, dans le parterre, un étranger qui criait, pleurait, applaudissait, Je me tournai de son côté, et je lui dis:

» —N'est-il pas vrai, monsieur, que ce Voltaire est un grand homme?

» Le nigaud me répond tout bonnement :

» — Oui, monsieur, ça est fort propre, fort propre, assurément.

» Qu'en dites-vous, madame?

Je ne voyais pas dans tout cela le prétexte d'une visite chez une dame qu'il ne connaissait pas. Comme je ne répondais point, il reprit :

— Ah! madame, y a-t-il rien de plus étrange que ce qui se passe aujourd'hui? Connaissez-vous le médecin qui dénoue, le médecin qui guérit de tout en dénouant?

— Non, monsieur.

— Faites-le chercher, il vous dénouera les yeux et vous y verrez clair. Toutes les maladies se connaissent au pouls, et les nerfs en sont les seules causes ; en les dénouant, on est guéri ; les nerfs noués font tout le mal. Il vous étend sur un lit et vous dénoue. Il vous fait un mal affreux, vous criez, vous lui donnez une poignée d'écus, et vous dansez la gigue ensuite. O Molière, où es-tu? N'est-ce pas d'un ridicule indicible?

— Oui, monsieur; mais...

— Et cette autre mode des cafés, la connaissez-vous?

— Mais non, mais non, monsieur; je voudrais savoir...

— Ce que c'est? Très-volontiers. Chaque dame élégante tient café à présent, et voici la façon de s'y prendre. On choisit un jour, et l'on place dans une grande salle de petites tables à quatre places au plus; elles sont garnies de jetons, de cartes et de tout ce qu'il faut pour jouer. Sur d'autres, on met du vin, du café, de la limonade, etc. La maîtresse de la maison est assise à une façon de comptoir, avec des oranges et des gâteaux devant elle; elle est vêtue à l'anglaise, une robe courte, un tablier de mousseline, un fichu pointu, un petit chapeau.

« Les liqueurs sont sur la tablette de la cheminée; les laquais, en veste blanche et bonnet blanc; on les appelle *garçons*. La maîtresse de la maison ne se lève point, on va lui parler ; et, dans la salle à manger, on a établi aussi de petites tables numérotées, et qu'on tire au sort, afin de ne point amener de discussions. On ne doit manger qu'une poule au riz, une seule entrée et un entremets; quelquefois une forte pièce de rôti. Cela est économique, mais cela ressemble aussi aux enfants jouant à la dînette ; ne le trouvez-vous pas?

J'avais pris mon parti de cet homme; je pensais qu'il finirait bien par dire ce qu'il avait au fond de son sac, et je l'écoutais comme une gazette. Tout ce monde dont il me parlait là n'était pas le mien; mais je m'instruisais à l'entendre.

— N'y a-t-il pas d'autre nouveauté? repris-je pour le lancer.

— Oh! que si fait, il y en a... Aux cafés, on ajoute les proverbes ; on en joue partout. J'ai assisté l'autre jour à une scène curieuse en ce genre, chez madame Thélusson. Hume, vous savez bien, Hume, l'historien anglais, l'ami de Rousseau, ce grand et gros homme, était venu dans l'intention de remplir un rôle. On lui donna celui d'un sultan entre deux sultanes; il devait employer son éloquence à s'en faire aimer et leur offrir des consolations dans des chagrins supposés. Il se plaça sur un sofa ; on lui choisit les plus jolies femmes de Paris; il se mit à les regarder l'une après l'autre, puis il se tapa sur le ventre, sur les cuisses, et leur dit d'un air ébahi :

» — Eh bien, mesdemoiselles, eh bien, vous voilà donc?... Eh bien, vous voilà ici?

» Et ainsi de suite pendant un quart d'heure.

» Une des esclaves, impatientée, se lève, et s'écrie en retournant à sa place :

» — Ah! je m'en étais bien doutée, cet homme n'est bon qu'à manger du veau.

» Vous jugez que la demande et la réplique nous firent beaucoup rire.

— Je le comprends, c'était en effet très-drôle, et M. Hume me paraît d'ici singulièrement affublé.

— Ah! madame, ne savez-vous pas ce qui est arrivé à M. le lieutenant de police? Je vais aussi vous l'apprendre. Il devait aller à un repas de cérémonie, et il lui fallait absolument une perruque. Cette perruque, commandée et recommandée à cette intention, n'arrivait cependant pas. Un valet de chambre va la chercher; le perruquier fait ses excuses : sa femme était accouchée et l'enfant était mort, mais la perruque était faite; dans tout ce trouble, on avait oublié de la porter; elle était prête, et dans une boîte que l'on présenta au valet.

» — Regardez-la d'abord, vous verrez qu'elle est parfaite.

» On ouvrit la boîte et l'on y trouva le corps de l'enfant mort de la veille.

» — Ah! mon Dieu! s'écria le malheureux père, les prêtres se sont trompés, ils ont enterré la perruque!

» M. le lieutenant de police est allé à sa cérémonie sans une perruque neuve, et, qui pis est, il a fallu un ordre de l'archevêque, un procès-verbal et des écritures à n'en plus finir pour enterrer l'enfant et déterrer la perruque.

Il s'arrêta. J'en étais fâchée; il m'amusait, bien que je le trouvasse le plus singulier du monde.

— C'est donc fini, monsieur? il n'y a plus rien pour cette fois?

— Non, ce n'est pas fini, madame : il y a encore le procès de la marquise de Saint-Vincent. Elle a fait faire des culottes à un abbé, et ne veut plus les payer, à présent qu'elles sont usées; l'abbé en est incapable; de sorte que le tailleur réclame et qu'elle sera condamnée sans doute. Il y a un proverbe : *Qui casse les verres les paye.*

— Je vous remercie mille fois de vos renseignements; néanmoins, nous sommes éloignés de M. de Voltaire. Vous veniez de sa part...

— Oui; c'est-à-dire jusqu'à un certain point. Il m'avait si souvent parlé de vous, de votre esprit, de votre conversation délicieuse; j'en ai voulu juger moi-même : je le trouve au-dessous de la vérité.

— Monsieur, vous êtes bien honnête. En effet, j'écoute fort bien; on me l'a toujours dit.

Il me regarda avec ses yeux de charbon rouge et comprit.

Il se connaissait en épigrammes.

— Vous ai-je ennuyée, madame?

— Non, certes, monsieur, au contraire.

— Eh bien, donc,

Tous les genres sont bons, hors le genre ennuyeux.

C'est Boileau, notre maître à tous, qui l'a dit... Ah! pardon, madame, est-il vrai que l'on vous ait fait des vers sur votre tonneau, et que vous en ayez répondu?

— Rien n'est plus vrai, monsieur.

— Et ne pourrait-on les connaître?

— Parfaitement. Je vous dois bien cela pour toutes vos nouvelles.

— Madame, j'aime les nouvelles de passion; je voudrais être gazetier.

— Il ne vous est pas difficile de le devenir.

— J'y songerai.

Aussi le fit-il pour le compte du czar ou de la czarine, je ne sais pas au juste.

Pour comprendre ces vers, il faut savoir qu'au lieu de fauteuil, je m'étais fait faire une manière de tonneau de ravaudeuse, bien rembourré, et qui me garantissait de tous les vents. Ce tonneau donnait lieu sans cesse à des vers anonymes; j'avais reçu ceux-ci par la poste; mais ils étaient de madame de Forcalquier, que nous appelions *la Bellissima* :

Ce n'est pas quand on voyage
Que l'on trouve du plaisir;
Ce n'est que près du rivage
Que l'on remplit son désir.
On a beau voguer sur l'onde,
Parcourir dans un vaisseau,
Les quatre coins de ce monde,
Rien ne vaut votre tonneau.

Ces vers étaient médiocres, pourtant j'y répondis, sur l'air *Du haut en bas* :

Dans son tonneau,
On voit une vieille sibylle,
Dans son tonneau;
Qui n'a que les os sur la peau,
Qui jamais ne jeûna vigile,
Qui rarement lit l'Évangile
Dans son tonneau.

— Madame, vos vers valent mieux que ceux de Saint-Lambert dans ses *Saisons*. Connaissez-vous *les Saisons?*

— Oui, monsieur.

— Qu'en pensez-vous?

— Je pense comme un de mes amis : c'est l'Arcadie encyclopédique; on y voit des pasteurs, le dictionnaire à la main, cherchant l'article *Tonnerre*, pour entendre ce qu'ils disent eux-mêmes d'une tempête.

— Ah! madame, que cela est charmant! cela vaut tout le poëme.

— Ce n'est pas moi qui dis cela, monsieur; c'est M. Walpole.

— Celui qui a fait la *Lettre du roi de Prusse à Rousseau?*

— Lui-même.

— Il a bien de l'esprit!

— Je suis charmée que vous lui en trouviez, monsieur.

— Madame, je m'y connais, vous pouvez le lui écrire de ma part. Il se fait tard, j'ai l'honneur de vous saluer. Je suis enchanté de vous avoir vue, et surtout d'apprendre que vous ne lisez guère l'Évangile et que vous ne jeûnez point.

Il n'est jamais revenu.

XXXIX

Sophie Arnould avait une fois chargé Thomas, autre soldat obscur de l'armée des philosophes, d'une affaire de cheminée, avec le ministre de Paris.

— Mademoiselle, lui dit-il, j'ai vu M. le duc de la Vrillière, je lui ai parlé de votre cheminée, d'abord en citoyen, ensuite en philosophe.

— Eh! monsieur, ce n'était ni en citoyen ni en philosophe qu'il fallait parler, c'était en ramoneur.

Ceci me revient à propos d'un autre philosophe, qui n'était pas fait pour l'être, et qui le fut envers et contre tous. Il aurait dû rester ramoneur, c'est-à-dire fermier général; il vivrait encore, peut-être.

Je veux parler de M. Helvétius et de son fameux livre de *l'Esprit*, entrepris en vue de l'*Esprit des lois* de M. de Montesquieu, duquel j'avais dit :

— C'est de l'esprit à propos des lois.

Mais le coup fut manqué, et cet *Esprit* n'eut pas d'esprit du tout, ni de succès non plus, s'il obtint la persécution.

M. Helvétius était le fils du médecin de la feue reine, qui venait de Hollande. Il obtint de très-bonne heure une place de fermier général, et cette charge, jointe à la fortune que lui laissa son père, le mit en posture des plus riches parmi ceux de son espèce. Il était bien fait, de bonnes façons, et il aimait les femmes jusqu'à la folie.

Ce qu'il eut d'aventures n'est pas croyable; il changeait de maîtresses comme d'habits; il en avait plusieurs d'établies chez lui, qui étaient de mois, d'année, comme les capitaines des gardes, ou les premiers gentilshommes de la chambre. Il les faisait appeler suivant sa fantaisie, et donnait des dîners, des soupers dont on parlait dans tout Paris, et où il conviait les mauvais sujets de la ville et de la cour.

Cela alla ainsi plusieurs années; puis il lui poussa des ailes pour voler plus haut, et il rencontra je ne sais où la comtesse d'Au... J'ai vergogne de nommer une femme de qualité dans des conditions semblables, à moins qu'elle ne s'affiche elle-même, comme madame du Châtelet.

Madame d'Au... recevait beaucoup de monde, beaucoup de beaux esprits et de gens de lettres; elle était une manière d'esprit fort, affichant l'athéisme, et se parant de ses opinions extravagantes. Il va sans se dire qu'elle était philosophe et que la ribambelle de ces parpaillots la suivait, attentive à ses bons dîners et à sa maison ouverte.

Helvétius lui plut infiniment, elle ne chôma de le lui dire et de le lui prouver. Il lui donna des fêtes, il lui offrit des galanteries de toutes les façons et il eut encore la complaisance de ne pas crier tout haut que c'était pour elle. On ne fit que le deviner.

Sur ces entrefaites, une autre folle, la duchesse de C***, entendit parler de cette belle union et se mit en tête d'en avoir sa part. Elle avait autant d'esprit que la d'Au... et plus d'éloquence peut-être; elle n'avait pas le tort de s'astreindre à un seul amant, elle en prenait suivant son caprice; ce qui ne l'empêchait pas d'être jalouse à tout tuer autour d'elle, si on lui manquait en la moindre chose.

Elle tomba un jour comme une bombe chez la comtesse, au moment où Helvétius y trônait, et la conversation s'engagea entre eux tous, sur le terrain où l'on voulut la mettre.

Les voilà, hurlant à qui mieux mieux qu'il n'y avait point de Dieu, que le hasard faisait tout en ce monde, que le hasard avait tout créé, et que nous étions des marionnettes de premier calibre, bonnes à présenter sur un théâtre, ayant chacune notre rôle tracé et le jouant suivant notre fantaisie ou notre talent.

— Et l'amour, monsieur, que pensez-vous de l'amour? demanda en minaudant la duchesse.

— L'amour, madame, l'amour? C'est une nécessité, c'est un plaisir, comme les bons dîners, comme le vin vieux et les gélinottes; en amour, il n'y a que le physique de bon; le reste ne vaut pas un fétu et ce n'est pas la peine d'en parler.

— Mais le cœur, monsieur, le cœur?

— Le cœur, madame? C'est un viscère; il concourt comme les autres aux suprêmes jouissances que la nature nous révèle; seul, il est impuissant à rien sentir, à moins que l'imagination ne l'inspire.

— Selon vous, alors on n'aime que physiquement?

— Selon tous ceux qui voudront être de bonne foi, madame; vous-même peut-être, vous avez trop d'esprit pour vous livrer aux extravagances du sentiment, et, pour moi, je n'y crois point, mais point du tout.

La duchesse trouva la doctrine mirifique; elle ajouta seulement, comme conclusion :

— Monsieur, il faut être bien sûr de son fait et payer rudement de sa personne pour oser lever un pareil étendard.

Elle ne se contenta pas de le supposer, elle voulut savoir à quoi s'en tenir; bientôt elle partagea les exploits du philosophe avec la comtesse d'Au..., et même, à force d'agitation, elle parvint à l'emporter sur elle. Il quitta l'une pour l'autre. Celle-ci, régnante, voulut être absolue, elle essaya de chasser le fretin des sultanes habitant la maison de son amant. Quant à ceci, elle y perdit son latin, il les garda.

On ne finirait point si l'on racontait la quantité d'extravagances auxquelles donna lieu la jalousie très-fondée de la dame. Helvétius s'en amusait beaucoup et ne cessait de la prêcher sur l'accomplissement de leurs doctrines.

— Imitez-moi, disait-il, je ne m'y oppose point et je ne vous ferai pas de reproches; nous mangeons à plus d'une table, nous buvons dans plus d'un verre; pourquoi n'aurions-nous qu'un seul amour?

En ceci, il était conséquent, et je ne sais trop ce que la duchesse eût pu répondre; je sais seulement ce qu'elle fit : elle lui obéit strictement.

En ce moment, la mode était aux géomètres; les femmes s'arrachaient Maupertuis, qui se promenait aux Tuileries en habit de carnaval, et dont le ridicule passait tout ce qu'on a jamais pu voir ou imaginer. M. Helvétius, qui voulait beaucoup de femmes, s'imagina que cela tenait aux figures et aux problèmes, et se mit à en faire aussi. Il n'y eut sans doute pas le succès qu'il en attendait, puisqu'il s'en lassa, et se jeta dans la poésie; le roi de Prusse ayant confisqué Maupertuis, la géométrie tomba.

La poésie d'Helvétius tomba aussi; son poëme du *Bonheur*, prôné par les gens de lettres, était voluptueusement ennuyeux; il comprit qu'il fallait essayer d'autre chose, sa voie n'était pas là, et il se mit à composer cet immense volume de *l'Esprit*, qu'on pourrait réduire à la grosseur du petit doigt, encore serait-il loin de la perfection.

Pour le composer, il prit une autre méthode, une méthode à rebours de celles qu'on choisit d'ordinaire : il résigna sa place de fermier général et se maria à une fille pauvre, mais charmante. Il épousa mademoiselle de Ligneville, fille de qualité de Lorraine; sa maison était des premières de ce pays, bien qu'elle n'eût pas un sou de dot. Lorsqu'un ami commun lui proposa M. Helvétius, son premier mouvement fut de refuser, la mésalliance lui paraissait insoutenable.

— Songez qu'il s'agit d'une immense fortune, lui dit-on.

— Que m'importe!

— Songez que vous allez avoir à vous reprocher la perte d'un homme de mérite. Il faut qu'il se marie pour clore une jeunesse orageuse; il ne veut épouser que vous, et, si vous refusez, il retombera dans son abîme, dans ses entraînements, c'en est fait de lui corps et âme!

Cette considération toucha l'excellente créature; elle consentit à le voir et lui annonça qu'elle lui donnait sa main, à la condition de se laisser guider par elle dans les choses de la vie.

— Je vous rendrai heureux, monsieur, lui dit-elle; j'accepte votre fortune pour vous donner plus que vous ne m'offrez. Je vous dévoue mon existence, mon avenir; comptez sur moi, je veux être et serai une honnête femme.

Elle lui tint parole. Ils se retirèrent ensemble à la campagne; elle y passa sa jeunesse, venant à peine deux ou trois mois d'hiver à Paris, ne voyant que la société de son mari, ayant renoncé à tout pour lui plaire et ne se permettant pas même une démarche sans l'approbation de M. Helvétius. Il fut plus favorisé qu'il ne méritait de l'être; d'autant plus qu'il ne changea pas grand'chose à ses habitudes et qu'il conserva son sérail, non pas chez lui, mais ailleurs, toujours par philosophie.

Ce livre de *l'Esprit* lui valut la persécution de la cour, celle des dévots et des jésuites, des jansénistes aussi; pour la première fois, ils se trouvèrent d'accord, ce qui fit presque un scandale chez leurs partisans. Helvétius en eut la tête tournée, il ne s'y attendait pas. Il s'en alla en Prusse voir le héros des philosophes, qui le prisa fort peu et le reçut mal; puis, en Angleterre, d'où il revint affolé; il voulait absolument nous faire à l'image et ressemblance de ces chers insulaires, et, soit dit sans offenser M. Walpole, nous n'y aurions pas gagné.

De retour en France, il se prépara à lui-même, selon les recettes de son père, de petits philtres amoureux, qui lui rendirent une vigueur factice, mais qui le tuèrent en quelques mois, aidés d'une goutte opiniâtre, leur sœur aînée. Madame Helvétius aimait son mari et fut inconsolable pendant bien longtemps.

Aujourd'hui, elle a découvert des charmes immenses à la race féline, elle vit entourée de quinze ou vingt angoras de toutes les couleurs. On en raconte des histoires précieuses, je ne m'amuserai pas à les répéter.

Les philosophes se réunissaient beaucoup pour parler, mais aussi beaucoup pour souper et pour boire; non qu'ils s'enivrassent, mais ils s'excitaient, et les utopies, les systèmes et les discussions allaient leur train. Ils ont continué jusqu'à présent; la politique s'en mêle beaucoup, ils veulent tout culbuter et on ne les y aide que trop! M. Necker a beau les retenir, il ne sera pas assez fort, je le crains; et tout s'écroulera avec lui, même nous, c'est-à-dire même la France, car, moi, je n'y serai plus.

XL

J'ai dit quelques mots de la mort du président Hénault; je retrouve, à cette époque de mon journal, un grand article au sujet de mes griefs contre lui, et du peu de regrets que j'eus de le perdre; il m'avait beaucoup aimée, et puis il avait cessé de m'aimer et s'était mis du côté de la demoiselle Lespinasse au point de la vouloir épouser; je n'avais pu lui pardonner cela, bien que je ne m'en plaignisse jamais et qu'on nous crût les meilleurs amis du monde.

C'était un parfait égoïste, il le prouva bien, en ne laissant dans son testament pas un legs à un seul de ses amis; il ne nous nommait même point. C'était incroyable pour ceux qui ne le connaissaient pas comme nous; quant à moi, je n'en fus pas étonnée.

En ce moment, Rousseau était à Paris, où il ne jouait qu'un rôle de marionnette de Nicolet; les paltoquets de la philosophie, et du plus bas étage encore, étaient les seuls qui s'occupassent de lui. Le prince de Luynes, en bon jeune homme qu'il était, lui avait offert un asile qu'il dédaignait, comme il dédaignait à Paris tous ses amis de qualité. Il refusa de voir mesdames de Boufflers, la maréchale de Luxembourg, et toutes ces dames assez folles pour courir après ses bonnes grâces. C'était bien fait.

J'en viens à cela pour raconter une chose que je ne me charge pas d'expliquer, et à laquelle donna lieu la mort du président Hénault, et aussi la présence de Rousseau à Paris; plus, celle du roi de Suède, Gustave III, actuellement régnant, et qui venait de succéder à son père, dont il avait appris la mort ici.

Ce prince est charmant d'esprit, d'affabilité et de dignité simple.

Il m'avait fait l'honneur de m'engager à souper; je connaissais M. de Creutz, son ambassadeur auprès du roi.

Nous n'étions pas nombreux à ce souper de Sa Majesté Suédoise : les deux duchesses d'Aiguillon, le comte de Creutz, M. de Sestain, le jeune frère du roi et son gouverneur, voilà tout.

On s'occupait fort de la mort de *madame Brillant*, la chatte de la maréchale de Luxembourg, âgée de quinze ans et qu'elle aimait beaucoup. C'était un deuil général parmi les amis de la duchesse, qui avait pris la chose au grave et recevait les compliments de condoléance, comme pour la mort d'un parent; encore certains de ses cousins lui eussent coûté moins de larmes, voire même peut-être le mari de sa petite-fille, le duc de Lauzun, qu'elle n'adorait pas.

La maréchale avait la superstition du vendredi; madame Brillant était morte un vendredi; tous ses malheurs arrivaient ce jour-là à la pauvre duchesse, et celui-ci était le dernier. On en fit la remarque.

— Ah! dit madame d'Aiguillon la douairière, avoir perdu madame Brillant et être méprisée de Rousseau, qui ne veut pas absolument la voir et copie sa musique dans un grenier, c'est trop de malheurs en même temps! Elle accuse une sorcière de lui avoir jeté un sort; elle croit aux sorcières et aux vendredis, la bonne maréchale.

— N'y croyez-vous donc pas, madame? dit le roi très-sérieusement.

— Pour cela, non, sire.

— Et vous, madame? me demanda-t-il.

— Ni moi non plus, sire.

— Ces dames sont des esprits forts, répliqua M. de Creutz; en France, à présent, on ne saurait être autre chose.

— Cependant j'ai trouvé en France un magicien des plus étranges, et j'y crois, moi; j'ai le malheur d'y croire.

— Le malheur, sire? C'est un grand bonheur, selon moi, que de croire à quelque chose. Où avez vous déterré un sorcier sur le pavé de la grande ville?

— Désirez-vous le voir, madame?

— De grand cœur.

— Et moi aussi!

— Et moi aussi!

L'écho fut général.

— Rien de plus facile. Monsieur Schiffer, faites atteler des chevaux à un carrosse et allez le chercher sur-le-champ. On assure qu'il fait revenir les morts.

— Je veux qu'il nous fasse parler à madame Brillant, dit la jeune duchesse. Nous saurons ainsi si les bêtes ont une âme.

On *bavarda* sur ce sujet pendant assez longtemps, — avec la meilleure volonté du monde, je ne puis appeler cela causer, — et enfin le sorcier arriva. C'était un homme assez vieux, bien plus vieux assurément qu'il n'en avait l'air, avec les cheveux blancs, la barbe dans toute sa longueur, et tombant jusqu'à la moitié de sa poitrine; je crois que cette barbe était fausse et qu'il la mettait seulement pour rendre ses oracles. Il salua gravement, mais avec une sorte de fierté, même le roi, qui s'était avancé au-devant de lui, en lui disant quelques paroles gracieuses.

— Que désire de moi Votre Majesté? demanda-t-il.

— J'ai entendu parler de vous, monsieur; je comptais aller demain chez vous, pour vous prier de me dévoiler mon avenir; ces dames ont désiré assister et participer à cette séance, et je vous ai envoyé chercher à une heure indue peut-être.

— Toutes les heures sont bonnes pour moi, sire : je n'ai point de sommeil et la nuit m'est propice, au contraire. Je suis aux ordres de Votre Majesté, bien que j'eusse préféré, je l'avoue, ne pas être interrogé par elle.

— Pourquoi?

— J'ai déjà tiré l'horoscope de Votre Majesté.

— Ah! et il est funeste?

Le sorcier ne répondit pas.

— Ne craignez point, monsieur, je suis déjà prévenu. Une sorcière du port, à Stockholm, m'a prédit une mort violente. Je serai, à ce qu'elle assure, asssassiné dans une fête. Est-ce là ce que vous avez vu?

— Oui, sire, et d'un coup de pistolet.

Personne ne répondit, nous étions tous glacés de peur. Cette coïncidence était si singulière! On a beau ne pas croire, on est frappé. C'est le secret de la puissance de ces astrologues et jeteurs de sort. Ils effrayent par des apparences et des hasards.

— Voyons, reprit gaiement le roi, cela doit être curieux; que faut-il faire pour vos expériences?

— Votre Majesté souhaite-t-elle d'abord interroger les cartes?

— Sans doute ; interrogeons tout ce qu'on peut interroger.

— Cela vous mènera loin, sire ! reprit cet homme d'un air capable.

— Voyons les cartes. Est-il vrai que vous mettiez les vivants en relation avec les morts?

— Oui, sire, lorsque les vivants ont assez de courage pour cela.

— Le courage ne manquera pas; soyez aussi sûr de vous que je le serai de moi.

On fit apporter une grande table ; le devin — dont j'ai oublié le nom et qui était un ami du comte de Saint-Germain, que j'ai souvent vu chez Choiseul, — le devin tira d'un sac qu'il avait apporté des cartes particulières, fort larges et fort longues, peintes à la main et d'un dessin très-curieux. Il plaça à côté un globe de verre creux et ouvert par en haut, une sorte de bocal sans pied, dans lequel il répandit une eau rousse, qu'il tira d'une petite bouteille.

Il avait encore dans sa boutique infernale une manière d'arbrisseau en émail fiché en terre, et portant des fleurs toutes formées en boutons ; les feuilles s'épanouissaient à l'entour; c'était travaillé avec un art miraculeux. La caisse de faïence qui renfermait cet arbuste remontait à l'antiquité la plus reculée.

Les préparatifs achevés, il se mit auprès de la table et demanda laquelle essayerait la première sa science. Je me faisais expliquer à mesure par M. de Creutz tout ce manége, et j'enrageais de n'en pouvoir juger par moi-même. Le son de la voix de cet homme me prévenait en sa faveur : il était plein, sonore et mélancolique, sans fausseté et sans hypocrisie. Je ne crois pourtant pas aux devins.

Madame d'Aiguillon la jeune se leva et alla s'établir sur sa sellette.

— Madame, dit l'adepte, nul ne doit nous entendre; il faut faire placer un paravent autour de nous ; vous ne seriez pas satisfaite si je révélais à tout le monde les secrets de votre avenir.

— Bah ! j'ai donc un avenir mystérieux?

— L'avenir est toujours mystérieux, madame la duchesse, et l'une de nos premières règles est le secret. Si je l'ai enfreint tout à l'heure pour Sa Majesté Suédoise, c'est qu'elle m'en a donné l'exemple; autrement, je ne me le serais pas permis.

— Il est très-simple de nous en aller dans une autre pièce, répliqua Gustave, et de laisser la place libre ; chacun fera ainsi ce qu'il voudra.

Nous sortîmes tous, et madame d'Aiguillon demeura seule avec cet homme. Elle y resta longtemps, et nous fîmes des conjectures et des commentaires à perte de vue. La douairière assura que, quant à elle, elle n'irait point causer seule avec le diable, qui pourrait bien lui tordre le cou.

Enfin la duchesse reparut, toute pâle et toute bouleversée ; on l'entoura.

— Cet homme est sorcier, dit-elle; mais, il a raison, il sait et prédit de ces choses qu'on n'aimerait pas à révéler à ses meilleurs amis. Si M. d'Aiguillon eût été à ma place, il coucherait certainement ce soir à la Bastille.

— Qui de vous ira donc consulter l'oracle? demanda le roi.

— Ce sera vous, sire ; à tout seigneur tout honneur, dis-je.

— J'y resterai longtemps, sans doute; car je veux les grandes marionnettes, je vous en avertis, mesdames.

— Allez, allez, sire, répliquai-je, et, si vous voyez le diable, prévenez-nous; je ne serais pas fâchée de lui dire un mot.

Après quelques façons, Sa Majesté Suédoise entra dans l'antre. Cette fois, ce fut bien autre chose que pour la duchesse : nous croyions qu'il n'en finirait jamais. Nous entendions de temps en temps des éclats de voix ; plusieurs fois les Suédois présents parlèrent d'intervenir, s'inquiétant pour Sa Majesté et craignant quelque trahison. Le jeune prince, dans son inquiétude, entr'ouvrit la porte.

— Sortez ! lui cria son frère, et ne nous dérangez pas.

Nous fûmes bien contraints de nous conformer à cet ordre, et nous nous regardâmes, ou plutôt ils se regardèrent, et moi, je sentis qu'on me regardait.

Il n'en faut pas rire : depuis que je suis aveugle, je sens les regards des autres; il en est qui me gênent jusqu'à la souffrance et d'autres qui me réchauffent comme un rayon de soleil bienfaisant.

Lorsque le roi rentra près de nous, il était calme, mais excessivement pâle, et sa voix tremblait légèrement, en dépit de ses efforts pour se contenir.

M. de Creutz lui demanda s'il était content.

— Je suis étonné répondit-il ; j'ai vu et entendu des choses que je ne croyais pas possibles et qui confondent ma raison.

— Et qu'est-ce donc? interrompit le prince son frère.

— Je ne puis le révéler; on ne le saura jamais de mon vivant, je l'ai juré. Si tout cela se réalise, la France et la Suède verront d'étranges bouleversements. Celui qui me l'a annoncé est maintenant à même de tout savoir ; c'est le roi, mon père.

— Vous l'avez vu?

— Oui, mon frère, et, si j'en crois ce que l'on me prédit, je n'aurai guère sujet de me louer de vous dans l'avenir.

— Est-il possible !

— Vous détrônerez mon fils.

— Comment ! Non, non, mille fois non, sire ! Oh ! dites tout.

— Je ne le puis, j'ai peut-être trop parlé.

J'ignore si la prophétie s'accomplira ; jusqu'ici, le roi de Suède règne avec quelque embarras peut-être, mais il est aimé de son peuple et l'on ne songe pas à l'assassiner; le duc de Sudermanie ne montre pas de velléités ambitieuses, et le fils de Gustave III n'est qu'un charmant enfant.

C'était mon tour d'aller voir cet homme extraordinaire ; j'hésitais.

— Que puis-je lui demander? quel avenir annoncer à une femme de quatre-vingts ans? quant au passé, ne le sais-je pas mieux que lui?

— Allez donc, madame, allez donc ! me répliqua Sa Majesté Suédoise, ne fût-ce que pour causer; il vous étonnera.

Je me fis conduire jusqu'à la table, et, quand je fus assise :

— Monsieur, demandai-je, pouvez-vous me parler de mon prochain?

— Oui, madame, selon votre volonté.

— Causons donc alors.

XLI

— Me connaissez-vous, monsieur?

— Parfaitement, madame : vous êtes madame la marquise du Deffand, née de Vichy-Chamrond ; à cela je n'ai pas grand mérite, tout le monde vous connaît.

— Vous savez mon âge, vous savez que je n'ai pas longtemps à vivre; combien d'années, s'il vous plaît ?

— Je ne fixe pas d'époque à la mort.

— Vous avez cependant annoncé celle de quelques personnes.

— Jamais.

— Tout à l'heure... à Sa Majesté Suédoise.

— Je n'ai point annoncé de date.

— Vous l'ignorez peut-être?

— Non, je la connais.

— Ai-je longtemps à vivre du moins? J'en serais fâchée.

— Assez longtemps pour voir un changement de règne et bien d'autres événements.

En ceci, il a dit vrai. J'ai bien écrit à M. Walpole mon souper chez Gustave III; mais je ne lui ai soufflé mot du sorcier: il m'eût grondée, lui qui me gronde comme une petite fille. Il apprendra cet horoscope par ces Mémoires, et ne sera pas étonné à moitié.

— Vous lisez dans la pensée; à quoi pensé-je en ce moment?

— A votre meilleur ami; vous désirez connaître son sort.

— Quel est cet ami?

— M. Horace Walpole.

— C'est vrai; que lui arrivera-t-il?

— Rien d'extraordinaire. Il continuera à s'occuper des lettres, il héritera des titres de sa famille, il sera relativement heureux et compté parmi les favorisés du siècle, qu'il ne verra pas finir.

— Reviendra-t-il ici?

— Sans doute.

— M'aime-t-il réellement?

Le prophète hésita.

— Il vous aime à l'anglaise, madame, comme un homme qui n'est pas votre compatriote et qui craint les railleries des siens. Les Anglais ne sont très-francs en amitié qu'entre eux. Ils méprisent les autres peuples, et, pour ces fiers insulaires, tout ce qui n'est pas Anglais ne mérite qu'un degré d'affection *relative;* tout est relatif dans ce pays, où tout est calculé.

Cela est scrupuleusement vrai.

— Vous pouvez lire dans mon passé?

— Autant qu'il vous plaira.

— Racontez-moi donc l'histoire de mon cœur.

Il remuait ses cartes, me les faisait tenir et couper sans cesse; je ne puis donner que ce détail. Il touchait aussi son arbuste et son bocal, j'en entendais le bruit; la duchesse et le roi m'ont assuré que, selon les gestes qu'il faisait, l'eau changeait de couleur et les boutons s'ouvraient tour à tour. Je n'en ai rien vu, malheureusement.

Je suis obligée de dire qu'il me défila ma vie en un quart d'heure de façon à me surprendre; il n'oublia rien de ce qui m'avait touchée, ni le bon ni le mauvais; il me rappela même des circonstances oubliées, dont le diable fait registre, à ce qu'il paraît. J'en restai confondue.

Cela fini, il me vint à l'idée de parler du temps présent, des philosophes, de la politique, de Rousseau, dont on nous rebattait les oreilles.

— Vous le verrez mourir méprisé et à moitié fou, madame, me dit-il de ce dernier; mais la postérité le vengera, il jouira d'une grande renommée.

— Et Voltaire?

— Voltaire reviendra à Paris et y mourra un peu avant son rival. Je le lui ai écrit à lui-même; il m'a répondu des calembredaines.

— Et la monarchie?

— Ah! pour ceci, madame, c'est différent, et vous ne me croirez pas.

Il refusait de répondre, je le poussai. Je lui arrachai en effet, des choses incroyables; il me fit jurer comme au roi que je ne les répéterais pas, et réellement je n'oserais le faire: d'abord, à cause de Viard, que cela compromettrait; et puis j'aurais peur qu'ils ne vinssent me déterrer et jeter mon corps à la voirie. Ce sorcier-là ne devait pas dormir tranquille après de semblables prédictions.

Du reste, pour finir en ce qui le regarde, je l'ai vu assez souvent jusqu'à l'année dernière; un jour, il a tout à coup disparu, et nul ne sait ce qu'il est devenu depuis lors; beaucoup l'ont cherché inutilement; les voisins prétendent que le diable l'a emporté... Ce qu'il y a de sûr, c'est que sa maison est vide et fermée. Pour moi, je crois qu'il aura trop parlé et que la Bastille pourrait en dire des nouvelles.

Quelque temps après ce souper magique, je partis pour Chanteloup; c'était la mode d'aller chez M. et madame de Choiseul, exilés à leur terre; la route voyait défiler une procession. On sait mon amitié pour eux, les liens de parenté qui nous unissaient, ou du moins l'alliance qui était entre nos familles, car, pour la parenté, elle était fictive. Depuis longtemps, j'avais le désir d'aller passer quelques jours avec ma chère grand'maman et mon cher grand-papa. M. Walpole, je ne sais pas pourquoi, m'en voulait empêcher; j'avais formé la partie avec l'évêque d'Arras; mais, moitié par déférence pour mon ami anglais, moitié par suite de réflexions sur mon âge, sur l'ennui et la tristesse qu'il apporte avec lui et sur l'inconvénient de se jeter à la tête des gens comme un pavé, dans une extrême vieillesse, j'avais renoncé à ce voyage.

Un jour, madame de Mirepoix prenait le thé avec moi, lorsque je vois arriver l'évêque d'Arras.

— Ah! vous voilà à Paris, monseigneur, lui dis-je; et depuis quand?

— D'hier au soir, madame la marquise.

— Y resterez-vous longtemps?

— Selon que vous l'ordonnerez.

— Comment cela?

— C'est que je viens vous proposer d'exécuter notre ancien projet.

— Je l'ai abandonné.

— Pourquoi donc?

Je lui dis mes raisons.

— Ah! mon Dieu, quelle folie! répliqua-t-il. Vous vous portez fort bien, ainsi votre santé n'est point un obstacle; vous aurez assez de force pour soutenir le voyage; vous coucherez trois nuits, quatre nuits, cinq nuits, s'il le faut, en chemin. Si vous vous trouvez incommodée, vous ne continuerez pas votre route, je vous ramènerai chez vous; nous aurons deux voitures; la mienne, qui est très-grande, sera pour vos deux femmes, votre valet de chambre et le mien, vos paquets; nous ne resterons que ce que vous jugerez à propos. Ce voyage vous fera du bien de toute façon

La maréchale fut de cet avis; on me décida. Nous partîmes, l'évêque et moi, dans ma berline; nous nous arrêtâmes deux fois, et nous arrivâmes à Chanteloup le troisième jour.

Je fus reçue à bras ouverts; on ne peut être plus aimable que ne le furent mes chers parents. Je trouvai là madame de Brionne, mademoiselle de Lorraine, mesdames de Luxembourg, de Lauzun, du Châtelet, de Ligne; MM. de Castellane, de Boufflers, de Bezenval et quelques Suisses; plus, l'abbé Barthélemy, commensal du château. La duchesse de Grammont, sœur de M. Choiseul, était absente.

J'ai voulu dire quelques mots de ce voyage et de l'exil sans exemple d'un ministre que tous les courtisans allaient voir, en dépit de sa disgrâce; et puis cette vie de Chanteloup me plaisait infiniment. Chanteloup est un beau château, bâti pour la princesse des Ursins, qui avait rêvé, à son retour d'Espagne, d'en faire une principauté indépendante, et qui n'y avait rien épargné, je vous le jure. Il y avait un domestique nombreux, un train de grand seigneur, des jardins superbes, une chère de financier, et tout ce qui rend la vie agréable.

On faisait chez soi ce que l'on voulait le matin. A une heure, le déjeuner, où l'on n'était pas forcé de paraître. Madame de Choiseul tenait le salon ensuite, et l'on n'y restait pas, si on préférait être ailleurs. A cinq heures, chasse ou promenade; à huit heures, le souper, et, quant au coucher, c'était à toutes les heures; on jouait, on causait, on lisait, liberté complète et absolue. On ne se faisait point de compliments, on ne se levait pour personne, on causait avec qui l'on voulait; on était dix-huit ou vingt à table, on se plaçait à sa guise, on ne s'attendait point, et, si l'on arrivait tard, on n'y faisait pas attention.

On recevait les lettres en sortant de table, on les lisait dans un coin, on se communiquait ses nouvelles, puis on jouait avec ceux qui plaisaient, ou l'on ne jouait pas, cela était libre comme le reste.

On causait ensuite, et l'on causait bien, jusqu'à des heures très-prolongées. M. de Choiseul s'occupait de ses terres, vendait et achetait des bois et des troupeaux; il ne s'occupait pas plus de politique que de la Chine. Il n'avait jamais été aussi heureux, répétait-il du matin au soir.

— Par ma foi! petite fille, mes ennemis m'ont rendu service.

Ils ne l'avaient pas fait exprès, dans tous les cas, et il n'avait pas besoin de leur en savoir gré. On croyait à une désolation épouvantable de sa part, et il prouva qu'il était le vrai sage.

Je retournai à Paris après cinq semaines de Chanteloup, et j'y trouvai une lettre de M. Walpole, qui me traitait de Turc à More, toujours dans l'idée qu'on me croirait amoureuse de lui et que j'étais trop tendre.

Je lui en demande bien pardon, mais c'est là une grande folie!

XLII

Êtes-vous sexagénaire,
Cessez de prétendre à plaire,
Crainte de l'effet contraire
Et d'éprouver des dégoûts.
Pour adoucir la tristesse
Compagne de la vieillesse,
Livrez-vous à la paresse,
Et ne comptez que sur vous.

Je répondis par ce couplet à M. Walpole, et, comme il aime par-dessus tout ce qu'on lui refuse, quand il vit qu'il ne me tourmentait pas autrement, il reprit son petit train de correspondance, sans cesser toutefois de me gronder, afin de n'en pas perdre l'habitude.

Vers cette époque mourut madame de Talmont, sur laquelle je m'arrêterai quelque peu; et je ne puis m'empêcher de citer à cet égard une note de M. Walpole, toute pleine d'esprit, et de ce que les Anglais appellent *humour*. Il la joignit au portrait de la princesse, fait par moi, et j'ai conservé l'un et l'autre. Voici la note :

« Elle était née en Pologne et alliée de la reine Marie Leczinska, avec qui elle vint en France, où elle épousa un prince de la maison de Bouillon, qui la laissa veuve. Pour plaire à la bonne reine, elle joua, dans les derniers temps de sa vie, la dévote, de galante qu'elle était dans sa jeunesse pour se satisfaire elle-même. Son dernier amant avait été le jeune prétendant, de qui elle portait le portrait dans un bracelet dont le côté opposé offrait celui de Jésus-Christ. Quelqu'un ayant demandé quel rapport il y avait entre ces deux portraits, la comtesse de Rochefort (ensuite duchesse de Nivernais) répondit :

» — Celui qui résulte de ce passage de l'Évangile : *Mon royaume n'est pas de ce monde.*

» Lorsque je me trouvai à Paris, en 1765, et que j'eus écrit la *Lettre à Rousseau*, sous le nom du roi de Prusse, lettre qui fit tant de bruit, la princesse de Talmont pria madame la duchesse douairière d'Aiguillon, de qui j'étais fort connu, de me conduire chez elle...

» Nous la trouvâmes au Luxembourg, dans une vaste salle tendue d'ancien damas rouge, avec quelques vieux portraits d'anciens rois de France et éclairée seulement par deux bougies.

» L'obscurité était si grande, que, lorsque je m'avançai vers la princesse, qui était assise dans un coin reculé de la salle, sur une petite couchette entourée de saints polonais, j'allai broncher contre le chien, le chat, un tabouret, un crachoir; et, lorsque je fus enfin parvenu auprès d'elle, elle ne trouva pas un mot à me dire. Après une visite de vingt minutes, elle me pria de lui procurer une levrette blanche, pareille à celle qu'elle avait perdue et que je n'avais jamais vue.

» Je promis tout, et pris congé, sans plus songer à elle, à sa levrette et à ma promesse.

» Trois mois après, au moment où j'allais quitter Paris, un domestique suisse qui me servait, vint m'apporter, dans mon cabinet de toilette, une mauvaise peinture d'un chien et d'un chat.

» — Vous n'êtes sans doute pas assez fou, lui dis-je, pour croire que je voudrais acheter un pareil tableau!

» — Acheter! ce n'est, pardi! pas à acheter, monsieur : cela vient de madame la princesse de Talmont, et voici un billet avec.

» Elle me rappelait ma promesse, et, afin que je ne pusse point me tromper dans les marques de sa pauvre défunte Diane, et que je fusse en état de lui en procurer exactement une autre, elle m'envoyait son portrait, ajoutant qu'il fallait lui renvoyer le tableau, dont elle ne voulait se défaire pour rien au monde! »

Cette princesse de Talmont, si ridicule sur ses vieux jours, avait eu des aventures adorables dans sa jeunesse. Ses amours avec Charles-Édouard eurent un dénoûment que je raconterai, car le fait est peu connu et je l'ai su d'original; ce fut, en effet, son dernier amour et elle y donna toute sa vie. Nous n'aimions guère comme cela en France.

Madame de Talmont, je ne puis le taire, avait eu beaucoup d'amants; elle était peu aimée dans la société, à cause de sa vanité féroce, et j'en ai, pour ma part, tracé un portrait dans sa jeunesse, où je la maltraitais d'importance. Je n'en veux retenir que cette phrase, la plus vraie et la plus certaine :

« Elle plaît, elle choque; on l'aime, on la hait; on la cherche, on l'évite. »

Nous en étions toutes plus ou moins jalouses, à cause de ses prodigieux succès près des hommes, qui l'adoraient.

On ne pouvait cependant lui refuser une générosité et une noblesse de sentiments qu'elle prouva toute sa vie. Elle commençait à chercher un peu la retraite; elle avait plus de trente ans, les uns disent même trente-six, lorsqu'elle connut à Paris le prince Charles-Édouard Stuart, qui préparait son expédition d'Angleterre. Elle le trouva beau, elle l'aima, elle en fut aimée; mais elle avait de nombreuses rivales, célèbres ou inconnues; le prince, comme tous les héros, aimait passionnément les femmes; il semble que la gloire cherche de préférence ceux qui rendent à notre sexe des hommages sincères. C'est aussi une femme.

La princesse reçut la confidence de ces projets, servis sous main par la France, toujours ennemie de la maison de Hanovre. La reine fit doucement quelques observations à sa cousine, lorsqu'elle sut la nouvelle intrigue où celle-ci s'engageait.

— Il y a une fin à tout, lui dit-elle, prenez garde! On excuse beaucoup de choses chez une jeune femme, dont on se moque lorsque la jeunesse a fui. Ce prince serait votre fils, il ne peut vous aimer; renoncez-y.

Elle n'y renonça point; au contraire, elle s'y acharna, et déclara à son amant que, s'il lui fallait de l'argent, elle vendrait jusqu'à sa chemise pour lui en donner le prix.

Charles-Édouard n'accepta pas précisément; mais il refusa avec tant de reconnaissance, qu'elle lui envoya des sommes immenses, en proportion de sa fortune. Heureusement, elle ne pouvait tout aliéner.

Lorsqu'il partit pour l'Angleterre, elle en fit une maladie qu'elle prolongea ensuite indéfiniment, et, quand elle fut guérie, elle s'échappa en secret de chez elle, où elle était censée renfermée par ordonnance des médecins. Elle se déguisa, emmena un domestique et une femme de chambre polonais, qu'elle avait et qui étaient esclaves, et s'en alla s'établir à Calais, où elle avait plus vite des nouvelles de son idole. Sa résolution était bien prise de le rejoindre s'il triomphait, de l'attendre s'il ne réussissait pas.

La vie de ce jeune prince est un roman, et tout ce qui s'y rattache en tient. On sut les triomphes du parti des Stuarts ; la princesse, enivrée, commandait ses parures et se préparait à passer la mer... Tout à coup, le bruit de la défaite de Culloden se répand, l'armée écossaise est taillée en pièces, on ignore ce que le prétendant est devenu.

Madame de Talmont, à cette nouvelle n'hésita pas. Au lieu de pleurer et de gémir, ainsi que l'eût fait une femme ordinaire, elle agit. Elle tenait en réserve ce qu'elle appelait les fonds de l'adversité ; elle chercha des bateliers, leur donna ce qu'ils demandèrent et fréta une embarcation sur laquelle elle monta en personne, escortée seulement de son Polonais, et s'en alla tourner autour des côtes d'Angleterre pour tâcher de recueillir le prince fugitif. Elle l'avait dès longtemps prévenu qu'en cas de revers, il la trouverait à son poste et qu'il pouvait compter sur elle.

La mer était affreuse; elle faillit périr vingt fois, rien ne la rebuta; elle avait un courage de lion.

— Il faut retourner, disaient les matelots; il ne viendra personne par un temps semblable ; aucune barque ne tiendrait la mer, et nous allons périr.

Elle les menaça bel et bien de leur brûler la cervelle avec des pistolets qu'elle ne quittait point, et les força de rester jusqu'à ce qu'elle eût perdu l'espérance. Ou le prince était pris, ou il avait profité d'une autre occasion ; le plus sage était de retourner aux nouvelles, à Calais. On ne parlait que du prétendant et de la dame étrangère qui courait après lui. Tous les renseignements s'accordaient : embarqué sur un bâtiment espagnol, Charles-Édouard allait arriver en France, où peut-être on le recevrait fort mal. Il s'agissait de le cacher d'abord; de ménager ensuite son retour avec le roi, qui ne voulait pas se mêler hautement des affaires de ses voisins, malgré la guerre qu'il soutenait glorieusement depuis plusieurs années.

Le duc de Richelieu était à Calais, commandant un corps d'armée envoyé pour soutenir le prétendant, empêcher de dégarnir les côtes d'Angleterre, et lui laisser, par conséquent, plus de facilité d'agir, en le délivrant de ses ennemis. Le but n'était pas avoué, bien qu'on le devinât.

M. de Richelieu dénicha la princesse, qui se cachait, et employa tous les moyens de la renvoyer à Paris, elle refusa net.

— Je veux le recevoir à son arrivée, puisque je n'ai pu faire mieux. Je ne l'abandonnerai point dans le malheur.

— Princesse, il y a une femme avec lui.

— Cela est faux; d'ailleurs, il la quittera; tant pis pour elle!

— Il ne la quittera point; elle est belle et jeune, elle l'a suivi partout.

— Et moi, que suis-je donc? qu'ai-je donc fait? est-il un ingrat?

— Les hommes, et les princes surtout, sont un peu sujets à ce défaut, ne vous le dissimulez pas, madame.

— Monsieur, vous jugez tout le monde d'après vous.

— Que non pas! je ne fais point cet honneur à tout le monde.

Il y perdit son temps; elle s'en alla se mettre dans une cabane de pêcheur, au bord de l'Océan, et ne dormit ni nuit ni jour, surveillant la mer et ne laissant pas passer une coquille de noix sans la visiter.

Une nuit, par un orage affreux, elle se promenait sur le rivage avec une lanterne que portait le Polonais. Ce pauvre homme n'était point amoureux et subissait tout cela, sans se plaindre; il risquait sa peau à chaque instant pour le bon plaisir de sa maîtresse.

De temps en temps, il élevait son fallot au bout d'un bâton, et criait comme une hurlubière; jamais on ne vit Polonais à pareille fête. Entre deux rafales, il leur sembla entendre des cris.

— Le voilà! dit-elle; il faut le sauver, c'est lui, ce doit être lui.

Comme il était vraisemblable que le prince arrivât sur une barque, et comme le vaisseau espagnol ne le conduirait pas tout droit au port! Elle avait dans sa tête qu'il viendrait ainsi, en aventurier, rien ne put la dissuader du contraire, et la voilà remuant tous les gens de la côte, leur offrant des sommes immenses pour mettre un canot à la mer.

Elle en trouva trois assez hardis pour se risquer; l'un d'eux était un pilote. Elle voulut le suivre.

— Je vous apprendrai que vous êtes des lâches! dit-elle aux autres; je vous montrerai ce que peut le courage d'une femme.

Elle entra bravement la première, sans vouloir rien écouter. Son cœur l'inspirait. Ils rencontrèrent, après mille périls, une chaloupe montée par deux hommes seulement, le prétendant et un matelot, Charles-Édouard s'étant obstiné à descendre en secret pour voir M. de Richelieu et savoir par lui les intentions positives du roi, avant de mettre devant tous le pied sur la terre de France. Il allait périr si elle n'eût amené ce secours; sa chaloupe faisait eau, et son guide n'avait pas l'expérience nécessaire à une campagne de cette espèce, dans la tourmente et le danger.

On juge de l'étonnement du prince en reconnaissant madame de Talmont sous les habits d'une pêcheuse, — M. de Richelieu disait d'une pécheresse ; — il n'en pouvait croire ses yeux et se trouvait fort penaud, la belle miss étant restée sur le bâtiment espagnol; il avait l'embarras des richesses. La princesse ne se gêna pas pour l'embrasser devant tout le monde; elle l'avait bien gagné!

On abandonna la chaloupe, et la barque les conduisit à terre, secouée par les vagues comme une prune au bout d'une branche entre les mains d'un polisson. Le navire du prince était resté à deux lieues en mer, et, pour son équipée, il avait compté sans la tempête; d'ailleurs, il n'était pas de ceux qui se laissent arrêter par un obstacle, qu'il vînt des hommes ou de Dieu.

XLIII

En arrivant, le prince demanda à être conduit chez M. de Richelieu. Madame de Talmont ne l'entendait pas ainsi ; elle voulut avoir son tour la première, et à demain les affaires sérieuses! Elle avait tout prévu : une chambre presque élégante était préparée, un souper servi ; elle retint d'abord son amant par le souper, ensuite par ses séductions, — tant il y a qu'il ne vit le duc que le lendemain matin.

Celui-ci comprenait ces distractions-là. Il arriva dès qu'on l'eut prévenu, et, après ses bordées de plaisanteries ordinaires, il assura Charles-Édouard qu'on le recevrait à merveille en France, et qu'il pouvait aller à Paris, pourvu qu'il eût l'air de se cacher. Le prince n'en demandait pas davantage pour le moment, et faisait son deuil de son royaume; il avait un fort bon esprit et voyait clairement que tout était perdu. La princesse prit la balle au bond; elle répondit fort gaillardement:

— Eh bien, nous allons partir; je n'ai plus besoin de me cacher.

— Cela ne se peut pas tout à fait ainsi, madame, reprit Charles-Édouard. Je retournerai au navire espagnol, j'arriverai sans me cacher non plus, et je m'en irai à Paris ensuite, seul, si vous le voulez bien. Il ne serait pas convenable, réfléchissez-y, que l'on nous vît arriver ensemble.

— Qu'importe!

— Il importe beaucoup, madame; j'ai des ménagements à garder; je ne suis pas le premier venu, et vous n'êtes pas non plus sans notoriété.

— Comment, après ce que j'ai souffert! après ce que j'ai fait!

— Allons, madame, entendez la raison, dit M. de Richelieu, il faut songer à la reine, à ce que l'on dira.

— On dira ce que l'on voudra, monsieur, je ne m'en soucie guère.

Quoi qu'elle en eût, elle dut céder et s'en aller chez elle; le prince le lui fit promettre, et s'y prit adroitement; elle ne vit pas l'Anglaise, si elle la soupçonna. Cette belle passion dura quelque temps encore, tant que Charles-Édouard fut à Paris. Il ne l'oublia jamais, il resta en correspondance avec elle jusqu'à sa mort; quant à elle, elle l'aima d'amour à perpétuité; elle en était folle, sans l'avoir aperçu depuis vingt ans, et faisait mille extravagances. Que de fois je l'ai vue pleurer en parlant de lui!

Au moment de mourir, elle ne voulut pas faire comme tout le monde. Elle appela son confesseur, ses infirmiers, son intendant; puis elle dit à ses médecins:

— Messieurs, vous m'avez tuée, mais c'est en suivant vos principes et vos règles. Quant à vous, monsieur mon directeur, vous avez fait votre devoir en me causant une crainte salutaire, et, vous, mon intendant, vous vous trouvez ici à la sollicitation de mes gens, qui demandent que je fasse écrire mes dernières volontés. Vous vous acquittez tous fort bien de votre rôle; mais convenez que je ne remplis pas mal le mien.

Ensuite elle se confessa, communia, ajouta un codicille à son testament et assura qu'elle était prête, quand le bon Dieu l'appellerait. Elle s'était fait faire une robe bleu et argent et une très-belle cornette de point, avec lesquelles elle voulait être enterrée. L'archevêque n'y consentit pas: on vendit l'habit et la cornette et on en donna le prix aux pauvres; on parla de cette toilette dans le peuple pendant six mois.

Je vous nommais tout à l'heure M. de Richelieu; cet homme a fait du bruit toute sa vie; il en fait encore à l'âge qu'il a, et sa dernière aventure n'est pas la moins piquante, sans compter son mariage, qui vient de couronner l'œuvre. Cette aventure a fait bavarder tout le genre humain, peu la connaissent au juste; mais je la sais d'un juge qui a vu les pièces, et la voici:

M. de Richelieu était allé à son gouvernement de Guienne; il était toujours galant, mais comptait alors soixante-seize années, et les jeunes femmes ne le regardaient pas beaucoup, malgré sa gloire et ses dignités. Il n'aimait pas la province ni les provinciales, bien qu'il se fît traiter en roi dans son intérieur et par ses courtisans, Louis XV le savait et en riait.

— Sire, je représente Votre Majesté, répliquait le duc, lorsque le roi lui en faisait quelque remarque badine.

Il découvrit dans un couvent du Rouergue, une madame de Saint-Vincent, femme d'un président à mortier du parlement d'Aix, qui s'était séparée de son mari pour se mieux divertir, et qui se faisait passer pour une victime. Elle avait plus de quarante ans; mais c'était encore une poulette, en comparaison du vieux maréchal. Il la trouva belle: elle l'avait été et en conservait des restes. Il le lui dit, elle le crut, et ils se prouvèrent mutuellement qu'ils avaient raison de se croire l'un l'autre.

Comme on le pense, la présidente n'aimait pas ce vieux singe; elle fut charmée de se servir de lui pour quitter son couvent sans la permission de sa famille et pour venir à Paris sous son égide. Il en était enchanté et la montrait partout; on en riait... C'était cependant une fille de qualité: elle était de Vence de Villeneuve, en son nom; mais elle n'avait ni sou ni maille, ayant tout mangé avec ses amoureux, et M. de Saint-Vincent ne se souciant pas de payer davantage.

M. de Richelieu est avare, il ne donne rien à personne; mais il dépense énormément pour lui. La présidente essaya de lui faire entendre qu'elle avait des besoins, il fit la sourde oreille; elle insista, il s'en tira par une plaisanterie.

— Allons donc, madame! à nos âges! C'est bon pour des jeunes gens de payer l'amour de bonne foi; pour nous, nous serions volés tous les deux.

Elle ne se tint pas pour battue, ou, du moins, elle prépara une manœuvre différente et s'arrangea de façon à le forcer dans ses retranchements. Ici, l'obscurité commence, on ne sait au juste de quel côté est le tort; mon juge supposait qu'il pouvait bien être des deux côtés; je suis de son avis.

Un beau matin, la présidente arrive chez son amant, éplorée, au désespoir, et lui dit qu'elle est perdue s'il ne vient à son secours: on va lui enlever tout ce qu'elle possède, la mettre en prison.

Le maréchal sourit de son sourire ironique, qu'il avait déjà à l'âge de seize ans, et lui dit qu'il n'a rien, qu'il est gêné lui-même: toutes les phrases d'usage.

— Vous avez du crédit, usez-en.

— Comment cela?

— Votre signature suffit.

— Ma signature? Elle court, attrapez-la. Mon intendant a bien quelques billets de moi, prenez-les.

Elle s'en alla vite les chercher; l'intendant les lui donna, en souriant comme son maître; elle les prit: il y en avait pour deux cent mille livres. Elle appela à son aide un certain procureur dépossédé; ils décidèrent que cela ne suffisait pas, se mirent à étudier la signature et fabriquèrent d'autres billets pour la même somme, un peu plus même, dit le procès, et le tout fut mis en circulation. La Saint-Vincent toucha l'argent, et tout alla bien jusqu'à l'échéance. Lorsqu'elle présenta le premier billet, le maréchal et son intendant rirent beaucoup: ils le savaient faux et ne se remuèrent point pour le retenir. Le vieux maréchal se réjouissait de la figure de son infante lorsqu'elle découvrirait de quelle monnaie on avait payé ses faveurs. Sur ces entrefaites, son notaire lui fit demander un moment d'audience; il le reçut.

— Monsieur le maréchal, vous avez donc eu besoin d'argent? Comment ne m'en avez-vous pas demandé, au lieu de laisser votre signature courir sur la place?

— Je n'ai point de signature hors de mes affaires, monsieur.

— Comment ai-je vu alors hier au soir pour cinq cent mille livres de billets signés de vous, entre les mains d'un juif?

— Cinq cent mille livres? Cela ne se peut pas.

— Je vous demande pardon, monseigneur, et souscrits au nom de madame de Saint-Vincent.

— Je ne lui en ai pas souscrit un seul.

— Ils sont faux alors, car je les ai vus, j'ai l'honneur de vous le répéter.

— Eh! qu'est-ce que cela me fait! je ne les payerai point.

— Je vous demande pardon, monseigneur, vous les

payerez, à moins que vous ne prouviez la fausseté de la signature, ce à quoi je vous engage, si vous en avez les moyens. Pour cela, il faudra fouler aux pieds les considérations quelles qu'elles soient et faire porter une accusation de faux contre madame de Saint-Vincent.

— C'est fort grave.

— C'est indispensable, sinon payez et taisez-vous. Si j'avais l'honneur d'être M. le maréchal duc de Richelieu, je trouverais la leçon chère, mais je la recevrais en silence, pour éviter pis.

— Allons donc, monsieur! vous êtes fou! payer cinq cent mille livres la vieille carcasse de la Saint-Vincent, moi qui ai eu les plus belles et les plus nobles pour rien? Je mettrais plutôt en mouvement tous les parlements du royaume.

— Comme il vous plaira, monseigneur; j'ai dû vous donner mon avis.

Le maréchal s'inquiéta, on le comprend, et se mit en quête d'avocats; les consultations furent unanimes: prouver le faux ou payer. Il n'hésita point, et madame de Saint-Vincent fut arrêtée, ainsi que le procureur et deux ou trois autres. On les conduisit à la Bastille, et le crédit de M. de Richelieu obtint qu'on agirait envers eux avec la dernière rigueur.

Le duc n'était point aimé; il avait beaucoup d'envieux, beaucoup de femmes abandonnées et trahies, beaucoup de gens maltraités par ses violences; tout cela fit émeute, il y avait contre lui clameur de haro. Il ne s'en inquiétait pas plus que de la pluie qui tachait l'impériale en velours rouge de son carrosse.

La Saint-Vincent ameuta le peuple en sa faveur, tant elle criait. Il est certain qu'on usa d'arbitraire envers elle, bien qu'elle fût une voleuse et une faussaire. On la fit tourmenter à la rendre folle, sans égard pour son sexe et sa condition, pendant que le maréchal, plus coupable qu'elle encore, car il n'avait aucune excuse, se promenait et jouissait de ses honneurs.

Je ne puis pas dire qu'il fût estimé; il est difficile, au contraire, de *jouir* d'un mépris plus profond que celui qu'on lui portait dans tous les rangs. Au parlement, lorsque l'affaire se plaida, les avocats le couvrirent de tant de boue, que le prince de Conti les interrompit et ajouta que, bien qu'il ne fût pas son ami, il n'écouterait pas un mot de plus, et que l'on était assemblé, non pas pour entendre injurier M. de Richelieu, mais pour savoir si les billets étaient vrais ou faux.

Le jugement, après lequel on cria beaucoup, me semble fort juste, au contraire. Il déclara les billets faux, et ils l'étaient en effet; mais M. de Richelieu le savait, du moins pour une partie : il avait fait ou fait faire ce faux lui-même; dans quel but? C'est ce que l'on ne sait ni ne saura jamais. Si on eût condamné madame de Saint-Vincent, on eût dû le condamner avec elle, et on ne le pouvait pas, on se contenta de le flétrir.

La présidente et ses complices n'eurent aucune peine, on les relâcha, tout en acclamant leur crime; et le piquant de l'affaire, c'est que M. de Richelieu eut à payer les dépens d'abord, les dommages et intérêts ensuite. L'arrêt était clair; pour qui savait l'affaire, il ne pouvait être autrement. La Saint-Vincent fut abîmée et obligée de se cacher; elle s'en alla dans un coin obscur et l'on n'entendit plus parler d'elle. Ce furent les créanciers qui perdirent; Richelieu ne paya point, la Saint-Vincent encore bien moins, on le comprend.

Le maréchal n'en perdit pas un pouce de sa taille et de son impertinence. Il alla partout la tête haute, plaisantant de cette honteuse histoire avec un cynisme effronté. Un des arguments de son avocat pour sa défense fut celui-ci :

— Tout le monde sait que M. le duc de Richelieu n'est pas de ceux qui prodiguent leur argent aux femmes; il n'eût jamais donné cinq cent mille francs, même pour la plus belle. Son caractère à cet égard, est bien connu.

Il paraphrasait ce texte, et se drapait dans son avarice; je ne saurais rendre le dégoût qu'il inspirait, on ne prenait pas la peine de le cacher.

Il lui vint alors une autre idée, et cette idée ne pouvait venir qu'à lui. Nous étions un soir à souper chez M. Necker. — En voilà encore un dont je ne veux pas parler : le terrain brûle, je ne pourrais dire ce que je pense, et je ne veux pas dire ce que je ne pense pas. — Le maréchal y était, ainsi qu'une madame de Roothe, veuve d'un M. de Roothe, Irlandais naturalisé, et directeur de la Compagnie des Indes françaises.

Madame de Roothe avait près de quarante ans; elle n'était pas belle, pas trop spirituelle non plus; enfin une personne tout à fait éteinte, bien faite pour être la compagne d'un vieillard tel que celui-là. Il le sentit sur-le-champ, et, se retournant vers madame Necker, il lui dit en riant :

— Vous connaissez bien madame de Roothe?

— Sans doute, monsieur le maréchal.

— Savez-vous que c'est une charmante femme?

— Aussi bonne que vertueuse, je n'en ai jamais douté.

— Si je l'épousais?

— Vous feriez une bonne œuvre, pour vous et pour elle.

— Elle n'est pas riche?

— Non.

— Voudrait-elle accepter un vieillard de quatre-vingt-quatre ans?

— J'en suis sûre, lorsque le vieillard s'appelle M. de Richelieu.

— Eh! eh! beaucoup pourraient se tromper sur l'étiquette du sac; ce serait un grand tort au moins.

Il a, à cet égard, des prétentions qu'il justifie, à ce que l'on assure.

La demande fut faite, et madame de Roothe, qui n'avait rien, ne refusa pas ce brillant parti. Elle était mademoiselle de la Vaulx, d'une bonne famille de Lorraine; elle avait été chanoinesse d'un des chapitres de ce pays, et n'épousa M. de Roothe qu'assez tard. Le mariage fut célébré, il fit beaucoup de bruit; il fut, qui pis est, consommé. Le lendemain, M. de Richelieu alla voir le duc de Fronsac, son fils, retenu dons son lit par la goutte; il ne pesait pas une once.

— Vraiment, monsieur, lui dit-il, vous êtes donc malade? Je croyais que c'était un prétexte pour ne pas voir madame de Richelieu.

— J'ai la goutte au pied, monsieur le maréchal; je ne me lève point.

— Vous êtes de peu de ressources, monsieur! cela m'arrive quelquefois, d'avoir la goutte dans un pied; alors je me tiens sur l'autre, voyez plutôt.

Et il resta plus d'une minute sur une seule jambe. Le duc de Fronsac fit une grimace abominable.

— Cela vous ennuie, mon mariage, n'est-ce pas? Soyez tranquille, si j'ai un fils, je le ferai cardinal. Les cardinaux n'ont pas porté malheur à notre famille. Qu'en pensez-vous?

Et, tournant sur ses talons comme au temps de sa jeunesse, il le laissa là.

Le maréchal m'a amené sa femme l'autre jour. Nous sommes du même âge, mais il vivra plus vieux que moi. Il n'a aucune infirmité, il est seulement un peu sourd, fort peu. Nous parlions des trois règnes que nous avons vus l'un et l'autre.

— Ah! madame, cela est pourtant vrai que nous en avons vu trois, sans compter qu'ils ne se ressemblent guère. Sous le premier, on se taisait; sous le second, on parlait tout bas; sous celui-ci, on parle tout haut.

C'était faire, en quelques mots, l'exposé véritable des situations.

Je n'écris plus maintenant que par intervalles et suivant ce qui arrive. Voici un événement qui a fort occupé les nouvelles à la main et que je trouve effrayant pour l'avenir. Le jour de Noël deux jeunes soldats s'en allèrent dans un cabaret, y prirent une chambre, et s'enfermèrent. Là, ils écrivirent quatorze lettres, on ne sait à qui. Un d'eux les porta à la poste et revint; pendant ce temps, l'autre écrivait un testament et une dernière épître, qui devait rester après eux et qui s'adressait à tout le monde.

Il déclarait que lui et son camarade, convaincus qu'il n'y avait pas de Dieu, qu'il n'y avait pas d'autre vie, fatigués de celle-ci, se décidaient à en sortir librement.

Cette vie était leur bien et ils en pouvaient user à leur fantaisie, n'ayant de compte à rendre à personne, au delà du tombeau. Ils souhaitaient le bonjour à leurs camarades, et, à tous ceux qui s'ennuyaient sur terre, ils souhaitaient le courage d'en sortir et de les imiter.

Cette mort fait plus d'impression que tous les écrits de Voltaire, d'Helvétius et de MM. les athées. Ce sont les premiers martyrs de leurs systèmes, et il n'est pas impossible qu'elle ne fasse des prosélytes. Oh! combien le temps qui suivra celui-ci est gros d'événements et de malheurs (1)!

Il n'y a rien, ce me semble, à répondre à cela; les faits sont éloquents et parlent d'eux-mêmes.

XLIV

J'ai eu hier une entrevue avec un homme dont on parle beaucoup en ce moment, et qui vaut beaucoup mieux que sa réputation, ainsi qu'il le dit dans une pièce qu'il m'a lue, laquelle pièce est, à mon sens, un coup de canon chargé contre nous et auquel nous mettons le feu nous-mêmes; car on se l'arrache, et elle a déjà eu presque autant d'aventures que son auteur, ce qui n'est pas peu dire. On comprend que je veux parler de Caron de Beaumarchais. On en dira ce qu'on voudra; quant à moi, j'en raffole. Il jette les impertinences à pleines mains autour de nous; je ne saurais le blâmer de son courage, car je trouve ces impertinences bien méritées; seulement, il a trop d'esprit, tout le monde lui en veut. On le persécute ou bien on le divinise, il n'y a pas de milieu. Voltaire m'a dit de lui :

— Il a autant d'esprit que moi; mais il a plus de hardiesse, de là son impertinence. Si je disais tout ce que je pense, nous serions à deux de jeu.

Je crois qu'il a raison. Pourtant Beaumarchais a plus de feu que Voltaire n'en a jamais eu, même dans sa jeunesse. Il est sérieusement amoureux, passionné; il est plus homme, peut-être parce qu'il a une vigoureuse santé et que le patriarche n'a jamais vécu qu'à demi.

J'en reviens à Beaumarchais.

J'avais grande envie de le connaître; je ne savais comment m'y prendre, tant il se faisait de cris autour de moi à son égard. On l'accusait de tout ce qu'un homme peut faire. C'était un empoisonneur, un voleur, un duelliste, un effronté, un menteur, un calomniateur, le vocabulaire tout entier des adjectifs de ce genre! c'était à qui s'en donnerait le mieux. Je fus donc obligée de faire un souterrain pour arriver jusqu'à lui, sans que ma cohorte tout entière s'indignât.

J'ai mis Viard en campagne; il a trouvé quelqu'un chez Mesdames, où Beaumarchais est bien reçu, et il est arrivé jusqu'à lui, et, en causant de je ne sais quoi, il est venu à bout de lui faire demander à me voir. Viard a fait le difficile, en vrai secrétaire de vieille femme qu'il est. Enfin, il s'est laissé vaincre et il a pris jour et heure, au moment où je n'ai personne.

Il est venu. Sa voix m'a tout d'abord séduite; j'ai voulu toucher son visage, et j'ai trouvé qu'il a de beaux traits réguliers, et, si son œil a le feu de sa parole, il doit être d'une grande expression.

Je l'ai attaqué tout droit sur son *Barbier de Séville*, que j'ai vu; sur son *Mariage de Figaro*, que je brûlais de connaître; sur ses procès et les arrêts qu'il a subis; enfin sur le mal qu'on dit de lui et les ennemis qu'il a. Il a été aussi spirituel, aussi franc, aussi hardi, que ses Mémoires contre Goesmann. Je ne puis rien dire de plus.

— Monsieur, je voudrais bien connaître votre *Mariage de Figaro*. On assure qu'on ne le laissera pas représenter; d'autres prétendent, au contraire, que vous êtes sur le point de lever les obstacles; tous s'accordent à dire que vous le lisez mieux que les comédiens ne sauraient le jouer.

— Cependant, madame, nous avons de parfaits comédiens.

— Je le sais; mais cela n'importe pas, puisque vous valez mieux. Vous comprenez que tout ceci est pour arriver à une lecture; la voudrez-vous bien accorder à une pauvre vieille femme comme moi?

— Madame, je sais combien vous avez d'esprit, je sais qu'on peut tout vous dire, et votre demande m'honore infiniment. Je lirai *le Mariage de Figaro*, et je le lirai comme vous désirez qu'on vous le lise.

— Je ne comprends pas.

— Vous allez me comprendre : je sais quel cercle est le vôtre, je connais les préventions qu'on y affiche contre moi; je suis sûr que vous me recevez à l'insu de ces belles dames qui ont gâté Rousseau, un sot philosophe, entre nous, mais un sot sublime, la plume à la main, un sot cuistre dans ses actions. Elles lui ont tout pardonné, j'en ignore la raison, car il n'était pas amusant; à moi, elles ne me passeraient rien, je suis un épouvantail. Pourquoi? Je ne l'ai jamais su. Elles ont dans leurs maris, dans leurs amants, des hommes autrement corrompus que moi, et elles les adorent. Est-ce parce que je suis le fils d'un horloger? Rousseau était-il mieux? Est-ce parce que j'ai écrit les Mémoires contre Goesman? Rousseau n'a-t-il pas fait ses *Confessions?* Sa Julie vaut-elle ma Rosine et ma Suzanne? C'est une pleureuse assommante, et mes filles sont gaies au moins, si elles ont des amoureux.

En tout cela il avait raison.

— Eh bien, monsieur? repris-je voyant qu'il s'arrêtait.

— Eh bien, madame, ces gens-là ne viendraient pas me voir chez vous et ne vous pardonneraient pas de me recevoir; vous seriez embarrassée pour me le dire, dans la crainte de me blesser, et j'aime mieux vous le dire moi-même, pour vous prouver que cela ne me blesse pas du tout. Nous lirons *le Mariage de Figaro*, tête à tête, quand il vous plaira.

Je fus charmée de cette façon, et je lui avouai qu'il me tirait en effet d'un grand embarras. Nous en rîmes ensemble, et, si mes amis m'avaient entendue, ils auraient chanté leur antienne sur ma sympathie pour les barbouilleurs de papier.

Je suis forcée de l'avouer, ces gens-là me plaisent au superlatif.

Beaumarchais me raconta sa vie; elle est bien curieuse, elle est bien particulière. Son talent pour la

(1) Les partisans des nouvelles doctrines et des bienfaits qu'elles nous ont octroyés, veulent-ils prendre la peine de comparer ce passage des Mémoires de madame du Deffand, avec les nouvelles diverses des journaux de chaque jour. A cette époque *malheureuse*, le suicide était une chose tellement rare, que la société tout entière était remuée par celui de deux pauvres soldats. Aujourd'hui que nous sommes délivrés du joug épouvantable qui pesait sur nous, aujourd'hui que nous sommes en progrès et que nous jouissons des immenses bénéfices de ce progrès tant vanté, il n'est pas de jour où les gazettes n'enregistrent quatre ou cinq suicides auxquels personne ne pense.

musique et son esprit, joints à ses avantages physiques, le sortirent de la boutique de son père, où il avait cependant montré une grande aptitude, car il avait inventé une façon d'échappement qui est restée. Il fut présenté à Mesdames de France; elles en furent charmées, et voulurent prendre de ses leçons. Il leur apprit la harpe, il leur montra à chanter; elles en profitèrent assez mal, madame Victoire surtout, qui a la voix la plus fausse du royaume.

Mesdames parlèrent de lui à la reine, et la reine le fit venir à son clavecin. Elle le goûta, elle le reçut familièrement; l'intrigue s'en mêla; on remua le ciel et la terre, on le fit renvoyer. Il en eut beaucoup de chagrin et ne parlait de la reine qu'avec le plus grand respect.

C'est une jalousie de courtisan qui l'a éloigné; il ne me dit rien cependant sur la personne et se contenta de sourire lorsque je prononçai quelques noms.

J'ai donc entendu ce *Mariage de Figaro*, et j'aurais beaucoup à en dire; c'est un feu d'artifice d'esprit, c'est étincelant, éblouissant; c'est un imbroglio qui ne ressemble à rien qu'à lui-même et que l'on ne peut définir, il faut le connaître. Comme principes, cela est détestable; si j'étais le roi, cette pièce ne serait jamais jouée. Vous verrez que les gentilshommes pousseront à ce qu'on la permette, ils riront d'eux-mêmes. Je les connais bien.

— Monsieur de Beaumarchais, vous êtes un homme d'esprit rare et je suis bien sûre d'une chose, c'est que, si vous étiez M. le duc d'Aumont ou M. le duc de Choiseul, vous n'eussiez point fait cette pièce-là.

— Et je vous prie de croire, madame, que, si j'avais l'honneur d'être M. le duc d'Aumont, ou M. le duc de Richelieu, elle ne serait jamais représentée.

— Je m'en doute bien, répliquai-je; sans cela, M. de Beaumarchais n'eût pas si parfaitement connu ce bon siècle, ses abus et ses ridicules.

— Madame, nous allons à une révolution, et, si la noblesse le voulait, il serait encore temps de l'empêcher.

— Soyez tranquille, monsieur, elle ne l'empêchera pas. Elle donnera ce qu'on ne lui demandera point et refusera ce qu'elle devrait accorder. Les jeunes gentilshommes se sont engoués de la philosophie et des idées anglaises... ils en ont pris surtout le mauvais, remarquez-le.

— Ah! madame, ils n'auraient garde de faire autrement. Permettez-moi une observation... Vous m'étonnez fort, je vous croyais philosophe.

— Monsieur, j'ai vu les philosophes de trop près pour me livrer à ces gens-là. Tout esprit qui les connaîtra comme moi devra les fuir. Quelle race!... la France sera leur dupe.

— Vous êtes cependant l'amie de M. de Voltaire?

— Voltaire n'est pas un philosophe à la façon de ces messieurs; je vous jure qu'il se moque d'eux et on ne le croit pas.

Beaumarchais resta avec moi jusqu'au moment où nos convives du souper arrivèrent. Nous entendîmes un carrosse dans la cour.

— Madame, me dit-il en riant, y a-t-il une petite porte ou un escalier dérobé dans cet appartement?

— Comment, monsieur! sortir de chez moi en bonne fortune! Si M. Walpole vous entendait, il se moquerait et il dirait que je suis romanesque. Viard vous conduira, à une condition : c'est que vous reviendrez bientôt.

Il me l'a promis et je crois qu'il le tiendra, nous nous sommes fort goûtés mutuellement. Quoi qu'on en dise, cet homme est bon pour ceux qu'il aime. Il a du fiel contre ses ennemis, ce n'est point un crime. Sa vie est un combat, et il se sert de ses armes; a-t-il tort? Je ne le crois pas.

Je lui ai donné une lettre pour Voltaire, qui est un jaloux, et qui ne le traite pas comme il le devrait. Les grands hommes ont leurs petitesses.

XLV

Je parlais de Voltaire, il est à Paris. On nous l'avait annoncé depuis longtemps; cette fois-ci, ce n'est pas une chimère; il est chez le marquis de Villette, quai des Théatins. C'est la nouvelle de la cour et de la ville; l'empereur de Chine arrivant ici ne produirait pas cet effet-là; on va bayer sur ce quai pour voir sa fenêtre; les Parisiens sont imbéciles.

Il est arrivé le 10 février à quatre heures et demie; je ne me permettrai plus de conjectures, car j'avais bien cru qu'il ne reviendrait jamais. Il a avec lui madame Denis, M. et madame de Villette. Je lui ai envoyé avec Viard un petit mot auquel il a répondu :

« J'arrive mort, et je ne veux ressusciter que pour me jeter aux genoux de madame la marquise du Deffand. »

Il reçut plus de trois cents personnes dans la même journée; je me gardai de me mêler à cette foule, je n'aurais pu le voir à mon aise, et je n'avais nulle envie de rester dans l'antichambre. Je ne m'amuserai pas à raconter les faits et gestes de Voltaire pendant son séjour ici. Il y aura assez d'historiographes à gages pour les transmettre à la postérité; je dirai seulement ce qui me concerne.

Lekain était mort justement la veille de son arrivée; il n'eut pas la satisfaction de lui voir jouer sa pièce. Or, à mon sens et à celui de bien d'autres, les pièces de Voltaire sans Lekain perdent la moitié de leur valeur.

Je suis donc allée chez Voltaire, après avoir laissé passer la presse. Il est très-changé, très-vieilli, à ce que l'on m'a dit, du moins; il n'y a plus que le sourire de vivant chez lui, et cet œil qui ne s'éteindra jamais, même dans la tombe. Il m'a reçue avec une extrême amitié; nous sommes de si vieilles connaissances!

— Ah! madame, m'a-t-il dit, vous êtes bien heureuse de ne plus rien voir; vous verriez de vilaines choses!

— Monsieur, je verrais votre triomphe, et j'en prendrais ma part pour l'amitié que je vous porte.

— Mon triomphe sera bientôt la tombe, car je n'en puis plus. Ils m'accablent, ils me croient immortel; il y a quatre-vingt-quatre ans que je meurs, et ils me traitent comme si je devais toujours vivre.

— Vous nous demeurerez, au moins?

— Non, non, je suis trop vieux pour voir dévorer en huit jours le peu de temps qui me reste. Je m'en irai au carême. Vous viendrez voir la répétition d'*Irène*, qui se fait ici? Les comédiens me font la galanterie de venir chez moi à midi et demi.

— Hélas! monsieur, cela ne se peut pas : c'est l'heure où je commence à dormir. Je n'ai plus de nuit, plus de jour; pour moi, tout est pareil, et le sommeil vient quand il veut; excusez-moi et permettez que je vous cherche toutes les fois que je le pourrai, à mes heures lucides.

M. de Beauveau était avec moi; nous ne demeurâmes pas longtemps. Le grand homme était assoupi; je levai le siége et lui dis que je reviendrais le lendemain; ce que je fis.

La visite fut drôle. On m'introduisit: c'était un grand salon très-doré, très-orné, très-magnifique. J'y trouvai d'abord la grosse madame Denis, sa nièce, une bonne femme qui ne parle pas trop mal et qui n'est pourtant qu'une gaupe et une sotte. Elle a des prétentions à mourir de rire; elle se croit un reflet de Voltaire, et elle se ferait volontiers adorer sur le même autel. Elle daigna me recevoir avec affabilité, en me disant :

— Mon oncle vous aime beaucoup, madame.

Je répondis par un compliment, dont elle eût voulu sa part, que je ne lui donnai pas.

A côté d'elle était le marquis de Villette, ou soi-disant tel. C'est un marquisat assez contestable, et lui un vrai personnage de comédie. Sa femme est jeune et jolie : c'est mademoiselle de Varicourt, la pupille de Voltaire, que l'on appelle *Belle et Bonne.*

Voltaire était enfermé dans sa chambre ; il se reposait, après avoir lu sa pièce tout d'une haleine, comme un jeune homme.

— Madame, recevez les excuses de mon oncle, poursuivit madame Denis après sa belle phrase ; il n'en peut plus, il ne voit personne ; mais il vous verra.

— Madame, je me retire, je ne veux pas déranger M. de Voltaire.

— Nous ne le souffrirons pas, scanda M. de Villette avec l'air d'un histrion qui se gendarme ; M. de Voltaire ne nous le pardonnerait jamais.

Ils me firent asseoir, et la conversation commença, sur Voltaire, bien entendu. Je remarquai que madame Denis se confondait avec l'idole et prenait la moitié de tout. En parlant de lui, elle disait *nous* sur toutes choses, et cela avec une naïveté si convaincue, qu'il n'y avait pas moyen de lui en vouloir. Quant au marquis de Villette, il répétait à chaque mot :

— Mon illustre ami...

C'était absolument le marquis de Mascarille. Cette petite mademoiselle de Varicourt me parut sacrifiée à cet homme, qui ne la valait pas. Son histoire est romanesque ; monsieur son mari la lui fit conter séance tenante, et ce fut tout ce qui m'intéressa dans cette visite. J'ajouterai quelques petits détails à cette histoire, que j'ai sue de Voltaire lui-même, en dehors du Villette, dont il se moquait, bien entendu. De qui ne se moquait-il pas?

M. de Varicourt, officier aux gardes, avait douze enfants et pas le sou. Il en fallut donc fourrer au couvent, surtout celle-ci, qui n'avait point l'espoir de mariage. Les garçons se tirent mieux d'affaire que nous. Mademoiselle de Varicourt avait la tête exaltée et ne se souciait point du cloître ; elle chercha le moyen de l'éviter et n'en trouva pas d'autre que d'écrire à Voltaire et de le conjurer de venir à son secours.

La lettre était bien tournée, pleine de cœur ; il eut pitié de celle qui l'avait écrite et s'en alla près de madame Denis, lui disant qu'il allait arracher au diable cette âme qu'on prétendait donner à Dieu. Il engagea mademoiselle de Varicourt à venir chez lui, la trouva charmante, s'y attacha fort, et se promit de la bien marier.

Le hasard amena à Ferney le marquis de Villette, le plus vain et le plus sot personnage de cette cour philosophique. Il a une très-grande fortune ; il trouva la protégée de Voltaire très-aimable et se fit une gloire de lui donner son nom. Il espère ainsi aller à la postérité, et il ira ; c'était pour lui le seul moyen d'y parvenir, sur les ailes de Voltaire ! Je vous prie de croire que l'expression est du susdit marquis, je ne m'en permets pas de cette force.

Après cette histoire racontée, je voulus me retirer ; on me retint, on fit redire à Voltaire que j'étais là ; il m'envoya des vers, je les lus, ou plutôt je me les fis lire, et M. de Villette entama un dithyrambe ; on ne se figure pas ce qu'était l'adoration pour ce vieux squelette, dont l'esprit ranimait jusqu'aux morts.

Son *Irène* l'occupait seule : — c'est une très-mauvaise pièce, où on ne le retrouve pour ainsi dire plus, mais où il y a de temps en temps quelques beaux vers. Il vint enfin, lorsque je commençais à me sentir une indigestion de Denis et de Villette. Il arriva les bras étendus et l'exclamation à la bouche.

— Ah ! madame, pardonnez-moi ! je dictais quelques vers ; on me demande un changement dans *Irène ;* ces comédiens ne sont jamais contents de leurs rôles. C'est une sotte engeance ; il est triste de ne pouvoir jouer ses pièces soi-même, on réussirait bien mieux.

— Vous appelez cela vous reposer ?

— Sans doute ; je me repose en travaillant. Un vieux bonhomme comme moi n'a pas de temps à perdre. Je ne vous vois pas, madame ; vous m'abandonnez, vous êtes livrée aux flatteurs et vous oubliez vos amis ; pendant ce temps, tout le monde envahit mon temps, jusqu'aux prêtres !

— Les prêtres ?

— Sans doute... Marquis, je suis épuisé ; contez donc à madame la lettre de l'abbé Gauthier.

— Madame, il y a un abbé Gauthier qui est chapelain des Incurables ; il a écrit à M. de Voltaire une lettre par laquelle...

— Marquis, interrompit Voltaire, si nous en sommes aux *par laquelle* et aux *sur laquelle*, nous n'en finirons pas ; j'aurai plutôt fait de le dire moi-même. Cet abbé Gauthier est, par ma foi ! le chapelain des Incurables ; c'était le seul auquel je pusse m'adresser dans tout Paris, convenez-en. Soyez tranquille, ils feront des pointes là-dessus, ces Welches !

— Ils n'y ont pas manqué. Les épigrammes courent Paris.

— Cet abbé m'a donc écrit une lettre fort honnête ; et, pour avoir mieux raison de son style, en voilà une copie ; prenez et lisez !

La voici, cette copie ; c'est une pièce historique maintenant :

« On ne saurait avoir plus de joie de vous voir que je n'en ai, monsieur ; un homme tel que vous ne peut douter de l'empressement qu'on met à le connaître. Accordez-moi la permission de venir vous saluer. Il y a trente ans que je suis prêtre ; j'ai été vingt ans aux Jésuites ; je suis estimé et considéré de monseigneur l'archevêque ; je rends des services, je prête mon ministère dans diverses cures de Paris ; je vous offre mes soins. Quelque supériorité que vous ayez sur les autres hommes, vous êtes mortel comme eux. Vous avez quatre-vingt-quatre ans, vous pouvez prévoir des moments difficiles à passer ; je pourrais vous être utile, je le suis à M. l'abbé de l'Attaignant ; il est plus âgé que vous. Je vais dîner et boire avec lui aujourd'hui. Permettez-moi de vous venir voir. »

— Eh bien, monsieur, qu'avez-vous fait ?

— Il est venu plusieurs fois, ce brave abbé Gauthier ; c'est pour moi une providence en culotte et en rabat ; il me préserve du scandale et du ridicule. Et, maintenant que je vois les abbés, il me sera permis de voir autre chose, j'en ai l'assurance. Ne le pensez-vous pas, madame la marquise ?

Sa marotte était d'aller à Versailles, de voir le roi, la reine et les princes ; je savais qu'il ne l'obtiendrait pas, je ne voulus pas le lui dire tout crûment ; je lui répondis que je l'espérais comme lui. Il me connaît ; il vit à mes lèvres que je le trompais et voulut me faire expliquer.

— Monsieur, lui dis-je, la reine, Monsieur, et M. le comte d'Artois ont grande envie de vous voir ; Mesdames et madame Élisabeth font des signes de croix quand on prononce votre nom.

— Et le roi ?

— Le roi suit les instructions de son curé, comme un bon bourgeois. Êtes-vous bien avec le curé ? Voilà la question.

— Et l'abbé Gauthier, pensez-vous qu'il serve à autre chose? Pensez-vous que ce soit pour le plaisir de regarder sa soutane que je le garde près de moi ?

— Alors, monsieur, si l'abbé Gauthier est un sauveur, vous n'avez besoin de personne.

— Eh ! eh ! vous verrez ! Je sais d'avance l'accueil qui m'attend à Versailles. Le roi ne me parlera pas,

Monsieur me parlera trop, la reine sourira, M. le comte d'Artois plaisantera, et tout sera fait.

— Et c'est pour si peu de chose que vous vous donnez tant de peine! Oh! monsieur, je ne vous conçois pas.

Il avait ces petitesses au suprême degré; la faveur des grands fut toujours sa manie, et il les flatta de toutes ses forces. Aussi Voltaire était-il le contraste et le remède vivant de sa doctrine, je l'ai dit plus de cent fois à lui et à sa livrée philosophique. Lui, il en riait; les autres se mettaient en colère.

— Voltaire est trop riche, me répétait d'Alembert; que n'eut-il pas fait dans un grenier!

Le maréchal de Richelieu arriva; je voulus lever la séance, Voltaire me fit rasseoir de force.

— Restez, restez, madame! vous et mon héros, mon Alcibiade, vous êtes ce que j'aime le plus au monde, mes contemporains. Nous voilà trois du même âge, frais et dispos; on est heureux de se trouver ainsi, quand on se connaît depuis si longtemps.

— M. le maréchal et vous, vous êtes jeunes, monsieur, repris-je; vous faites des tragédies comme à vingt ans; M. le maréchal se marie comme à trente; mais moi! je suis une pauvre aveugle, qui s'en va mourant.

— Madame, vous avez plus d'esprit que nous, et, si vous compariez votre visage aux nôtres, vous auriez encore des caprices de coquetterie, vous pouvez vous en permettre.

Heureusement, je sais à quoi m'en tenir, et ces flatteries ne m'atteignent point. Je ne répondis rien au vieux maréchal. Voltaire parla d'autre chose. Ce qui occupait le monde en ce moment, c'était le duel de M. le comte d'Artois et de M. le duc de Bourbon, pour une aventure de bal masqué avec madame la duchesse de Bourbon, qui ne s'en privait pas et qui conservait les bonnes traditions de la Régence.

Je ne raconterai point cette histoire; on en parle encore et j'en ai les oreilles rebattues. Les nouvelles à la main en sont pleines, et je suis sûre qu'il y en aura cent récits. Les princes sont jeunes, ils s'amusent; ne nous sommes-nous pas tous amusés? Ce qu'il y a de sûr, c'est qu'ils ont tous bien fait leur devoir, et qu'ils n'ont failli en aucune façon au sang d'Henri IV; il ne nous en faut pas davantage.

Je laissai Voltaire avec le vainqueur de Mahon, et je m'en allai souper chez la maréchale de Luxembourg, où l'on parla de ces deux débris et où l'on voulut me faire parler d'eux; je me tus, je ne suis pas une gazette.

XLVI

On a trop abusé de Voltaire, il y a succombé, et il a failli mourir d'un vomissement de sang et de sa tragédie. Tronchin l'a soigné et sauvé; mais il a eu un avertissement de sa mort. Il n'a pas manqué de se servir de l'abbé Gauthier en ce moment, et voici une autre pièce historique qui le prouve. Les philosophes en étaient à mordre les pavés de rage. Leur patriarche, leur dieu, donner un pareil soufflet à leurs principes! S'il fût mort, ils l'auraient jeté aux gémonies: c'est justement ce qu'il ne voulait pas; car le premier mot qu'il m'a dit, après sa guérison, a été celui-ci:

— Madame la marquise, vous savez ce que j'ai fait. Je ne voulais point qu'on jetât mon corps à la voirie.

Il en est revenu, pour cette fois, contre toutes les prévisions. Un jeune homme y serait mort, et, s'il n'avait pas abusé de ses forces, il vivrait encore.

Voici la fameuse pièce qui a fait tant de bruit:

« Je, soussigné, déclare qu'étant attaqué, depuis quatre jours, d'un vomissement de sang, à l'âge de quatre-vingt-quatre ans, et n'ayant pu me traîner à l'église, M. le curé de Saint-Sulpice ayant bien voulu ajouter à ses bonnes œuvres celle de m'envoyer l'abbé Gauthier, prêtre, je me suis confessé à lui, et que, si Dieu dispose de moi, je meurs dans la sainte religion catholique, où je suis né, espérant de la miséricorde divine qu'elle daignera pardonner toutes mes fautes, et que, si j'avais scandalisé l'Église, j'en demande pardon à Dieu et à elle.

Signé : VOLTAIRE.

» Le 2 mars, dans la maison de M. le marquis de Villette, en présence de M. l'abbé Mignot, mon neveu, et de M. le marquis de Villevieille, mon ami. »

Je vous jure qu'après sa résurrection il fut bien honteux de sa panique, et qu'il aurait volontiers arraché cette page-là de sa vie, en la payant bien cher. Rien n'y fit, bien entendu, et il donna le spectacle complet à la galerie, d'un homme qui a peur du diable, après avoir prêché toute sa vie que le diable n'existait pas.

On joua sa pièce, il eut un triomphe personnel; quant à la pièce, elle était détestable, et on la supporta à cause de lui. Il vint me voir couronné de lauriers, et fut aussi aimable que dans sa jeunesse. Nous nous mîmes sur le compte de nos souvenirs, et nous en avions long à dire, depuis tant d'années! Il fut charmant.

— Madame, nous nous verrons souvent à l'avenir, me dit-il en me quittant. J'ai acheté une maison dans le quartier Richelieu, je passerai là huit mois de l'année et quatre mois à Ferney. Ce peuple-ci me comble, il me suit dans les rues et m'appelle l'homme aux Calas.

— Monsieur, vous avez fait beaucoup de bien; ce qui vaut encore mieux que d'avoir beaucoup d'esprit.

— Ah! madame, vous me flattez aussi. De vieux amis comme nous se doivent la vérité.

— Monsieur, paye-t-on tout ce qu'on doit?

Il me quitta sur ces beaux projets. Je ne l'ai plus revu.

Trois jours après, il tomba malade, et on le cacha, à cause des confessions et des prêtres, qu'on ne voulait pas lui laisser recommencer. On ne sut sa mort qu'après, et l'abbé Mignot emporta son corps; il craignait les difficultés, et il en eût eu certainement. Il le fit enterrer à son abbaye, encore l'abbé et les moines furent-ils chicanés.

Ce que l'on n'aurait pas prévu, c'est que le bruit de cette mort s'éteignit tout de suite. Ce fut une explosion comme un feu d'artifice, et qui tomba de même. J'en ai eu un moment de tristesse très-grande, dont je me suis distraite comme toujours, en m'occupant d'autre chose.

Il m'est arrivé encore une aventure, et, à mon âge, c'est chose rare; je la veux raconter, ce sera probablement la dernière. Je ne sais comment elle m'est venue chercher, car elle concerne des gens que je connais peu et avec lesquels je n'avais que des rapports de société assez rares, enfin, c'est comme cela, et il n'y a rien à répondre aux faits.

Il y a huit jours, mademoiselle Sanadon, ma demoiselle de compagnie, entra chez moi d'un pas discret; j'étais au lit, je ne dormais point, je rêvais à cette vie longue, qui ne finit point.

Elle prit sa voix de tête et me demanda si j'étais disposée à l'entendre.

— Sans doute, mademoiselle; qu'y a-t-il?

— Madame, c'est une jeune fille...

— Eh bien?

— Elle semble très-intéressante et veut vous parler, mais à vous seule.

— C'est quelque quémandeuse, peut-être; faites-lui donner et laissez-moi en repos.

— Non, madame, elle ne demande point, elle est très-bien habillée; mais elle est triste et elle pleure.

— Qu'y puis-je faire? Demandez-le-lui.

— Elle ne veut le confier qu'à madame.

— Qu'elle entre donc! Ce sera quelque sotte fille avec quelque sot enfant; il faut le mettre aux Enfants-Trouvés : saint Vincent de Paul les a institués pour les filles embarrassées.

La jeune fille entra et s'arrêta à la porte; j'entendis une respiration pressée et un sanglot; cela me fit un chagrin imprévu, je n'aime pas à voir souffrir. Je lui criai d'avancer; elle vint lentement.

— N'ayez pas peur, mademoiselle... Je suis très-vieille, je suis aveugle; mais je ne suis pas méchante.

— Je le sais bien, madame; c'est pour cela que je viens à vous.

— Je puis donc vous être utile?

— Oh! madame, vous pouvez sauver la vie de ma mère.

Son pauvre cœur tout gros se dégonfla, elle répandit un torrent de larmes. Je la laissai se calmer d'abord, et je la priai ensuite de s'expliquer.

— Madame... madame... je suis un enfant naturel...

— Ah! repris-je, ne vous en tourmentez pas, il y en a bien d'autres!

— Ah! madame, je respectais, je vénérais, j'adorais ma mère, je ne me doutais pas de sa faute...

Et elle pleurait.

— Il faut toujours l'adorer, la vénérer, la respecter, ma chère enfant; on ne sait jamais comment les fautes se commettent, et, d'ailleurs, les fautes d'une mère ne se discutent pas.

— Je le sais, madame; mais c'est bien dur, allez!

— Mademoiselle, seriez-vous dévote et intolérante?

— Madame, je n'ai pas le bonheur d'être dévote, je suis ma religion de mon mieux; mais, quant à accuser les autres, que Dieu m'en préserve! je ne suis point parfaite, je puis pécher et j'ai besoin d'indulgence; pourquoi donc refuser la mienne à mes frères en Jésus-Christ?

Elle me dit ces mots comme une bonne petite fille, avec un ton qui me toucha.

— Achevez donc votre confidence, mon enfant; racontez votre histoire et dites-moi comment je puis vous servir à quelque chose.

Voici ce qu'elle me raconta :

[illegible] Madame, nous demeurons bien près d'ici, dans [illegible] du Bac; ma mère est ouvrière en linge et elle n[illegible]s son état. Nous avons une petite rente et nous gagnons notre vie; nous n'avons donc besoin de personne pour nous aider sous ce rapport. J'ai été bien élevée, je sais plus que n'apprend d'ordinaire une fille de mon état. Ma mère n'avait pas toujours été ouvrière, madame; c'est une fille de gentilhomme, élevée à Saint-Cyr, et bien malheureuse, allez!

— Est-il possible, mademoiselle! et qui l'a conduite là, cette malheureuse personne?

— C'est ce que je sais aujourd'hui et ce que je ne savais pas il y a deux jours, madame. Je croyais ma mère veuve d'un tailleur, elle me l'avait dit; je la croyais fille d'un marchand de laine, et jamais le soupçon d'une autre origine ne m'était venu. Pour expliquer son éducation, elle m'avait parlé d'une marraine fort riche qui l'avait élevée et qui lui avait donné des goûts, des habitudes au dessus de sa naissance. Elle le déplorait avec moi, et cependant elle ne put s'empêcher de m'apprendre ce qu'elle savait.

— Cela est bien naturel.

— Nous vivions dans la retraite, non pas heureuses, mais tranquilles, mais doucement, sans secousse et sans douleur. Nous ne voyions que quelques voisins, et très-peu encore et fort peu de temps, puis M. le curé de Saint-Sulpice, qui était bien bon pour nous. Il y a huit jours, ma mère sortit; elle sortait tous les mois une fois, sans moi, et revenait avec la petite somme qui forme le plus clair de notre avoir. Ce jour-là, elle rentra plus tard que de coutume, si pâle, si chagrine, que j'en eus une peur épouvantable et que je ne pus m'empêcher de pleurer.

» Je m'empressai autour d'elle; elle pouvait à peine parler, elle se jeta à mon cou et fondit en larmes.

» — Mon enfant, répétait-elle, ma pauvre enfant!

» J'eus beau la questionner, je n'en tirai pas davantage; elle se tordait les bras, puis elle joignait les mains, priait Dieu, lui demandait pardon et à moi aussi.

» — Ah! reprenait-elle, trompée! trompée! qui l'aurait cru!...

— Hélas! mademoiselle, il faut toujours s'attendre à être trompée. C'est un service que nous nous rendons tour à tour. Qui est-ce qui ne trompe point, et qui est-ce qui n'est pas trompé en ce monde?

Cette vérité lui parut ou cruelle ou douteuse; elle me regarda un instant comme indécise; puis elle reprit :

— Ma pauvre mère ne voyait pas comme vous apparemment, madame; elle fut bien longtemps à reprendre ses sens et je n'en pouvais tirer aucune explication. Enfin, elle se calma un peu, c'est-à-dire la souffrance du corps prit le dessus sur celle de l'esprit; elle commença une véritable maladie, mais sa raison et son cœur revinrent en elle pour s'entendre avec moi.

» Elle était bien honteuse de ce qu'elle avait à me dire; elle sentit qu'il le fallait, et, après avoir essayé de se jeter à mes genoux, après avoir caché son visage dans son lit, elle vint à bout de me conter son histoire.

» Ma mère, en sortant de Saint-Cyr, s'en alla chez une parente à la campagne, aux environs de Fontainebleau; elle était orpheline et sans biens, très-belle, très-bonne et très-affectueuse. Cette parente, qui l'avait recueillie, lui fit payer son hospitalité par ses larmes, et la rendit une vraie martyre. Elle ne voyait personne, n'avait ni compagnes ni amies, et travaillait du matin au soir.

» Un jour, ou plutôt un soir, un monsieur, égaré dans la forêt par un orage, à la suite d'une longue chasse, demanda l'hospitalité à la petite maison. Il y fut reçu avec plaisir par la maîtresse, enchantée de se produire et de montrer son usage du monde. Il n'était plus jeune; mais il avait un esprit charmant, une tournure et des manières qui séduisaient; bien qu'il fût très-simplement mis, il ressemblait à un seigneur. Il s'empressa beaucoup près de ma mère, fit plus de compliments encore à la vieille dame, se nomma, bien entendu. C'était un gentilhomme, parent et ami du capitaine des chasses, qui chassait avec lui un chevreuil ou un sanglier de temps en temps, lorsque Sa Majesté n'était pas à sa résidence royale, ce qui arrivait souvent.

» Il plut beaucoup aux deux recluses, sollicita la permission de revenir; il en usa, fit la cour à ma mère à l'insu de son tyran, s'aperçut bien vite de son malheur et se servit de cette connaissance pour la perdre. Il la plaignit, tâcha de la consoler, lui parla de mariage, lui jura qu'il l'épouserait, et, comme ma mère l'assurait que jamais sa parente n'y consentirait :

» — Eh bien, dit-il, puisqu'elle veut garder sa victime en dépit de tout, nous la forcerons; je vous enlèverai, et elle ne pourra plus ensuite vous refuser son consentement.

» Ma mère ne le voulut point, elle résista longtemps; enfin, le tentateur arriva juste dans un moment où elle venait d'essuyer une scène épouvantable et où elle avait la tête à moitié perdue, il en profita et l'emmena avec lui.

» C'était la nuit, ils se sauvèrent comme des voleurs. Le futur époux conduisit sa conquête à Paris, au fond du Marais; il la mit dans une maison, avec une vieille femme pour la servir, et vint la voir tous les jours, en prenant des précautions minutieuses. Il s'insinua de plus en plus dans le cœur de ma pauvre mère, et s'en fit sérieusement aimer, par reconnaissance d'abord, par entraînement ensuite; car, malgré son âge, il était plein de séduction.

» Il trouvait chaque jour des motifs pour reculer le mariage : il manquait des papiers, il y avait des formalités à remplir, il y avait des consentements de parents à demander, une affaire à finir; il s'y prit si bien, qu'il entraîna la jeune fille et que je vins au monde avant que le prêtre eût béni cette union, qui ne devait jamais se former. Ma mère comprit enfin qu'on la trompait; elle demanda une explication qui ne lui fut pas refusée, mais qui la détrompa un peu sur le caractère de l'homme auquel elle appartenait. Il lui avoua qu'il l'avait séduite, qu'il n'était pas libre, que sa femme, plus âgée que lui et infirme, existait encore, mais qu'elle ne pouvait vivre longtemps, et qu'aussitôt que sa chaîne serait rompue, il épouserait la seule femme qu'il eût jamais aimée.

» Hélas ! ma mère le crut encore et lui pardonna. L'idée de le perdre lui était affreuse. Elle vécut ainsi deux ans, espérant, attendant toujours, ne voyant personne, que son amant et sa vieille servante, s'occupant uniquement de moi et ne sortant que pour aller à l'église. Malgré sa faute, sa consolation et son espoir étaient en Dieu.

» Un matin, mon père devait venir, il ne vint pas ; elle resta huit jours sans nouvelles de lui, n'en pouvant aller chercher nulle part : elle ignorait sa demeure. Elle faillit mourir d'inquiétude. Enfin une lettre arriva. Elle était datée de Bordeaux; il avait été obligé de partir précipitamment, il ne savait quand il reviendrait; mais, en allant à un endroit qu'il désignait, ma mère aurait là-dessus des détails plus positifs. Vous jugez si elle y courut !

» C'était à un homme d'affaires qu'on la renvoyait. Il prit un air de condoléance dont ma mère s'effraya fort; on finit par lui raconter que M. de Bellefontaine, gentilhomme peu riche, mais d'une grande capacité, s'était livré à des suggestions malveillantes pour madame de Pompadour : il avait osé mal parler d'elle, et, sans un ami qui l'avait averti à temps, il serait sous les verrous de la Bastille. Forcé de se cacher d'abord, de s'expatrier ensuite, il n'avait eu que le temps de charger cet officieux des soins à prendre pour notre existence; chaque mois, celui-ci nous remettrait de quoi suffire à nos besoins, en attendant le retour de mon père et sa liberté. Ma mère le crut encore, en se désespérant; mais sa confiance n'était pas altérée. Elle pleura beaucoup, dit qu'elle voulait le rejoindre et qu'on devrait lui dire où il était; à quoi le fondé de pouvoirs répondit qu'il n'y manquerait pas.

» On l'amusa pendant longtemps par des nouvelles contradictoires; elle eut la patience d'attendre en priant Dieu de lui rendre le père de sa fille et de lui accorder le bonheur de me donner un nom et un état.

» Les mois s'écoulèrent ; au bout de l'année, la pension diminua, le gentilhomme était ruiné. Il fallut renvoyer la servante ; puis, à mesure que je grandissais, il fallut travailler. La patience de ma mère ne se lassa pas; sa résignation lui donnait des forces. Malgré la mort de madame de Pompadour, M. de Bellefontaine ne revint pas ; il avait mille raisons, il promettait toujours. Elle espérait et ne me disait rien, la pauvre mère ! elle me cachait toutes ses douleurs.

» Enfin, l'autre jour, elle alla, comme à l'ordinaire, chercher notre petit revenu. L'homme d'affaires prit un air de circonstance et lui dit qu'il était temps de lui dire la vérité et de ne pas la leurrer davantage. Maintenant, j'étais élevée, je n'avais plus besoin de personne, j'avais un état, et je pouvais voler de mes propres ailes, d'autant plus que j'étais jolie, ajouta-t-il.

» Mon père n'était point M. de Bellefontaine; il allait se marier pour la troisième fois et supprimait toutes les pensions *de ce genre*. Ma mère pouvait se regarder comme favorisée : jamais il n'avait fait pour personne ce qu'il avait fait pour elle, il ne soutenait pas si longtemps ses victimes, sa fortune n'y aurait pas suffi. Maintenant, il avait rempli son devoir et elle ne devait plus compter sur rien.

» Ma pauvre mère crut rêver; elle tombait de son haut. Une pareille confiance, un pareil dévouement ainsi récompensés ! Cependant elle voulut tout savoir, et, à force d'instances, elle obtint le nom de son séducteur. C'était M. le maréchal duc de Richelieu.

— Miséricorde ! m'écriai-je.

— Hélas ! oui, madame, et, depuis lors, ma pauvre mère se meurt. Elle a écrit, ou plutôt elle m'a fait écrire au maréchal ; elle n'a pas eu de réponse. L'idée de me laisser sans secours, sans biens, la désespère. Elle a cherché le moyen d'arriver jusqu'à lui, et elle a pensé à vous, madame, à vous qui le connaissez ; vous, si charitable, on le sait, dans le quartier, vous parlerez bien à M. le maréchal, vous le prierez de ne pas retirer à ma mère le secours qui la faisait vivre et...

— Non, mon enfant, ce n'est pas à lui, c'est à madame sa femme, c'est à la maréchale, bonne et généreuse, que je m'adresserai, et je vous réponds du succès.

— Comment, madame ?...

— Laissez-moi faire ; retournez près de votre mère, et ne vous inquiétez de rien. Demain, j'aurai probablement de bonnes nouvelles à vous donner. Revenez me voir vers cette heure-ci ; je suis heureuse de vous servir; c'est une bonne œuvre dont Dieu me tiendra compte, je l'espère.

— Ah ! madame, il vous laissera encore longtemps parmi nous, pour que ma reconnaissance...

— Ne me parlez pas de reconnaissance ; à mon âge, on sait ce qu'elle vaut, si au vôtre on y croit encore. Allez, mademoiselle, et ne craignez plus.

Le soir même, j'ai envoyé prier la nouvelle maréchale de Richelieu de vouloir bien me recevoir en particulier. C'est, comme je l'ai dit, madame veuve de Roothe, bonne et douce personne, assez insignifiante, tout à fait propre à charmer par ses soins les derniers jours d'un vieillard. Elle m'a indiqué une heure, je lui ai tout raconté, et, le lendemain, la pauvre fille avait non-seulement une dot raisonnable, mais encore la permission de s'appeler *mademoiselle de Bellefontaine*, et de choisir un mari. On m'assure que le maréchal lui en a trouvé un dans les gardes-françaises. Elle est venue pour me voir aujourd'hui; elle est pleine d'effusion ; je ne l'ai point reçue, je suis trop malade, et c'est certainement la dernière fois que j'écris. Ma longue vie touche à son terme, je m'éteins, je le sens !

J'ai dicté ce matin ma dernière lettre pour M. Walpole. Je n'ai point de regrets, je suis lasse et je me reposerai peut-être. D'ailleurs, la France s'en va, et je ne veux pas assister à son agonie...

Lettre de Viard à M. Horace Walpole.

« Paris, 20 octobre 1780.

» Vous me demandez, monsieur, des détails sur la maladie et la mort de votre digne amie. Si vous avez encore la dernière lettre qu'elle vous a écrite, relisez-la; vous y verrez qu'elle vous fait un éternel adieu, et cette lettre est, je crois, datée du 22 août. Elle n'avait point encore de fièvre alors; mais on voit qu'elle sentait sa fin approcher, puisqu'elle vous dit que vous n'aurez plus de ses nouvelles que par moi. Je ne puis vous dire la peine que j'éprouvais en écrivant cette lettre sous sa dictée ; je ne pus jamais achever de la lui relire après l'avoir écrite ; j'avais la parole entrecoupée de sanglots. Elle me dit :

» — Vous m'aimez donc?

» Cette scène fut plus triste pour moi qu'une vraie tragédie, parce que, dans celle-ci, on sait que c'est une fiction, et, dans l'autre, je ne voyais que trop qu'elle disait la vérité, et cette vérité me perçait l'âme. Sa mort est dans le cours de la nature; elle n'a point eu de maladie, ou, du moins, elle n'a point eu de souffrances. Quand je l'entendais se plaindre, je lui demandais si elle souffrait de quelque part. Elle m'a toujours répondu :

» — Non.

» Les huit derniers jours de sa vie ont été une léthargie totale. Elle n'avait plus de sensibilité; elle a eu la mort la plus douce, quoique la maladie ait été longue.

» Il s'en faut beaucoup, monsieur, qu'elle ait désiré des honneurs après sa mort. Elle a ordonné, par son testament, l'enterrement le plus simple. Ses ordres ont été exécutés. Elle a aussi demandé à être enterrée dans l'église de Saint-Sulpice, sa paroisse, et c'est là qu'elle repose. On ne souffrirait pas dans la paroisse qu'elle fût décorée après sa mort de quelque marque de distinction.

» Ces messieurs n'ont pas été parfaitement contents; cependant son curé l'a vue tous les jours, et avait commencé sa confession; mais il n'a pu achever, parce que la tête s'est perdue, et elle n'a pu recevoir les sacrements. M. le curé s'est conduit à merveille; il avait cru que sa fin n'était pas si proche.

» Je garderai Tonton (chien de madame du Deffand) jusqu'au départ de M. Thomas Walpole. J'en ai le plus grand soin, il est très-doux, il ne mord personne, il n'était méchant qu'auprès de sa maîtresse. Je me souviens très-bien, monsieur, qu'elle vous a prié de vous en charger après elle.

» Madame la maréchale de Luxembourg n'a pas quitté son amie. »

Madame du Deffand mourut le 24 septembre 1780. Elle légua tous ses papiers à M. Horace Walpole, et ses correspondances ont déjà été publiées.

FIN DES CONFESSIONS DE LA MARQUISE

Coulommiers. — Typ. A. MOUSSIN et Ch. UNSINGER.